Inhalt

1

Wer nicht hören will . . .

Die Sonne stand strahlend über dem Strand von St. Peter-Ording, dem Surferparadies bei Husum an der Nordsee. Dort tummelten sich alle, die auf der Suche nach Fun und Action waren – tagsüber auf dem Funboard und abends in den Discos und Kneipen. Auf dem Meer sah man etliche Surfer, die in wahnsinnigem Speed über das Wasser schossen und sich gegenseitig zu immer waghalsigeren Wendemanövern und Trickfiguren herausforderten.

Doch während andere ihren Spaß hatten, stand irgendwo abseits, einsam und verlassen, ein blasser Achtjähriger bis zu den Knien im Wasser. Gebannt schaute er zwei Surfern zu, die elegant, frei von Zwängen des Alltags, über das Wasser glitten und auf der Höhe der Surfcontainer wendeten. So wie die beiden, so würde Phillip auch gern sein, wenn er einmal groß war. Und dann würde er aller Welt zeigen, ein wie guter Sportler er war: doch zu etwas zu gebrauchen. Vielleicht würde ihn dann sogar sein Vater akzeptieren.

Ein schriller Pfiff schreckte Phillip aus seinem Wunschtraum, ein Pfiff, mit dem man normalerweise eher einen Hund gerufen hätte, aber er galt dem kleinen Jungen. Mit einer barschen Bewegung winkte Jürgen Weingart seinen Sohn zu sich. Erschrocken, mit einem letzten enttäuschten Blick auf die Surfer, machte Phillip kehrt und lief gehorsam wie ein Lamm auf dem Weg zur

Schlachtbank zurück zu seinen Eltern, die in ihrem Mittelklassewagen auf ihren Sprößling warteten.
Die beiden Surfer hatten den kleinen Jungen natürlich nicht bemerkt. Konzentriert genossen sie ihre Manöver.
Sven und Niklas waren die Surf-Cracks von St. Peter. Sie waren dicke Freunde, aber auch Rivalen, im Sport, in ihrer Clique und in der Liebe.
Dem blonden Sven war vieles im Leben regelrecht in den Schoß gefallen. Seinem Vater, John Westermann, gehörte das größte Hotel am Platz, und dazu war er gekommen, wie die Jungfrau zum Kinde: Westermann hatte als Immobilien-Makler angefangen, auf eigene Rechnung spekuliert und gewonnen. Seine Objekte wurden größer und größer, bis er endlich das Sporthotel eröffnen konnte, das ihn seinem Lebenstraum ein gutes Stück näherbrachte: dem Westermannschen Freizeit- und Sportimperium. Auf diese Weise hatte einer wie Sven immer das nötige Kleingeld in der Tasche, konnte sich das neueste und beste Material leisten, das gerade auf dem Surfmarkt war. Ein Sonnyboy mit angeborenem Charme, der bei den Mädels nichts anbrennen ließ, der Hahn im Korb, doch manchmal stieg ihm der Macho echt ein bißchen zu Kopf. Dann dachte er, alles müsse ihm zu Füßen liegen. Der dunkelhaarige Niklas Andersen war von Natur aus eher schüchtern und introvertiert. Um sich im Leben zu behaupten, mußte er hart kämpfen, arbeiten – und ständig trainieren, damit er seinem Ziel Stück für Stück näherkam – der Beste im Funboard zu werden. Diese Funboards sind sehr wendig und sehr schnell, ideal zum Brandungssurfen und zum Springen. Es war noch nicht lange her, da hatte Nik einen schweren Regattaunfall,

Folge eines kindischen Sabotageakts, der, wie sich später herausstellte, nicht ihm galt, sondern seinem Freund: Der Mast brach direkt unter dem Mastfuß, und Niks Brett schnellte steil aus dem Wasser. Sven konnte ihn retten, aber Niks linkes Bein sah so schlimm aus, daß die Ärzte ihm rieten, den Sport an den Nagel zu hängen, aber Niks Kämpfernatur und zähe Beharrlichkeit hatten ihn zuletzt wieder auf die Bretter gebracht, die für ihn und seine Clique die Welt bedeuteten.
Sven verstaute seinen Neoprenanzug im Heck seines Buggy und spielte den Mitleidvollen: "Ohne ein neues Brett kannst du nicht mal gegen ein Tretboot anstinken."
Niklas ließ den Kopf hängen. Schließlich betrieb seine Mutter nicht so einen Klotz von Hotel wie Svens Vater, sondern nur eine kleine Pension. Einem wie ihm war mit Svens Großmäuligkeit, ein wahrer Surfer sei um eine Geldquelle nie verlegen, nicht geholfen.
Auf der Fahrt nach Hause in seinem altersschwachen VW-Bus blies Niklas Trübsal. Und als er in die Pension Goodewind kam, gab es da auch noch Streß: Ausgerechnet Svens Vater saß in der Küche und kungelte mit seiner Mutter. Christine Andersen würde doch nicht etwa Heimlichkeiten haben mit diesem Mann, dem er selbst, anders als seinem Freund, etwas reserviert begegnete?
Christine klappte das Magazin zu, in dem sie beide geblättert hatten, und schob es zu John rüber, wobei sie geheimnisvoll nickte. Die beiden schienen sich einig zu sein. Niklas runzelte die Stirn, als sich Westermann so schnell verabschiedete. Was mochten die beiden nur ausgeheckt haben? Er würde das schon herausbekommen.

Gleich, als er zur Tür hinaus war, fragte Nik seine Mutter, was dieser Westermann gewollt habe. Aber Christine zuckte nur unschuldig die Achseln: "Nichts weiter. Wir haben über sein Hotel gesprochen. Er möchte vielleicht anbauen." Wollte seine Mutter ihn für dumm verkaufen oder wie oder was? Warum besprach ein vermögender, erfahrener Hotelier seine Pläne ausgerechnet mit der Inhaberin einer kleinen Pension? Irgendwas war da im Busch, das hatte er sofort gespürt.
"John Westermann schätzt eben meine Meinung", meinte Christine und wechselte geschickt das Thema. "Sag' schon: Du hast doch was auf dem Herzen. Das seh' ich dir doch an der Nasenspitze an." Niklas steckte seine Hände verlegen in dic Gesäßtaschen und druckste herum: Er wolle sich nur mal erkundigen, wie das werte Befinden sei. Christine roch den Braten sofort:
"Gesundheitlich oder finanziell? Dich interessiert doch nur, wie's mir geht, wenn du Geld brauchst." Nik tat empört, aber trotzdem – sie hatte ausnahmsweise mal recht.
Christine nahm die Werkzeugtasche vom Regal und tappte in den Garten, um den Rasenmäher zu reparieren. Nik redete auf sie ein:
"Wenn ich dir jeden Monat hundert Mark zurückzahle, sind wir in 36 Monaten quitt." Christine drehte sich um und überschlug rasch im Kopf: "Wofür brauchst du denn 3600 Mark?" Nik lächelte schlitzohrig: "3400. Der Rest sind Zinsen."
Christine grinste sich eins und werkelte weiter. Aber Nik ließ nicht locker. Wenigstens tausend, den Rest werde er schon irgendwie besorgen: Ohne neues Surfbrett gehe

eben nichts; auf dem alten fahre sich's wie auf Tapetenkleister. Nachdem sie eine Weile gefeilscht hatten und Nik merkte, wie seine Mutter langsam weich wurde, trat er die Flucht nach vorn an, warf ihr als Dank für die erhoffte Großzügigkeit einen Kuß zu und verschwand, ehe sie sich's anders überlegen konnte. Christine sah ihm kopfschüttelnd nach: "Wann wird der Bengel endlich erwachsen?"

Als er zum Bulli kam, sah er einen kleinen Jungen, der das Surferkonterfei anhimmelte, das auf die Seitenwände des Wagens gebrusht war. Es war Phillip. Der Junge zuckte zusammen, als Nik ihn auf das "Kunstwerk" ansprach: "Das bin ich als Weltmeister." Fragend sah ihn der Junge an, und schnell schränkte Nik ein: "In fünf Jahren." Er mußte über seinen eigenen Witz lachen. Der Junge war schüchtern, und das gefiel ihm. Er war so ähnlich gewesen, als er noch klein war. Phillip erzählte ihm, wie er ihn heute morgen gesehen habe, vom Strand aus. Doch gerade, als sie ihr Gespräch vertiefen wollten, kam Frau Weingart dazwischen: "Phillip, wo steckst du denn? Du sollst doch nicht einfach aus dem Zimmer gehen und mit fremden Leuten sprechen." Phillip wirkte eingeschüchtert, aber Niklas rettete die Situation, indem er sich als Sohn der Wirtin vorstellte. Sofort entschuldigte sich Heidi Weingart für das "Benehmen" ihres Sohnes. Nik winkte ab: "Kein Problem. Von einem Fan fühl' ich mich nie belästigt." Frau Weingart zog ihren Sohn zurück ins Haus. Nik lächelte, als sich Phillip noch einmal nach ihm umdrehte. Der Junge lächelte scheu zurück.
Bevor er sich jedoch noch weiter Gedanken über den

Kleinen machen konnte, bremste Timo, der Youngster der Clique, scharf auf seinem BMX-Rad auf und forderte ihn auf, dringend mit zu Rocky zu kommen. Es gäbe da größere Probleme. Rocky Marciano betrieb eine kleine Pizzeria, wo sich die Clique regelmäßig traf.
Niklas seufzte: "Was gibt's denn jetzt schon wieder? Hoffentlich hat er nicht wieder 'ne Krise mit Martina." Denn Rocky und Martina, die eigentlich rasend ineinander verliebt waren, lagen sich auch ständig wegen irgendwelcher "Probleme" in den Haaren.

Als Nik eintraf, war im Ristorante bereits der Teufel los. Rocky hämmerte wie ein Verrückter an die Tür der Speisekammer, in der seine Freundin Martina sich eingeschlossen hatte. Fast die ganze Clique war da: Britta, Sonja, Boje, Tanja und der etwas wortkarge Bauernsohn Tjard. Dafür fand Rocky, zweisprachig, um so mehr Worte:
"Mamma mia, jetzt hab' ich Schnauze voll. Mach' sofort die Tür auf, oder ich trete sie ein. Und dann schleif' ich dich an deinen Haaren quer durchs Lokal. Und wenn ich mit dir fertig bin, kannst du dir einen anderen Idioten suchen, der vor dir auf Knien rumrutscht." Wütend drehte sich Rocky um und schob sich an seinen Freunden vorbei. Nik wollte wissen, was los war. Rocky blickte ihn finster an: "Laß mich bloß zufrieden." Zum Beweis, daß er wirklich auf 180 und darüber war, haute er eine Pfanne von der Decke.
Schnell klärte Britta Nik auf: Vor einer halben Stunde seien sie mit Martina reingekommen, und sie sei mit Rocky in der Küche verschwunden – und eine Minute

später sei das Gezeter losgegangen. Boje nickte lakonisch und bemerkte wortreich wie immer: "Jo."
Nik klopfte an die Speisekammertür: "Martina? Ich bin's." Aber Martinas Dickkopf schien ebensowenig willens, klein beizugeben, wie Rocky:
"Sag' ihm, er kann sich seine Pasta künftig alleine in den Hintern schieben."
"Von mir aus kannst du da drin verrecken", schnaubte Rocky wütend. Tjard fand das irgendwie witzig: "Da kannst du lange warten. Da sind doch bestimmt Vorräte für drei Monate drin."
Plötzlich flog die Tür auf. Eine strahlende Martina, sozusagen das glatte Gegenteil, alles andere als zerknirscht, erschien mit einer Magnumflasche Sekt in der Hand: "Überraschung!" Sie schüttelte das teure Gesöff kräftig, ließ den Korken krachen und spritzte die Clique voll. Auch Rocky hatte sich an einer unschuldigen Sektflasche vergriffen und sie abgefeuert: "Willkommen auf unserer Verlobungsparty!" Nik begriff, daß sie Opfer eines gelungenen Scherzes geworden waren: "Verlobung? Ihr hinterhältiges Pack!" Tjard war derweil zum Gegenangriff übergegangen und segnete mit einem Schöpflöffel Tomatensoße den Bund der frisch Verlobten. Die anderen griffen sich Mehlstaub. Und bald war die Küche weiß und rot gepunktet, so, als sei hier ein Slapstickfilm mit den Keystone Kops gedreht worden.

Nachdem sie sich ausgetobt hatten, fuhren Niklas, Britta und Sonja in Svens Buggy rüber zu Niks Pfahlbau. Alle vier waren sie über und über mit Mehl, Zwiebelringen, Bechamel- und Tomatensoße beklebt. Nik freute sich schon auf die Hochzeit: "Wahrscheinlich fliegen da Sahnetorten." Sonja gab Sven einen Kuß. Ob er auch um sie kämpfen werde, wenn sie ihn nicht heirate? Sven tat erstaunt: "Was? Du willst mich nicht heiraten?!" Er sah Sonja drohend an und begann sie zu pieksen. Kreischend rannte sie in die Hütte, Sven hinterher. Wenn man ihn gefragt hätte, hätte er sofort zugegeben, daß Sonja Jasminoff, die kleine Russin aus St. Petersburg, die er aus den Fängen einer nach außen sehr seriös auftretenden Hamburger Werbeagentur gerettet hatte, das seit langem Beste war, was ihm das Leben bieten konnte. Die Affäre, die er mit Britta Behrend hatte, war seitdem vergessen; er neidete sie seinem Freund Nik nicht. Der freute sich: "Eine Hochzeit kommt selten allein, was?" Britta musterte ihn kritisch: "Manche Leute haben eben Angst vor der Stunde der Wahrheit."

Am nächsten Morgen. Christine Andersen bastelte wieder – oder noch immer? – an ihrem schrottreifen Rasenmäher. Hände und Gesicht waren ölverschmiert. "Langsam macht er mir Sorgen", begrüßte sie ihren Sohn. "Vielleicht sollte ich ihn doch einschläfern lassen. Oder kann mir Dr. Nik noch einmal aus der Patsche helfen?" Nik nahm ihr das Ventil aus der Hand und hielt es prüfend gegen die Sonne: "Keine Angst. Ich weiß, du brauchst dein Geld für Wichtigeres." Er räusperte sich, und nach ein paar gekonnten Handgriffen grinste er seine Mutter an: "Sauber. Kann wieder eingesetzt werden."
Bevor Niklas nach dem Kredit fragen konnte, hörten sie Jürgen Weingart aus dem offenen Fenster im ersten Stock der Pension brüllen: "Phillip! Du kommst sofort her und

machst diese Schweinerei wieder sauber! Wirst du wohl gehorchen!" Christine schüttelte den Kopf: "Die haben wirklich Probleme mit sich selbst. Seit sie hier sind, haben sie nichts Besseres zu tun, als ihren Sohn anzuschreien." Nik nahm sie in den Arm: "Nicht jeder wird so von einer liebenden Mutter umsorgt wie ich, die einem jeden Wunsch von den Augen abliest." Christine lächelte und drückte ihren Sohn weg: Zweitausend! Mehr habe sie auf die Schnelle nicht auftreiben können. Überglücklich wirbelte Nik seine Mutter durch die Luft, bis sie keuchte und die Scheine freiwillig herausgab: "Laß los, du Herzensbrecher. Du brichst mir ja nicht nur das Herz, sondern gleich alle Rippen mit dazu!" Nachdem er sich abgeregt hatte, hielt Nik die beiden Riesen gegen das Sonnenlicht und spielte den Mißtrauischen: "Woher kommt das? Hast du ein paar Mafiosi zu Besuch?"
Statt der erwarteten Mafiosi erschien John Westermann in der Tür und reichte Christine ein Glas frisch gepreßten Orangensaft. Dann zwinkert er Nik, der völlig baff war, verschwörerisch zu: "Jeden Monat einhundert. 20 Monate lang. Okay?" Nik zerrann das Gesicht. Da mußte doch irgendwo ein Haken sein. Aber Christine beruhigte ihren Sohn: "Er tut's nur mir zuliebe." Erleichtert schlug Nik in Westermanns angebotene Rechte: "Danke. Übrigens, da Sie Ihren spendablen Tag haben: Könnten Sie meiner Mutter nicht gleich einen neuen Rasenmäher kaufen?"

Wenn der Tag so weiterging…Nik trommelte am Lenkrad seines Wagens den Rhythmus von James Browns *I feel good*, als er plötzlich im Rückspiegel jemanden hinten im Wagen sah. Unwillkürlich stieg er in die Bremsen, und

der blinde Passagier knallte mit dem Kopf gegen das Autoradio. James Brown fand dazu keine Worte mehr.
Ein Wagen überholte. Der aufgebrachte Fahrer hupte. Niklas Andersen kümmerte sich nicht darum. Seine Sorge galt dem kleinen Phillip: "Was machst du denn hier drin?" Phillip rieb sich die Stirn und lächelte tapfer: "Ich will nicht mehr zurück. Ich will bei dir bleiben und Surfer werden."
Auf die obligate Frage, ob seine Eltern sich keine Sorgen machen würden, schüttelte der Kleine den Kopf: "Tun sie garantiert nicht. Die wollen mir nur weh tun. Können Sie mich nicht mitnehmen? Ich zahl' auch, wenn Sie mich vor meinen Eltern verstecken." Er kramte in seiner Hosentasche und hielt Nik die geöffnete Hand hin: Ein paar Münzen, Kaugummi und ein Taschenmesser kamen zum Vorschein. Nik mußte lächeln und forderte Phillip auf, das Zeug wieder einzustecken und in seine Handfläche zu schlagen. Dann fuhr er mit dem Jungen in Rockys Pizzeria.
Während es sich der Kleine schmecken ließ, suchte Nik bei Martina Rat: "Phillip hat mir erzählt, daß sein Vater ihn häufig schlägt. Mit einem Gürtel." Martina bekundete zwar Anteilnahme, aber man merkte, daß sie ihren Kopf zur Zeit nicht freimachen konnte für die Probleme anderer. Schließlich stand ihre Hochzeit vor der Tür mit einer Menge Verpflichtungen – und gleich mußte sie noch mit Britta los, um ein Brautkleid auszusuchen.

Auch Sven war beschäftigt. Gerade schloß er im Pfahlbau den neuen PC an, mit dem er sich den Traum, eine eigene Werbeagentur zu gründen, erfüllen wollte, und war mit

seinen Gedanken ganz woanders, als ihm Nik den Gast vorstellte: "Wie lange soll der Kleine denn bleiben?" Niklas zuckt mit den Achseln: "Solange, bis ich herausgefunden habe, ob er zu seinen Eltern zurückkann oder nicht." Sven hörte es nur mit einem Ohr und fummelte weiter.
Nik ließ den Jungen bei Sven und fuhr zu den Surfcontainern hinüber. Von der Pizzeria aus hatte er seine Mutter angerufen und gebeten, die Weingarts zu einem Treff zu bestellen. Heidi und Jürgen Weingart standen schon mit Tjard, Boje und Timo zusammen, als Niks Bulli vorfuhr. Sofort wurde er von Jürgen Weingart bestürmt. Wo sein Sohn sei?
"Bei einem Freund", erwiderte Nik cool und versuchte seine Erregung zu überspielen. "Was soll das heißen?" Weingarts Miene verlor jäh den Halt. "Was haben Sie mit ihm gemacht?" Niklas tat, als ob er nur Bahnhof verstehe, und erklärte, daß in St. Peter auch ein Kind ein Recht habe, sich zu erholen.
"Du Dreckskerl!" Zornesröte im Gesicht, stürzte sich Weingart auf Nik und riß ihn zu Boden. "Ich will meinen Jungen zurück! Hast du verstanden?!"
Aber bevor Weingart zuschlagen konnte, waren die anderen über ihm und rissen ihn von Nik weg. Weingart, im sicheren Haltegriff der Clique, tobte wie ein Verrückter. Es dauerte, bis er sich ein wenig beruhigt hatte und sich verärgert losmachte: "Ich möchte, daß Phillip bis heute abend wieder zu Hause ist. Sonst schalte ich die Polizei ein und erstatte Anzeige wegen Kindesentführung. Klar?"
In Heidi Weingarts Augen standen Tränen, als Niklas ihm, zum Kampf entschlossen, nachrief, er solle sich besser

vorsehen, daß er keine Gegenanzeige wegen Kindesmißhandlung bekomme. Im Flüsterton gab er der Frau zu verstehen, sie solle um 16 Uhr zurückkommen, ohne ihren Mann.

Phillip, der von alldem nichts ahnte, war unterdessen voll damit beschäftigt, Sven in einem Sandhügel einzubuddeln, bis nur noch Kopf und Füße herausschauten. Und der Kopf mußte gerade niesen. Sonja kam zu seiner Rettung und kratzte ihn an der Nase.
"Du bist ja ein richtiger Baumeister", lobte Sonja den Kleinen, der mit einem neuen Eimer voll nassem Sand gelaufen kam. Stolz betrachtete Phillip sein Werk: "Das ist der Koloß von Rhodos." Sonja mußte lachen: "Meinst du wirklich? Ich finde, der Koloß sollte noch einen viel kolossaleren Bauch haben." Sie half Phillip, den Sand auf den Hügel zu schütten, dorthin, wo sie Svens Bauch vermutete.
"Wenn ihr so weitermacht", stöhnte der, "könnt ihr meinen Hintern später in China ausgraben." Aber Sonja ließ sich nicht beirren und nutzte die Situation des Wehrlosen weidlich aus. Sie riß zwei Halme Reetgras aus, um die Sohlen des "Kolosses" wieder auf Trab zu bringen. Svens Schrei schreckte einen Schwarm verschlafener Möwen auf.

Etwas später versammelte sich die Clique um den Tisch im Pfahlbau und beratschlagte, während Phillip Sonja beim Kochen zur Hand ging. Als erster meldete sich Timo zu Wort; er hatte grundsätzlich nichts gegen Schläge einzuwenden: "Mir hat das auch nicht geschadet, daß ich ab

und zu eins hinter die Löffel gekriegt hab'." Tjard verzog neckisch das Gesicht, bis es Quasimodo, dem Glöckner von Notre Dame, ähnelte: "Nicht geschadet? Na, dann sieh mal in den Spiegel." Aber so mir nichts, dir nichts und gegen den Willen seiner Eltern könne man Phillip doch hier nicht festhalten: So was zu entscheiden sei Sache des Jugendamtes.
"Und die stecken ihn dann in ein Heim, wenn's hart auf hart kommt", gab Niklas zu bedenken. Außerdem wolle er heute nachmittag mit Frau Weingart reden: "Ich glaube, sie hat wirklich Angst um ihren Sohn. Vielleicht kann ich sie überzeugen, ihren Mann anzuzeigen."

Tatsächlich erschien Heidi Weingart pünktlich am verabredeten Ort, wo Nik sie mit dem VW-Bus abholte, um sie zum Pfahlbau zu bringen. Ganz erschrocken war die Frau, als sie ihren Sohn mit der Clique auf dem Meer sah. Der Kleine stand mit Sven auf dessen Surfbrett und hatte eine Schwimmweste an: "Mein Gott, wenn er ins Wasser fällt!" Aber Phillip machte Sven alle Griffe wie ein Alter nach. So viel Spaß hatte der Junge schon seit Jahren nicht mehr gehabt. Jetzt war auch Heidi Weingart erstaunt, Phillip zum erstenmal seit langer Zeit wieder lachen zu sehen.
Bei einem Glas Eistee schenkte Nik Frau Weingart "reinen Wein" ein: Wie lange sie noch untätig zuschauen wolle? Heidi Weingart schaute ihn verblüfft an: "Soll ich etwa zur Polizei gehen?" Eben das hielt Niklas für die einzig richtige Lösung. Heidi Weingart drehte sich um und sah, mit den Tränen kämpfend, nach draußen, wo Phillip mit den anderen herumtollte: "Jürgen hat vor drei

Jahren seinen Arbeitsplatz verloren. Es wird bestimmt alles anders, wenn er eine neue Stelle hat." Dann brach es aus ihr heraus: "Es hat kurz nach unserer Hochzeit angefangen. Auf einmal war Jürgen wie ausgewechselt und ist richtig jähzornig geworden. Ständig war er betrunken und hat sich sogar mit seinen Arbeitskollegen überworfen und geprügelt, wenn ihm etwas gegen den Strich ging. Und als Phillip kam, hat er alles an ihm ausgelassen." Warum sie sich nicht schon längst habe scheiden lassen, erkundigte sich Nik vorsichtig. Weil sie ihren Mann immer noch liebe: "Wir sind nach St. Peter-Ording gekommen, um einen Segelausflug zu machen. Es ist eine Menge Geschirr zerbrochen, aber noch ist es nicht zu spät – und wir können vielleicht wieder eine Familie werden." Nein, die Polizei werde sie auf gar keinen Fall einschalten.
Als Phillip seine Mutter aus dem Pfahlbau kommen sah, rannte er erschrocken zu Sven und faßte ihn instinktiv an der Hand: "Ich will nicht zurück zu Papa. Ich will hier bei euch bleiben." Sonja versuchte zu vermitteln: "Kann Phillip nicht doch noch ein paar Tage bei uns bleiben, Frau Weingart?" Und Britta versprach, sie würden auch mit ihrem Mann reden. Heidi Weingart war überrascht: "Und ich dachte, Eure Generation würde sich nur für sich selbst interessieren. Also gut. Aber Ihr müßt mir versprechen, daß er nicht irgendwelche gefährlichen Dinge macht." Niklas fuhrdie total verunsicherte Frau in die Pension zurück.

Beim Abendessen, während ihr Mann nervös auf seine Uhr starrte, wild entschlossen, im richtigen Moment die Polizei zu verständigen, gestand Heidi Weingart, daß sie

Phillip am Nachmittag bei der Clique besucht und ein Arrangement getroffen habe. "Ein Arrangement?" Jürgen Weingart stierte seine Frau fassungslos an und polterte dann los: "Ich laß mir meine Familie von niemandem kaputtmachen!" Heidi Weingart konterte: "Wenn jemand unsere Familie zerstört, dann bist du das!" Weingarts Hand zuckte bedrohlich, doch da erschien als rettender Schutzengel Christine, um die Speisekarten einzusammeln. Weingart warf seiner Frau noch einen Blick zu, der hätte toten können, und verließ wortlos den Raum.
Heidi Weingart folgte Christine in die Küche. Sie brauchte jetzt jemanden, mit dem sie sich aussprechen konnte. Christine tröstete sie, so gut es ging: "Wissen Sie, ich war alleinerziehend – und als mein Sohn sieben oder acht war, hat er mich rasend gemacht. Es verging kein Tag, an dem wir uns nicht in den Haaren lagen. Es war wie Katz und Maus. Bis ich eines Tages entdeckte, was schuld daran war. Niklas fühlte sich vernachlässigt, das war alles. Wir hatten damals eine schwere Zeit. Die Pension lief nicht so gut, und ich mußte nebenbei putzen gehen. Da hatte er das Gefühl, ich würde ihn nicht lieben. Dabei war es nur Zeitmangel. Ich hab' ihn dann einfach mitgenommen. Die erste halbe Stunde hat er mir geholfen. Dann ist er immer eingeschlafen. Aber er war bei mir. Das war das Wichtigste. Und seitdem weiß ich: Was man gibt, bekommt man wieder zurück."

Am nächsten Morgen war es so ruhig wie vor einem Sturm. Sven und Sonja schliefen engumschlungen in ihrem Doppelbett im Pfahlbau. Auch Phillip döste noch, während Nik und Britta schon mit dem

Frühstücksgeschirr klapperten. Britta hatte Bedenken: Sie hätten kein Recht, anderen Leuten ein Kind wegzunehmen. Phillip sei ganz klar ein Fall für die Polizei und fürs Jugendamt, die weit bessere Möglichkeiten hätten, die Eltern unter Druck zu setzen. Niklas schüttelte energisch den Kopf:
"Meinst du vielleicht wöchentliche Kontrollen, Versöhnungsgespräche und so weiter? Dann stecken wir den Kleinen und seine Eltern am besten gleich in getrennte Käfige, um sie voreinander zu schützen..."
Ein Geräusch unterbrach sie. Phillip war wach geworden und sah Nik einen Augenblick mit großen Augen an. Die blanke Verzeiflung stand in seinem kleinen Gesicht, und er rannte hinaus. Niklas lief ihm nach und bekam den Jungen am Ende der Treppe zu fassen. Phillip wehrte sich mit Händen und Füßen:
"Laß mich los. Du bist nicht mehr mein Freund. Du hast mich angelogen. Ich will nicht eingesperrt werden. Niemand von euch ist mein Freund."
"Jetzt halt' mal die Luft an!" schnaubte Nik. Das wirkte. Dann sah er ihm in die Augen: "Ich bin dein Freund, kapiert?" Erleichtert setzten sich beide in den Sand: Wie es wäre, wenn sich seine Mutter scheiden ließe? Phillip wußte, wie das war – Scheidung: Die Eltern von Daniel, einem Klassenkameraden, hatten sich auch scheiden lassen.

Heidi Weingart lag mit offenen Augen im Bett. Sie hatte die Nacht allein verbracht. Da flog die Tür auf, und ihr Mann polterte herein. Er sah schmuddelig aus, unrasiert – und betrunken war er auch, keine Frage. Sie stand auf, aber gleich versetzte ihr Jürgen eine Ohrfeige, die sie zurück aufs Bett warf: "Wenn du mir nicht sagst, wo mein Sohn ist, schlag' ich dich windelweich, das kannst du mir glauben!"

Sonja saß mit Phillip in Niks Pfahlbau im Schaukelstuhl und las ihm ein Märchen vor. Sven bastelte an seinem Computer. Plötzlich tauchte Jürgen Weingart auf und zerstörte die Eintracht. Phillip suchte bei Sven Schutz, aber schon hatte ihn sein Vater am Kragen gepackt und schleifte ihn zur Tür: "Wir machen jetzt einen Familienausflug, Sohn. Und dann wird alles wieder gut, verstanden?!"
Sven und Sonja sahen gerade noch, wie Weingart Phillip, als wäre er ein Gepäckstück und nicht ein Wesen aus Fleisch und Blut, im Auto verstaute. Auf dem Beifahrersitz, mit wächsernem Gesicht, Heidi Weingart. Sofort wollte Sonja die Polizei anrufen, aber Sven riet ab: "Das bringt gar nichts. Schließlich ist er Phillips Vater. Und Erziehung ist immer noch Privatsache." Sie einigten sich darauf, die Clique zusammenzutrommeln. Nik furchte die Stirn, als er von dem geplanten Familienausflug erfuhr: Dann wisse er, wo Weingart sei.

Weingart hockte mit seinem Sohn an der Reling eines Angelkutters, den er für den Ausflug gechartert hatte. Heidi Weingart war nur noch ein Häufchen Elend. Ihre Augen waren rot und verschwommen, so geweint hatte sie. Neben Weingart, im Holz der Reling, steckte ein Messer. Der Mann bemühte sich, seinem eingeschüchterten Sohn das ABC des Angelns zu vermitteln, wie er es von seinem Vater gelernt hatte. Plötzlich stutzte er, kniff

die Augen zusammen, um besser sehen zu können. Zwei Surfsegel. Es waren Sven und Boje. Weingart zog das Messer aus dem Holz: "Könnt ihr uns nicht in Ruhe lassen?!" Phillip habe ein Geschenk vergessen, rief Sven zurück: ein Märchenbuch. Und ehe sich Weingart versah, waren Tjard und Nik hinter ihm. Nik hielt Phillip das Buch hin, aber der Junge wagte nicht, sich zu rühren. Schaute zu seinem Vater auf, in dessen Hand immer noch das Messer blitzte. Niklas forderte den Kleinen auf, seinem Vater zu sagen, daß sie Freunde seien, ihm zu erklären, vor wem er wirklich Angst habe.
Jetzt reichte es Weingart. Wie ein wilder Eber ging er mit dem Messer auf Nik los. Der wehrte den Angriff mit dem Buch ab. In diesem Moment erwachte Phillip wie aus einer Trance. Er stürzte sich auf den Rücken seines Vaters und hieb mit den kleinen Fäusten auf ihn ein: "Du darfst ihm nicht weh tun! Nik ist mein Freund. Du darfst ihm nicht weh tun." Niklas konnte Weingart das Messer aus der Hand schlagen.
"Ich hab' Angst!" schrie Phillip weiter. "Angst vor dir!" Weingart, dem jetzt alles zuzutrauen war, sah mit einemmal rot und schüttelte Phillip unsanft ab: "Du kleiner Dreckskerl, was fällt dir ein?! So redest du mit deinem Vater?!" Er wollte Phillip schlagen, aber Heidi Weingart schnappte sich das Messer und warf sich zwischen die beiden: "Wenn du ihn noch einmal anrührst, bring' ich dich um!" Phillip rappelte sich auf und suchte hinter seiner Mutter Schutz. Weingart, der nicht wußte, wie ihm geschah, verlangte von seiner Frau, sie solle ihm das Messer zurückgeben. Dann wolle er alles vergessen. Mit dem Mut der Verzweiflung bot eine Selbstbewußtsein

gewinnende Heidi Weingart ihrem Mann Paroli: "Ich will das aber nicht vergessen. Das einzige, was ich vergessen will, bist du. Ich will, daß du uns in Ruhe läßt. Für immer." Sie bat Sven, sie mit dem Beiboot zurückzubringen. Das Messer, als wolle sie auf diese Weise die Trennung besiegeln, warf sie ins Wasser. Weingart sah sprachlos zu, unfähig zu reagieren.
Die ganze Clique hatte sich versammelt, als sich Heidi von Frau Westermann und Nik verabschiedeten: "Ich glaube, es ist gut, daß der Junge seinen Vater die nächsten Wochen nicht sieht. Ich hoffe nur, daß die Scheidung schnell und unkompliziert abläuft." Phillip ließ sich unterdessen von all seinen Freunden das Märchenbuch signieren. Nik ging in die Hocke, setzte seinen Namen als letzter drunter: "Mach's gut, mein Freund." Phillip lächelte: "Du auch...mein Freund." Phillip hielt die Handfläche hoch, und Nik schlug sanft ein.

Als Heidi und Phillip weg waren, erschien John Westermann auf der Bildfläche und brachte Christine einen neuen Rasenmäher: sozusagen als erstes Hochzeitsgeschenk. Alles sah ihn fragend an. "Hast du's noch nicht erzählt?" wollte er von Christine wissen, die eilig den Kopf schüttelte. "Ach, was soll der ganze Zirkus? Wir haben das seit vier Wochen mit Martina und Rocky geplant." Niklas und Sven runzelten die Stirn: ein Komplott? Christine nahm John in den Arm: "Eine Doppelhochzeit. Wollt ihr uns nicht gratulieren...?!" Die beiden Surfcracks schauten einander entgeistert an: "Neiiiiin!"

2

Liebesreigen

Aufgeräumt und mit frischen Brötchen sowie der Morgenzeitung betrat Nik den Pfahlbau: "Moin."
Sven und Sonja deckten – zirkusreif, wie es sich gehörte – den Tisch. Sonja warf Sven Tassen, Teller und Besteck zu: " ...und hepp!"
Wieso nur für drei gedeckt sei, staunte Nik. Britta sei schon los in die Reha-Klinik, um sich psychisch auf ihren neuen Chef vorzubereiten, der heute seinen Einstand geben wollte. Resigniert ließ Sven den Stellenteil der Zeitung fallen, die er Nik aus der Hand gerissen hatte.
"Sucht denn niemand ein gelerntes Genie?" versuchte Nik ihn zu foppen.
"Ungelernte wie dich suchen sie massenhaft, diese Kleingeister", schnappte Sven und schob die Zeitung rüber zu Niklas. Niks Blick fiel gleich auf eine Doppelseite für Brautkleider und Smokings: "Nirgendwo kannst du mehr hingehen, ohne daß du auf so einen Mist stößt." Das Wagnis, das seine Mutter mit John Westermann eingehen wollte, trübte ihm immer noch den Sinn.
Aber so eine Hochzeit sei doch ein Freudentag, flötete Sonja, nicht ohne gewisse Hintergedanken, die ihre und Svens nähere Zukunft betrafen.
"Für seinen Vater vielleicht." Nik deutete mit dem Kinn auf Sven. "Sein Alter macht mit meiner Mutter doch 'ne

echt gute Partie."
Sven war beleidigt: "Ach, und deine Mutter vielleicht nicht? Die kann froh sein, daß er sich so leicht breitschlagen läßt."
"Soll das heißen, sie hätte keinen Besseren mehr abbekommen?!" fauchte Nik seinen Freund an.
Sonja unterbrach den Streit der ungleichen Brüder in spe: "Jetzt hört endlich mit euren Kindereien auf! Ist ja nicht zum Aushalten!"

Am Surfcontainer malte sich der Rest der Clique gerade den massierten Umfang von Rockys Verwandtschaft aus. "Wenn er alle Verwandten und Bekannten einlädt, gibt's in der Kirche Schichtsitzen."
Timo imitierte den genervten Pfarrer: "Und jetzt bitte die Gäste mit den Nummern 120-240. Halleluja."
Tjard verzog nur, friesisch-herb, den Mund. "Und vergeßt nicht die Sippschaft von Frau Andersen und Westermann", erinnerte Tanja. "Na, immerhin, die Parties von dem Alten sind immer Spitzenklasse!"

Westermann zog im Schwimmbad des Sporthotels seine Runden. Als er seinen Sohn kommen sah, kraulte er mit der Grazie eines Nilpferds zum Beckenrand: "Na, Sven, hättest du nicht Lust, unsere Hochzeitsparty zu organisieren? Die Viererbande gibt dir auch den Freiraum, den so'n Kreativer wie du braucht. Müßte doch garantiert 'ne Herausforderung sein für so'n Werbefuzzi wie dich." Sven sah nicht unbedingt beglückt aus. "Geld spielt keine Rolle", versuchte ihn der Alte aus der Reserve zu locken. Dieses Argument zog bei Sven immer. Er sagte zu.

Christine saß in ihrer Pension über dem Brautkleid und lutschte an ihrem Daumen. Auf dem Tisch stand eine Schachtel mit Absticknadeln. Niklas brachte ihr zwei Stoffbären, die sich umarmten: "Damit du jemanden hast, der dich nachts wärmt." Er war immer noch wie vor den Kopf gestoßen, daß seine Mutter ausgerechnet diesen Westermann heiraten wollte. Und er sollte in seinem Alter noch einen Stiefvater bekommen. Papi Westermann – nein danke!

"Ich versteh's ja selber nicht", kam Christine seinen nagenden Zweifeln zuvor. "Alles, was ich weiß, ist, daß ich seine Frau sein möchte. Nun mach' doch nicht so ein Gesicht, Niklas. Du mußt das so sehen: Du verlierst nicht einc Mutter, sondern gewinnst einen Vater." Nik sah sie düster an und lächelte gezwungen: "Und einen Bruder gleich mit dazu."

Später, in Rockys Pizzeria, machte er weiter gute Miene zum vermeintlich bösen Spiel und half seinen Freunden Einladungskarten in Kuverts stecken und zukleben. Rocky servierte eine große Diavolo, während Sonja in die Runde blickte und sich fragte, wer von ihnen wohl der nächste im ehelichen Hafen sein würde..

Timo fühlte sich gleich angesprochen und schwärmte lautstark von einer gewissen Lydia: "Ich hab' mir schon überlegt, ob ich mir nicht ihren Namen eintätowieren lassen soll." Boje bot sich vorsorglich schon mal als Trauzeuge an, aber Timo winkte ab: "Heiraten ist nur für Spießer." Da kreuzte Sven auf: "Moin, Leckabteilung. Wo ist Rocky?" Alle, außer Niklas, deuteten in Richtung Küche. Er wäre froh, wenn er einen Bruder wie Sven hätte, meinte Timo. Niklas korrigierte ihn: Sie seien keine richtigen Brüder. "Für mich wart ihr immer wie Brüder", lachte Timo. "Vor allem, wenn ihr euch gezankt habt."

In der Küche wirbelte Rocky gekonnt den Boden einer Pizza Amore durch die Luft. Sven nahm einen Paprikastreifen in den Mund und fragte, ob er nicht einen italienischen Tenor an der Hand habe, der die Hochzeit der Viererbande musikalisch begleiten könne: Es müsse ja kein Pavarotti sein, wenigstens was den Preis angehe. Rocky setzte seine grauen Gehirnzellen in Betrieb: "Ein Freund von mir ist Straßenmusikant. Pepino heißt er. Ich kann ihn ja mal ansprechen."

In diesem Moment kam Niklas in die Küche, um seine Meinungsverschiedenheit mit Sven beizulegen: "Das wegen heute morgen tut mir leid." Doch der Versuch schlug fehl, fürs erste, und sie gerieten gleich wieder in Streit, als Sven scherzte, schließlich werde es ja Zeit, daß Nik einen anständigen Nachnamen bekomme. Pikiert überlegte Nik: "Niklas Westermann?! Das schmink' dir mal schnell ab." Jetzt war Sven wieder sauer: "Denkst du vielleicht, ich möchte Sven Andersen heißen?!" Niklas mochte nicht der Klügere sein und nachgeben: "Du solltest froh sein, wenn du einen Namen bekommst, der hier noch was gilt." Andersen, dieser lächerliche Name, sei doch nur ein Synonym für Loser, explodierte Sven. Die beiden Streithähne stürzten sich aufeinander und prallten voll gegen die Ablage. Mehrere Metallschüsseln fielen scheppernd zu Boden. Rocky versuchte sein Inventar zu retten: "Wenn ihr euch unbedingt prügeln müßt, dann macht das draußen auf der Straße, aber nicht in meiner Küche!" Die anderen, die hinzukamen, wollten die beiden

vergeblich trennen. Erst ein Pfiff Martinas ließ alle zu Salzsäulen erstarren: "Ich lasse mir von euch doch nicht den glücklichsten Tag meines Lebens vermiesen." Die Clique entkrampfte sich. "Du meine Güte", fiel Rocky aus allen Wolken. "Ich heirate ja eine Löwin."
Da hatte Nik eine, wie er dachte, gelungene Idee, wie sie ihre Eltern auf die Probe stellen können, ob sie es wirklich ernst meinten. Beim gemeinsamen Joggen am Strand schlug er Sven vor, seinem Vater ein "Rasseweib" auf den Hals zu hetzen: "Wenn er da durchkommt, kann er von mir aus meine Mutter heiraten." Sven tippte sich an die Stirn: "Hab' ich dich irgendwie am Kopf getroffen? Oder hältst du deine Mutter wirklich für eine Heilige?" Beleidigt hielt Niklas an: "Meine Mutter interessiert sich nicht für andere Männer." Woher er das wissen wolle, fragte Sven spöttisch, und erklärte die Spiele für eröffnet. Die Wette lief, welcher Elternteil sich zuerst von Fleischeslust übermannen ließ.

Eine wie Gloria kam den beiden da wie gerufen. Gloria Paplitz war eine attraktive Mittdreißigerin, unverheiratet – und erschien just im rechten Moment am Surfcontainer, nachdem man ihr im Sporthotel gesagt hatte, hier werde sie Leute treffen, die ihr das Surfen beibringen würden. Sven klopfte Nik auf die Schulter, was soviel bedeuten sollte wie: Das ist dein Job – die Wette gilt.
Lächelnd nahm Gloria den Schwarzhaarigen in Augenschein: "Freut mich."
Dann ließ Sven die beiden allein und machte einen Abstecher in die Pizzeria, wo zwei Frauen soeben begeistert einen italienischen Gitarristen anhimmelten. Rocky

stellte ihn vor: Das sei Pepino, der auf seiner Hochzeit singen sollte.
"Ah, hallo", unterbrach Pepino seinen Italo-Schmalzsong. "Rocky hat mir gezählt, daß es viele Leute kommen zu die große Hochzeit. Gut Kohle, gut Lieder, okay?" Sven war einverstanden. Dann überlegte er kurz, denn es war ihm noch was eingefallen.

"Vielleicht hätt' ich da noch einen Zusatzjob für dich, Pepino. Hast du Lust?" Für einen Troubadour kein Problem: "Wie ich das schon sagte: Wenn Kohle o.k..."
Nik hatte schon mit der ersten Trainingsstunde begonnen. Gloria stand auf dem Übungsbrett, Niklas dicht hinter ihr. "Nik ist wirklich ein Crack", mußte Timo zugeben, als er mit Lydia, seiner neuen Flamme, vorbeikam. "Im Surfen, mein' ich." Er gab Lydia einen Kuß. Seufzend drehte sich Nik zu Gloria um, die ihn anlächelte: "Hast du Lust auf Sauna? Bei mir im Hotel?"

Niklas machte einen leicht verkrampften Eindruck, als er mit Gloria in der dampfenden Sauna hockte. Zielsicher ließ die Dame ihr hübsches Haupt kreisen: "Ich glaub', ich hab' mir am Strand etwas den Nacken verrissen. Würdest du mich massieren? Bitte." Nik räusperte sich, rutschte dichter zu Gloria, die ihren Nacken freilegte, und begann mit der Massage. Ungeschickt versuchte er das Thema zu wechseln und auf Westermann zu sprechen zu kommen, aber Gloria bat ihn, die Gunst der Stunde jetzt nicht durch Einflechten anderer Namen zu stören, drehte sich um und gab Nik einen Kuß: "Du hast doch keine Angst, oder?! Du bist doch schon erwachsen!" Nik druckste herum, doch so was erregte eine Gloria um so mehr: "Was für ein süßer, schüchterner Bengel du bist. Ich könnte dich auf der Stelle auffressen." Sie zog Niklas an sich, verbiß sich in seinen Hals. Der wehrte sich, als gehe es gegen ein wildes Raubtier. Endlich gelang es ihm, sich loszumachen, um sich schleunigst zu verabschieden. Glorias Opfer sollte doch ein ganz anderer sein: Die Wette, Junge, denk' an die Wette! Nicht er wollte doch vernascht werden, Westermann sollte es treffen, das alte Schlitzohr!

Mißtrauisch schnüffelte Britta an seinem T-Shirt, als Niklas zum Pfahlbau zurückkam: "Ist das etwa Parfüm?" Nik geriet ins Schwitzen: "Ich...äh...ich war noch im Supermarkt. Und da war so 'ne Kosmetiktussi, die mich mit 'ner Probe eingesprüht hat. Leidenschaftliche Blümchen oder wie das Zeugs hieß." Sven und Sonja verdrückten sich ins Schlafzimmer und überließen die beiden jetzt lieber sich selbst. "Kannst du mir mal flüstern, was das soll?" meckerte Britta munter drauflos. Bevor Nik unter die Dusche flüchten konnte, bemerkte sie auch schon einen verräterischen Knutschfleck.
"Was stellt denn das dar?! Ich hoffe, du bist von einer Qualle geküßt worden! Am besten bewirbst du dich an der Volkshochschule für einen Märchenkurs."

Christine Andersen schwitzte in ihrer Küche über einem Nudelgericht und brütete über dem neuen kombinierten Familiennamen: "Christine Westermann-Andersen. Andersen-Westermann. Da hol' ich mir ja einen Schreibkrampf. John Andersen. Schon besser. Christine und John Andersen." Ein Schatten schreckte sie aus ihren Gedanken. Vor Schreck ließ sie eine Sahnetüte fallen. Der

Schatten, der sich als Pepino vorstellte, entschuldigte sich und bot an, den feuchten Schaden zu ersetzen. Christine winkte ab. Irgendwie gefiel ihr der Kerl, auch wenn er ein bißchen jung war. Oder vielleicht gerade weil er so jung und italienisch noch dazu war, fuhr sich die erfahrene Frau mit der Zunge über die Lippen. Erwartungsvoll rieselte die Spannung durch ihren Körper. Über einer Flasche Tequila kam man sich näher. Christine mußte Tränen lachen. Pepino war ein exzellenter Geschichtenerzähler. Beide leckten Salz, lutschten eine Zitronenscheibe und kippten das Gesöff in Richtung Gurgel. Christine verzog das Gesicht: "Das wird ja immer saurer." Für Pepino war das ganz in Ordnung so: "Saurer machen lustig. Das nicht deutsche Redeart?"

Als Niklas spät abends noch einmal reinschaute, sah er eine aufgelöste Christine an Pepinos Schulter. Er warf einen fragenden Blick auf den südländischen Charmeur, entschuldigte seine Mutter für einen Augenblick und führte sie untergehakt nach draußen: "Du solltest jetzt keinen Unsinn machen." Zwei schnelle Furchen auf Christines Stirn füllten sich und verschwanden wieder: "Was soll das heißen?" Nik begann zu stottern: "Ich meine...du.... äh...du willst doch mit Westermann glücklich werden. Dann...solltest du besser...x aufpassen." Christine verstand nicht: "Habe ich jetzt zuviel getrunken oder du?" Niklas meinte, es sei doch ganz klar, daß Pepino etwas von ihr wolle, und er begann auch zu ahnen, welcher gute Freund den Italiener mobilisiert hatte. Christine war verärgert: "Zu sowas gehören immer noch zwei. Ich finde es ziemlich traurig, daß du mir in dieser

Hinsicht nicht traust. Ich kommentier' ja auch nicht den Knutschfleck an deinem Hals." Abrupt drehte sie sich um und ließ Nik im Freien stehen, der sich verschämt den Nacken rieb. Drinnen hörte er Pepino jauchzen. Es stand eins zu null für Sven!

Gleich am nächsten Morgen, als Britta weg war, machte sich auch Sven den Spaß, in die Kerbe zu hauen, die Niks Hals rot wie eine offene Wunde zierte, und seinen Freund auf den Knutschfleck anzusprechen: "Sollte der nicht für meinen Vater sein?" Nik wurde ganz unruhig: "Wir müssen die Sache abblasen. Kannst du nicht deinen Casanova zurückpfeifen?" Sven grinste überlegen: "Sie ist wohl doch nur aus Fleisch und Blut? Tja, Pech gehabt. Die Bombe tickt, und ich habe nicht vor, sie zu entschärfen. Wie sollen wir sonst wissen, ob sie es wirklich wert ist, meine Mutter zu werden?" Das mochte sich Nik natürlich nicht bieten lassen: Die Folgen habe er sich und seiner Überheblichkeit zuzuschreiben.

Am nächsten Tag baggerte er Gloria an, als sei er in Svens Neoprenanzug geschlüpft. Gloria schien angenehm überrascht, als ihr Nik, wie sie ihr Board hochhob, anerkennend auf den Allerwertesten klopfte. Er lächelte, deutete aufs Wasser.
"Und los und ab!"
"Du bist ja ein ganz Frecher!" trällerte Gloria und hüpfte ihm hinterher. Ja, von nichts kommt bekanntlich nichts. Just in dem Moment, als Gloria Niklas neckisch im Wasser zu Fall brachte, kam Britta, der ein komischer Verdacht keine Ruhe gelassen hatte, an den Strand gera-

delt. Aber sie hatte die beiden nicht bemerkt. Gloria, total entfesselt, knutschte Nik derweil unter Wasser nieder. Der war überwältigt, spuckte Wasser und Worte der Abwehr, als er wieder auftauchte: "Gloria! Können wir das nicht später machen, in aller Ruhe?" Aber Gloria gefiel es so und nicht anders. Bett fand sie langweilig, profan sozusagen. Sie schoß auf Nik zu und zerrte ihn wieder unter Wasser. Britta, die jetzt bei den Surfcontainern angelangt war, suchte den Horizont ab. Nik und Gloria tauchten wieder auf. Niklas schlug vor, daß sie sich heute abend in der Hotelsauna treffen sollten, und kraulte zum Strand zurück. Da entdeckte ihn Britta; auf Gloria achtete sie nicht. Doch diesmal, da sie wirklich einen triftigen Grund zur Eifersucht gehabt hätte, kam sie sich dämlich vor.
Niklas rief gleich John Westermann an: Er wolle mit ihm wegen der Hochzeit reden. Westermann wehrte ab: "Da gibt's nichts zu reden. Das läuft, und wenn du dich auf den Kopf stellst." Nein, das meine er nicht: Er wolle seiner Mutter vielmehr ein ganz besonderes Präsent machen und denke, Westermann könne ihm einen heißen Tip geben. Außerdem, lächelte er, sei das so was wie ein Friedensangebot. Also verabredeten sich die beiden für halb acht in der Sauna. Nik hängte den Hörer ein und rieb sich siegessicher die Hände.

Westermanns Zufriedenheit, Nik "geknackt" zu haben, bekam gleich einen Dämpfer ab, als er noch mal zu Christine in die Pension fuhr, um ihr die zwei Eheringe zu zeigen, die er erworben hatte. Als Christine sie sah, mußte sie sich beinahe übergeben. Speiübel war ihr. Sie hatte in der vergangenen Nacht, muß man wissen, außer der

Reihe, ein wenig zu tief ins Glas geblickt. Auf einmal stolzierte der Grund der Trunkenheit in die Küche, fröhlich pfeifend und in Boxer-Shorts: Pepino. Reserviert ergriff Westermann Pepinos angebotene Rechte: "Pepino San Delangelo, Liebling der Frauen. Ich bin Freund des Hauses, sogesagt." Zornesröte verfärbte Westermanns Gesicht, und als er merkte, daß sich Pepino von seiner Wut nicht verscheuchen ließ, rauschte er wortlos ab und versäumte den erleichternden Augenblick, wie Christine frauhaft Pepinos heftigsten Verführungskünsten getreulich widerstand. Der Signore Frauenverführer war verblüfft: "Du bist ein starkes Frau. Dieser Mann von eben. Liebst du ihn?" Christine brummte immer noch der Schädel: "Ich weiß nicht." Ob sie Schiß habe? Christine war empört. Pepino beharrte: "Ja, daß er ist wie ich. Casanova, Hansdampf in alle Gassen." Christine lächelte gequält. Pepino machte sein Hemd auf – aber keine Bange, er wollte ihr nur eine Narbe unterhalb der Achselhöhle zeigen: "Von einem eifersüchtigen Mann. Mit Messer. Und deine Mann hatte selbes Augen. Hat geblasen durch die Nase vor Wut. Gehst du zu ihm! Starkes Frauen warten nicht!"

Niklas stapfte durch den Sand zum Pfahlbau, wo er schon sehnsüchtig von Sven erwartet wurde. Von Vorfreude benommen, sah er auf die Uhr: In einer halben Stunde gehe die Bombe hoch – und dann sei Svens Alter geliefert. Der blieb cool und wies in Richtung Strand: "Kann er machen, was er will. Ich war schneller. Da vorne kommt mein Romeo." Tatsächlich kreuzte da Pepino auf, doch der schien die Welt nicht mehr zu verstehen:

"Christine ehrliche Frau. Sie will keine andere Mann." Sven ächzte: Das Ganze drohte ihm anzubrennen. Kurzentschlossen rannte er zum Buggy: "Auf zum Hotel." Nik folgte ihm. Pepino blieb kopfschüttelnd im Pfahlbau zurück, warf sich in die Hängematte und schlürfte ein Bier aus der Dose, als zwei hübsche Signoras erschienen: Britta und Sonja. Auf ihre Frage, wo Sven und Nik seien, erwiderte er, sie seien rüber zum Hotel gefahren. Um was es hier eigentlich gehe, fragte ihn Britta scharf. Pepino schaute ihr seelenruhig in die Augen: "Um Frauen natürlich!"

Gloria rieb sich Parfüm auf die Handgelenke. Sie zog vorsorglich ein Kondom aus ihrer Handtasche und steckte es in die Seitentasche des Bademantels. Zögerte. Steckte ein zweites Präservativ dazu. Man konnte ja nie wissen, was der Bundesgesundheitsminister im Falle etwaiger Risiken empfahl. Dann nahm sie eine Champagnerflasche und zwei Gläser von der Ablage über der Mini-Bar. Im Sporthotel war Showdown angesagt. Sven und Nik, Britta und Sonja, aber auch Christine waren schon auf dem Weg. High noon.

Dampf schlug Gloria ins Gesicht, als sie die Sauna betrat. Sie sah kaum etwas, nur eine schemenhafte Männergestalt, und hielt die Flasche hoch: "Guck mal, was ich mitgebracht habe. Vielleicht wirst du dann ein bißchen lockerer." Langsam verzog sich der Dampf. Auf der Holzbank hockte natürlich kein anderer als John Westermann und starrte Gloria verblüfft an. Und mit einemmal stand noch Christine in der Tür und warf ihm wutentbrannt das Etui mit den Trauringen zu: "Hier, laß dir das Geld zurückgeben. Oder frag' deine neue Freundin. Vielleicht hat sie ja Verwendung dafür."

Als Sven und Nik den Gang zur Sauna entlangkamen, wurden sie von Christine fast über den Haufen gerannt. Westermann, der seine Weichteile mit einem Handtuch kaschierte, sprang ihr hinterher: "Ich hab' keine Ahnung, wer die Frau ist, wirklich." Er kriegte Christines Arm zu fassen, aber sie riß sich los: "Erzähl' deine Märchen in Zukunft einer anderen, John Westermann." Ausgerechnet Niklas kam zu Westermanns Ehrenrettung und stellte Gloria als seine ganz persönliche Bekannte – ähem! – vor. Jetzt blickte Christine gar nicht mehr durch. Nik beruhigte sie: Gloria habe natürlich nicht den alten Westermann, sondern den jungen Nik in der Sauna erwartet, um mit ihm ein Gläschen zu leeren.
"Ah ja?" meldete sich unheilvoll die Stimme von Britta. Nik verdrehte vor Verzweiflung die Augen. Was für eine idiotische Idee war doch dieser kindische Treuetest gewesen. !Entweder würde jetzt eine Bombe hochgehen oder... Man entschied sich für das Oder und versammelte sich zum großen Kriegsrat im Restaurant des Hotels, wo Sven und Nik die näheren Umstände ihrer Wette darlegten. Britta und Sonja starrten fassungslos: "Was seid ihr zwei nur für dämliche Kindsköpfe!" Gloria griff schnell zu Lippenstift und Spiegel: "Das ist das erste Mal, daß ich für ein Komplott benutzt werden sollte. Soll ich mich jetzt ärgern oder geschmeichelt fühlen?" Nik legte vertraulich seine Hand auf ihren Arm: "Das letztere. Schließlich haben wir dich ja ausgewählt, weil du eine

Superfrau bist." Britta blickte finster und verletzt. Ehe es zu weiteren Mißveständnissen kommen konnte, schlug Westermann, mit einem Blick auf Christine, einen versöhnlichen Ton an: "Ich hoffe doch, jetzt haben wir das Einverständnis unserer Herren Söhne." Sven wiegelte ab: "Ich hatte da nie irgendwelche Einwände. Es war alles Niks Idee." Niklas war empört: "Wenn du dir so sicher gewesen wärst, hättest du wohl kaum so schnell mitgezogen." Jetzt riß Christine aber der seidene Geduldsfaden: "Von jetzt an kümmert ihr beiden euch gefälligst um eure eigenen Sachen, okay? Keine Einmischungen mehr, wenn ich bitten darf!" Die anderen schwiegen betreten.

Der Hochzeit der Viererbande stand nun nichts mehr im Wege. Der Garten der Pension Goodewind war mit Hochzeitsgästen überfüllt. Niklas umarmte seine Mutter: "Alles Gute, Mama." Sven gab seinem Vater die Hand: "Das hättest du nicht gedacht, daß du auf deine alten Tage noch mal Vater wirst." Westermann sah Nik prüfend an: "Wenigstens bist du aus dem Krabbelalter raus."
Nik lachte: "Aber nicht aus dem Kabbelalter..."
Troubadour Pepino ließ sich nicht lumpen und haute ein italienisches Hochzeitslied in die Saiten. Dabei tauschten er und Gloria verlangend-schmachtende Blicke.

3

Das Boot

Ein kleiner Krabbenkutter tuckerte gemächlich vor sich hin und zog Netze mit. Er trug den Namen eines großen Schriftstellers, dem wir das Buch "Der alte Mann und das Meer" verdanken: Hemingway. Im Ruderhaus stand Ulf Brehm, Ende Fünfzig, Vollbart, verschmitzte Augen, Pfeifenraucher. Am Heck sortierte Boje Unrat und kleine Fische aus. Ulf gab seinem Sohn ein Zeichen, daß sie noch mal einholen, aber plötzlich stoppte die Winde. Ein Fußtritt Bojes half da gar nichts; diesmal war die altersschwache Mechanik endgültig hinüber. Ulf kam herüber, drückte Abwärts- und Aufwärts-Knopf. Das Stahlseil bewegte sich, knirschend, nur Zentimeter. Ulf packte das Stahlseil, zerrte daran, drückte beide Knöpfe gleichzeitig. Da riß eine Faser des Stahlseils, dann eine zweite, schließlich, mit einem bösartigen Surren, das ganze Seil. Ulf wurde mit dem Genick gegen die Reling geschleudert. Das Netz rutschte ins Wasser. Das Boot legte sich gefährlich mit dem vollen Netz auf die Seite. Boje drückte einen Knopf der anderen Winde und gab seinen Fang frei, um wieder ins Gleichgewicht zu kommen. Dann wollte er seinem Vater beim Aufstehen helfen. Ulf Brehm wand sich vor Schmerzen und sank wieder gegen die Bordwand. Sein Kopf war etwas schief. Er traute sich nicht, ihn zu bewegen, und bat seinen Sohn, das Steuer zu übernehmen. Das Schlingern des Bootes verstärkte den

Schmerz nur noch. Es gelang Boje trotz aller Schwierigkeiten, das Boot in den Griff zu kriegen und seinen Vater ins Krankenhaus zu bringen. Nach der Untersuchung klärte ihn der Arzt über den Zusatnd seines Vaters auf:: "Ist ein zäher Knochen, Ihr Vater. Zum Glück ist nur der Wirbel gestaucht. Aber er wird ein paar Tage Ruhe brauchen." Und das bedeutete, wie Ulf Brehm es sah, daß sein Sohn in dieser Zeit allein den Krabbenfischer spielen mußte. Sie konnten auf das Geld nicht verzichten, denn pünktlich zum Monatsende war die nächste Rate für den Kutter fällig. Boje war sich nicht sicher, ob er das schaffen würde, aber sein Vater munterte ihn auf: "Fahr einfach unsere Rinne entlang, dann wird's schon klappen." Und außerdem, wofür habe Boje seine Clique? Die konnten ruhig mal mithelfen.

Die Clique traf sich einmal nicht in der Pizzeria. Vielmehr hatte man das frischgebackene Ehepaar Marciano in den engen Pfahlbau eingeladen, wo Sven bei Kerzenschein den Küchenchef mimte. In einem Kübel stand eine Flasche Champagner. Timo spielte sehr direkt auf den deutsch-italienischen Nachwuchs an: Er habe mal irgendwo gelesen, daß die beste Zeit zum Kinderzeugen bei Vollmond sei. "Und deshalb", fuhr Sven fort, "haben wir all unsere Reichtümer zusammengelegt..." Timo strahlte: "...und auf der Samenbank eingezahlt." Nik war etwas taktvoller: "...und euch kleine Hilfsmittelchen gekauft." Britta zog ein Geschenk unter dem Tisch hervor und ließ es an Martina weiterreichen ("Von uns Frauen"), danach ein zweites für Rocky ("Von den Jungs"). Dann beobachteten sie gespannt, wie die beiden auspackten. Martina

hielt ein Thermometer hoch. "Damit kannst du deine fruchtbarste Zeit feststellen", erklärte Sonja. Rocky hatte sich ein Männermagazin eingehandelt. Als er das Centerfold ausklappte, machte er große Augen. Über den Brüsten des monatlichen Playmates klebte ein selbstgeschriebener Gutschein.
Rocky las: "Für ein Liebeswochenende mit allem Luxus. Einzulösen, wenn genug Geld in der Kasse ist."

Am nächsten Tag, während Gunther, der örtliche Schrotthändler, die Winde reparierte, ging Boje Sven und Niklas um Hilfe an. Die nächste Rate bereitete ihm sichtlich Bauchschmerzen, denn der Kredit lief nicht über eine Bank, sondern über ein "Spezial"unternehmen in Hamburg. Sven wußte Bescheid:
"Haie mit Spezialzinsen, was?"
Boje nickte: "In zwei Tagen ist die nächste Rate fällig. Und uns fehlen noch fünfhundert Mark."
Sven überlegte. Wenn es nach ihm ging, hatte Boje bald mehr als fünfhundert.

Sven fragte seinen Vater um Rat. Der hatte gerade seinen ersten, leichten, Ehekrach zu verdauen: Christine plädierte für getrennte Wohnungen.
Westermann war baff, als ihm Sven von seiner neuen werbewirksamen Big-Business-Idee erzählte:
"Du willst die Krabbenfischerei zu einer Touristenattraktion machen? Du mußt von allen guten Geistern verlassen sein. Glaubst du denn, es gibt Menschen, die um fünf Uhr früh auf einen wackligen Kahn klettern und zusehen, wie Krabben gefangen wer-

den und mit ihrem Gestank die Luft verpesten?"
Aber Sven war nicht davon abzubringen. Er hatte sogar schon einen Slogan: Abenteuer Fischerei. Westermann fand, daß es besser abenteuerliche Fischerei heißen sollte – und außerdem: was er damit zu tun habe.
"Na ja", druckste Sven herum, "ich dachte, bei deinen Beziehungen zur Kurverwaltung. Wir brauchen nämlich 'ne Genehmigung."
Westermann war einverstanden, ausnahmsweise auch ohne Beteiligung: "Aber einen guten Rat geb' ich dir noch. Keine Kinder. Die machen nur Ärger."

Bald darauf klebten in St. Peter-Ording die ersten Plakate: "In den Schuhen des Fischers. Abenteuertour auf einem Krabbenkutter. Jeden Tag ab fünf Uhr morgens. Erwachsene: 15, Kinder: 5 Mark."

Tatsächlich stand gleich am Eröffnungstag eine fünfköpfige Familie am Pier. Werner Koch mit seiner Frau Tilly und den Kindern Ralf, Paloma und Jörg. Jörg, der Kleinste, trug eine Tauchermaske und stellt sich als Käpt'n Nemo vor. Sven, Niklas und Boje begrüßten die Kochs. Die 15jährige Paloma lächelte Nik herausfordernd-keck an.
Werner Koch, der mit einer Videokamera bewaffnet war, hielt Boje für ein reichlich jung, um den Kapitän zu spielen, aber Sven lobte seinen Kameraden sofort über den grünen Klee: "Boje? Der hat die Erfahrung eines alten Seebären. Wir hier an der Nordsee werden schon als Babies mit an Bord genommen. Das ist uralte Tradition in St. Peter-Ording." Ob so'n alter Kutter auch tauchen

könne, erkundigte sich Nemo-Jörg gleich. Als Boje ihn verdutzt anguckte, spritzte ihn der Kleine mit seiner Wasserpistole naß: "Dann hat Papa recht, und du bist gar kein richtiger Käpt'n."

Sven komplimentierte die Familie erst mal an Bord und kassierte. Da er den Hunderter, den Werner Koch zückte, nicht wechseln konnte, begnügte er sich mit Kleingeld: dreiunddreißigfünfzig. Paloma ließ sich von Nik persönlich eskortieren: "Für die Arbeit muß man ganz schön kräftig sein, nicht?" Nik blieb lakonisch: "Es geht." "Die ist doch niedlich, die Kleine", flüsterte ihm Sven aufmunternd ins Ohr. Nik sah ihn entsetzt an: "Dann hol' doch Timo. Können die beiden von mir aus Onkel Doktor spielen." Jetzt hat te Jörg Svcn im Visier. Boje warf den Motor an. Die Hemingway tuckerte los.

Boje stand am Steuer und starrte angestrengt zum Bug, als Nik ihm einen Becher Kaffee brachte:
"Hoffentlich bin ich in der richtigen Rinne."
Niklas zuckte mit den Schultern: "Was soll's? Den kleinen Unterschied wird schon keiner merken." Boje hatte da seine Zweifel: "Wenn ich den Kahn auf Grund setze, schon." Als er wieder zur Familie kam, überfiel ihn Paloma mit der Frage, ob es hier draußen Haie gebe. Nik schüttelte den Kopf: "Sehr selten. Einmal, als ich surfen war, hab' ich einen gesehen. War aber nur ein ganz kleines Exemplar."
Als das Wort Surfen fiel, spitzte Paloma begeistert die Ohren: "Sie surfen? Ich auch. Da können wir uns ja mal zusammentun." Nik lächelte genervt bei dem Gedanken.

Tilly mußte unterdessen einen Streit zwischen Jörg und Ralf schlichten. Der Ältere hatte dem Kleinen ein Bein gestellt; dabei war Jörgs Hose aufgerissen. Zur Strafe mußte Ralf in den Bau, das heißt, zu Boje ins Ruderhäuschen.

Nach einer Weile gab Boje das Kommando, das Netz einzuholen. Koch machte seine Videokamera bereit, während Niklas zur Winde ging und auf den Aufwärts-Knopf drückte. Nichts. Er drückte noch einmal. Immer noch nichts. Boje mußte aus dem Ruderhäuschen, nachdem er Ralf gewarnt hatte, bloß nichts anzufassen. Für Ralf klang das natürlich wie eine Extra-Einladung. Augenblicklich rutschte er von seinem Hocker und steuerte auf das Radar zu.

Als Boje die Winde untersuchte, fiel ihm ein loses Stromkabel auf. Nachdem er den Schaden behoben hatte, arbeitete die Winde wieder. Boje warf Jörg einen bösen Blick zu. "Du mußt das nächste Mal besser aufpassen, ja?" ermahnte Tilly ihren Jüngsten. Der andere Knabe, Ralf, war unterdessen voll mit dem Funkgerät beschäftigt: "Orion sieben ruft die interplanetarische Außenstelle. Wir haben Ihre Notsignale empfangen. Bitte kommen." Als Boje wieder hereinkam, wollte er es erschrocken weglegen, aber es kippte von der Ablage. Boje konnte es gerade noch auffangen, doch dabei berührte er versehentlich einen Knopf, der die Sprinkleranlage einschaltete. Sofort stellte Boje den Motor ab, stürzte hinunter, riß die Luke zum Motorraum auf, aber das Unglück war schon geschehen: Funken. Kabel schmorten durch. Dann ein lautes

Krachen. Der Motor begann zu qualmen. Ein reizvolles Motiv für Kochs Videokamera, die auch festhielt, wie ein Küstenwachboot die Hemingway in den Hafen schleppen mußte. Nik versuchte Boje, der ganz steif am Steuer stand, zu beruhigen: "Du erzählst deinem Vater einfach, wie's war. Daß dieser Ralfie an den Knöpfen rumgespielt hat. War ja im Grunde nicht deine Schuld." Boje schüttelte den Kopf: "Ich trag' die Verantwortung."

Ulf war überrascht, als ihn Boje an diesem Tag schon so früh besuchen kam und ihm ein Geschenk brachte: eine neue Pfeife. Die alte war bei dem Unfall zerbrochen.
Während Boje bei seinem Vater saß und kein vernünftiges Wort herausbrachte, beratschlagte die Clique im Pfahlbau, wie ihm zu helfen sei. Sven betrachtete es vom geschäftlichen Standpunkt: "So eine Scheiße aber auch. Für morgen hatten sich schon fünfzehn Leute angemeldet."
Niklas erinnerte an die Herren Gläubiger aus Hamburg: "Wenn Boje die nächste Rate bis morgen nicht hat, werden ihm diese Typen ganz schön auf die Zehen treten." Sonja wurde eingedenk entsprechender TV-Erfahrungen ganz unruhig: "Du glaubst doch nicht etwa, da rückt ein Rollkommando an mit Baseballschlägern und so?" Nik plädierte vorsichtshalber dafür, daß sie alle zusammenlegen sollten, damit man es nicht herausfinden mußte.
Tjard rechnete nach: "Wären für jeden fünfzig. Müßte drin sein." Aber die nächste Rate? Und der Austauschmotor für die Hemingway. Sven kam nach Adam Riese zu dem Schluß: "Das wird teuer."
Was das letztere anging, konnte nur Gunther mit seinem

Schrotthandel helfen. Niklas und Sven statteten ihm gleich einen Besuch ab. Gunther stand an der Werkbank und schleifte ein Metallstück ab. Nik macht e es kurz und bündig:
"Gunther, wir…äh …Boje bräuchte für die Hemingway einen neuen Motor. Hast du was in der Größe vorrätig?"
Gunther bekam einen Gesichtsausdruck, der nichts Gutes verhieß, und erkundigte sich vorsichtig, wieviel sie springen lassen wollten.
Sven bot großzügig fünfhundert. Da mußte Gunther nicht lange überlegen:
"Für die paar Piepen kann ich euch 'nen Gummimotor anbieten. Zum Aufziehen. Dafür bekommt ihr heute doch nicht mal mehr ein anständiges Fahrrad." Aber schließlich ließ er sich doch erweichen: "Wenn ihr das aber irgend jemandem weitererzählt, daß ich hier den billigen Jakob spiele, brech' ich euch das Genick."
Sven und Niklas versprachen, die fünfhundert so schnell sie konnten zu zahlen. Der Motor, den sie von Gunther bekamen, war also so gut wie umsonst.

Doch plötzlich, als alles geritzt war, mochte Boje nicht mehr mitspielen: Er wollte den neuen Motor partout nicht annehmen. Er habe sich die Suppe selbst eingebrockt und müsse sie nun auch allein auslöffeln. Da hatten Sven und Nik aber auch noch ein Wörtchen mitzureden: Wer Boje denn die Touristen auf den Hals gehetzt und wer diesen Quälgeist Ralfie ins Ruderhaus gelassen habe? Da mochte auch Gunther nicht zurückstehen und gab seinen Senf dazu: "Wenn du meinen Motor zurückweist, glauben die Leute ja, mein Material taugt nichts." Gegen so eine

geballte Freundesfront war Boje natürlich machtlos. Allerdings verlief die Reparatur nicht ohne Komplikationen. Entweder war Gunthers Motor doch nicht das Gelbe vom Ei, oder aber es hatte mit der Elektrik zu tun.
"Kopf hoch,Boje", tröstete Gunther. "Vielleicht brauchst du nur 'ne neue Batterie. Aber wenn's wirklich der Motor ist, dann versprech' ich dir, bekommst du einen neuen, ohne einen Heller blechen zu müssen. Wir kriegen das schon hin. Kein Motor widersteht, wenn Gunther an ihm dreht. Gute Nacht, alle miteinander. Morgen ist auch noch ein Tag."
Was mit dem Typen sei, der die Raten eintreibe, fragte Tjard. Boje winkte ab: "Ach, der ist nicht sehr kräftig."

In Rockys Pizzeria war der Bär los. Aus der Musikbox dröhnte ein italienischer Popsong. Die Mädchen hatten sich zur Feier des Tages mit Pizza vollgestopft. "Hat jemand Geburtstag?" wollten Sven und Nik wissen, als sie hereinkamen. Britta, schon leicht beschwipst, hob die Hand. "Sie haben sie in Köln angenommen",erklärte Sonja die allgemeine Fröhlichkeit. Niklas starrte Britta erstaunt an; dann schien er sich zu erinnern: "Ach so, dein Fortbildungsseminar." Bevor die beiden das Gespräch vertiefen konnten, brachte Sven einen Trinkspruch an: "Auf daß deine Träume wahr werden, Baby."

Am nächsten Morgen, nachdem er Brötchen geholt hatte, kam es zwischen Britta und ihm zum Ausbruch der Gefühle, als Niklas seine Freundin um eine kleine Spende für Boje bat: "Fünfzig wär' ganz gut." Es hatte schon lange in Britta gebrodelt, und jetzt war der geeignete Moment gekommen, es überkochen zu lassen. Es sprudelte nur so aus Britta heraus: "Warum suchst du dir nicht endlich 'nen richtigen Job, dann könntest du Boje helfen, so oft du willst. Mit dieser Bettelei machst du dich doch nur zum Affen. Und mich dazu. Hast du vergessen, daß ich Teil von deinem Leben bin? Ich hab' es satt, ständig den Pfennig zweimal umdrehen zu müssen." Nik blickte sie zornig an: "Willst du etwa, daß ich ein Spießer werde und jeden Tag ins Büro gehe?! Abends komm' ich dann heim zu Mama, wir essen, zappen uns durch eine Unzahl beschissener Fernsehprogramme und fallen direkt nach der Glotze todmüde ins Bett. Ist es das, was du willst?!" Britta war gekränkt: Niklas habe überhaupt keinen Ehrgeiz; nur wenn es ums Surfen gehe, sei er ganz groß. Weil es das einzige sei, brummte Nik im Brustton der Überzeugung, was in seinem Leben zähle. Britta nickte resigniert: "Ich fahr' morgen zu einem Gespräch mit der Direktorin der Schule nach Köln. Ich hab' dir davon erzählt, aber du kannst ja nicht zuhören. Sie wird mir erklären, was sie von mir will. Und ich werd' ihr erklären, was ich mir vorstelle. Danach werd' ich mich entscheiden. Aber du machst mir die Entscheidung ja sehr leicht, Niklas Andersen." Nik hatte genug und verzog sich: "Und mach' dir um deine fünfzig Mark keine Sorgen. Die krieg' ich auch woanders her."

Am nächsten Tag im Hafen. Boje glaubte, es geschafft zu haben. Auch ohne Gunther. Nachdem er zwei Kabel an einer Autobatterie angeschlossen und den Anlasser gedrückt hatte, sprang der Motor endlich, wenn auch eiernd, an. Boje rannte an Deck, machte die Leinen los und schloß die Luke zum Motorraum. Er bemerkte nicht, daß aus einer Leitung Benzin auslief.

Als er weit genug draußen war, stoppte Boje den Motor, kletterte hinunter zur Winde, wollte den ersten Ausleger etwas einholen. Dabei neigte sich das Boot zur anderen Seite, und die Autobatterie rutschte zu der Stelle, wo das Benzin tropfte. Bald stand die Batterie inmitten einer Benzinlache. Plötzlich funkte es. Das Benzin entzündete sich. Boje bemerkte es, als er das zweite Netz an Bord hievte, um es zu entleeren. Sofort riß er die Luke auf, aber schon versperrte ihm eine Feuerwand den Weg. Boje lief zum Ruderhaus und schnappte sich den Feuerlöscher, aber inzwischen hatte sich das Feuer bereits an Bord ausgebreitet. Der Feuerlöscher war im Nu leer. Eine kleinere Explosion schleuderte Teile der Hemingway in die Luft. Bevor es eine weitere Explosion gab, sprang Boje ins Wasser. Als er wieder auftauchte, waren von dem Kutter nur noch brennende Trümmer zu sehen.

Währenddessen hatte Sven geschäftstüchtig bei den Interessenten für den Krabbenkuttertrip angerufen und zweihundert Mark im voraus kassiert. Alle freuten sich über den gelungenen Coup und ahnten nicht, was für ein Unglück draußen auf dem Meer herumtrieb.

Ulf, der heute entlassen werden sollte, saß im Park des Krankenhauses und tankte etwas Sonne. Da kam Boje angeschlichen, blaß, eine Schramme auf der Stirn, völlig verdreckt. Er stotterte. Brach in Tränen aus. Fiel seinem Vater um den Hals. Doch einen echten Seemann wie Ulf konnte so leicht nichts erschüttern: "Ich hab' diesen Kreditvertrag abgeschlossen, ich werd' auch mit diesem Typen reden. Und mit der Bank. Schließlich haben wir immer noch das Haus." Boje fiel ein Stein vom Herzen. Man könnte ihn förmlich in die Magengrube plumpsen hören. Und Ulf erst: Wie froh war er, daß seinem Jungen nichts passiert war. Ein Boot konnte man ersetzen, einen Sohn nicht. Boje nahm seinen Vater auf dem Mofa mit.

Als die beiden Pechvögel zu Hause ankamen, wurden sie von einem Begrüßungskomitee erwartet: Nik, Sven und Tjard spielten mit einer Konservendose Fußball. Als sie die beiden sahen, streckte Timo ihnen ein Sparschwein hin: "Das ist von uns allen. Von der ganzen Clique." Ulf und Boje waren sprachlos. Dann erst platzte Boje mit der Neuigkeit heraus: "Ach, ihr wißt noch nicht das Neueste…?"

Keiner rechnete damit, daß vor dem Pfahlbau auf Sven und Nik ein unfreiwilliger Engel in Gestalt von John Westermann wartete: "Ich weiß, eure Kuttersache läuft ganz passabel. Aber wenn ihr richtig Kohle machen wollt, müßt ihr das Ding größer aufziehen. Kurz und gut: Ich will mit einsteigen." Und wie? fragte Sven nach. Nun, für 51 Prozent Beteiligung sei er bereit, den ganzen finanziellen Teil zu erledigen, Buchführung inklusive. "Und die restlichen 49 sollen wir uns mit Bojes Vater teilen? Das ist es nicht wert", winkte Sven ab. Westermann, dem das einsetzende Geschäftsgebaren seines Sohnes insgeheim gefiel, lächelte: "Dafür machen wir nicht nur eine Tour am Morgen, sondern touren den ganzen Tag über. Der

Morgenausflug einschließlich Fischerei ist natürlich um 20 Prozent teurer. Da springt eine Menge für euch ab." Sven überlegte: "Dann werden wir aber ein größeres Boot brauchen. Und Bojes Vater kann das nicht bezahlen. Vielleicht, wenn du es finanzierst, dann ..." Westermann war einverstanden, unter der Voraussetzung, daß er von den Nachmittagsfahrten 100 Prozent erhielt: "Na, dann wollen wir den Deal mal mit Champagner begießen." Sven lachte: "Wir können dir nur Mineralwasser anbieten. Aber das kribbelt auch."

4
Der Auftrag

Sonja und Britta brüteten im Pfahlbau über Rechnungen, als Nik und Sven einen Fotokopierer hereinschleppten. "Den stottern wir bequem in 24 Monatsraten ab", beruhigte Sven die besorgten Frauen, zog eine der Schubladen des Fotokopierers auf und holte zwei Flaschen Champagner heraus: "Zur Feier des Tages." Er erklärte, daß heute nachmittag der Creative Director von INTER-AD kommen würde, um mit ihm eine neue Werbekampagne zu besprechen, die alles bisher Dagewesene in den Schatten stellen werde. Das Unternehmen sollte, mit etwas Glück, auf Maui stattfinden, dem Mekka aller Surfer. Sonja war begeistert: "Oh, Sven, ich gratuliere." Nur Britta blieb weiter mißtrauisch."Komm, mach' nicht so ein Gesicht", klopfte ihr Nik auf die Schulter. "Von jetzt an geht's nur noch steil bergauf. Da kannst du dir Köln aus dem Kopf schlagen."

John und Christine weißten unterdessen die Pension. Westermann, der die Decke strich, ächzte unter seinem Papierhütchen, als er den Farbroller in die Farbe tauchte: "Sollten wir den Job nicht besser doch professionellen Anstreichern überlassen? Ein bißchen Sparsamkeit ist ja gut und schön, aber mein Hals ist schon ganz steif." Christine furchte drohend die Stirn: "Es war deine Idee, probeweise eine Woche beim jeweils anderen zu wohnen und seinen Lebensstil zu teilen. Sowas gehört einfach zu den Pflichten einer gutfunktionierenden Ehe. Dafür darfst du mich nächste Woche von den angeblichen Vorzügen deines Luxushotels überzeugen." Keck kniff sie John in den Po: "Aber der einzige Luxus, den ich wirklich brauche, ist deine Liebe." Westermann brummte zufrieden und vergaß dabei, den Farbroller abzustreifen. Als er ihn zur Decke hob, tropfte ihm frische Farbe ins Gesicht. Christine mußе herzhaft darüber lachen. Da ging die Tür auf, und Sven kam herein: "Scheint ja ganz vergnüglich zu beginnen, eure Ehe. Da will ich nicht lange stören. Sag' mal, Dad: wo du die nächsten drei Tage hier bist, ist dein Büro doch praktisch verwaist. Und da könnte ich doch …ich hab' da nämlich einen Kunden, dem ich was bieten muß…du verstehst? Der erste Eindruck ist im Geschäftsleben der wichtigste, hast du immer gesagt." "Du hast einen Kunden, Sven? Wie schön!" freute sich Christine. Svens Augen begannen zu leuchten: "Eine Werbeagentur, für die ich ein Konzept erstellt hab'. Aber ich kann den Creative Director doch nicht im Pfahlbau empfangen. Dafür brauch' ich ein Büro mit…mit…" "Ambiente?" fragte John und verstand. Sven nickte hastig. "Gut. Mit dem Krabbentourismus haben wir ja schon ein solides Standbein", überlegte Westermann. "Aber du schuldest mir einen kleinen Gefallen." Umständlich stieg er von der Leiter, drückte Sven den Farbroller in die Hand und setzte ihm die Papiermütze auf.

Nik, Tjard, Boje und Timo bereiteten für den "Werbefuzzi" als Highlight eine Surfshow vor, die Esther

Williams in ihren besten MGM-Tagen vor Neid hätte erblassen lassen. "Wir müssen diesem Typen klarmachen", instruierte Nik die anderen, "daß Windsurfen die einzige Sportart ist, mit der er dieses neue Produkt vermarkten kann." Was das überhaupt für ein Produkt sei, wollte Timo wissen. Als Nik erklärte, daß es sich um einen isotonischen Kaugummi handle, warf sich der Rest der Clique ratlose Blicke zu: "Hört sich irgendwie radioaktiv an." Ob sie den Kaugummi während der Show nur hochhalten oder ihn auch kauen müßten, erkundigte sich Tjard, und dann sei da ja auch noch die Frage des Honorars zu klären, meinte Timo dreist. Nik lachte: "Ich leg' jedem von euch ein knackiges Fotomodell ins Bett." Die Jungs klatschten sich siegesgewiß in die Handflächen: Solange sie den Gummi nicht kauen müssen und für ein Fotomodell – why not?

Sven hatte seinen besten Anzug an und die Füße auf den Schreibtisch seines Vaters gelegt: "15 Millionen für diese Kampagne? Wollen Sie mich verscheißern? Unter 30 geht hier gar nichts. Da ist die Tür." Die Tonprobe mit imaginärem Gegenüber schien ihm sichtlich zu gefallen. Da klopfte es. Schnell nahm Sven die Füße vom Tisch. Iwana, Westermanns hübsche Empfangschefin, führte einen hageren Dreißigjährigen herein und stellte ihn als Gustafson von der Agentur INTER-AD vor.

Gustafson konnte leider keine gute Nachricht überbringen. Vor einer Stunde hatte ihn der Kunde angerufen und ihm mitgeteilt, daß ihm die projektierte Kampagne doch nicht zusagt. Sven war zerknirscht und niedergeschlagen:

"Aber Ihnen hat das Konzept mit dem Surfen als Hintergrund doch gefallen?" Gewiß, meinte Gustafson ziemlich betreten, und es gefalle ihm immer noch, ebenso die Kreativität, mit der Sven ans Werk gegangen sei, aber wenn der Kunde nun einmal nicht wolle. Zwingen könne man ihn nicht. Dabei – Sven mache keinerlei Anstalten, die herbe Enttäuschung zu verbergen – hätten er und seine Freunde doch eigens für den heutigen Tag eine Surfshow einstudiert. Gustafson lächelte. Und er lächelte noch mehr, als sie zum Strand fuhren und er die Show sah. Sven erläuterte ihm die einzelnen Aktionen und Sprünge und malte dabei in leuchtenden Technicolor-Farben die Wirkung einer ähnlichen Aktion auf Maui. Natürlich war Niklas der Starsurfer. Wie eine Eins stand er auf seinem Brett.

"Und?" kamen die Jungs ans Land. "Hat's Ihnen gefallen."
Gustafson bestätigte, er sei überwältigt, aber mit dem Auftrag werde es leider trotzdem nichts.
Niklas war empört: "Das ist nicht fair. Sven hat sich die letzten Wochen den Arsch aufgerissen."
Gustafson bemühte sich, die Position des Kunden zu erklären, der vorher Knoblauchpillen verkauft habe, ein Produkt, das eindeutig auf eine ältere Klientel ziele. Gewiß, mit dem isotonischen Kaugummi stoße er in eine völlig andere Zielgruppe, doch das von Sven vorgeschlagene Konzept sei ihm, vielleicht gerade deswegen, zu vage und unsicher. Der Mann hätte halt Probleme umzudenken. Das sei alles. Sie sollten es auf keinen Fall persönlich nehmen.

Während Niklas die Fehlkalkulation mit dem Kopierer überschlug, den sie, wie es nun schien, voreilig angeschafft hatten, vrelangte Sven, der die Flinte noch nicht ins Korn werfen mochte, von Gustafson die Rufnummer des Kunden. Mit diesem Herrn wollte er doch selber mal ein Wörtchen reden. Gustafson machte ihm da wenig Hoffnung: Der Kunde sei ein raffgieriger, alter Sack, den man erst hinterm Ofen hervorhole, wenn man ihn mit einer handfesten Million ködere. Aber wenn sie es unbedingt versuchen wollten ...Gustafson klappte, irgendwie amüsiert, seinen Filofax auf und kritzelte Namen und Nummer auf einen Zettel: "Man hat mich gewarnt, daß in dieser Gegend ziemliche Dickschädel frei rumlaufen." Sven grinste: "Willkommen in der Welt der Surfer."

Zurück im Sporthotel, nahm Sven den Hörer in die Hand und sah auf den Zettel: "Hermes von Rebnitz? Komischer Name." Als er gewählt hatte, gab es jedoch Probleme, an Rebnitz' weiblichem Bürodrachen vorbeizukommen: "Im Moment nimmt Herr von Rebnitz keine Telefonate entgegen. Nur nach vorheriger Terminabsprache." Wenn Rebnitz nur anbeiße, wenn man ihn mit Knete locke, dann müsse man ihm eben auch mit Scheinen winken, schlug Nik vor: Manche Leute seien schon so pervers und seelenlos, daß sie nur noch diese Sprache verstünden.

Britta war dazu ausersehen, ihnen bei der Umsetzung der Idee zur Hand zu gehen. "Ihr wißt, daß mich das in Teufels Küche bringen kann", wehrte sich das Mädchen gegen den Überfall der beiden. Die Freunde versprachen, sie außen vorzulassen, wenn es hart auf hart käme. Eher würden sie sich zu Tode foltern lassen als zugeben, wer sie in das Büro ihres neuen Chefs in der Reha-Klinik gelassen habe. Und ehe Britta weitere Zweifel ausbrüten konnte, waren sie schon auf dem Weg zum Klinikgebäude. Im Sekretariat setzten sie schnurstracks ein Fax an Rebnitz auf und formulierten, im Namen von Dr. Heinz, eine Einladung an Rebnitz, hier eine vermögende Patientin zu treffen, die angeblich ganz begeistert sei von seinen mit Knoblauch angereicherten Wundermitteln. Und tatsächlich: Der fette Hecht biß an. Nik grinste: Im Krieg und in der Liebe sei alles erlaubt. Plötzlich stand der leibhaftige Dr. Heinz hinter ihnen und runzelte die Stirn. Britta entschuldigte sich vielmals und schob ihre Freunde nach gelungener Aktion in Richtung Tür.

In der Pizzeria hielt die Clique in Anwesenheit von Gustafson bei Spaghetti und italienischen Schnulzen aus der Musikbox Kriegsrat. Nik versprach, den alten Sack auf Händen zu tragen, wenn es sein müsse. Hauptsache, Sven bekomme den Job. Als Britta dazustieß, war die Riesenschüssel Spaghetti bereits leer. Timo bot sich an, von jedem Teller für sie das Beste zusammenzukratzen. "Und zum Nachtisch gibt es isotonischen Kaugummi", lachte Gustafson und legte Muster auf den Tisch. "Ich will von jedem seine ehrliche Meinung hören."

Es war Nacht geworden. Britta und Niklas schlenderten noch den Steg entlang. Nik merkte, daß seine Freundin etwas auf dem Herzen hatte: "Gab es Schwierigkeiten mit deinem Chef? Dr. Heinz hat dir doch nicht gekündigt?!"

Britta schüttelte den Kopf: "Ich hab' von allein gekündigt." Nik sah sie verwundert an: "Hängt das etwa mit Köln zusammen? Ich dachte, das Ganze ist nur ein Fortbildungsseminar." "Eigentlich schon", druckste Britta herum. "Aber man will mich nach dem Seminar dabehalten. Als Lehrerin. Ich soll dann in Zukunft selbst diese Fortbildungsseminare leiten." Nik war perplex und auch ein bißchen verwundet: "Kommt das nicht ein bißchen plötzlich?" "Hättest du mir eben in den letzten Wochen besser zuhören müssen", versteifte sich Britta. "Wann wirst du endlich einsehen, daß ich nicht so weiterleben kann? Ohne Plan. Nur so in den blauen Tag hinein. Wenn Sonja oder ich unseren Job verlieren, wovon sollen wir dann bitteschön leben?" Niklas versprach hoch und heilig, das werde sich jetzt alles ändern, aber Britta ließ sich von seiner Suada nicht überzeugen. Ihr Entschluß stand fest. Ohne ein weitrees Wort zu sagen, verschwand sie in der Dunkelheit und ließ Niklas wie ein Häufchen Elend zurück. Nik hat Tränen in den Augen.

In der Pension Goodewind schüttete Nik Westermann sein Herz aus. Der schien, aus eigener Erfahrung, sofort zu verstehen: "Du bist heute dem größten Rätsel des Universums begegnet. Der weiblichen Psyche. Was immer du als Mann tust, ist falsch. Sicher ist nur eins: Frauen wollen ständig alles bereden. Sie wollen nicht, daß du ihnen die Entscheidung alleine überläßt. Überleg' dir genau, was du willst. Und dann red' noch mal mit ihr." Nik reagierte bockig: "Aber ich will nicht nach Köln. Ich will in St. Peter bleiben. Und surfen, surfen, surfen." Westermann klopfte ihm kameradschaftlich auf die

Schulter: "Dann mußt du ihr eben das sagen." Niklas seufzte: "Warum können Frauen nicht so einfach sein wie Männer?" Westermann lachte verständnisvoll. Als Nik dann heimkam, war Britta nicht da. Traurig hockte er sich auf die Bettkante und zermarterte sich den Kopf.

Britta hatte bei ihrer Freundin Martina übernachtet. Die war auch sehr nervös. Sie mußte nach Hamburg zu einer Spezialuntersuchung, wie sie sich ausdrückte, und kämpfte mit den Tränen: "Ich bin wahrscheinlich unfruchtbar. Und Rocky und ich...wir wollten doch unbedingt fünf Bambini." Britta tröstete sie: "Wer weiß, vielleicht ist das der Grund, warum du nicht schwanger wirst. Gerade, wenn man's um jeden Preis will, klappt's manchmal nicht. Glaub' mir, es ist bestimmt nur psychisch." Sie wischte Martina die Tränen aus dem Gesicht.

Ein Rolls-Royce fuhr die Auffahrt zur Klinik hoch. Das Fahrzeug hielt vor Sven und Niklas, die sich als Begrüßungskomitee bereithielten. Am Steuer saß eine üppige Blondine. Es handelte sich um Angelika Koller, Rebnitz' Privatsekretärin. Die Fondtür öffnete sich, und ein Endsechziger quälte sich schnaufend heraus: Hermes von Rebnitz in Person. Angelika griff dem alten Herrn, der ihr einen schmachtenden Blick zuwarf, unter den Arm und half ihm. Zum Dank klatschte der Alte ihr auf den knackigen Po: "So, jetzt können wir. Ist einer von Ihnen Dr. Heinz?" Hilfesuchend sah Nik nach Sven. Der versuchte das kleine Mißverständnis zu bagatellisieren. Rebnitz blinzelte mißtrauisch: "Kleines Mißverständnis? Das Fax war doch ziemlich eindeutig. Eine Ihrer

Patientinnen, diese Frau...Frau...Heinrich...möchte mir doch 1,5 Millionen Mark abtreten, weil ihr meine Medizin das Leben wieder lebenswert gemacht hat. Und das soll ein Mißverständnis sein? Wer von ihnen ist Sven Westermann?" Schüchtern meldete sich der angesprochene Delinquent. Rebnitz musterte ihn mit stechendem Blick von oben bis unten, wie ein Falke, der sich auf sein Opfer stürzen will: "Dacht' ich's mir doch. Die Idee mit dem getürkten Fax stammt also von Ihnen", bellte Rebnitz. Ob sie ihn denn schon für so senil hielten, daß er solchen Unsinn für bare Münze nehmen würde?! Er sei nur gekommen, um den Menschen kennenzulernen, der die Chuzpe gehabt habe, ihm eine so idiotische Geschichte aufzutischen. Sven und Niklas, beide peinlich berührt, machten nicht viele Worte und baten die Herrschaften, ihnen doch bitte im Rolls zum Strand nachzufahren. Dort hätten sie etwas für sie arrangiert, das den Ausflug auf jeden Fall lohne. Angelika konnte sich nicht helfen: Sie fand die beiden eigentlich ganz sympathisch.

Am Surfcontainer wurde Rebnitz von Gustafson empfangen. Der Alte warf dem Werbemanager einen bösen Blick zu. Die Show konnte losgehen. Der Knoblauch-Kaugummifabrikant sah dem Treiben auf dem Wasser mit ungerührter Miene zu. Nik war so gut wie noch nie. Auch die anderen gaben ihr Bestes. Aber Rebnitz war fürs erste nicht zu begeistern und maulte nur herum: "Mit diesem Rumgehopse, meinen Sie, können Sie meinen Kaugummi verkaufen?" Sven warf ein, mit dem Kaugummi verhielte es sich genauso wie mit dem Windsurfen: Beides wende sich an junge Leute – und so könne er sein Produkt doch am besten an die richtige Zielgruppe bringen. Rebnitz verdrehte ungehalten die Augen.

Am nächsten Morgen. Nik saß auf der Plattform des Pfahlbaus und starrte ins Weite. Plötzlich leuchteten seine Augen auf, als er Britta auf ihrem Rad kommen sah. Vorsichtig schnitt er noch mal das Thema Köln an. Begeistert erzählte ihm Britta, daß es eine Schule sei, die in ganz Europa anerkannt sei – und vielleicht könnte sie somit später auch im Ausland Seminare geben. Niklas verstand immer noch nicht, warum sie hier, wo er in seinem Element war, nicht glücklich werden konnte. Was ihm denn jetzt wichtiger sei, fixierte ihn Britta: sie oder das Surfen? Niklas dachte angestrengt nach und gab eine ehrliche Antwort: "Ich weiß nur, daß ich ohne Surfen eingehe. Ich brauche das Meer, den Wind. Ohne kann ich nicht leben. Ohne bin ich wie ein Fisch ohne Wasser." Britta wich Niks Blick aus: "Ich fahr' morgen."

Im Restaurant des Sporthotels hatten Rebnitz, Angelika, Gustafson und Sven eine Geschäftsbesprechung. Angelika holte ein Diktiergerät aus ihrer Handtasche. Rebnitz erklärte, daß er grundsätzlich nichts gegen eine Location mit Strand, Sonne, Meer als Background für die Kaugummiwerbung habe. Warum also nicht Maui? Nichts dagegen einzuwenden. Aber wieso ausgerechnet Surfer? Schließlich wollte er keine Surfbretter verkaufen. Gustafson versuchte, dem Alten den Surfsport nahezubringen und bemühte dafür Vokabeln wie jung, dynamisch, sportlich.
"Das wird die Yiffies garantiert ansprechen." beschwörte

Gustafson den Alten. Doch Rebnitz' Augen verrieten Skepsis. Ihm reichten ein paar Models, die sich am Strand vergnügten. Sven winkte ab: "Das ist doch kalter Kaffee. Damit holt man keinen Hund mehr hinterm Ofen hervor. Ich hab' zwar keine Ahnung von Yiffies und Yuppies, aber ich weiß, daß die Leute, die Ihren Kaugummi kaufen sollen, nicht auf Hochglanzwerbung hereinfallen. Wenn Sie auch nur den Schimmer einer Vision hätten, wüßten Sie, daß ich mit meinem Konzept richtig liege." Sven hatte sich richtig in Rage geredet. Verletzt verließ er das Restaurant. Angelika konnte sich ein Schmunzeln nicht verkneifen. Der Junge gefiel ihr, der hatte Mumm.
Am Container fand Sven Nik, der sein Brett zusammenbaute. Frustriert erzählte er seinem Freund, er wolle das Handtuch werfen. So habe er sich das alles doch nicht vorgestellt. Dabei hätten sie beide so viele Rechnungen, daß sie ganz St. Peter damit tapezieren könnten. Und jetzt sei die große Chance, sie zu begleichen, vertan. Niklas, dem in seiner Haut genauso unwohl war, sah hinaus aufs Meer und klopfte Sven auf die Schulter: "Wie wär's mit einem kleinen Ritt? Danach geht's dir wieder besser. Windsurfen ist das geilste Stück Leben, mußt du wissen." Nein, aufgeben, das dürften sie jetzt beide nicht.

Am nächsten Tag raffte sich Sven noch einmal auf und ergriff die Initiative. Er fuhr Angelika zum Strand. Rebnitz' Privatsekretärin trug einen Bikini, darüber ein offenes Männerhemd. Draußen sahen sie Niklas surfen. Angelika beobachtete fasziniert, wie Nik auf seinem Board übers Wasser glitt, und fragte, ob sie sich auch mal auf so ein Brett stellen könnte. Wie auf Kommando sprangen Tjard, Timo und Boje herbei und boten selbstlos ihre Hilfe an, doch Sven wußte für diesen Job keinen Besseren als Nik, der soeben mit seinem Brett an Land kam. Angelika folgte ihm das Podest hoch zum Container. Die anderen maulten hinter vorgehaltener Hand.

Gustafson saß im Foyer des Hotels und blätterte in einer Zeitschrift. Da kam Rebnitz herunter: Er müsse zurück ins Büro: Wo Angelika sei? Die sei noch mal zum Strand, antwortete Gustafson. Rebnitz verzog den Mund: "Und so was willst du heiraten?" Gustafson legte die Zeitschrift weg: "Fang nicht schon wieder damit an, Papa." Sodann kam es zu einer kleinen, familiären Auseinandersetzung zwischen Rebnitz Vater und Sohn über die Durchschlagskraft neuer Methoden, wie sic Gustav von Rebnitz, der sich Gustafson nannte, vorschwebten. Als ihm die Argumente ausgingen, markierte der Senior gesundheitliche Schäden und griff sich wirksam ans Herz. Als sein Sohn ihn stützen wollte, winkte Rebnitz unwirsch ab: "Es geht schon wieder. Eines Tages wirst du mich noch ins Grab bringen mit deinen sogenannten neuen Methoden." Gustav von Rebnitz seufzte und schlug vor, Angelika an den Strand nachzufahren.

Der Jeep der beiden hielt neben dem Podest, auf dem Sven im Neoprenanzug stand. Als Rebnitz nach seiner Sekretärin fragte, deutete Sven aufs Meer. Rebnitz kniff die Augen zusammen, um besser sehen zu können. Da entdeckte er Angelika auf einem Tandembrett zusammen mit Niklas, flankiert von den anderen Jungs. Rebnitz war entsetzt: "Holen Sie sie zurück! Auf der Stelle!" Sven nutzte die günstige Gelegenheit, den Alten mit einem psychologischen Trick zu sezieren: "Wissen Sie, warum Sie meinem Konzept nicht zugestimmt haben? Sie haben Angst vor allem, was neu ist. Sie wollen meine Windsurfkampagne nicht, weil sie gar nicht begreifen, was Windsurfen überhaupt ist." Eine Falle, eine hundsgemeine Falle sei das, um ihn aus der Reserve zu locken, stellte Rebnitz erbost fest. Sein Sohn rieb sich aufgelöst die Hände: "Ich hab' dir doch gleich gesagt, er ist kreativ und ungeheuer dickköpfig." Sven wunderte sich, daß sich die beiden duzten. Und Gustav lüftete sein Inkognito. Mißmutig fügte der Alte hinzu, die Ausschreibung für die Kampagne habe sein Sohn hinter seinem Rücken lanciert. Gustav von Rebnitz schränkte gleich ein: "Es ist nicht nur meine Werbung, der Kaugummi ist auch mein Produkt." Nur das Geld komme von ihm, stöhnte Rebnitz senior: "Wär' ich nur bei meinen Knoblauchpillen geblieben..."

Nichtschwimmer überzeugt man am besten, indem man sie ins Wasser wirft, und Surffeinde gehören aufs Tandembrett. Wenig später glitten Sven und der alte Rebnitz auf einem Tandembrett durch die sanfte Dünung. Rebnitz trug einen schrillen Neoprenanzug, und obwohl er unsicher wirkte, schien ihm die Sache zu gefallen. Er fühlte sich um Jahre jünger. Jauchzte wie ein kleines Kind. Als die beiden zum Strand zurückkamen, war Rebnitz überzeugt, daß Surfen wenigstens genausogut sei wie seine Knoblauchpillen und, mit einem Blick auf Angelika, fast noch besser als Sex. Er bedankte sich bei Sven und bestätigte offiziell den Auftrag, nach Maui zu fahren und Surfer für seine Werbekampagne zu fotografieren. Sven und Gustav warfeneinander triumphierende Blicke zu. Zuletzt und mit vereinten Kräften war es ihnen doch noch gelungen, den Alten zu überzeugen.

Als Niklas in seinem Bulli zum Pfahlbau kam, lud ein Taxifahrer gerade Brittas Gepäck in den Kofferraum. Britta und Niklas standen einander wortlos gegenüber. Der Taxifahrer hupte. Nik drückte Britta einen dicken Kuß auf die Lippen. Sie wünschten einander Glück im neuen Leben. Britta hatte sich endgültig für Köln entschieden.

5

Maui

Endlich riß die Wolkendecke auf, und unter Niklas und Sven strahlte, wie ein grüner Diamant im blauen Wasser, das Paradies von Maui. Die Maschine setzte zum Landeanflug auf den Flughafen Kahuluhi an. Hawaii mit seinen acht größeren und einigen kleineren Inseln und den riesigen Dünungswellen des Pazifiks, die über Tausende von Kilometern anlaufen, dem warmen Klima, das nur geringen jahreszeitlichen Schwankungen unterworfen ist, und dem Passat, der beständig mehr als 4 Windstärken bringt, gilt als Top-Revier des Wellenreitens.

Am Gepäckkarussell des Airport wurden die beiden schon von Rachel Decker erwartet. Die Zwanzigjährige trug ein T-Shirt mit einer riesigen Welle darauf und dem Kommentar: Survivor of the Big Surf. Sie würde den beiden als Produktionsleiterin zur Verfügung stehen. Sven wußte genau, wer die Kleine war: Sie hatte als Sport- und Surffotografin bereits einen gewissen Namen. Rachel wollte die Jungs erst mal ins Hotel bringen, aber die, gar nicht müde, drängte es auf der Stelle nach Hookipa, wo jedes Jahr der Maui-Grand-Prix und der O'Neill-Wave-Classic stattfinden.

Im Pick-up ging es vorbei an der reichen Vegetation der Insel und Zuckerrohrfeldern. Am Horizont ragte der

Vulkan Haleakala auf. Dann endlich waren sie am Meer. Etwa drei Dutzend Surfer ritten die großen Wellen von Hookipa. Niks Augen bekamen einen faszinierten Glanz. Auf dem Parkplatz waren unzählige Busse abgestellt, vollbeladen mit Surfausrüstung. Rachel erzählte, daß in drei Tagen hier ein Küstenrennen stattfinde. Niklas wollte sich gleich eintragen, aber Sven erinnerte ihn, daß sie hier seien, um zu arbeiten. Nik warf seinem Freund einen bittenden Blick zu: "Ach, komm schon, Sven. Ist doch nur ein Tag. Du kannst doch dafür sorgen, daß die Fotos an den anderen Tagen gemacht werden, oder? Du, das wär' meine große Chance, zu zeigen, was ich kann. Sieh doch nur, da draußen." Soviel Enthusiasmus konnte Sven nicht widerstehen. Er gab nach.

Am nächsten Morgen holte Rachel die beiden ab, um sie mit Ingmar, dem Fotografen, bekannt zu machen, von dem sie allerdings nicht viel zu halten schien. Sie beschrieb ihn als eitel, arrogant, rechthaberisch: "Ein künstlerischer Werbefotograf eben. Einfach unerträglich." Diese wenig schmeichelhafte Charakterisierung reichte Nik vollauf. Er bat Sven um den Autoschlüssel und wünschte den beiden viel Spaß, Kunstgenuß und optische Erleuchtung mit Ingmar. Sven, der nicht wußte, wie ihm geschah, war baff: "Irgendwie hab' ich das Gefühl, hier läuft was verkehrt."

Ingmar Sundström war Mitte Vierzig und, sofern er keine künstlerischen Fotos mit Topmodels schoß, begeisterter Taucher. Rachel und Sven mußten bis zu den Hüften ins Wasser waten, um ihn zu sprechen. Neben Ingmar tauch-

te ein anderer, wesentlich jüngerer Mann aus dem Wasser, den der Fotograf als seinen Assistenten Nino vorstellte. Sven behagte die Stelle des Strandes, die Ingmar für die Fotosession ausgewählt hatte, überhaupt nicht: Hier sei es zu windstill, für Surfaufnahmen total ungeeignet.
"Wer will schon Surfaufnahmen machen?" tat Ingmar erstaunt. "Wir sollen doch einen isotonischen Kaugummi verkaufen."
"Ja, aber mit Windsurfern als Identifikationsfiguren", erläuterte Sven. "Mein Konzept sieht vor..."
Ingmar rümpfte die Nase: "Dein Konzept?" Sofort begann er den erfahrenen Künstler mit hoher internationaler Bekanntheit herauszukehren: "Ich mach' diesen Job seit über zwanzig Jahren. Und ich mach' ihn so, wie er mir paßt." Rachel versuchte zu vermitteln, auf gute Alternativ-Locations hinzuweisen, wo man beides, eine schöne Umgebung und guten Wind zum Surfen, habe. Aber Ingmar blieb stur, schob die Taucherbrille vor sein Gesicht und verschwand unter Wasser. Adjutant Nino folgte ihm. Rachel, der die miserable Vorstellung ziemlich peinlich war, entschuldigte sich bei Sven: "Tut mir leid, aber ich werde von denen bezahlt."

Woanders, zur gleichen Zeit, beobachtete Nik zusammen mit einer Zufallsbekanntschaft namens Robby Seeger die anderen Surfer und schätzte sie ein. Gute Sprünge. Draußen auf dem Wasser wurde anschaulich das hohe Einmaleins des Surfens bebildert: Barrel-Roll, eine Loop-Variante, die mit horizontal geführtem Segel gesprungen wird; eine als Donkey-Kick (Eselstritt) bekannte Sprungtechnik, bei der das Board seitlich in den Wind gestoßen wird; Upside-downs, bei denen die Brettunterseite nach oben gedreht wird; Nose-Tacks; Slam-, Duck- und Aerial-Jibes; Bottom-Turns, Cut-backs und der als Zickzackkurs entlang der Welle bekannte Roller Coaster. Kurz: Alles, was das Herz des Surfers begehrte. Gegen solche Konkurrenz fühlte sich Nik als Leichtgewicht. Robby lächelte verständnisvoll, deutete aufs Meer und wurde philosophisch: "Irgendwann hat alles da angefangen. Irgendwann sind wir an Land gekrochen und haben uns zu dem entwickelt, was wir sind. Und dabei haben wir den Anfang vergessen. Wir müssen uns auf unseren Anfang besinnen, um herauszufinden, wo unser Platz ist. Vielleicht findest du es heraus, indem du die anderen schlägst und Meister aller Klassen wirst."

Als Robby mit seinem Jeep weg war, fiel Niklas plötzlich ein vertrautes Gesicht auf: Aus einem bunten Pick-up stieg eine Surferin. Es war die dunkelhäutige Sarah, die ihm damals in St. Peter gezeigt hatte, was ein richtiger Doppelloop ist. Die beiden fielen sich sofort um den Hals. Sarah erzählte ihm, sie käme jedes Jahr hierher nach Maui. Aber jetzt wollten sie keine Zeit versäumen; sogleich rannten die beiden mit ihren Brettern zum Meer hinunter, um ihre Kräfte und ihr Können zu messen.

Sarah fuhr eine Welle an, hob ab, machte einen Aerial-Jibe und landete sicher. Niklas ging die nächste Welle an, sprang hoch in die Luft, landete. Dann rasten sie nebeneinander her, bereit, einander nichts zu schenken. So müssen Frauen sein, dachte Niklas in einer für einen Schüchternen wie ihn eher ungewohnten Weise, und eine leichte Gier durchrieselte nach farbiger Haut, auf der das Wasser erotisch perlte, durchrieselte ihn. Wenn Sarah Britta wäre, dann, ja dann... Sarah steuerte jetzt so dicht auf Niklas zu, daß sich ihre Segel fast berührten. Nik fuhr landeinwärts und konzentrierte sich auf den nächsten Sprung. Da kam aus der entgegengesetzten Richtung ein anderes Brett geflogen. Um ein Haar wurde Niks Segel von der Finne des anderen zerschnitten. Beide Surfer stürzten ins Wasser. Prustend tauchten sie auf.

Erschöpft kroch Nik an den Strand. Hinter ihm stieg der andere aus dem Wasser. Er war Anfang Zwanzig, muskulös wie ein Mini-Schwarzenegger und schnauzte Nik gleich an: "Bist du verrückt geworden?! Mir die Welle wegzunehmen!" "Eric! Hör auf!" versuchte Sarah die Streithähne auseinanderzuhalten. Sarah und Eric blitzten sich an. Nachdem es genügend Dampf abgelassen hatte, drohte das Muskelpaket dem jungen Deutschen, sie würden sich schon noch sprechen, dann stapfte es im Sand davon. "Ist alles okay mit dir?" Sarah schien echt besorgt um Nik: "Weißt du, diesen Eric solltest du gar nicht beachten. Das ist ein Spinner, ein absolut verrückter Typ." Niklas lächelte, und die beiden verabredeten sich zum Abendessen in Mama's Fishhouse.

Sven saß im Whirlpool des Hotels, telefonierte mit dem jungen Rebnitz und versuchte ihm die sich mit Ingmar anbahnenden Probleme zu verklickern., als Nik sich zu ihm gesellte: "Du läßt dich doch von so einem nicht unterkriegen?" Du hast gut reden, Alter! dachte Sven. Aber Niklas hatte recht: Sein Freund war zum Kampf entschlossen. Eher würde er sein Surfbrett verkaufen als klein beigeben. Niklas, auf Svens Frage, ob sie heute abend mit vereinten Kräften diesen Ingmar in die Zange nehmen wollten, mußte ihm jedoch einmal mehr einen Korb geben: Es tue ihm furchtbar traurig, aber ausgerechnet heute abend sei er mit Sarah verabredet. Sven staunte Bauklötze: "Damit ist Britta wohl endgültig abgehakt, was?" Nik tat, als verstehe er Bahnhof: "Britta? Wer ist Britta?" Die beiden grinsten sich an.

Mama's Fishhouse war bis auf den letzten Platz besetzt, offensichtlich ein Geheimtip unter Feinschmeckern. Niklas saß am Fenster, als Sarah, mit einstündiger Verspätung, eintrudelte. Je schöner die Frau, desto länger läßt sie auf sich warten, dachte Nik bei sich.

Aber auch Sven mußte den heutigen Abend nicht mit sich allein und seinen Gedanken an Ingmar verbringen. Mit einem freundlichen Aloha und zwei Flaschen hawaiischen Weins stand auf einmal Rachel vor der Tür seines Hotelzimmers: "Ich hab' Ingmar gesagt, daß wir morgen zwei Stunden später anfangen, ja?" Gleich nahm sie den Liegestuhl auf dem Balkon in Beschlag, und während Sven eine Flasche aufmachte, wollte sie von ihm alles über seine Freundin erfahren: Wie alt ist sie? Blond, schwarz, braun? Attraktiv? Sven sah ihr forschend in die Augen: "Was genau willst du erfahren?" Rachel lächelte: "Daß du sie haßt. Und daß du unbedingt eine Frau kennenlernen willst, die dafür sorgt, daß du sie schnell vergißt." Sven schüttelte resigniert den Kopf: "Sonja ist und bleibt die große Liebe meines Lebens. Es vergeht kein Tag, an dem ich nicht an sie denke. Auch jetzt." Rachel kippte hastig den Rest aus ihrem Glas runter: "Bastard!"

Für Niklas zerschlug sich unterdessen die erhoffte Schmusenummer zu zweit ganz allein unterm Sternenzelt. Sarah entführte ihn nach dem Essen ausgerechnet auf eine laute Beach Party. Die beiden tanzten etwas abseits, eng aneinandergeschmiegt, zu den Rhythmen eines Ghettoblasters. Sarah hatte ihren Kopf auf Niks Schulter gelegt. Doch in dem Moment, als Nik sie küssen wollte, wurde er von Gehupe auf- und abgeschreckt. Aus einem heranbrausenden schwarzen Pick-up sprang ein kräftig gebauter Mann, der sich von den anderen johlend begrüßen ließ. Nik zerrann das Gesicht: "Ist das nicht dein Zampano?" Sarah stöhnte, wollte schnell weg, aber Niklas hatte keine Veranlassung, vor diesem aufgeblasenen Eric zu kuschen und ihm die Bühne ganz zu überlassen. Sarah verschränkte die Arme und schaute Nik verärgert nach, als der zum Lagerfeuer hinüberging, um sich noch eine Flasche Bier zu holen. Eric erkannte ihn sofort: "Wer hat dich denn eingeladen, du Wichser? Verpiß dich, und zwar ein bißchen plötzlich!" Demonstrativ fragte ihn Nik nach einem ÷ffner: Oder könne er seine Flasche gar mit den Zähnen aufmachen? Gereizt haute Eric seine Pulle so kräftig gegen die von Nik, daß die zerbrach: "Jetzt ist sie offen, Kraut." Sarah schwante Übles, und sie hakte sich bei Nik unter: "Können wir jetzt gehen?" Erics Augen funkelten böse: "Willst du unbedingt eine Abreibung, Kraut? Kannst du gern haben." Sarah rettete die Situation, indem sie wütend davonstapfte. Nik hatte keine andere Wahl, als ihr hinterherzudackeln: "Wir sehen uns noch." Er brachte Sara, die plötzlich verdammt einsilbig wurde, zurück zu ihrem Pick-up und ging, als sie fort war, zu seinem Wagen.

Als Rachels Pick-up und der Mietwagen mit Sven und Nik am nächsten Morgen zur verabredeten Zeit am Strand bei Oneloa eintrafen, war Ingmar bereits bei der Arbeit. Nino hellte mit einem Reflektor zwei Topmodels, Lara und Tara, auf. Ingmar dirigierte die Szene mit großen Gesten:
"So, Tara, nimm Lara doch mal in die Arme…so, ja…steh' nicht so breitbeinig rum …man könnte dich glatt für eine Sumo-Ringerin halten…ein bißchen griechischer, wenn ich bitten darf, so mit dem Rücken gebogen, einen Fuß leicht hinter dem anderen." Derart vertieft war der Schwede in seine Arbeit, daß ihm Sven gar nicht auffiel: "Okay, Kinder, das war der erste Streich. Zieht euch um, damit wir die Scheiße vor der Mittagspause im Kasten haben." Er drückte Nino die Kamera in die Hand, setzte seine Sonnenbrille auf und ging zu einem kleinen Tisch, dem ein Sonnenschirm Schatten spendete. Jetzt mußte Sven aber mächtig Dampf ablassen, wenn er sich nicht ganz zum Hampelmann machen lassen wollte, und stellte den unverschämten Fotografen zur Rede, wieso er ohne ihn angefangen habe. Ingmar musterte ihn abschätzig: "Weil ich dich nicht brauche."
Noch habe er hier die kreative Leitung, parierte Sven. "Seit gestern abend nicht mehr", feixte Ingmar. "Rebnitz hat mir von deinem Anruf erzählt, und ich hab' ihm mal vorgerechnet, daß es billiger ist, auf dich zu verzichten als

auf mich. Und jetzt mußt du mich bitte entschuldigen. Ich habe zu arbeiten." Damit war für den Starfotografen die Sache erledigt.
Niklas schlug vor, ins Hotel zurückzufahren und noch einmal bei Rebnitz anzurufen, aber Sven wollte dem Fotografen seinen Triumph nicht gönnen. Rachel, immer noch auf dem versöhnlichen Trip, redete auf ihn ein, er solle vernünftig sein und an seine Karriere denken.
"Was für eine Karriere?" fauchte Sven. Rachel seufzte: "Ihr Männer seid alle gleich. Auf der ganzen Welt."
Sven baute sich vor Ingmar auf und befahl, das Unternehmen abzubrechen, bis alles geklärt sei.
"Sie machen Schluß jetzt! Und wenn mir Rebnitz bestätigt, daß Sie das Sagen haben, können Sie meinetwegen weitermachen."
Ingmar schien das nicht zu beeindrucken:
"Ich werd' dir mal was flüstern, Kleiner. Wir haben die beiden Models hier nur für einen Tag. Und wenn wir heute nicht fertig werden, dann kostet das die Agentur weitere 20 000 Lappen. Die kannst du dann ja gern aus eigener Tasche berappen."
Aber Sven ließ sich von so einem nicht einschüchtern: "Und wenn ich Ihnen die Zähne einschlage, dann kostet Sie das schlappe zehn Mille."
Ingmar spitzte die Lippen, überlegte einen Moment und verdrückte sich in seinen Wagen. Nino ging zu den Models hinüber, um ihnen mitzuteilen, daß für heute Schluß war. Punktsieg für Sven.

Sarah bearbeitete mit einer kleinen Harke die Pflanzen hinter ihrer Hütte. Da erschien Eric auf einem Motorrad.

Er war zerknirscht, wollte wissen, warum sie es ihm so schwermache. Er griff in seine Hosentasche und holte ein Halskettchen heraus, mit einem winzigen Windsurfer als Anhänger. Sarah warf einen traurigen Blick darauf:
"Es hat keinen Sinn mehr, Eric. Es ist aus. Wann wirst du das endlich einsehen?" Sie drehte sich um, aber Eric packte sie, versuchte sie zu küssen. Sarah wehrte sich. Eric verpaßte ihr eine Ohrfeige. Entsetzt schlug Sarah mit der Harke zurück und traf ihn im Gesicht. Entsetzt suchte sie das Weite, ehe Eric wieder zur Besinnung kam.
Sie wußte nicht, wohin, und entschloß sich, im Hotel auf Nik zu warten. Als der mit Sven eintraf, fragte sie ihn, ob sie heute über Nacht bleiben könnte. Für die beiden kein Problem. Nik nahm Sarah mit zum Pool, und nachdem sie ein paar Runden gekrault waren, sah er sie fragend von der Seite an. Am Beckenrand warteten zwei Drinks auf sie.
"Ich hab' Eric vor einem Monat kennengelernt", machte Sarah ihrer Seele Luft, nachdem sie an ihrem Glas genippt hatte. "Hab' mit ihm rumgeshakert, so wie damals mit dir in St. Peter. Am Anfang war's ganz nett, aber dann ging mir seine dauernde Eifersucht auf den Keks. Nach drei Wochen hab' ich Schluß gemacht. Das heißt, ich wollte Schluß machen…Aber er hat mir gedroht, er würde mich umbringen, wenn ich ihn verlasse." Niklas riet ihr, sofort zu packen und nach Deutschland zurückzugehen – vielleicht, so hoffte er insgeheim, mit ihm nach St. Peter –, aber Sarah wollte nicht türmen. Für sie war Maui zur zweiten Heimat geworden: "Ich liebe diese Insel." Niklas küßte sie: "Und ich liebe dich." Sie schloß die Augen, ließ es geschehen. Zärtlich nahm Niklas ihren

Kopf in seine Hände. Die beiden umarmten sich. Küßten sich leidenschaftlich. Tauchten unter.

Später. Sarah schlief friedlich in Niks Bett. Niklas selbst war auf dem Balkon und betrachtete den Sternenhimmel. Da kam Sven ins Zimmer. Er hatte noch einmal mit Rebnitz telefoniert, der ihm bescheinigt hatte, wenn er die Fotos nicht liefern könne, auf die sie sich geeinigt hätten, dann, ja dann ...

Am nächsten Morgen, als Nik aufwachte, war Sarah fort. Nur einen Zettel hatte sie hinterlassen: "Es war schön mit dir, aber ich muß mit meinen Problemen allein fertig werden." Niklas zerknüllte das Papier. Sven tröstete ihn: "Ist besser so, glaub' mir. Sie wär' nur 'ne Zwischenlösung gewesen." Nik sah seinen Freund an: "Du glaubst wohl immer noch, daß ich Britta nicht vergessen kann."

Am Strand waren etwa fünfzig Surferinnen und Surfer mit Vorbereitungen für das Rennen beschäftigt. Niklas und Sven bauten ihre Bretter zusammen, als Sven eine Idee kam. Er lief weg, um zu telefonieren: "Ich werd' bei dem Rennen nicht mitfahren."
Nik war erstaunt: "Hast du einen Sonnenstich? Ich denk', du bist Surfer mit Leib und Seele – oder sollte ich mich in diesem Punkt geirrt haben?"

Sven rief Rachel von einer Telefonzelle aus an.
"Kannst du mir einen Gefallen tun? Ich brauch' dich hier beim Rennen. Mit einem Hubschrauber. Du hast mir doch erzählt, du kennst hier jemanden, der Pilot ist. Ja, es ist

wichtig. Lebenswichtig. Es geht um meine Zukunft. Alles weitere erklär' ich dir später. Äh, und bring' deine Fotoausrüstung mit."
Am anderen Ende der Leitung hängte Rachel ein: "Männer!"

Sven rannte wieder hinunter zu Niklas: Wenn alles klappe, werde er das Rennen von einem Hubschrauber aus mit der Kamera verfolgen. Er war fest davon überzeugt, daß dies die besten Outdoor-Fotos würden, die Rebnitz je gesehen hat: "Das ganze kombinieren wir noch mit 'nem Kaugummi-Pack-Shot, dann steht die Sache. Und Ingmar kann sich in die Knie ficken." Niklas hatte nur eine Frage: "Muß ich während des Rennens den Kaugummi in die Kamera halten?"

Am Strand ging der Starter auf seine Position. Niklas machte Atemübungen, derweil Sven den Himmel absuchte. Hoffentlich hatte Rachel diesen – wie hieß er noch? – Gerry erreichen und breitschlagen können. Da schob sich plötzlich Unsympath Eric mit seinem schwarzen Brett zwischen die Freunde. Finster musterte er Nik.
"Heut' bist du dran, Kraut. Kannst schon mal dein letztes Gebet sprechen. Abgerechnet wird auf dem Wasser."
Vorsichtig erkundigte sich Sven, wer der Muskelberg sei.
"Der Verlierer", schnaubte Nik mit der Überzeugung des Siegers. Über Megaphon gab der Starter das Kommando. Entfernt hörte man die Rotoren eines Hubschraubers. Erleichtert atmete Sven auf: "Na, endlich!" Er winkte und ließ sich von dem Piloten aufnehmen. Jetzt konnte das Rennen beginnen.

Schon bald lag Nik in Führung. Drei andere Surfer blieben ihm dicht auf den Fersen, unter ihnen Eric. Einer der beiden anderen Konkurrenten kam Eric zu nahe. Die beiden fuhren Kante an Kante. Als sei er Messala auf einem Streitwagen aus Ben-Hur, berührte Eric das Brett des Gegners. Der andere Surfer verlor das Gleichgewicht und stürzte. Nik mußе mit einem waghalsigen Manöver ausweichen. Rachel fotografierte wie wild von oben.
Inzwischen lenkte Eric sein Brett neben Niklas, um ihn auszuhebeln. Nik wich aus, versuchte Abstand zwischen den Boards zu halten. Aber Eric drängte seinen Kontrahenten immer mehr in Richtung Strand ab. Plötzlich tauchte vor ihnen ein Riff auf. Wellen brachen sich an dem spitzen, unheilvollen Felsen. Niklas schob sich unvermittelt zu Eric hinüber, um nicht mit dem Riff zu kollidieren. Dabei berührten sich die Kanten der Bretter. Beide konnten sie der Felsspitze ausweichen. Durch die Beinahe-Kollision war Niklas jetzt eine Nasenlänge voraus. Eric packte seinen Gabelbaum fester, zog ihn leicht herum und rammte Niklas. Doch bei diesem Manöver verlor er das Gleichgewicht. Beide stürzten ins Wasser, und Eric wurde am Kopf getroffen – von seinem eigenen Brett.
Rachel oben im Helikopter ließ erschrocken die Kamera sinken. Gerry wies Sven auf ein Seil hin, das unter seinem Sitz verstaut war und das er in eine Winde einklinken sollte.
Als Niklas wieder hochkam, kriegte er Erics Brett zu fassen. Die Wellen drohten ihn auf zackige Felsen zuzutreiben. Während er verzweifelt dagegen ankämpfte, sah er Eric wie eine leblose Puppe im Wasser treiben. Als Eric

leicht gegen einen Felsen trieb, schob sich Nik mit seinem Brett an ihn heran und zog ihn am Gürtel zu sich. Dann brachte er sich und seinen bewußtlosen Rivalen in einem ruhigeren Eck des Riffs in Sicherheit. Gerry dirigierte den Hubschrauber unterdessen nach unten und setzte die Winde in Betrieb. Beim zweiten Versuch bekam Niklas das Seil zu fassen und band es um Erics Körper. Während Eric hochgezogen wurde, klammerte sich Nik an eine Felsenspitze. Sein Blick fiel auf Sven, der oben an der Winde saß. Schwach lächelnd hob Niklas den Daumen. Sven grüßte zurück.

Einige Tage später holten Rachel und Sven Niklas aus dem Krankenhaus ab: Sein Gesicht war verschrammt, die Hand eingebunden. Er humpelte aus der Tür. Rachel tröstete ihn über den verlorenen Sieg und garantierte, daß ihre Fotos Spitze würden. Am Pick-up wartete Gerry auf sie. Er gab der überraschten Rachel einen Kuß. Die beiden anderen freuten sich für sie.

Bevor sie nach Hause flogen, ließ sich Niklas noch einmal zu Sarah fahren. Offen fragte er sie, ob sie mit ihm kommen wollte. Sarah wischte sich eine Träne aus dem Auge: "Das würde nicht gutgehen."
Niklas sah sie an: "Warum nicht?"
"Weil du Britta noch nicht vergessen hast", seufzte Sarah. Und weil ich etwas Zeit brauche, um mir klarzuwerden, was ich will." Mit einemmal stand Eric, den Kopf bandagiert, im Fliegengitter der Tür. Er starrte Niklas lange an, dann lächelte er und reichte seinem Rivalen und Lebensretter die Hand. Aus der Tasche zog er ein

Halskettchen, das er draußen gefunden hatte: Es hatte einen winzigen Surfer als Anhänger. Unschlüssig legte er es auf den Tisch vor Sarah.
"Vielleicht meldet sich der Besitzer ja bei dir." Dann drehte er sich um und ließ die beiden allein.
Sarah küßte Nik zum Abschied: "Und jetzt verschwinde. Sonst versäumst du deinen Flieger."

Am Flughafen wartete überraschend Ingmar auf sie. Der Schwede war zwar noch nicht restlos überzeugt von Svens Konzept, aber er konnte ihm seine Anerkennung nicht verwehren.
"Du bist ein sturer Kopf. Wirst es noch mal weit bringen. Okay, ich lege Rebnitz deine und meine Fotos vor. Dann werden wir ja sehen. Und sollte er sich für deine entscheiden, was ich erwarte, hab' ich für meine Fotos noch eine andere Vermarktungsmöglichkeit."
Sie reichten sich die Hände.

6

Der kleine Prinz

Die erste Person, die Sven daheim in St. Peter um den Hals fiel, trug Motorradkluft und einen schwarzen Helm. Es war Sonja. Sven war irrsinnig glücklich, sie zu sehen, und doch auch besorgt: "Du hast doch noch keinen Führerschein für das Ding." Lässig winkte Sonja ab: "Übung macht den Meister. Der fahrbare Untersatz gehört einem Freund von Rocky. Und in zwei Wochen hab' ich den Lappen sowieso. Ist nur noch eine Formalität." Bevor Sven weitere Einwände machen konnte, knutschte ihn Sonja stürmisch ab: "Jetzt sag' schon, du Schwerenöter: Wie sind sie gewesen, die Hulamädchen auf Hawaii?" Sven überlegte einen Moment, dann machte er eine King Elvis the Pelvis nachempfundene obszöne Bewegung: "Ach, du meinst diese Superfrauen, die bei uns ein- und ausgegangen sind." Alle drei mußten sie lachen. Und Niklas dachte daran, wie schön es jetzt wäre, wenn auch Britta zu seiner Begrüßung erschienen wäre. Er seufzte still in sich hinein.

Martina war wieder in Hamburg, um bei Frau Dr. Sperling, der Gynäkologin, ihren Befund abzuholen: Rein physisch gebe es keinen Grund, weswegen sie keine Kinder bekommen könne, doch im Moment stimme ihr Hormonhaushalt nicht. Martina reagierte leicht hysterisch: "Ich will Kinder, Frau Doktor. Unbedingt."

Dr. Sperling beruhigte sie: "Und genau das ist Ihr Problem. Um jeden Preis geht eben nicht. Wenn Sie sich in Ihrem Kinderwunsch so verkrampfen, führt das dazu, daß Ihr Körper streikt. Menschen sind keine Maschinen, die man nach Belieben ein- und ausschalten kann. Sie sind doch noch so jung. Sie haben noch so viel Zeit, die Angelegenheit locker anzugehen..." Martina senkte niedergeschlagen den Kopf. Genau das hatte ihr auch ihre Freundin Britta gesagt. Draußen wartete Rocky auf sie, besorgt und gespannt. Der Blick, dem Martina ihm zuwarf, sprach Bände. Rocky ließ für einen Augenblick den Kopf hängen, dann sah er sie an und versprach ihr, daß sich in ihrer Beziehung nichts ändern werde, ob sie jetzt Kinder hätten oder nicht. Warum sie glaube, daß er sie sonst geheiratet habe. Martina unterdrückte die Tränen nur mit Mühe: "Weil du eine Familie wolltest."

Am Pfahlbau hatte sich die Clique vollzählig eingefunden. "Ruhe auf den billigen Plätzen!" Nik und Sven schnürten einen Seesack auf. "Zuerst mal ein Geschenk für euch alle!" "Soll ich raten?" hechelte Timo mit heraushängender Zunge. "Eine Hula-Tänzerin im Bastrock?" Tanja gab dem Kleinen eine Kopfnuß: "Schnauze, sonst Beule!" Statt der Hula-Tänzerin fischte Sven einen Umschlag aus dem Sack. Die Clique schnitt enttäuschte Grimassen. Aber Sven klärte sofort auf: Das sei der Scheck, die Kohle für die besten Surfbilder seit Einführung des isotonischen Kaugummis. Und es komme noch besser. Morgen habe er einen Termin bei der Agentur Dr. Popp und Partner in Hamburg. Weitere Großaufträge seien in Sicht, von denen sie alle profitieren würden. Die Gruppe pfiff und johlte vor Begeisterung. Sowas hörte man gerne. Nur Sonja mit ihrem Sinn fürs Praktische hakte nach: "Wieviel genau habt ihr denn für eure Hawaii-Fotos gekriegt?" Sven druckste herum, Nik überschlug: "Also – nach Abzug aller Unkosten bleiben fünf Mille und ein paar Zerquetschte." Tanja drängte sich zu Sven vor: "Hast du wenigstens Sonja was mitgebracht, Krösus?" Sven strahlte über beite Ohren und gab der Gruppe ein Zeichen, sich umzudrehen. Dann legte er – wow! – Sonja eine hawaiische Amulettkette um.

Die Werbeagentur Dr. Popp und Partner war, was man einen durchgestylten Betrieb zu nennen beliebt. Der Chef, Dr. Popp, spielte den Dynamischen. Einer, der wenig Zeit hatte und sich nicht lange mit Kleinvieh aufhielt. Er drückte Sven die Hand, kurz und bündig: "Sie sind Sven Westermann? Hab' von Ihnen gehört. Ihre Hawaii-Aktion – Respekt, Respekt. Nun, meine Assistentin hat sie ja schon gebrieft." Svens Augen formulierten ein breit geschwungenes Fragezeichen. Popp überspielte die kleine Unsicherheit: "Also, es geht um eine PR-Aktion für Piranha, eine Fashionfirma, die mal was anderes will. Haben Sie eine Idee?" Sven überlegte, dann sagte er, ebenso kurz und bündig: "Helgoland. Auf dem Surfbrett. Hin und zurück. In sieben Stunden." Popp schniefte: "Unmöglich. Wer soll das schaffen?" Aber Sven ließ sich nicht beirren und spann unbekümmert weiter: "Kein Problem. Den finde ich schon. Und wir begleiten ihn mit Kameras. Auf einem Schiff. Und natürlich mit Hubschrauber, wie auf Maui. Stellen Sie sich das nur mal vor: Allein mit dem Surfbrett gegen die unberechenbaren

Gewalten der Nordsee! Im einsamen Kampf gegen Wind und Wellen! Individualismus pur! Und wenn er in Helgoland ankommt, erscheint ganz groß der Name des Sponsors ins Bild. Dann wendet er, fährt zurück. Und bei seiner Ankunft in St. Peter erscheint wieder das Firmensymbol. Das alles live in Eurosport. Absolut hip, was? Spannung, Dramatik, eine großartige sportliche Einzelleistung." Popp blickte hinauf zur Decke, als erwarte er von da oben eine Eingebung, dann nickte er: "Einverstanden, Westermann. Aber nur unter der Bedingung, daß die Aktion absolutes First-Class-Niveau hat." Er versprach 40 Prozent Vorschuß und wollte sich gleich mit Marc Grosse von der Firma High-Concept-Film in Verbindung setzen.

Wieder zurück in St. Peter verkündete Sven der Clique die brandheißen Neuigkeiten. Tjard und Boje teilten Svens Begeisterung überhaupt nicht: "Bist du wahnsinnig?! Das geht nicht! Haben wir schon mal überlegt! Wer soll denn sowas machen? Ist doch der nackte Wahnsinn!" Sven sah Niklas an, auf den er seine ganze Hoffnung setzte. Der strich sich, um cool zu erscheinen, über die Fingernägel: "Einmal St. Peter – Helgoland und zurück? Den Trip wollte ich schon immer mal machen." Sven, dem ein Stein vom Herzen fiel, ging auf seinen Freund zu und umarmte ihn: "Ich hab' schon immer gewußt, daß du komplett irre bist, Alter."

Vor dem Hotel Westermann fuhren zwei schwarze Vans der Firma High-Concept-Film vor. Marc Grosse, der Producer, blickte sich naserümpfend um. Sven begrüßte ihn. Grosse musterte ihn kurz und stellte Remi Nessen, seinen Bildregisseur, und die Moderatorin Natascha vor. Sven war sichtlich beeindruckt. Schienen ja echte Profis zu sein, so wie die auftraten. Der Wirbel, den die TV-Crew veranstaltete, war jedenfalls hollywoodreif. Es sah gleich so aus, als wollten sie jede Menge Extrawürste gebraten haben, nachdem sie sich schon in so ein Nest wie St. Peter bemüht hatten. Christine war entsetzt: Wenn ihr in der Goodewind Typen wie Grosse kämen, na, denen würde sie ganz schön Bescheid stoßen. John Westermann aber zuckte nur die Achseln: Solange Svens PR-Firma dafür finanziell geradestehe, sei bei ihm der Kunde immer noch König.

Niklas rechnete das Unternehmen schnell noch einmal nach: "Also, wir haben den Rest unserer Hawaii-Gage. Dann die 40 Prozent Akonto von der Agentur. Bleiben immer noch gut zehntausend, die wir vorfinanzieren müssen." Sven stöhnte, dann kroch er, rechtschaffen müde, zu Sonja ins Bett. "Was hat denn mein kleiner Prinz?" flüsterte die und legte den Kopf an seine Brust. "Deinem kleinen Prinz schwirrt der Kopf", beklagte sich Sven. Sonja küßte ihn und zog unter dem Kopfkissen ein Exemplar des "Kleinen Prinzen" von Antoine de Saint-ExupÈry hervor. Da sei eine Stelle, die müsse der Autor speziell für sie beide geschrieben haben: "Du bist zeitlebens für das verantwortlich, was du dir vertraut gemacht hast. Du bist für deine Rose verantwortlich. 'Ich bin für meine Rose verantwortlich', wiederholte der kleine Prinz, um es sich zu merken." Sven war eingeschlafen. Sonja lächelte, deckte ihren kleinen Prinzen zu und schmiegte sich zärtlich wie ein Kätzchen an ihn.

Grosse bemühte sich, den Dreh generalstabsmäßig zu organisieren. Wie Golfkrieg-Oberbefehlshaber Schwarzkopf vor Bagdad, setzte er sich in Szene und erteilte mit sich überschlagender Stimme Anweisungen, die Susi, seine Produktionsassistentin, gehorsam in ein Diktiergerät sprach. Ob solch blinde Betriebsamkeit dem Projekt zuträglich war oder nicht, war für ihn zweitrangig. Hauptsache, er fiel auf. Man merkte diesem Medienmenschen an, daß er Probleme mit sich selbst hatte und aus diesem Grund unbedingt und überall den Herrn Wichtig spielen mußte. Wahrscheinlich würde er ohne Medien gar nicht mehr existieren: Die Glotze flimmert, also bin ich! Für sein Ego war das eine, auch noch gut bezahlte, Therapie. Kameramann Arno, der sowas noch nie gemacht hatte, befahl er in den Hubschrauber: "Du hast doch nicht etwa Angst? Denkst wohl, ihr werdet hier fürs Herumsitzen bezahlt?! Und Bernd, hör mal, du kümmerst dich um das Begleitschiff. Bernd? Kann mir mal einer sagen, wo Bernd ist? Equipment, Licht, Podium hier. Kran wär' auch nicht schlecht oder besser noch: eine Hebebühne!" Natascha, die ein paar Infos brauchte, ging hinüber zu Nik und Timo: "Könnt ihr mir mal erklären, wie man mit so einem Surfbrett umgeht?" Timo strahlte, das Mädchen gefiel ihm:
"Wenn dir das jemand erklären kann, dann ich. Ich bin praktisch auf einem Surfbrett zur Welt gekommen." Und schon schleppte der Bengel Natascha ab.
Niklas lächelte und bastelte weiter an seinem Brett.
Grosses Techniker installierten eine große Videowand.

Sven erwartete, wenn die Werbetrommel richtig gerührt wurde, 500 Live-Zuschauer. Da baute einer der Spezialisten, der an einem Mischpult arbeitete, einen Kurzschluß. Sven war etwas beunruhigt, aber der Techniker beschwichtigte: "Keine Bange. Bei mir ist noch nie eine Übertragung schiefgegangen." Während der Techniker weiterwerkelte, fragte Sven Nessen, wie lange der Mann schon bei High Concept sei. "Seit einer Woche. Warum?" kam die Antwort. "Aber unbesorgt: Er hat Erfahrung als Roadie. Bei uns arbeiten nur zuverlässige Leute." Seufzend ergab sich Sven dem Prinzip Hoffnung. Daß er die Leute aus seinem Budget bezahlen mußte, daran mochte er gar nicht denken, aber: Wer nichts riskiert, der nichts gewinnt.

An der Rezeption des Hotels Westermann schmierte Grosse Iwana Honig um den nicht vorhandenen Damenbart: "Ich kann einfach nicht glauben, daß Sie noch nicht entdeckt worden sind. Soll ich Sie nicht ein wenig unter meine Fittiche nehmen, meine Schöne?" Obwohl sie sich geschmeichelt fühlte, blieb Iwana standhaft und winkte ab: "Nein, danke. Ich bin hier voll ausgelastet." Leicht pikiert verzog sich Grosse in die Sauna. Christine, die das mitangehört hatte, gab Iwana recht: "Unangenehmer Zeitgenosse." Iwana nickte: "Das können Sie laut sagen. Der labert mich jetzt schon zum x-ten Mal mit seiner Karriere voll."
"Die findet wahrscheinlich auf seinem Schoß statt", stichelte Christine. "Bei diesem Job sollten Sie Gefahrenzulage bekommen."
Mit der Gefahrenzulage lag Christine gar nicht mal so

falsch. Wenige Minuten später klingelte an der Rezeption das Telefon. Als Iwana abnahm, meldete sich am anderen Ende Grosse: "Schätzchen, Sie können mir einen großen Gefallen tun. Lassen Sie sich mal für eine Stunde vertreten und leisten Sie mir etwas Gesellschaft. Ich habe was Wichtiges mit Ihnen zu besprechen. Nein, keine Widerrede! Ich regle das schon mit Ihrem Chef. Wir treffen uns in der Sauna. Da sind wir ganz unter uns." Iwana versprach, in fünf Minuten bei ihm zu sein, und zwinkerte Christine verschwörerisch zu. Zufrieden legte Grosse auf, paffte noch mal an der Zigarre, die jeden Möchtegern-Produzenten aus alten Filmbilderbüchern auszeichnete, und marschierte zufrieden in die Sauna. Auf diesen Augenblick hatte Iwana nur gewartet. Sie schlich sich an, schob einen großen Riegel vor die Saunatür und verschwand. Als Grosse merkte, daß er eingesperrt war, war es schon zu spät. Seine dumpfen Hilfeschreie verhallten ungehört.

In Rockys Pizzeria wartete das Team schon ungeduldig auf den Producer. Sven sah dauernd auf die Uhr. Nessen war das schon gewohnt: "Typisch. Der muß immer zu spät kommen. Gehört zu seinem Image. Immer schön die anderen warten lassen, damit alle wissen, wie unverzichtbar er ist." Endlich – mit erheblicher Verspätung und krebsrotem Gesicht – erschien Grosse, ließ sich in einen Stuhl fallen und verlangte eine Flasche, nein, einen ganzen Eimer Mineralwasser. Die erste große Auseinandersetzung zwischen ihm und Sven war geradezu programmiert. Der Streit entzündete sich daran, daß Sven Tanja als Fotografin vorgesehen hatte. Grosse war absolut dagegen: "Dann platzt die Sache, und ich reise heute noch ab. Entweder wir machen hier ein perfektes Produkt oder gar nichts." Tanja ließ den Kopf hängen: Eigentlich war sie ganz froh, nicht für diesen Pfeifenkopf arbeiten zu müssen, gestand sie Nik im Flüsterton und verabschiedete sich frostig. Sven war wütend: "Sind Sie jetzt zufrieden, Grosse?!" Den Angesprochenen ließ das unbeeindruckt: "Der Zweck heiligt die Mittel. Und, sehen Sie zu, daß Sie ins Bett kommen, Herr Andersen. Wird morgen ein harter Tag." Damit rauschte der Producer ab.

Sven und Nik rechneten vorsichtshalber noch einmal nach. Sichtlich nervös meinte Sven, er werde mit Popp wegen einer Nachbesserung verhandeln müssen. Die Hauptsache sei, Niklas ziche das morgen durch. Nik war überzeugt: "Wird schon schiefgehen." Dann, zu den heißen Rhythmen aus Rockys Musikbox, legte er mit Natascha einen Tanz aufs Parkett; die Kleine flirtete leidenschaftlich mit ihm. Als Timo mitbekam, wie die beiden auch noch ein wenig schmusten, hielt ihn nichts mehr im Ristorante. Nur raus, hier stank es!

Deprimiert hielt der Youngster die ganze Nacht Wache vor Niks Pfahlbau. Als die Sonne aufging, sah er Natascha herauskommen. Sven, Sonja und Nik saßen gemütlich beim Frühstück, als Timo, den Tränen nahc, hereinstürmte und Niklas eine Szene machte.
"Du bist ein ganz gemeiner, hinterhältiger Verräter, jawohl, das bist du! Und glaub' ja nicht, daß ich dir das jemals vergesse! Wir sind die längste Zeit Freunde gewesen!" heulte Timo wütend.

Was ist denn in den gefahren? dachte Nik, aber Timo hatte sich jetzt in Fahrt geredet.
"Du weißt ganz genau, daß ich in Natascha verknallt bin. Und was machst du? Du baggerst meine Flamme an und schleppst sie ab. Du bist für mich gestorben." Die Worte überschlugen sich. Vor Timos Augen verschwamm alles, und der Junge stürzte aus dem Raum. Nik sah ihm nach und tippte sich an die Stirn: "Spinnt der oder was?!"
Am Strand – unter nicht zu übersehenden Piranha-Logos – hatten sich bereits jede Menge Zuschauer und Neugierige versammelt. Die Kameras waren postiert, und Techniker machten letzte Checks. Dr. Popp erschien persönlich, mit einer Blondine im Schlepptau. Nur Niklas war nicht ganz bei der Sache: Er grübelte, machte sich Sorgen um Timos geistige Verfassung. Da kam Tanja angerannt. Sie war ganz außer Atem: "Timo ist aufs offene Meer rausgesurft! Ganz alleine!" Nervös redete Sven auf Nik ein: "Jetzt mußt du erst recht raus. Du wirst Timo schon da draußen finden." Das mußte er Nik nicht zweimal sagen. Der lief mit seinem Brett gleich hinunter zum Wasser. Christine umarmte ihren Sohn, wünschte ihm Glück und bat ihn, nur ja vorsichtig zu sein.

Als der Startschuß fiel, sprang Nik behende auf sein Brett, flankiert von Beibooten, die mit Kameras bestückt waren. Natascha sprach direkt in eine Kamera.
"Pünktlich um zehn ist Nik Andersen gestartet. Er hat ungefähr 45 Kilometer bis Helgoland vor sich. Die Wetterprognose ist günstig; es weht ein leichter Westwind, der noch auffrischen soll. Wird Nik sein hochgestecktes Ziel erreichen und unter sieben Stunden blei-

ben ...? Das ist die Frage, die hier die Gemüter bewegt." Ständig sah Sven auf seine Uhr. Bald hatte Nik ein gutes Drittel der Strecke zurückgelegt. Nur Sven wußte, daß es seinem Freund nicht nur um die Zeit ging, sondern auch darum, da draußen Timo zu finden.
Während Niks Brett auf dem Wasser förmlich dahinflog und ein Chor aus Dutzenden Stimmen, die seinen Wellenritt auf der Bildwand verfolgten, ihn anfeuerte, hatte Grosse Probleme im Ü-Wagen, titulierte die Technik "Schrottequipment" und beschimpfte einen seiner Techniker als "Volltrottel".

Natascha kommentierte, was sie auf ihrem Monitor sah: "Nik Andersen hat nun fast Helgoland erreicht und könnte tatsächlich einen neuen Rekord aufstellen. Aber was ist das? Ein weiterer Surfer ist offensichtlich auf dem Weg zur Insel. Er scheint aber bereits aufgegeben zu haben. Sitzt auf seinem Surfbrett und weiß offensichtlich nicht, was er tun soll. Nik Andersen sollte ihn den Rettungsbooten überlassen, sonst gefährdet er seinen Rekord. Nein, ich sehe. Nik stoppt seine Fahrt. Ich kann mir das nicht erklären..."
Durch die Menge der Zuschauer ging ein Raunen.

Die apathische Figur auf dem Surfbrett war natürlich kein anderer als Timo. Niklas sprang ins Wasser und schwamm zu ihm hinüber. Nur widerwillig ließ ihn Timo auf sein Brett: Dieser Niklas war ihm scheißegal. Und die Clique konnte ihm gestohlen bleiben. Nik tat das einzig Richtige in der Situation; er bot ihm die sprichwörtliche Friedenspfeife an: "Hör mal, Timo, das mit Natascha, das

tut mir wirklich leid. Ich wußte nicht, daß du so auf die Kleine stehst. Sonst hätte ich doch nie . . ." Langsam taute Timo auf seinem Brett auf: "Ehrlich?" Nik blickte so treuherzig wie möglich und gab sein großes Indianerehrenwort. "Und du läßt ab sofort die Finger von ihr – versprochen?" hakte Timo, um ganz sicherzugehen, nach.
Für Nik kein Problem, aber wenn sie jetzt noch den Rekord schaffen wollten, mußten sie sich ganz schön beeilen. Timo strahlte: "Gebongt."
Niklas begab sich wieder auf sein Board:
"Also los, dann komm! Aber wenn wir in Helgoland sind, dann gehst du ins Boot, klar?"
"Wie Kloßbrühe!"

Natascha quasselte derweil unbekümmert weiter: "Nik hat eine Menge Zeit verloren, aber jetzt setzt er seine Fahrt zusammen mit dem anderen Surfer fort. Wir können nur hoffen, daß er es noch schafft."

Endlich tauchten vor den beiden Surfern die Piranha-Spruchbänder auf, die ihnen anzeigten, daß Helgoland vor ihnen lag. Timo war völlig geschafft. Den Rückweg mußte Nik wirklich alleine antreten. Völlig entkräftet verdrückte sich Timo aufs Beiboot.

Natascha war ganz aus dem Häuschen.
"Er hat's geschafft! Niklas Andersen hat Helgoland vor der Zeit erreicht und macht sich nun auf den Rückweg. Noch einmal hat er 45 Kilometer vor sich. Der Wind frischt jetzt gefährlich auf, die Wellen sind unangenehm

hoch ..."
Da, auf einmal, flimmerte es auf Bildwand und Monitor: totaler Bildausfall. Sven stürmte in den Ü-Wagen, wo Dr. Popp und Grosse mit den Technikern herumdiskutierten. Grosse versuchte zu beschwichtigen: "Keine Sorge. Wir haben alles im Griff. Verdammt, Susi, hast du endlich den Helikopter dran?" Susi und die Techniker taten, was sie konnten. Grosse redete auf Dr. Popp ein: Er hoffe, daß sie, obwohl es hier ein kleines Problem gebe, trotzdem auf Sendung seien.
"Und wenn nicht?" fragte Sven besorgt.
Dann hätten sie ein Riesenproblem, meinte Popp nachdenklich.
Draußen am Strand brach die Clique in Jubel aus. Niklas steuerte mit seinem Brett auf das Ufer zu. Über ihm knatterte der Hubschrauber. Glückwünsche. Christine kam gelaufen, ihren Sohn zu umarmen. Derweil kochte Sven im Ü-Wagen vor Wut: "Mein bester Freund riskiert seinen Arsch, und ihr seid nicht mal in der Lage, eine ordentliche Übertragung zustande zu bringen!" Grosse wollte was entgegnen, aber Sven ließ sich von dem medialen Scheinriesen nichts mehr vormachen:
"Sie halten jetzt mal schön den Mund, Grosse! Lang genug haben Sie ihn ja aufgerissen! Wer hat mir denn garantiert, daß hier absolute Top-Profis am Werk sind? Und jetzt wollen Sie mir erzählen, daß nur die Hälfte der Show auf Sendung war?!" Boje, der alles mitbekommen hat, nahm seinen ganzen Mut zusammen, seinem Kumpel beizustehen: "Ich hab' gehört, wie Ihre Techniker über das veraltete Equipment gesprochen haben. Und daß die meisten Hilfskräfte sind und sich nicht richtig auskennen."

Grosse machte Anstalten, zum Gegenangriff überzugehen, den er für die beste Verteidigung hielt, aber da stürmte Nik schon wutschnaubend herein:
"Was hab' ich da gehört? Ich war nur zur Hälfte drauf?!"
Grosse winkte ab: "Mein Gott, was ist denn passiert? Dann machen Sie Ihre beschissene Helgoland-Tour eben noch mal!" Niklas sah in Grosses unangenehme Visage und rot und erteilte ihm die im Augenblick einzig richtige Antwort. Ein gut placierter Schwinger schickte den Herrn Producer zu Boden. Ohne ein weiteres Wort zu verlieren, verließ Nik den Ü-Wagen.

Jetzt wollte natürlich auch noch die restliche Clique Grosse und seinem hochnäsigen Kindergartenstab an die Gurgel. Sven riet den Herrschaften, auf der Stelle ihre Siebensachen zu packen und abzuhauen. Und Natascha gab er noch den guten Rat, es in Zukunft mit Gleichaltrigen aufzunehmen statt kleine Jungs zu verführen und dann wegzuwerfen.

Am nächsten Tag verhandelte Dr. Popp die Angelegenheit mit Sven in der Agentur: Er habe mit dem Sponsor geredet, aber der sehe es so, daß der Vertrag nicht eingehalten wurde. Und wie Sven wisse, sei die gesamte Summe nur bei erfolgter Ausstrahlung fällig. Aber ausgestrahlt worden sei nun einmal nur die Hälfte.
Man merkte Sven die Enttäuschung an: "Damit wären meine Firma und ich in der roten Zone. Und zwar bis zur Oberkante Unterlippe." Dr. Popp zuckte die Schultern: "Geschäftsrisiko."
Zurück am Strand bat er Sonja, ihm noch einmal aus

Saint-ExupÈrys "Kleinem Prinzen" vorzulesen. Sonja zog das Büchlein heraus, das sie immer bei sich hatte: "Hier mein Geheimnis. Es ist ganz einfach: man sieht nur mit dem Herzen gut. Das Wesentliche ist für die Augen unsichtbar." Beide schlossen sie ihre Augen – und küßten sich. Am Horizont ging die Sonne unter. Wie Tauben erhoben sich die Augen ihrer Herzen in den Himmel, um frei zu sein.

7

Sonja

Sonja hatte noch immer nicht ihren Führerschein, aber das störte sie überhaupt nicht. Sie hatte sich vorgenommen, keine Angst zu zeigen und ihr Motorrad zu bändigen. Nicht einmal die von Sven angedrohte Strafe, 25 Jahre Arbeitslager in Sibirien, schien sie zu beunruhigen. Auf ihrer Maschine brauste sie Sven und Niklas davon. Sven schüttelte seinen Kopf: "Saint-ExupÈry war auch ein hervorragender Pilot – und trotzdem ist er abgestürzt." Niklas sah seinen Freund fragend an. Sven erklärte: "Das war der Autor, der den 'Kleinen Prinzen' geschrieben hat, Sonjas Lieblingsbuch, und ein Jahr später, 1944, ist er über dem Mittelmeer abgeschossen worden. Ich werd' irgendwie das Gefühl nicht los, daß Sonja in Gefahr ist. In großer Gefahr." "Du grübelst zuviel", versuchte Nik seinen Freund zu beruhigen. "Das kommt alles von den Schulden. Komm, wir müssen was dagegen tun." Und wie er das sagte, mußte er an Britta denken.

Um ihre Schulden zu begleichen, sahen die beiden keine andere Möglichkeit, als die heißgeliebten Bulli und Buggy abzustoßen, und fuhren zu Auto-Hofer. Sven pries ihre fahrbaren Untersätze in den höchsten Tönen, erstklassig gepflegt, Topzustand, aber Hofer, der einen kläffenden Schoßhund unterm Arm hielt, wies mit zwei Fingern auf seine Augen: "Solange meine Guckerchen noch den Durchblick haben, könnt ihr zwei Grünschnäbel mich nicht verarschen. Was wollt ihr für eure Schrottkisten?" Wehmütig blickte Sven auf die Wagen: "Mein Buggy ist mindestens acht Braune wert, schätze ich. Und Niks Bulli sollte schon noch zweitausend bringen." Schließlich sei er geil bemalt, gab Niklas zu bedenken. Hofer starrte die beiden an, als seien sie soeben mit einer Fliegenden Untertasse vom Mond gekommen, dann spuckte er in den Sand.

"Also. Für den Buggy geb' ich euch vier Riesen. Cash. Aber wenn ich den Bus nehmen soll, müßt ihr mir noch was draufzahlen." Grußlos stampfte er in seinen Wohnwagen zurück und schlug die Tür hinter sich zu. Der Köter hatte aufgehört zu kläffen.

Nik und Sven sahen einander deprimiert an. Sven wollte am liebsten alles hinschmeißen.

"Was soll ich nur machen? Wenn wir die Helgoland-Geschichte und die ganzen Schulden nicht am Hals hätten – okay. Aber wir brauchen die Kohle nun mal, und zwar schnellstens." Niklas schaute zu seinem Bulli: "Wenigstens bleiben wir zwei zusammen. Und du, Sven, denk' dran: Buggies sind sowieso nur was für Philister und andere Spießer." Sven atmete tief durch und folgte Hofer in den Wohnwagen, um den Deal abzuschließen.

Als sie mit dem VW-Bus zum Pfahlbau kamen, wurden sie dort schon sehnsüchtig von der hartnäckigen Schar ihrer Gläubiger erwartet. Sonja stürmte ihnen entgegen: Sie habe ja schon alles versucht, aber die Herrschaften ließen sich nun mal nicht so leicht abwimmeln. Sven und

Niklas lächelten unsicher. Die Gläubiger lachten nicht. Erst mal waren jetzt die vier Riesen fällig, und sie sollten mit Hilfe eines Taschenrechners in kleine, aber gerechte Portionen aufgeteilt werden. Während sie zurücklief, bemerkte Sonja, wie Nik ein Saxophon aus einem Koffer holte und zusammenbaute.
"Hab' ich zum letztenmal drauf gespielt, als ich 15 war und Liebeskummer hatte." Er setzte das Instrument an und blies, daß die Wände wackelten. Leicht gequält verzogen zwei Gläubiger das Gesicht.

Als sich auch die anderen Gläubiger verzogen hatten, selbstverständlich unter Mitnahme der Kohle, setzte Niklas das Saxophon ab. Und Sven winkte mit einem Zwanzigmarkschein, den er gerettet hatte.
Nik fand, daß das gerade noch für drei Pizzen reichte, die er umgehend aus Rockys Ristorante besorgen wollte.
"Laß dir ruhig Zeit", gab ihm Sven zu verstehen. "Wir zwei Hübschen hier müssen erst noch dein Saxophon so verstecken, daß du es nicht so schnell wiederfindest. Du vertreibst uns mit deinem Spiel ja alle Gläubiger."
Niklas drehte sich um: "Idiot!" Dann war er aus der Tür.
Sven und Sonja nutzten Niks Abwesenheit für neckische Spielchen und Kindereien, bis Sven Sonja – weniger jugendfrei – aufs Bett warf und küßte. Die beiden sahen sich lange an.
"Ich liebe dich", gestand Sven.
Wie vielen Vorgängerinnen er das schon erzählt habe, fragte Sonja.
Sven wurde feierlich: "Du wirst es nicht glauben, aber du bist die erste." Er lächelte: "Zumindest die erste, bei der

ich's ernst meine." Ihre Küsse wurden leidenschaftlicher. Martina saß neben dem Telefon, das nervtötend klingelte. Sie hatte einen Karton mit Babysachen neben sich, Jäckchen und Bodies, und weinte Tränen der Verzweiflung. Alles in ihrem Körper hatte sich verkrampft. Wieder klingelte das Telefon. Martina hob immer noch nicht ab. Enttäuscht warf Rocky, der am anderen Ende war, den Hörer auf die Gabel. Er mußte gerade im Akkord Pizzaböden belegen. Das Ristorante war überfüllt und er allein. Was war nur mit Martina los? Als Niklas hereinkam, winkte er ihn gleich zu sich in die Küche und warf ihm eine Schürze zu.

"Was soll das, Rocky?" protestierte Nik. "Ich wollte Pizzas kaufen, nicht machen."

Rocky wies auf die zahlreiche Gästeschar in der Pizzeria. Und ausgerechnet heute sei er solo. Martina sei einfach nicht ans Telefon zu bimmeln. Niklas sah Rocky, der fertige Pizzas aus dem Ofen holte, verwundert an.

"Es ist ein Uhr mittags, in deinem Ristorante ist Hochbetrieb, du bist ein waschechter Italiener und willst mir erzählen, du weißt nicht, wo deine Frau steckt?!" Rocky zuckte mit den Schultern und huschte mit den Diavoli und anderen Köstlichkeiten zu einem Tisch.

Als er zurückkam, kotzte er seinen ganzen Frust aus: Seit Martina glaubte, daß sie keine Kinder bekommen kann, verhalte sie sich wie eine Schnecke, dic sich in ihr Haus zurückzog.

Auf einmal betrat Martina den Laden und ging, wie zum Beweis der Feststellung, wortlos an Rocky vorbei. Der hielt seine Frau am Arm fest und wollte zu zetern anfangen. Die Gäste sahen sich schon um, aber Martina ließ das unbeeindruckt. Sie wirkte wie in Trance, schien nichts um sich herum wahrzunehmen.

Sonja und Sven hockten in einem Strandkorb und tauschten süße Zärtlichkeiten aus, als Niklas fünf Stunden später mit den Pizzas zurückkehrte. Er war total geschlaucht von der Akkordarbeit bei Rocky – und morgen in aller Herrgottsfrühe mußten sie beide auch noch auf den "Bau": malochen. Wie hieß es in der Bibel: Im Schweiße deines Angesichts ...

Ein Bagger lud Schlick auf einen Lkw. Drei Mann schaufelten im Schweiße ihres Angesichts. Der dritte Mann hieß Andersen, Niklas. Einer der beiden Kollegen ermahnte ihn, nicht einzuschlafen.
"Was wird mit dem Zeug eigentlich angestellt?" fragte Nik zurück. "Das ist kein Zeug, das ist Heilschlamm, du Banause", schnappte der Kollege. "Das wird zu Schlammbädern verarbeitet. Fürs Kurzentrum. Schließlich sind wir hier ein Heilbad, für den Fall, daß du es noch nicht mitgekriegt haben solltest." Nik schaufelte verdrossen weiter: Jetzt wußte er, wie man aus Scheiße Geld machte.

Sven, wohl doch nicht so schwindelfrei, wie er behauptet hatte, kletterte unterdessen auf einer Leiter auf das Dach eines großen friesischen Bauernhauses, eines Haubarg, auf der Schulter einen Werkzeugkasten. Oben angekommen, balancierte er am Rundholz entlang. Ein Kollege, der schon auf dem Dach war, wies ihn lautstark auf eine morsche Verstrebung hin – gerade noch rechtzeitig, sonst

wäre der erste Arbeitstag sicher ins Auge gegangen.
Am Nachmittag, während sich die ersten Surfer auf dem Wasser tummelten, rechneten sich Nik und Sven ihre Wehwehchen vor: Schmerzen im Kreuz, Blasen an den Händen. Und wer weiß, was für Leid sie morgen erwartete. Obwohl sie hundemüde waren, ließen sie sich nicht lumpen und taumelten doch noch in die Pizzeria, wo Sonja ihren Führerschein feierte. Siehst du, jetzt kann nichts mehr schiefgehen! beruhigte sie Sven. Dem fielen beinahe die Augen zu, und deswegen konnte er sich heute auch keine Sorgen mehr leisten. Die Zeche zahlte ohnehin Sonja. Später, vor dem Pfahlbau, ließ Sonja Sven endlich die Augen schließen – und tasten. Für einen Moment wieder hellwach, tastete er ihr sofort die Brüste ab. Sonja lachte und stieß ihn weg: "Nicht mich, das da!" Sven ertastete – ein Motorrad. Ja, das habe sie Rocky heute abend abgekauft. Bei dem stehe es sowieso nur herum, weil er so viel zu tun habe. Vielleicht sei das der Knackpunkt in seiner Beziehung. Sven kräuselte die Stirn. "Du weißt doch", klärte ihn Sonja auf. "Martina und er haben ihre erste große Ehekrise. Ich hab' heute abend versucht, mit ihr zu sprechen, aber sie hat kein vernünftiges Wort herausgebracht. Ganz einsilbig ist sie gewesen." Trotzdem, meinte Sven, wäre es ihm lieber, Rocky und nicht sie würde auf dem gefährlichen Ding herumfahren. Sonja lachte und versprach, immer schön vorsichtig zu fahren – und außerdem habe der Fahrlehrer ihr versichert, sie sei ein Naturtalent: "Na, Fury, wie wär's mit einem kleinen Ausritt?" Da half keine Entschuldigung: Sven, der auf einmal wieder voll präsent war, mußte mit rauf. "Ich wollte immer schon Motorrad

fahren", schrie sie ihrem Hintermann zu, als sie startete, und der Wind blies durch ihr Haar. "Weißt du, mein Vater hat mich immer mitgenommen. Vorne auf dem Tank. Weil er mich nicht hinten sitzen lassen wollte. Aus Angst, mich zu verlieren." Sven blieb skeptisch: "Als ich zum erstenmal auf einem Surfbrett stand, war ich nur unglücklich. Weil ich immer wieder ins Wasser gefallen bin. Das hier ist etwas anderes. Wenn du vom Motorrad fällst, brichst du dir sämtliche Knochen."
Als sie wieder am Pfahlbau angelangt waren, erzählte Sonja ganz beiläufig, daß sie übermorgen ihre Tante in St. Petersburg besuchen wolle. "Doch nicht etwa auf deinem heißen Ofen?!" Sven war entsetzt. "Worauf denn sonst?" lachte Sonja. "Dachtest du etwa, auf einem Heuwagen?" Sie wolle die alte Dame unbedingt noch mal sehen, in den Arm nehmen. Wer weiß, wie lange sie lebt. Sven seufzte: "Was soll ich nur zwei Wochen ohne dich machen?" Sonja tippte ihm auf die Nasenspitze: "An mich denken. Und jede Nacht um Punkt zwölf siehst du hinauf zum Polarstern. Dann denken wir ganz fest aneinander. Versprochen?" Sie rannte hinunter zum Meer, Sven hinterher. Im Wasser umarmten sie sich.

Niklas döste derweil an Martinas Schulter. Die war mit den Überresten einer Wodkaflasche beschäftigt. Rocky wollte sie ihr wegnehmen, aber Martina wehrte sich. Timo schlug vor, noch gemeinsam ins Power, die örtliche Disco, zu gehen. Der Vorschlag wurde mit großem Beifall angenommen, Rocky überstimmt. Schon halb betrunken, bewegte sich Martina wie eine Somnambule auf der Tanzfläche, wo sie von Jan, einem aufdringlich öligen

Typ mit Rudi-Völler-Frisur, angemacht wurde. Rocky wollte sie wegziehen, aber sie machte sich los und fiel dabei aufs Parkett. "Rühr mich – jupp – bloß nicht mehr an. Hast du – jupp – verstanden?!" krähte sie in der holprigen, vom Schluckauf unterbrochenen Diktion des Suffs. So benebelt war sie, daß sie ausgerechnet den Bock zum Gärtner machen wollte, indem sie Jan bat, sie nach Hause zu fahren. Rocky sah den beiden in ohnmächtiger Wut nach. Er wußte nicht mehr, was er tun sollte, war den Tränen nahe. "Was war denn das eben für ein Verrückter?" erkundigte sich Jan, als er der leicht Schwankenden in seinen Wagen half. "Ein Freund von dir?" Martina schüttelte heftig den Kopf: "Nee. Mit dem hab' ich nichts mehr am Hut. Der kann mir – jupp – gestohlen bleiben." Mit einem triumphierenden Grinsen schwang sich Jan hinters Lenkrad, fuhr aber noch nicht los, sondern Martina sogleich übers Knie, fummelte an ihr herum, wollte seine Zunge in ihren Schlund stecken. Aber sie wehrte sich. Erst leicht, dann heftiger. Drückte ihn weg. Irgendwie gelang es ihr auszusteigen: "Hau bloß ab, du Wichser!" Jan verzog kurz das Gesicht und ließ die Reifen quietschen. Martina blieb stehen, torkelte ein paar Schritte, knickte ein. Sie hatte sich einen Absatz gebrochen. Sie warf den Schuh weg und humpelte schluchzend davon. Um sechs Uhr früh, als der Radiowecker Sven und Nik recht unsanft aus dem Schlaf klingelte, merkten die beiden, daß auch Rocky bei ihnen genächtigt hatte, aber sie mußten los, konnten sich jetzt nicht um ihn kümmern.

Nachmittags, als die beiden von des Tages Müh und Last heimkehren, sprach Sonja sie auf das Problem an.

Martina habe ihr heute das Herz ausgeschüttet: Sie liebe Rocky, keine Frage, aber sie sei sicher, daß ihm als Italiener eine vollzählige Familie über alles gehe – und genau die könne sie ihm nicht garantieren. So sei ihre Ehe nichts Halbes und nichts Ganzes. Wie wäre es, wenn Nik mal mit Rocky sprechen würde: sozusagen von Mann zu Mann? Sie hatte sich da sogar etwas einfallen lassen und gab es Nik. Rocky hockte immer noch im Pfahlbau und hörte, den Plattenspieler auf voller Lautstärke, eine Arie von Caruso. Als der Gesang sich dem Ende neigte, ging Nik auf ihn zu, sah ihn an und drückte ihm Fotos von Kindern in die Hand: "Die sind von einer Organisation, die Patenschaften für Kinder in der Dritten Welt vermittelt. Für relativ wenig Geld im Monat kannst du sehr viel für so ein armes Kind tun. Es bekommt was zu essen, Kleidung, Schule." Rocky warf ihm einen mitleidheischenden Blick zu: "Warum kommst du damit zu mir?" Nik wurde verlegen: "Ich weiß nicht. Vielleicht, weil du mir erzählt hast, wie sehr du Kinder magst. Und daß Martina keine kriegen kann. Mit so einer Patenschaft adoptierst du quasi ein Kind, nur daß es in seiner Heimat bleibt." Rocky schaute sich die Bilder noch mal an, aber es hatte den Anschein, als könne er sich mit dem Gedanken einer Quasi-Adoption nicht anfreunden. Da kam, etwas schüchtern, Martina herein: Das mit dem Typen gestern abend tue ihr leid. Sie habe ihn nur eifersüchtig machen wollen. Das Eis war gebrochen. Rocky drückte sie ganz fest an sich: "Wenn ich es nicht schon vorher gewußt hätte, wäre es mir da klargeworden: Ich liebe dich, Martina. Mit Haut und Haar. So wie du bist. Umbringen können hätte ich diesen Fatzke." Martina war noch unsicher: "Aber du weißt doch, daß ich dir keine Kinder schenken kann." Rocky lächelte und hielt ihr die Fotos von den Kindern aus der Dritten Welt unter die Nase. Niedliche Gesichter waren darunter. Unter einem stand der Name Alfredo.

Draußen nahmen Sven und Sonja Abschied. Zum Abschied reichte sie ihrem kleinen Prinzen eine Rose.
Gleich morgens früh startete Sonja mit ihrem Motorrad. Sie fühlte sich sicher. Dachte an Petersburg und die Wiedersehensfreude. Sie war schon einige Zeit auf der Landstraße unterwegs. Plötzlich sah sie, hundert Meter vor sich, einen Schulbus halten. Ein paar Kinder überquerten die Straße. Auf einmal lief eines der Kleinen zurück. Sonja wollte ausweichen, geriet ins Schleudern, prallte mit dem Kopf gegen die Leitplanke. Hinter ihr bremste ein Lkw ab, nur wenige Zentimeter vor Sonja.

Niklas und seine Kollegen machten gerade Kaffeepause, als ein Krankenwagen mit Blaulicht vorbeiraste. Ihm folgte ein Abschleppwagen mit einem schrottreifen Motorrad, der auf einem Rastplatz in der Nähe hielt. Besorgt lief Nik hinüber, zog aus der aufgeplatzten Satteltasche des Motorrads eine Karte, auf der die Strecke St. Peter – St. Petersburg rot markiert war. Niklas war wie vom Schlag gerührt: "Sonja! Sven!"
Sofort warf er sich in seinen Bulli und fuhr zu Svens Arbeitsplatz. Der war mit seinen beiden Kollegen auf dem Dach des Haubarg beschäftigt. Niklas atmete tief durch, formte mit seinen Händen einen Trichter und bat Sven, sofort herunterzukommen.

Gemeinsam eilten sie zum Krankenhaus, wo sie bereits vom Rest der Clique erwartet wurden. Rocky wollte gehört haben, daß Sonja schon die ganze Zeit im OP war. Sie sei nicht bei Bewußtsein gewesen, als sie eingeliefert wurde, fügte Martina hinzu. Am liebsten wäre Sven gleich selber hinein, doch da öffnete sich die Tür, und ein Arzt kam heraus. Sven rannte zu ihm hinüber und stellte sich als Sonjas Freund vor. Der Arzt musterte ihn kurz und schlug den teilnahmslos wirkenden Tonfall der Mediziner an, erzählte von schweren Prellungen und Schürfwunden, aber was wirklich Anlaß zu Sorge gebe, sei eine Schädelfraktur. Er könne zwar nichts versprechen, aber nach menschlichem Ermessen würde sie durchkommen, wenn, ja wenn keine weiteren Komplikationen einträten. Sven fiel ein Stein vom Herzen. Allgemeines Aufatmen auch bei der Clique.
Trotzdem wartete man weiter. Nicht einer ging. Auch Westermann und Christine waren erschienen. Sie sahen Sven auf- und abtigern. Es war schon kurz nach Mitternacht, da tauchte eine Krankenschwester auf und erlaubte Sven, Sonja zu besuchen, aber höchstens fünf Minuten.

Der Raum wurde von einer sanften Lichtquelle schwach erleuchtet. Unter ihren Verbänden sah Sonja klein und verletzlich aus. Sven ging auf das Bett zu, drückte ihr leicht die Hand: "Hallo, kleine Prinzessin." Sonja öffnete die Augen, flüsterte – kaum hörbar: "Hallo, kleiner Prinz. Verzeihst du mir?" Sven kämpfte mit den Tränen: "Was soll ich dir denn verzeihen, meine kleine Prinzessin? Es gibt nichts zu verzeihen. Sieh nur zu, daß du so schnell wie möglich wieder gesund wirst. Versprichst du mir das?" Zum Zeichen des Versprechens schloß Sonja die Augen. Sven erzählte, wer alles draußen war. Sonja bat ihn, die Clique zu grüßen und ihr zu danken, aber jetzt sollten sie alle nach Hause. Und er solle ihn nicht vergessen, den Polarstern: "Immer, wenn du zu ihm hinaufsiehst, denkst du an mich. Und ich denk' in dem Moment an dich." Sacht drückte ihr Sven einen Gutenachtkuß auf den Mund. Sonja hob die Hand leicht zum Gruß.

Die anderen gingen, sichtlich erleichtert. Nur Sven blieb und wartete weiter im Flur. Es war kurz nach zwei. Sven war auf der Bank eingenickt. Plötzlich wurde er unsanft von Geräuschen geweckt. Zwei Pfleger schoben Sonjas Bett zurück in den OP-Bereich. Schwestern und Ärzte folgten im Eilschritt. Sven hielt eine Schwester an und erfuhr, daß eine Notoperation durchgeführt werden mußte, wegen eines Blutgerinsels. Svens Herz drohte zu zerbrechen: Warum verschluckte der Erdboden nicht ihn – und ließ sie am Leben?! Er mußte an ihr erstes Treffen denken – und das Lächeln, das ihn gewonnen und ihm die Sinne gewärmt hatte.

Nach einer Weile kehrte einer der Ärzte aus dem OP zurück, nahm seine Maske ab und atmete tief ein. Instinktiv fühlte Sven, daß sein Polarstern erloschen war: "Ist sie…tot?" Der Arzt nickte bedächtig: "Wir haben getan, was wir konnten." Ganz ruhig, mechanisch wie ein Zombie, schritt Sven ins Freie. Dicke Tränen kullerten über seine Wangen, als er hinauf zum Polarstern blickte.

Als Westermann von Sonjas Tod erfuhr, war er sehr besorgt um seinen Sohn, der nicht aufzufinden war. Niklas vermutete, sein Freund habe sich ein Surfbrett geschnappt und sei hinauf aufs Meer: "Wer weiß, was jetzt in ihm vorgeht." Er öffnete den Container, aber kein Board und kein Rigg fehlten. Plötzlich durchzuckte Nik ein anderer Gedanke. In Westermanns Auto fuhren sie zum Haubarg – und tatsächlich, ganz oben auf dem Dach hockte Sven und starrte in Richtung Norden. In der Hand hielt er die Rose, die Sonja ihm zum Abschied geschenkt hatte.

Nik wollte gleich zu ihm hinauf, aber Westermann meinte, das hier sei seine Angelegenheit. Vorsichtig kletterte er nach oben: "Komm, Sven. Sei vernünftig. Komm her und steig' mit mir runter." Aber Sven weigerte sich. Als sein Vater näher kam, wich Sven automatisch zurück, auf die brüchige Stelle zu. Da tauchte Nik auf, der Westermann hinterhergeklettert war: "Sven, hör mir zu: Du bist für deine Rose verantwortlich. Zeitlebens bist du für das verantwortlich, was du dir vertraut gemacht hast. Du bist für deine Rose verantwortlich. Und deine Rose hätte gewollt, daß du weiterlebst."

Man merkte, wie in Sven zwei Mächte rangen. Endlich gab er sich einen Ruck und balancierte zu Freund und Vater hinüber. Er wollte weiterleben. Für Sonja. Um ihres Andenkens willen. Die drei umarmten sich in bedrohlicher Höhe.

8

Die Große Welle

Es regnete Bindfäden. Eine Stimmung wie Totensonntag. Sven saß an seinem Schreibtisch und starrte gedankenverloren zum Fenster des Pfahlbaus hinaus. Nik vesuchte ihn aufzuheitern und hielt ihm ein Formular unter die Nase: "Willst du dich nicht auch für das Rennen in drei Wochen anmelden? Du weißt doch: Sylt." Sven sah ihn verständnislos an. Nik ließ das Formular sinken: "Das Scheißwetter kann einen wirklich depressiv machen. Hey, was hältst du davon, wenn wir uns ein Weilchen absetzen?" "Absetzen? Wie meinst du das?" forschte Sven, und Niklas witterte eine Chance: "Ja, irgendwohin, wo die Sonne scheint, wo wir heißen Sand unter den Füßen haben. Und wo wir die Große Welle reiten können." Sven verstand: "Ich hab' den Reiseprospekt neben deinem Bett gesehen. Du willst doch schon die ganze Zeit wieder nach Maui, stimmt's? Und vor allem zu deiner Sarah ..." Er merkte, wie Niks Augen glänzten, als würde sie ein Sonnenstrahl treffen. Und mußte an Sonja denken. An Sonja und den Polarstern. Vielleicht war es wirklich das Beste, einen kleinen Tapetenwechsel vorzunehmen.

Sven drehte die Brettunterseite nach oben und sprang einen Upside-down, der die Sonne zu berühren schien. Tatsächlich hatte Maui seine Seele aus finstersten Tiefen geholt. Er war Nik für den guten Rat dankbar. Die beiden hatten sich eine Miethütte in Spreckelsville genommen, saßen am Abend in ihren Liegestühlen und genossen den prächtigen Sonnenuntergang. Niklas stieß mit seinem Freund an und nahm einen Schluck aus der Bierpulle: "So macht das Leben wieder Spaß, was?" Sven mußte seinem Freund recht geben: "Sich bei Nacht und Nebel aus St. Peter zu stehlen war die beste Idee, die du seit langem gehabt hast.Weißt du, ich habe mir gedacht, eigentlich könnten wir von hier aus unsere Geschäfte führen, oder?" "Und dann einmal im Jahr rüber nach St. Peter", schmunzelte Nik, "und eine Party für die Clique schmeißen." Ein Schatten huschte über Svens Gesicht: "Aber zu niemandem ein Wort über Sonja, ja? Sie fehlt mir so, Nik. Die Wunde bleibt in meinem Herzen. Aber ich will, daß du weißt, wie froh ich bin, dich zum Freund zu haben." Mehr als Freunde, versicherte Niklas: "Wir sind Brüder, vergiß das nicht. Ich werde immer für dich dasein."

Eine Gruppe Radfahrer näherte sich der Zuckerfabrik. Ein Schild warnte vor Lkws. Die Gruppe bremste. Nur Sven trat in die Pedale und schoß lebensmüde an den anderen vorbei. Ein Fahrer steuerte gerade seinen riesigen Truck auf die Straße. Sven wollte ihm ausweichen und stürzte in einen Graben. "Verdammter Idiot!" Aufgebracht sprang der Fahrer aus dem Führerhaus. "Hast du nicht gehört, daß ich gehupt habe?!" Da erkannte er den Radfahrer: "Der Haole, ich halt's im Kopf nicht aus." Niklas radelte zu den beiden hinüber: Es war Eric, der sich besorgt fragte, ob die beiden wieder einmal die Insel verunsichern wollten. "Keine Angst", beruhigte ihn Nik. "Spätestens in drei Wochen sind wir wieder weg. Dann ist nämlich auf

Sylt ein Rennen, das ohne uns nicht stattfinden kann." Da kämen sie wie gerufen, überlegte Eric, der den Beinahe-Zusammenstoß fast vergessen hat. Im Moment sei hier Big Surf angesagt: "Das sind die höchsten und besten Wellen der Welt. Wahre Monster. Wenn du stürzt, ziehen sie dich runter, dreißig Meter in die Tiefe. Und wenn du Pech hast, geht dir die Luft aus, bevor du wieder hochkommen kannst. Also ideale Trainingsbedingungen, genau das Richtige für zwei Selbstmörder wie euch. Wer sowas heil übersteht, für den ist Sylt oder wie das Nest heißt ein Klacks." Vor drei Jahren habe es dabei einen guten Freund erwischt, seufzte er: "Seitdem reite ich jedes Jahr die Große Welle für ihn. So, ich muß jetzt los. Hab' Sarah versprochen, daß ich ihr beim Umbau helfe." Sarah! Bei der bloßen Erwähnung ihres Namens begannen Niks Augen zu leuchten. Na, da könnten sie doch vielleicht mithelfen, meinte er und stieß Sven jovial mit dem Ellbogen an.

In Sarahs Hütte wurde eifrig gehämmert. Auf dem Dach werkelte eine attraktive Zwanzigjährige, aber es war nicht Sarah. Eric grüßte sie und stellte vor: "Das ist Nicole." Sarah strich gerade die Veranda und hatte einen Walkman auf. Als Niklas ihr auf die Schulter tippte, zuckte sie unwillkürlich zusammen: "Das darf doch nicht wahr sein! Niklas! Sven! Nik!!" "Du machst dich gut als Anstreicherin", stichelte Nik."Wird ja ein richtiges Schmuckstück. Wenn du damit fertig bist, hätten wir auch noch eine Hütte zu streichen: in St. Peter." Sarah lachte: Sie wolle mit einer Freundin zusammenziehen – und da hätten sie beide gedacht, wenn schon, denn schon. Übrigens – sie zwinkerte Sven zu – arbeite Nicole in einer Werbeagentur. "Wie wär's, wenn du die beiden als Hilfssklaven an Bord nimmst?" schlug Eric vor. Sarah betrachtete sie mit skeptischer Miene: "Sehen etwas unterernährt aus, aber probieren kann man's mit ihnen ja mal." Niklas verbeugte sich tief: "Wir gute Arbeiter, Missi." Als er sich wieder aufrichtete, drückte ihm Sarah gleich einen Pinsel in die Hand: "Zur Belohnung gibt's ein Mittagessen." Die beiden konnten ihr Glück nicht fassen.

Während sie strichen, war Sarah voll des Lobes über Eric: Der sei ein richtiger Kumpel geworden. Keinerlei Anflug von Eifersucht mehr. Müsse wohl an Nicole liegen. Seit ein paar Tagen gingen die beiden öfters miteinander aus. "Scheint ja 'ne richtig romantische Beziehung zu werden", witzelte Nik. Sarah lachte: "Ja, wie zwischen 'ner Dynamitstange und 'nem Streichholz. Die beiden sind wie HB-Männchen und HB-Weibchen: Nicole geht manchmal schneller in die Luft als Eric." Sie öffnete einen frischen Farbeimer und rührte mit einem Stock die Farbe auf. Niklas beobachtete sie aufmerksam: "Als ich das letzte Mal hier war, hast du gesagt, du müßtest erst herausfinden, was du willst." Sarah zog den Stock aus dem Eimer: "Ich weiß es immer noch nicht." Die beiden schauten sich lange an. Er habe sie vermißt, gestand Nik. Sarah senkte den Kopf, dann gab auch sie zu, daß er ihr gefehlt hatte.

Auf einem Klapptisch warteten Sandwiches und kühle Getränke auf die fleißigen Malermeister. Hätte er nie gedacht, daß Frauen sowas können, lobte Eric, der sich

die Finger nicht schmutzig machen wollte, den Fortschritt der Arbeit.
"Du lebst ja auch in einem stinkenden Macho-Käfig", frotzelte Nicole. "Und darunter steht: Aussterbendes Chauvi-Exemplar. Bitte nur mit Vorurteilen füttern."
"Haha! Ungeheuer komisch!" Eric war sichtlich beleidigt, daß Nicole so wenig Respekt vor seiner unerhört kostbaren Mannesehre hatte. Nicoles Hirn und Mundwerk arbeiteten offensichtlich pausenlos: "Alles, was ich höre, setz' ich sofort in einen Slogan um."
Sven und Nicole lächelten sich an. Offensichtlich fand das Mädchen Gefallen an dem großen Blonden; sie schlug ihm vor, gemeinsam loszuziehen und die Insel zu erforschen. "Ich kenn' da ein paar Stellen auf der Insel, weißt du, die haben bestimmt nur wenige gesehen." Sie sah Sven herausfordernd an. Der war sogleich Feuer und Flamme. Plump versuchte Eric zu löschen: "Laß gut sein, Nicole. Sven kennt die Insel schon." "Niemand kennt die Insel", schnappte Nicole und hauchte Sven ins Gesicht: "Hast du schon mal vom Haleakala aus den Sonnenaufgang beobachtet?"

Als sie im Mietwagen wieder zu ihrer Hütte fuhren, spielte Nik plötzlich den Besorgten: "Daß du dir mal ja nicht die Finger verbrennst!" Sven reagierte leicht gereizt: "Wer von uns beiden hat denn vorgeschlagen, hierherzukommen und etwas Spaß zu haben, du oder ich?" Ich dachte da eher an Windsurfen", erklärtc Nik. "Ich will doch nur, daß du keinen Unsinn machst. Hab' doch gesehen, wie du gestrahlt hast, als du mit ihr gesprochen hast."
"Also gut", knurrte Sven. "Ich versprech' dir, daß ich

mich von Nicole nicht zu irgendwelchem Unsinn verführen lasse. Zufrieden?" Niklas schaute ihn mißtrauisch von der Seite an. "Hey", maulte Sven, "was willst du, Bruder, eine Unterschrift unter einer Verzichtserklärung? Reicht dir mein Wort nicht mehr?" Vor ihnen erhob sich unheilvoll der Vulkan Haleakala.

Auch Sarah schien etwas besorgt. An Sven werde sie sich die Zähne ausbeißen, warnte sie Nicole vor dem Ausflug. Der sei nämlich unsterblich verliebt. Für Nicoles Ohren klang das natürlich alles andere als abschreckend: eine Herausforderung ihrer weiblichen Reize. Wollen doch mal sehen, ob ich den nicht kleinkriege! Was sie eigentlich von Niklas halte, wechselte Sarah das Thema. Nicole mußte nicht lange überlegen: "Der? Der ist mir zu anständig, zu brav." Sven dagegen, ja, Sven habe eine dunkle Seite, etwas Geheimnisvolles laste auf seiner Seele, das sie unbedingt ergründen wolle: "Du weißt doch, wie neugierig ich bin." Sarah schüttelte den Kopf: "Auf Dauer wär' mir so 'ne dunkle Seite zu anstrengend." Nicole legte den ersten Gang ihrer Geländemaschine ein: "Deswegen sind wir auch so gute Freundinnen. Weil wir unterschiedliche Geschmäcker haben. Bis morgen nachmittag." Sarah schaute ihr nachdenklich nach.

Später am Haleakala. Nicole und Sven saßen zusammen am Rand des Abgrunds. Beide hatten sie dicke Jacken an und beobachteten den Horizont. Nicole schielte zu Sven hinüber. Er war sehr schweigsam. Sanft fuhr sie mit der Hand über seine Wange. Sven schloß die Augen. Ihre Lippen berührten sich, doch da, mit einemmal, schreckte er zurück, als hätte er einen elektrischen Schlag bekommen. "Tut mir leid, ich…ich kann nicht", stotterte er. "Wieso denn nicht?" Man sah Nicole die Enttäuschung an: "Wir haben den schönsten Sonnenaufgang der Welt. Keine Menschenseele weit und breit. Und deine Freundin, die ist auf der anderen Seite der Welt und weiß von nichts. Wo also liegt das Problem?" "Sie ist nicht auf der anderen Seite der Welt." Sven tippte sich aufs Herz. "Sie ist da drin." Nicole seufzte: "Du bist wirklich unsterblich verliebt, stimmt's?" Sven sah sie aufmerksam an und nickte langsam: "Stimmt." Ob sie surfe, versuchte er ein anderes Thema anzuschneiden. Manchmal, antwortete sie, aber ohne rechte Begeisterung. "Hast du heute Lust?" fragte er. Nicole tat unentschieden: "Weiß nicht. Der Surfbericht sagt Big Surf vorher." "Was?!" Sven vernahm es mit Begeisterung. "Die Monsterwellen? Ist doch optimal!" Er halte sich wohl für einen unschlagbaren Topsurfer, versuchte Nicole ihn aufzuziehen. "Ich bin ein Topsurfer", kam Svens verbale Retourkutsche. "Bei Wellen unter zwanzig Meter fang' ich gar nicht erst an." Nicole verzog den Mund: "Aber beschwer' dich nachher nicht bei mir, wenn du absäufst."

Niklas half Sarah inzwischen beim Unkrautjäten: "Willst du eigentlich für immer auf Maui bleiben? Was sagen deine Eltern dazu?" Sarah sah zu ihm auf: "Nichts. Meine Alten und ich, wir haben uns überworfen. Ich wollte nicht in ihr Etepetete-Boutiquengeschäft einsteigen. Und da haben sie mir das Konto gesperrt." Ging es ihr also auch nicht besser als ihm und Sven. Sie hatten zwar ein Konto, aber da war nichts drauf. Ob sie einen Job habe, bohrte Nik weiter. Nun, dreimal die Woche arbeite sie in einer

Gärtnerei – und dann helfe sie noch in einem CafÈ aus: "Nicole und ich wollen eine Baumschule aufmachen und uns auf Bonsai spezialisieren." Da kam Eric um die Ecke und nörgelte scherzhaft: "Nennt ihr das etwa Arbeit?" Eigentlich wolle er ja nur nach Nicole sehen, gut, werde er sie eben suchen fahren. Mit einem flüchtigen Blick auf Sarah lächelte er Nik an: "Soll ich mir Zeit lassen, Haole?" Was das sei, ein Haole, fragte der, als Eric weg war. "Das sind die Fremden", erklärte Sarah. "Die nicht von der Insel kommen. Es gibt gute Haoles – und es gibt schlechte." Nik tauchte mit seinen Blicken tief in ihre Augen: "Und was bin ich, Kleines?" Sie küßten sich.

Inzwischen hatte Eric die Maschine von Nicole gesichtet und parkte gleich daneben am Strand. Als er sah, wieviel Spaß sie und Sven draußen auf dem Wasser hatten, verfinsterte sich seine Miene. Er setzte sich auf die Motorhaube seines Pick-up und zündete sich eine Zigarette an. "Wie ich sehe", begrüßte er die beiden düster, als sie aus dem Wasser hopsten, "habt ihr euren Ausflug überlebt. War's schön?" Als die beiden ihm begeistert erzählen wollten, ließ er die Bombe seiner verletzten Gefühle platzen: Er sei ein verdammter Idiot gewesen, einem Mädchen nachzulaufen, das mit jedem gehe. "Nun mach aber mal halblang", brüllte Nicole zurück. "Ich bin doch nicht deine Leibeigene. Noch bestimme ich über mein Leben." "Du bist auch nichts anderes als ein Spielzeug für sie." Eric schnippte seine Zigarette weg und baute sich drohend vor Sven auf: "Ich seh' doch, daß du wie ein Hündchen hechelst und sabberst, wenn sie nach dir pfeift. Denkst wahrscheinlich die ganze Zeit nur daran, wie du deinen Schwanz in ihre ..." Sven placierte als Antwort eine harte Rechte, und Eric ging wie ein Mehlsack zu Boden: "Wenn du mehr willst, mußt du es nur sagen." Ächzend rappelte sich Eric auf: "Wenn du mich noch einmal anfaßt, bring' ich dich um." Wütend brauste er ab. Triumphierend schwang sich Sven auf Nicoles Maschine und fühlte sich wieder an Sonja erinnert: "Ich fahr'. Ist doch okay, oder?" Als sie hinten aufsaß, startete er durch, daß das Vorderrad abhob. Tod oder Leben, jetzt war ihm alles gleich. Mit einemmal ängstlich, klammerte sich Nicole an ihn. Sven raste Eric hinterher, und als er ihn eingeholt hatte, forderte er den Rivalen zu einem Rennen heraus. Aber Eric wollte nicht. Plötzlich kam ihnen ein Truck entgegen. Eric hielt den Pick-up so weit rechts wie möglich, aber Sven wich nicht von seiner Seite. "Fahr endlich, du Spinner!" brüllte er zu der Geländemaschine hinüber. Der Truck war breit, zu breit, um zwei durchzulassen. Sven fuhr weiter neben Eric her. "Sven! Verdammt!" Nicole kreischte um ihr Leben. "Du bringst uns um!" Da gab Eric nach: "Scheiße!" und ließ Sven vorbeiziehen. Hupend raste der Truck an Erics Wagen vorbei, während Sven um die nächste Kurve verschwand.

Als sie bei Sarahs Hütte angelangt waren, stellte Nicole, der immer noch die Angst in den Gliedern saß, Sven zur Rede: "Du hast echt ein Problem. Du machst mir Angst, du Scheißkerl." Aber Sven schien das nur zu amüsieren: "Ich denke, du bist eine Abenteurerin." "Trotzdem kann ich's nicht leiden", fauchte Nicole, "wenn jemand den Irren spielt und mich umbringen will." Mit quietschenden Reifen hielt Erics Pick-up vor der Hütte. Eric sprang heraus und lief zu Nicole: "Bist du okay, Baby?" Nicole nickte. "Du hättest uns alle umbringen können", bellte Eric Sven an und riß ihn von der Maschine herunter. Sarah und Niklas hatten große Mühe, die beiden zu trennen: "Könnt ihr mal sagen, was hier eigentlich los ist?" Aber Sven hörte nicht hin und wollte gehen. "Du bist ein Riesenarschloch!" brüllte ihm Nicole gekränkt nach. "Mich wundert nur, daß es ein Mädchen gibt, das so einen wie dich erträgt. Aber wahrscheinlich ist deine Tussi genauso bescheuert wie du." Das hätte Nicole nicht sagen dürfen. Aufgebracht – seine Augen blitzten – drehte sich Sven um: "Du hast ja überhaupt keine Ahnung. Du hast nicht einen Hauch von Sonjas Power. Niemand von euch hat das. Niemand." Ein Wort gab das andere. Dann solle er mal so schnell wie möglich zu seiner Sonja zurück, bevor er Entzugserscheinungen bekomme, keifte Nicole gekränkt. Sven wollte auf sie losgehen, aber Eric schob sich schützend vor sie, und Niklas hielt Sven zurück: "Laß gut sein, Sven. Sie weiß ja nicht, was sie redet." Sven riß sich los, stapfte wütend davon.

Sarah und Nik saßen vor der Hütte in einer Hollywoodschaukel. Er erzählte ihr von Sonjas tragischem Tod. Sarah schwieg einen Moment, dann sah sie ihm direkt in die Augen: "Was hältst du davon, wenn ich mit euch komme?" Nik war überrascht: "Du meinst: nach Deutschland?" Er mochte sein Glück nicht fassen. "Ich habe schon lange niemand mehr getroffen, bei dem ich mich so geborgen gefühlt habe", flüsterte Sarah. "Ich muß ständig an dich denken." "Soll das heißen, du weißt, was du willst?" fragte Nik. "Ich glaub', ich hab' es immer gewußt", schmiegte sich Sarah, liebebedürftig wie ein schwarzes Kätzchen, an ihn. "Ich hab' mich nach der schlechten Erfahrung mit Eric nur nicht getraut, auf meine Gefühle zu hören." Sie küßten sich und ignorierten die dunklen Wolken, die am Horizont aufzogen.

Sven stand am Rand einer Klippe. Es hatte zu stürmen begonnen. Zwanzig Meter unter ihm peitschte heftiger Wind das Wasser auf. Ja, genauso wie dort unten war ihm zumute. Er machte einen Schritt nach vorn. Aber dann mußte er wieder an Sonja denken und wie er auf dem Haubarg gestanden war und beinahe runtergestürzt wäre. Weinend fiel er auf die Knie. Klein wirkte er und schwach. Regen durchnäßte seine Haut.

Pfützen waren als sichtbare Zeichen des Unwetters geblieben. Es wehte ein leichter Wind. Niklas, der eine wunderbare Nacht mit Sarah verbracht hatte, kehrte am nächsten Morgen aufgelöst in die Miethütte zurück, um Sven von ihrem gemeinsamen Entschluß zu berichten. Doch drinnen fand er das ganze Mobiliar verwüstet. Besorgt fuhr er zum Strand hinunter, doch sein Freund war nicht unter den ersten Surfern des Morgens.

Ein Kran belud Erics Truck mit verbranntem Zuckerrohr, als Niklas kam und ihm erzählte, Sven sei verschwunden. Eric schien die Neuigkeit nicht weiter zu beunruhigen, im Gegenteil: "Ist vielleicht das beste, was er tun konnte. Nach allem, was er Nicole angetan hat, werd' ich für den Vogel doch keinen Finger mehr rühren." Doch Niks flehendem Blick konnte er nicht lange widerstehen. Er stieg in sein Führerhaus und versprach, sich mal umzuhören: "Ich mach' das aber nur, weil er dein Freund ist."

Sarah hatte inzwischen mit Nicole gesprochen: "Sie sagt, sie hätte Sven heut' früh angerufen und sich für alles entschuldigt. Er sei ganz ruhig gewesen, meint sie." Aber Nik blieb unruhig. Er spürte, daß Sven eine Dummheit vorhatte und in Gefahr war: irgendwo da draußen, auf dem Meer: "In der Verfassung, in der er ist, trau' ich ihm jetzt alles zu." Das Telefon klingelte. Sarah ging ins Haus. Plötzlich fiel es Nik wie Schuppen von den Augen: "Scheiße. Big Surf." Sarah bestätigte seinen Verdacht: "Das war Eric. Ein Freund von ihm, ein Taxifahrer, hat Sven zu 'nem Spot gebracht, wo die gefährlichsten Wellen sind." Niklas haute mit der Faust in die Handfläche: "Dieser Idiot. Er will die Große Welle reiten. Ich bring' ihn um, wenn er das tut."

Sarahs Pick-up kroch hinter einem altersschwachen Truck die enge Straße hinunter. Es herrschte ziemlicher Gegenverkehr. Sarah scherte aus, um zu überholen, aber ein entgegenkommendes Fahrzeug verhinderte dies. Sara wich ihm aus, trat dann wieder aufs Gas und überholte den Truck in einem gefährlichen Manöver. Mit der linken Seite pflügte sie durch den Straßengraben. Schlingernd kam sie wieder auf die Straße. Endlich erreichten sie den angegebenen Spot. Niklas sprang aus dem Wagen. Er hatte Sven schon da draußen auf dem Wasser entdeckt, wie er auf die Große Welle wartete. Sarah schlug vor, die Küstenwacht zu verständigen.

"Mach du das", schrie ihr Nik zu, schnappte sich ihr Brett vom Pick-up und rannte hinunter. "Und wenn du dir das Genick brichst", rief ihm Sarah nach, "bring' ich dich um."

Sven, der Schwierigkeiten hatte, sich vom Wind nicht das Segel aus den Händen reißen zu lassen, wollte auf die nächste Welle zusteuern, da kreuzte Nik seine Route. Aber schon hatte sie die Welle erreicht. Nik hatte Probleme, sie zu meistern. Sarahs Brett war zu leicht für ihn; er wurde ein Stück abgetrieben. Als er sich wieder aufgerappelt hatte, deutete Sven zum Strand. Niklas lächelte, sichtlich erleichtert, aber da türmte sich schon die nächste Welle auf, wie ein Ungetüm: Sven konnte sie umgehen, aber Nik wurde mitgerissen. Der Gabelbaum schlug ihm ins Gesicht. Er stürzte. Wirbelte nach unten. Wurde den Grund entlanggezogen. Prallte gegen einen Felsen. Schon war Sven an der Stelle, wo Nik untergetaucht war. Endlich kam der wieder nach oben, aber eine andere Welle riß ihn weiter mit sich. Sven schoß mit seinem Brett hinterher. Bewußtlos trieb Nik an der Wasseroberfläche. Und schon rollte eine weitere Welle auf sie zu. Sven schlang sich ein Seil seines Brettes ums linke Handgelenk, ließ sich vom Board fallen und bekam Nik mit der Rechten zu fassen. Die Welle riß das Brett mit sich. Die beiden Freunde verschwanden unter dem weißen Schaum. Prustend tauchte Sven wieder auf; er hatte Nik nicht losgelassen. Die nächste Welle spülte sie in Richtung Strand. Sven prallte gegen einen Felsen. Sein Gesicht war schmerzverzerrt. Er ließ das Brett los. Zerrte Niklas zum Strand. Schleifte ihn in Sicherheit.

Niklas gab kein Lebenszeichen. Er hatte eine Platzwunde an der Stirn. Sven versuchte es mit Mund-zu-Mund-Beatmung: "Nun komm schon, du verdammter, sturer Arsch! Du wirst mich doch jetzt nicht alleine lassen?! Atme, atmen sollst du, sag' ich!" Keine Reaktion. Sven machte unbeirrt weiter. In verzweifelter Wut gegen das Schicksal kämpfend, gab er dem Freund eine Ohrfeige. Auf einmal hörte er Nik stöhnen. Sven schöpfte Hoffnung und versuchte es noch einmal mit Mund-zu-Mund-Beatmung. Niklas begann zu husten. Glücklich lächelte Sven und nahm Nik in die Arme wie ein Baby: "Ganz ruhig, Alter. Ganz ruhig. Du hast es geschafft. Ja, du hast es geschafft." Er weinte.
Erics Pick-up hielt vor dem Krankenhaus. Er und Nicole stiegen aus. Nik lag mit bandagiertem Kopf im Bett und ließ sich von Sarah mit Müsli füttern. Nicole reichte ihm ein Geschenk: "Zur Erinnerung an Maui." Nik schob das Tablett beiseite, riß das Geschenkpapier auf. Es war ein T-Shirt mit der Aufschrift Survivor of the Big Surf! Niklas freute sich: "Genau, was ich mir immer gewünscht habe." "Und falls es deine Clique nicht glaubt", versicherte Eric, "du hast meine Telefonnummer. Ich bestätige es gern jedem Anrufer." "Das mach' ich schon", meldete sich Sven im Hintergrund. "Hi, Bruderherz. Wie geht's, wie steht's?" "Prima, primissima", feixte Nik, "Nur nach deinen Küssen war mir ein bißchen übel." Sie müssen lachen. Sven sah Nicole und Eric an, wollte sich entschuldigen. "Vergiß es", meinte Nicole. "Aber eins muß dir der blanke Neid lassen. Deine Stunts sind halsbrecherischer als meine. Du kannst froh sein, einen Freund wie Nik zu haben."

Ein Bulli fuhr über den Strand: Aloha, St. Peter-Ording. Zur Begrüßung regnete es wieder Bindfäden. Sarah ließ sich von dem Sauwetter jedoch die gute Stimmung nicht vermiesen: "Was haltet ihr davon, wenn wir heute abend 'ne Party schmeißen?" schlug sie Nik und Sven vor. Die beiden strahlten.

9
Das Angebot

Diese Woche wollte Christine den vollen Komfort des Sporthotels genießen. Westermann verwöhnte sie nach Strich und Faden und mit Frühstück total am Bett, allein schon um ihr zu demonstrieren, wie popelig ihr eigenes Unternehmen sei. "Sollte ich vielleicht doch den richtigen Mann geheiratet haben?" Christine wägte gewisse Vorzüge ab. Doch da waren noch die Sorgen, die das junge Eheglück der beiden Älteren überschatteten, Sorgen der beiden Söhne wegen. Zwar war Sven, so hatte es den Anschein, nach Sonjas Tod über dem Berg, aber ihre berufliche Zukunft hatten die Herren Söhne noch immer nicht im Kopf, geschweige denn im Griff. Westermann versprach seiner Frau, die Angelegenheit selbst in die Hand zu nehmen.

Mit einem Kriegsschrei stürzte sich Sven in die Fluten. Dabei kollidierte er um ein Haar mit einem Motorboot, das Tjard steuerte und das einen Paraglider im Schlepptau hatte: "Scheiße!" Langsam schwebte der Paraglider übers Wasser und entpuppte sich als Mädchen. "Kein schlechter Auftritt", staunte Sven und schwamm zu der Kleinen hinüber. "Kann ich dir irgendwie helfen?"
"Sehe ich so aus, als ob ich Hilfe brauche?" fertigte sie ihn ab.
"Sag' mal", sprach Sven Tjard an, als er wieder am Strand

war, "wer war denn die Wahnsinnsfliegerin?" Tjard grinste geheimnisvoll: "Wirst du noch früh genug erfahren." Sarah, die schwarze Maui-Perle, hatte sich längst in die Herzen der Clique gesurft. Timo, im Flüsterton, wollte unbedingt von ihr wissen, wie die Girls auf Hawaii aussehen. "Du wirst es nicht glauben", klärte ihn Sarah, laut werdend, auf. "Bei uns haben die Mädchen zwei Köpfe, drei Hände und vier Beine, auf denen sie so gierigen Grapschern wie dir ganz schnell entkommen können." Die anderen schlugen sich vor Lachen auf die Schenkel. "Blöde Fischköppe, alle miteinander!" maulte Timo.

Nur Sven stand abseits. Er hatte ein Foto herausgezogen und betrachtete es lange: Sonja. Da gesellte sich Martina zu ihm und hielt ihm ein anderes Bild unter die Nase: "Das ist er. Alfredo. Unser Adoptivkind. Aus Botswana. Er hat uns schon zwei Briefe geschrieben. Die muß ich dir unbedingt zeigen." Sven zeigte jedoch keine Gemütsregung. Nur Sarah schaute interessiert hin, bis Nik kam und sie bei der Hand nahm.
"Ich weiß nicht, ich bin auf einmal so müde. Muß der Jet-Lag sein."
"Seit wann dauert ein Jet-Lag über eine Woche?" wunderte sich Timo lautstark.

Nachdenklich zog Niklas im Pfahlbau eine Spieluhr auf und hörte der Melodie zu. Sarah haute ihm spielerisch ein Kissen über den Kopf. Nik wirkte plötzlich abwesend. Er denke über seine sportliche Zukunft nach, erklärte er ihr: "Ich hab' zuviel Larifari gemacht im letzten Jahr. Ich muß wieder intensiver trainieren. Nur – woher die Kohle neh-

men und nicht stehlen?" Er griff sich sein Saxophon, aber Sarah nahm es ihm weg: "Du willst doch jetzt nicht etwa spielen?! Da hab' ich eine viel bessere Idee…"
Der Frühstückstisch im Pfahlbau war gedeckt mit Bergen von Zeitungen. Sven, Niklas und Sarah studierten die jeweiligen Anzeigenteile. "Hier!" Sarah hatte etwas gefunden. "Team mit zupackenden Fähigkeiten gesucht. Hört sich doch easy an, oder?"

Am Nachmittag fanden sich die drei in einem völlig verwilderten Garten wieder. Nik hackte Holz. Sarah frischte ihre hawaiischen Kenntnisse als Anstreicherin auf. Sven quälte sich mit einem kleinen Handrasenmäher ab: "Ganz easy, was?" Da tauchte als rettender Engel Westermann am Zaun auf: "Falls ihr Lust auf einen Job habt, der euren Fähigkeiten besser entspricht – ich meine Sonne, Strand und Surfen –, dann seid bitte morgen früh um zehn am Surfcontainer. Aber pünktlich, wenn ich bitten darf."

Am nächsten Morgen stellte ihnen Westermann seine Idee vor: Er wollte die Surfschule wieder auf Vordermann bringen, mit speziellen Kursen für Teenies, für Frauen und Männer in den besten Jahren, mit Remmidemmi und sehr viel Äktschen. Er schlug vor, daß sich Sarah und Nik um das Surfen kümmern und Sven, nach seinem Zusammenstoß mit einer hübschen Fliegerin, das Paragliding übernehmen sollte. Hatte sich also schon bis zu seinem Alten rumgesprochen, sein Treffen von vorgestern: Wo denn der Haken an der Sache sei? "Den Haken setze ich euch vor die Nase", lächelte Westermann. "Allerdings einen sehr charmanten Haken. Wird mir nicht leichtfallen, ihn im Hotel zu ersetzen. Iwana heißt er." Sven war beleidigt: "Du schickst uns Iwana als Aufpasserin?!" Westermann beruhigte seinen Sohn: "Sie soll sich doch nur um die Kasse und die Abrechnungen kümmern. Auf diese Weise seid ihr den ganzen Rechnungskram los. Ansonsten lasse ich euch völlig freie Hand. Solange ihr keine roten Zahlen schreibt." Nach kurzer Beratung waren die drei einverstanden. Immer noch besser als Rasenmähen, Anstreichen und Holzhacken.

Christine hing das wöchentliche Hin- und Herpendeln zwischen Hotel und Pension zum Hals raus. "Ambiente hin, Ambiente her. Weißt du, John, was mir wirklich extrem auf den Geist geht in deinem Hotel?" stöhnte sie. "Daß ich dauernd freundlich sein muß zu deinen Gästen. Und dabei sind es zu 99 Prozent unausstehliche, arrogante Schnösel." "Ach ja?" schnappte Westermann. "Meinst du vielleicht, deine Gäste sind besser?! Das sind doch alles verkalkte Spießer ohne jeden Esprit." Beleidigt drehte sich Christine um. Westermann, dem der Ausbruch leid tat, zog sie zu sich heran. Sie hatten's ja beide nicht böse gemeint, aber Christine wollte momentan partout nicht zurück ins Hotel. Sie brauchte dringend ihre kleine, überschaubare Pension, um über alles besser nachdenken zu können.

Sven hatte, mit Timos Hilfe, begonnen, mehrere Schüler gleichzeitig im Trockenkurs zu unterrichten. Die erste hieß Gerlinde. Angeblich hatte sie die Grundbegriffe schon voll drauf und wollte gleich mit raus: Schließlich habe sie lang genug darauf gewartet. "Paß auf, Gerlinde. Jetzt atmest du erst mal ganz ruhig durch und lockerst dich." Niklas überprüfte ihre Schultern. "Das ist ja kein Kreuz. Das ist ein Stahlgerüst. Entspannen sollst du dich. Ganz cool. Das muß ganz locker aus dem Bauch kommen. Also los." Gerlinde sog die Luft ein wie ein Staubsauger: "Ich bin soweit." Iwana und Sven sahen den beiden nach: "Ein harter Brocken."

"Der versteht sein Handwerk." Gerlinde war richtiggehend begeistert von Niklas, als sie wieder aus dem Wasser trabte. "Ich möchte morgen zur gleichen Zeit noch mal mit ihm raus. Ist er noch frei?" Iwana checkte ihren Computer: "Soll ich dich gleich eintragen?" Den Seinen gibt's der Herr, dachte Timo.

In der Pizzeria mampfte die Clique Spaghetti. Da erschien Tjard mit der bewußten Paragliderin. Sven sah interessiert von seinem Teller auf: "Ah, die unbekannte Fliegerin in Begleitung eines bekannten Surfers! Hat sie auch einen Namen?" "Das sind meine Freunde", stellte Tjard die Tafelrunde Bolognese vor. "Und das ist Julia aus Hamburg." "Ich hab' gehört, ihr seid die wildeste Clique in ganz Norddeutschland", insinuierte Julia keck. "Die ostfriesischen Inseln und sämtliche Halligen eingeschlossen", ergänzte Timo und ging gleich ran, mit dem Gleichmut des ewigen Verlierers. "Was treibst du denn so?" Nun, sie habe ein paar Monate Praktikum bei einem Fernsehsender gemacht, plauderte Julia, aber dann habe sie die Schnauze voll gehabt. Jetzt wolle sie was eigenes auf die Beine stellen. "Meint ihr, Julia kann bei euch im

Pfahlbau übernachten?" erkundigte sich Tjard bei Sven. "Sie will ein paar Tage hierbleiben und Videos machen."

Sarah half Julia beim Herrichten des Gästebetts: "Was machst du eigentlich für Videos?" Julia, die einen Camcorder aus ihrer Tasche zog, wußte noch nicht so richtig. Die Technik war heute zwar für jedermann erhältlich, aber die Ideen, ja die Ideen ...
"Schau doch mal morgen bei den Jungs am Strand vorbei", offerierte Sarah als zündende Idee. "Wenn die gut drauf sind, sind sie ganz brauchbare Objekte." Die beiden Frauen lachten.

Am nächsten Tag – Niklas bereitete sich gerade auf sein Tagespensum vor – kam Iwana und fragte, ob er noch eine weitere Surfschülerin annehmen könne. "Du entwickelst dich noch zur Sklaventreiberin", ächzte Nik. "Also gut, wo ist die Dame?" Iwana winkte, und im Neoprenanzug erschien – Christine. Jetzt war Nik baff: "Wollt ihr mich veräppeln oder was?" Christine schüttelte den Kopf: "Glaubst du, deine Mutter zwängt sich aus lauter Jux und Dollerei in ein so scheußlich enges Gummikostüm?" Nik verstand die Welt nicht mehr: Ausgerechnet seine Mutter, die jahraus, jahrein vor den Gefahren des Surfens gewarnt hatte. Es war Gerlinde, die ihn aus seinen Erinnerungen schreckte. Die pochte auf ihre Vormerkung und wollte keine andere Dame – Mutter hin, Mutter her – vorlassen. "Paß auf, Mama", erklärte Niklas. "Wie du siehst, hab' ich hier eine etwas problematische Schülerin. Wie wär's, wenn du dir die Grundbegriffe im Trockenkurs erst mal von Sarah bei-

bringen läßt? Danach werd' ich mich deiner annehmen. Exklusiv." "Okay." Christine schob mit ihrem Board ab. "Aber glaub' ja nicht, daß ich mit diesem Ding ohne dich ins Wasser steige." Niklas packte erleichtert sein Surfbrett und winkte Gerlinde in die Fluten.
Leider entging Christines slapstickwürdige Trockenübung der Videokünstlerin Julia; statt dessen filmte sie den gegenwärtigen Strand-Adonis Andrian beim Paragliding. "Du bist ja fast schon perfekt", begrüßte ihn Iwana, als Andrian mit Steuermann Boje an den Strand zurückkehrte. "Willst du noch 'ne Runde drehen? Heut' nachmittag ist das Schleppboot noch eine Stunde frei." Andrian fixierte sie interessiert: "Paragliding ist okay. Aber eigentlich bin ich deinetwegen hier. Wie wär's mit Disco heute abend und so?" Iwana vesprach dem Kunden, de ihr von fern gefiel, es sich zu überlegen. Siegessicher stolzierte Andrian davon.

Die Clique hatte sich um den Surfcontainer gruppiert, wo Julia Sarahs Idee eines lustigen, etwas schrägen Surffilms mit ihnen in den Hauptrollen aufgriff: "Ihr tut nur das, was ihr immer tut, und ich nehme euch dabei auf. Ich hab' da echt gute Connections zu einem gewissen Privatsender. Selbstverständlich werdet ihr beteiligt, wenn ich den Film verkaufe." Sven war gleich Feuer und Flamme, unter der Bedingung, daß sie vorher zu sehen bekämen, was Julia verkaufte. Wegen versteckter Kamera und so. Julia war einverstanden: "Logisch!"

Wie sich seine Mutter heute angestellt habe, fragte Niklas. "Ätzend", erwiderte Sarah. "Irgendwie hab' ich das unbestimmte Gefühl, sie mag mich nicht. Nicht wegen meiner Hautfarbe oder so. Ich denke, es ist viel eher mütterliche Eifersucht." "Quatsch!" Nik reagierte barsch. "Mit Britta ist sie bestens ausgekommen." "Interessant." Sarah wirkt gekränkt, als der Name ihrer Vorgängerin fiel. "Dann hol' doch einfach deine Britta wieder zurück."

Ein Lieferwagen hielt vor der Kasse der Surfschule. Der Fahrer überbrachte Iwana einen Blumenstrauß mit Karte: "Liebe Iwana, sei so nett, erhöre das Flehen eines Verehrers! Zeig ihm nicht die kalte Schulter, denn er ist es vielleicht wert, daß man sich erst mal anhört, was er für ein Mensch ist. Nicht alles ist so, wie es auf den ersten Blick aussieht."
Plötzlich stand der Dichterfürst, der, im Vertrauen gesagt, das Poem nicht zum erstenmal anbrachte, in Person vor Iwana: "Ich hab' mir wirklich Mühe gegeben. Aber mit den Reimen hat's nie so ganz hingehauen." Dennoch verfehlte das Unternehmen seine Wirkung nicht. Iwana schaute auf den Blumenstrauß, dann auf Andrian . Wie sollte sie dieser geballten Ladung widerstehen? Andrian ließ sie nicht weiter zu Wort kommen und versprach, sie um neun abzuholen.

Niklas hatte seine Mutter mit aufs Wasser genommen. Für eine Anfängerin fuhr Christine gar nicht übel, aber natürlich teilte sie das "Glück" aller Anfänger und mancher Profis: Prustend tauchte sie nach ihrem ersten Surf-Sturz aus dem hüfthohen Wasser. Nik nutzte die unbefangene Gelegenheit, um sie auf das Mädchen aus Maui anzusprechen: "Meine Beziehung zu Sarah ist mir sehr, sehr wichtig. Wichtiger als alles, was bisher war..." Er half seiner Mutter zurück aufs Brett; sie segelte los, hatte den Wink mit dem Zaunfall verstanden.

Julia war noch immer mit der versteckten Kamera unterwegs: Pleiten, Pech und Pannen gab es auf den Brettern, die für die Jungs die Welt bedeuteten, ja zuhauf. Sie führte Interviews.
"Jo", stotterte Boje. "Also, warum ich surfe. Ich surfe...äh...äh...weil's Spaß macht."
"Warum ich surfe?" Timo kehrte den Profi heraus und blickte straight in die Kamera. "Weil die Mädchen ganz scharf drauf sind."
"Auf dich oder aufs Surfen?" fragte Julia hinter der Kamera. Timo klopfte sich tarzanmäßig auf die geschwellte Brust: "Auf mich natürlich!" Niklas reagierte da schon etwas profilierter.
"Weil's die einzige Art zu leben ist. Und weil ich nichts anderes so gut kann. Und weil ich's noch mal wissen will. Als Wettkampfsurfer." Sarah brachte es kurz und bündig auf den Punkt: "It's fun. Just fun." Lustig tauchte Svens Kopf aus dem Wasser auf: "Weil ich schon mit dem Brett auf die Welt gekomemn bin. Moment, das war nichts. Noch mal." Er tauchte unter – Take 2: "Weil ich...weil ich..." Er hatte sich verschluckt und spuckte Wasser. Julia setzte die Kamera ab, so lachen mußte sie.

Es dämmerte schon. Andrian begleitete eine nach durchtanzter und durchzechter Nacht leicht wankende Iwana aus der Disco. Sie war ganz schön angetrunken und wollte, wie alle Frauen in einer ähnlichen Situation, sofort ins Bett. "Alleine?" grinste Andrian unverschämt und lud sie noch zu einem Strandbummel ein, den sie doch nicht abschlagen könne. Iwana willigte zögernd ein, aber nur unter einer Bedingung: "Nicht anfassen! Ich bin nicht der Typ, der gleich am ersten Tag mit einem Typen ins Bett steigt." "Ich faß dich schon nicht an", kehrte Andrian den Gentleman heraus. Als sie hinunter zum Strand kamen, ging gerade die Sonne auf. Iwana, ein veritables Mitglied des schwachen Geschlechts, ließ sich gleich von der Stimmung mitreißen und von Andrian küssen. Als der aber aufdringlicher wurde, begann sie sich zu wehren. Ihre Bluse riß. Unbekümmert drückte sie Andrian, der plötzlich nicht mehr zu halten war und wie ein Wasserbüffel schnaubte, zu Boden. Iwana fing an zu schreien. Andrian schlug ihr ins Gesicht: "Ja, wehr dich nur, du kleine Wildkatze! Auf sowas steh' ich!" Er riß ihr die Bluse vollständig vom Leib. "Du Schwein!" brüllte Iwana. "Laß mich los!" Andrian drückte ihre Hände auf den Boden und machte ihre Arme mit seinen Knien wehrlos.

Boje, der mit dem Fischkutter unterwegs war, hörte Iwanas verzweifelte Hilferufe. Er griff zu seinem Fernglas und wurde Zeuge der Vergewaltigung. Zögerte nicht lange, zog Pulli und Schuhe aus und stürzte sich kopfüber ins Wasser.

Iwana hatte sich währenddessen losreißen können und ihrem Gegner das Gesicht zerkratzt. Andrian raste und rollte, wie von Sinnen, mit den Augen: "Jetzt reicht's. Jetzt mach' ich dich fertig!" Er schlug sie ins Gesicht. Als

Boje zum Strand hechtete, wollte Andrian Iwana die Hose herunterzerren. Boje versuchte ihn wegzureißen, aber Andrian hatte sich jetzt vollends in einen Mister Hyde verwandelt und rannte den unwillkommenen Störer wie ein Stier nieder. Boje rappelte sich wieder auf und rang mit dem Wahnsinnigen. Im Hintergrund mußte sich Iwana hustend übergeben. Mit einem gezielten Faustschlag konnte Boje den total Durchgedrehten endlich k.o. schlagen. Der auffällige Hügel in Andrians Hose machte schlapp wie ein Ballon, aus dem man die Luft rausließ. Boje kümmerte sich nicht weiter um ihn und sammelte Iwanas Kleidungsstücke ein. Hemmungslos schluchzend warf sich das Mädchen an seine Schulter.
Die Clique besuchte Iwana gleich am Krankenbett. Das Mädchen hatte einen Verband um den Kopf und Schürfwunden, aber der seelische Schaden wog schwerer. Doch Iwana überspielte: "Übermorgen kann ich schon wieder raus. Ist halb so schlimm, wie's aussieht." "Wenn ich das Schwein in die Finger gekriegt hätte...", schäumte Rocky. Ob die Polizei sie schon vernommen habe, fragte Martina. Iwana bejahte: "Boje hat gleich die Polizei und den Rettungswagen gerufen." Timo gab Boje einen anerkennenden Klaps: "Hätt' ich dir gar nicht zugetraut, Alter!" Iwana lächelte: "Ohne Boje könntet ihr mich jetzt wahrscheinlich stückweise aufsammeln."

Im Hotel Westermann führte Julia einem gewissen Scholz, der unter langen Haaren dünne Zigarillos qualmte, vor, was sie bisher aufgenommen hatte. "Nicht schlecht", staunte der Mann aus dem imaginären Reich der Privatsender. "Wirklich nicht schlecht. Ist das Ihr erster Film? Sehr professionelle Arbeit. Gute Kamera, Schnitt, Tempo, Witz. Gefällt mir. Genau das Richtige als Intro für unsere neue Jugendsendung." Allerdings wäre da noch ein klitzekleines Problem. Er riß die Fernbedienung an sich und spulte zu einer Stelle, in deren Mittelpunkt Sarah stand.

Später, im Pfahlbau, erzählte Julia der Clique von dem Angebot: Fünfzehntausend Mark habe dieser Scholz für das Material geboten, nur: er wolle Sarah unter gar keinen Umständen in dem Film haben. Sarah wußte natürlich den unausgesprochenen Grund: "Ich bin schwarz." Betreten schwieg die Runde. Einige sahen beschämt zu Boden. Traurig verließ Sarah den Raum. Niklas folgte ihr auf die Dachterrasse. Sie weinte. Er tröstete sie: Das sei doch genau das, was so Rassisten erreichen wollten. "Ich weiß", schluchzte Sara, "aber ich kann nicht anders. Das hier ist deine Heimat, und diese Heimat hat eine dunkle Vergangenheit. Nicht mal deine Mutter akzeptiert mich. Bitte, laß mich jetzt allein. Ich muß nachdenken…"

Einsam ging sie hinunter in Richtung Meer. Bereitete ihr Surfequipment vor. Da kam Christine: "Sarah, ich muß mich bei dir entschuldigen. Weißt du, ich hab' mich unmöglich benommen. In letzter Zeit hab' ich das Gefühl, ich weiß nicht mehr ganz, was in Niks Kopf vorgeht. Gewiß, ich hab' versucht, ihn zur Selbständigkeit zu erziehen, aber die Folgen sind manchmal schwer zu ertragen." Sarah sah sie an: "Du hast Angst, ihn endgültig zu verlieren. Ist es das?" Christine sagte nichts, und das war die ganze Antwort. Sarah legte ihr verständnisvoll die

Hand auf die Schulter: "Ich auch."
Christine hatte in der Pension den Tisch gedeckt, für zwei Personen. Richtig feierlich war es, mit Blumen, Kerzen und allem Pipapo: ein Versöhnungsmahl. Westermann war entzückt. "Weißt du, John", begann Christine behutsam, und langsam wurden ihre Worte wärmer, "unsere Abmachung ist nur ein fauler Kompromiß gewesen. Auf diese Weise wird niemand glücklich. Weder du noch ich. Dieses ewige Hin und Her. Nichts Halbes und nichts Ganzes. Und ich hab' dich doch nicht geheiratet, um halbe Sachen zu machen. Kurz und gut: Mein Herr Sohn ist soeben erwachsen geworden und geht seinen eigenen Weg. Sein Kinderzimmer in der Pension muß ich nicht mehr für ihn freihalten. Darum..." Westermann küßte sie, dankbar für ihre Offenheit, in den Nacken: "Darum möchte ich bei dir einziehen. In der Goodewind. Vorausgesetzt, deine altersschwachen Stromkabel schmoren nicht gleich durch, nur weil ich mein Notebook anschließen will." Überglücklich fiel Christine ihrem John um den Hals.

Das hätte sich Scholz nicht träumen lassen: in Unterhose und T-Shirt, ein Pflaster auf dem vorlauten Mundwerk, gefesselt an einem Pfahl unterhalb von Niks Eigenheim. Wie konnte er sich von diesem Flittchen, dieser Julia, auch nur hierherlocken lassen? Stumm umringte die Clique ihn die Clique. Niklas wollte Sarah einen Pinsel reichen, aber die schüttelte den Kopf. Also fing Nik selbst an, diesen Scholz mit schwarzer Farbe zu bearbeiten. Zuerst er, dann die anderen, bis der Fernseh-Heini von oben bis unten geteert war. Statt sich an Einschaltquoten aufzugeilen durfte Scholz nun schwarz in die Röhre gucken. Eine Lektion gegen den täglichen Rassismus in Deutschland und anderswo. Scheiß auf das Geschäft mit dem Surfvideo: Der Herr hat's gegeben, der Herr hat's genommen und darum – neues Spiel, neues Glück!

10

Die Ausreißerin

Es war schon dunkel, die Straße regennaß. Ein Mädchen, ziemlich abgerissen und halbverhungert, studierte die Speisekarte vor der Pizzeria. Versteckte sich vor Niks einrollendem Bulli im Hauseingang. Erstaunlich, wie viele Leute in so einen alten VW-Bus passen. Als sie alle im Ristorante waren, löste sich das Mädchen wieder aus dem Schatten.

Timo tat so, als suche er in seinen Hosentaschen nach Kleingeld, dabei wußte er natürlich, daß er keine müde Mark darin finden würde. Ob er heute nicht wieder mal einen Tellerwäscher brauche, erkundigte sich Nik bei Rocky und wies mit dem Kinn auf den verhinderten Krösus. "Laß stecken, Timo!" schritt Julia zur Ehrenrettung des Youngsters. "Heute zahl' ich! Ich hab' nämlich beschlossen, in St. Peter zu bleiben. Ich hab' mich bei Tjards Eltern auf dem Bauernhof einquartiert." "Ho ho!" meinte Timo lautstark und scheinbar wissend. Tjard stellte ihn mit einer Kopfnuß ruhig. "Bist du sicher, daß das Nachtleben hier bei uns mit Hamburg mithalten kann?" freute sich Sven über den Neuzugang innerhalb der Clique. Oh! machte Julia. Sie hatte sich fest vorgenommen, einigen Staub in St. Peter aufzuwirbeln: "Ich will nämlich einen Radiosender aufmachen. Speziell für Jugendliche. Radio S-P-O." Timo verdehte die Augen:

"Schpo?" "Kurz für St. Peter-Ording", blinzelte Tjard. "Schon mal gehört?" Die Clique war hingerissen von der Idee. Sarah bot an, jeden Tag eine Reggae-Stunde mit Tips zum Thema Surfen einzulegen. Und Nik könnte ja Extra-Ratschläge für den Extrem-Surfer geben. In echtem Surfer-Chinesisch. Tjard wollte für die weitere musikalische Untermalung sorgen. "Genau", frotzelte Timo, "Heino und die lustigen Volksmusikanten." Zum Ausgleich wollte Rocky einen Werbespot schalten: Die besten Pizzas nördlich der Alpen, die ostfriesischen Inseln und sämtliche Halligen eingeschlossen.

Unterdessen hatte sich das fremde Mädchen ins Lokal geschlichen und gleich drei Pizzas auf einmal, zwei davon für Freunde, die angeblich gleich nachkommen wollten, bestellt.
Als Rocky servierte, waren avisierten Freunde immer noch nicht da. Ob er die zwei Pizzas noch mal warm stellen solle? erkundigte er sich, aber das Mädchen verneinte mit vollem Mund und dezimierte Speisen und Colagetränke in atemberaubender Geschwindigkeit. Als Rocky nach einer Weile wieder am Tisch vorbeikam, war alles ratzekahl vertilgt – und die geisterhafte Esserin verschwunden:"Das darf noch nicht wahr sein! Hat mich die kleine Hexe reingelegt! Unverschämtes Miststück! Schlägt sich den Bauch voll und haut ab, ohne zu löhnen!"
Die Clique konnte eine klammheimliche Schadenfreude nicht verbergen. Nik entschuldigte die unverhohlene Sympathie mit der Zechprellerin, aber: "Wenn du so richtig wütend wirst, bist du einfach saukomisch."

Tjard fuhr Julia mit seinem Motorroller zum Bauernhof seiner Eltern. Er brachte sie bis vor ihr Zimmer und warf eindeutig schmachtende Blicke auf sie. Er tat Julia richtig leid: "Hör mal, Tjard, du bist ein lieber Kerl. Du hast mir hier das Zimmer besorgt, kümmerst dich rührend um mich...und ich mag dich. Aber mehr als Freund, verstehst du?" Tjards Blick spiegelte seine traurige Verfassung. Langsam wollte er sich abwenden, da machte Julia zwei schnelle Schritte und umarmte ihn: "Weißt du, Tjard, ich habe gerade erst eine dumme Geschichte hinter mir. Laß mir einfach etwas Zeit, bis sich die Dinge in meinem Kopf geklärt haben, okay?" Sie lächelte ihn an und drückte ihm einen unschuldigen Kuß auf die Backe, bevor sie die Tür hinter sich zumachte. Nachdenklich strich sich Tjard über die Wange.

Als Niklas am nächsten Morgen seinen Bulli am Surfcontainer parkte, fand er das Vorhängeschloß aufgebrochen. Vorsichtig spähte er in den Container. In einer Ecke, eingerollt in ein paar alte Decken, entdeckte er das Mädchen vom Vorabend. Er bat Timo, der gerade vorbeikam, leise zu sein und ein Frühstück für Unbekannt zu besorgen. Endlich lugte die Kleine aus dem Container. "Hi", begrüßte sie Nik. "Gut geschlafen? Ich bin Nik. Und wie heißt du?" Schläfrig blinzelte sie in die Morgensonne und gähnte: "Jenny." Im Hintergrund trabte Timo mit dem Frühstück an. Die beiden Youngsters starrten sich lange an, schienen aneinander auf den ersten Blick Gefallen zu finden.
"Das ist Timo", stellte Niklas vor. "Vorne am Kiosk gab's leider nur noch Fischbrötchen", entschuldigte der etwas

verlegen. Aber Jenny biß schon herzhaft rein: "Macht nichts. Fischbrötchen sind mein Leibgericht."
Warum sie den Surcontainer aufgebrochen und hier geschlafen habe, fragte Nik. Jenny fand nichts dabei: "Bin mit meinen lieben Eltern hier auf Urlaub. Die beiden nerven mich. Keine ruhige Minute lassen sie mir. Kommandieren mich rum: Mach dies, mach das! Gestern ist dann das Pulverfaß explodiert. Wir haben uns tierisch gestritten, und danach hielt ich es für besser, mich mal für ein paar Tage abzusetzen, bis sie sich abgekühlt haben."
Timo sprudelte sogleich vor Hilfsbereitschaft: "Meinst du nicht, Jenny kann ein, zwei Tage bei euch im Pfahlbau übernachten, wo Julia doch bei Tjard untergekommen ist?" Niklas zögerte, aber dann war er, bei aller Skepsis, einverstanden, vorausgesetzt, Sven und Sarah hätten keine Einwände. Glücklich zog Timo mit Jenny los.

Sarah, Julia und Martina warteten vor dem Böhler Leuchtturm. "Der perfekte Standort für einen Radiosender", freute sich Julia. "Wirklich ein guter Tip von Tjard." "Der will dir aber nicht nur gute Tips geben", bemerkte Martina aus Erfahrung. Auf einem Fahrrad radelte ein älterer Mann auf sie zu. Herr Bolte war Tjards Onkel und saß im Gemeinderat. Umständlich sperrte Bolte den Leuchtturm auf: "Bitte immer mir nach, die Damen."
Die drei Mädchen folgten ihm die engen Stiegen hinauf. Oben auf der Plattform hatten sie eine fantastische Aussicht.
"Sie kennen doch bestimmt jeden einzelnen aus dem Gemeinderat aus dem Effeff", fragte Julia vorsichtig bei

Bolte an. Das könne man wohl sagen, fühlte sich der gebauchpinselt.
"Dann könnten Sie doch ein gutes Wort für unser Projekt einlegen", bohrte sie weiter.
"Naja", überlegte Bolte, "sie hören schon auf mich, wenn ich was sage..." Überschwenglich bedankten sich die Mädchen: Jetzt, nachdem die Unterbringungsfrage anscheinend geklärt war, brauchten sie nur noch eine Lizenz und einen großzügigen Sponsor.

Timo führte Jenny durch den Pfahlbau. Die fand es echt cool hier. Timo versuchte seine Schüchternheit zu überspielen, indem er sich warm redete wie sonst immer, aber da legte ihm Jenny sanft den Finger auf den Mund, schloß die Tür ab und zog ihm das Sweat-Shirt über den Kopf. Timo bekam es richtig mit der Angst, als sie auch ihren Oberkörper freilegte. Er schluckte im Angesicht zweier wohlgeformter Brüste. Wäre am liebsten zur Salzsäure erstarrt. Quasseln war ja kein Problem für ihn, aber machen, du liebe Güte! Jenny wartete ungeduldig: "Mein Gott – hast du eine lange Leitung!"

Plötzlich brach mit der Stärke eines Tornados ein Johlen und Pfeifen los. Die Clique beglückwünschte ihren Jüngsten, der jetzt endlich keine Jungfrau mehr war. Aufgeschreckt öffnete Timo einen Spalt die Tür des Gästezimmers:
"Wie lange seid ihr denn schon hier?"
Niklas grinste über beide Ohren: "Lange genug, um zu wissen, daß ihr nicht Pingpong gespielt habt."
Was denn auf Verführung eines Minderjährigen durch

eine Minderjährige stehe, zwinkerte Sven. Timo schob Jenny wieder ins Gästezimmer zurück: "Das geht euch einen feuchten Dreck an, ihr Idioten!" Vorsicht! beruhigte Nik die Umstehenden. Der Junge sei nach der Entjungferung noch sehr verletzlich. Nur Rocky, der auch dabei war, hatte Jenny als die Zechprellerin von gestern identifiziert und fing an, über seinen angeblich ungeheuren Verlust zu jammern. Nach einer Weile des Wehklagens war der Zorn jedoch verraucht: "Na, ich brauch' sowieso noch 'ne flinke Spülerin. Da kann sich diese Kirchenmaus sogar noch ein bißchen Kohle dazuverdienen für ihre künftigen Eskapaden mit Timo." Allein der Gedanke machte alle schmunzeln.

Sven saß auf dem Dach des Pfahlbaus und beobachtete, in Gedanken versunken, den Sonnenuntergang. "Sag mal", gesellte sich Julia zu ihm, "du hast doch schon in der Werbung gearbeitet. Dann kennst du doch bestimmt eine Firma, die bereit wäre, in unseren neuen Radiosender zu investieren." Aus dem Geschäft sei er raus, brummte Sven, aber Tjard, der sei vielleicht der richtige Mann, der könne ihr bestimmt helfen. Tjard, ja, Tjard, seufzte Julia, der sei ein guter Freund, fast wie ein Bruder, aber sie würde sich besonders freuen, wenn er ihr helfen würde. Sven versprach, sich die Sache mal durch den Kopf gehen zu lassen. Julia gab ihm ein dankbares Küßchen. Jeder Blinde, solange seine Augen nicht noch mit Tomaten beschlagen sind, hätte jetzt gemerkt, daß Julia mehr wollte als nur medialen Beistand, aber Sven – er mußte nun mal immer an seinen Polarstern denken, der jetzt nicht mehr für ihn leuchtete.

Nik bastelte am Strand an seinem Board. Da kam Rocky mit einer Zeitung. Nik warf einen Blick darauf: Irgend etwas über ein Rind, das aus dem Schlachthof ausgebrochen war. Doch nicht etwa ein neuer Fall von Rinderwahnsinn? Nein, korrigierte Rocky: Kinderwahnsinn! Er deutete auf eine andere Spalte, die in unmittelbarer Nähe des entlaufenen Rinds placiert war. Niklas las: "Mädchen vermißt. Seit vorgestern wird die 17jährige Jennifer Weißflog vermißt, die im Heim für straffällig gewordene Mädchen in Buxthausen untergebracht war. Jennifer ist 1,69 Meter groß, hat grüne Augen, mittellange, braune Haare, trägt Jeans und eine dunkelblaue Jacke." Die Beschreibung paßte. Rocky, als er davon hörte, bekam es gleich mit der Angst, daß in seinem Lokal plötzlich eine Schwerverbrecherin arbeitete...Niklas kehrte zum Pfahlbau zurück und knallte die Zeitung auf den Tisch. Das sei hier kein Kriegsgerichtstribunal, stellte sich Timo schüzend vor seine Freundin. Aber Jenny sah keinen Grund zu leugnen.
"Wenn ihr Bammel habt, daß ich euch in was reinziehe, kann ich ja gehen." Dann kam sie mit dem wahren Grund, warum sie abgehauen war, heraus: "Im Heim gibt's einen Erzieher, der mich ins Bett kriegen will. Deshalb schlägt er mich." Sie drehte sich um und entblößte ihren Rücken, der voll blutunterlaufener Striemen war.
Besorgt fragte Rocky, was denn mit ihren Eltern sei.
"Meinen Vater kenne ich nicht", antwortete Jenny. "Der ist abgehauen, als ich fünf war. Und meine Mutter hat genug mit sich selbst zu tun. Alkohol. Die will nichts mehr von mir wissen. Umgekehrt genauso. Irgendwann hab' ich angefangen zu klauen, und dann kam eins zum

anderen..." Sie zuckte resigniert mit den Schultern.
Nik hatte eine Idee: "Du gehst zurück ins Heim!" "Niemals!" "Laß mich doch erst mal ausreden! Du gehst ins Heim, und einer von uns versucht dort einen Aushilfsjob zu bekommen und die Lage beweiskräftig zu peilen. Und wenn da wirklich was passiert, dann hast du einen Zeugen und kannst was gegen den Mann unternehmen." Timo war begeistert und wollte sich gleich als Freiwilliger melden, aber Nik winkte ab: "Entschuldige, aber dafür bist du zu jung. Wir brauchen jemanden, der seriös wirkt und..." Alle sahen ihn an.

Inmitten ihres schlichten, mit rustikalen Kiefermöbeln ausgestatteten Bauernzimmers tippte Julia in ihr Notebook. Es klopfte. Sven stand im Türrahmen. Er habe sich mal umgehört und sei dabei auf jemanden gestoßen, der Interesse für das Radioprojekt gezeigt habe: "Claudius Vandenberg. Ein Mann mit entsprechendem Background: Hotels, Restaurants, Tourismus. Ich hab' dich schon angekündigt. Er wartet auf deinen Anruf. Sag' seiner Sekretärin, du kommst von mir, dann stellt sie dich gleich durch."
Als er den Bauernhof verließ, lief er Tjard über den Weg. Der schien es gar nicht gern zu sehen, daß Julia Herrenbesuche bekam. Außer von ihm.

Nik fuhr mit Jenny im Bulli am Heim vorbei. Es handelte sich um ein großes, wilhelminisches Gebäude, das einem Knast verdammt ähnlich sah. Jenny wollte nicht eher zurück, als bis sie Niklas angenommen hatten. Nik stieg aus und begab sich in die Dunkelheit des Baus.

Jenny schob nervös eine Kassette ins Autoradio, während Nik in die Küche abgezogen war, um sich dort als Hilfskoch vorzustellen. Der Küchenchef zögerte, aber Niklas köderte ihn mit Referenzen, die Rocky ausgestellt hatte, und der zusätzlichen Feststellung, wenn er nicht zufrieden sei, könne er ihn jederzeit feuern. "Das ist'n Wort", fand der Koch und schlug ein. Nik teilte Jenny die Neuigkeiten gleich mit. Bevor sie zum Eingangstor ging, um sich zurückzumelden, beschrieb sie ihm noch das "Schwein", auf das er achten soll – Dohme hieß es: "Hat eine Glatze, obwohl er erst 30 ist."

Julia hatte sich mit Vandenberg in einem Konferenzraum des Hotels Westermann verabredet. Endlich erschien Sven mit dem schon ungeduldig erwarteten Investor. Er war Mitte 50 und wirkte aalglatt. Schüttete Julia sogleich mit Komplimenten zu: Selbstverständlich sei er bereit, die Anfangsinvestition für den Sender zu tätigen, falls Julia die erforderliche Lizenz erhalte. Zu seiner Information projizierte Julia Dias, Diagramme usw.: "Und hier das Ergebnis einer Marktforschung, die wir in St. Peter durchgeführt haben: Fast jeder Jugendliche würde auf einen modernen, lokalen Sender umsteigen." Sie drückte auf ein Tonbandtaste und spulte ausgewählte Statements ab: "Radio S-P-O – einfach Klasse!" – "Endlich mal'n Sender, der uns zu Wort kommen läßt!" – "Gute Musik! Echt geil!" Vandenberg schien zufrieden: "Offensichtlich braucht St. Peter nichts so dringend wie Ihr Radio." Julia lachte. Trotzdem: der Mann war ihr nicht ganz geheuer. Später, als der Mann weg war und sie sich bei einem Journalistenkollegen in Hamburg nach ihm erkundigt hatte, bestätigte sich ihr ungewiß aus dem Bauch aufsteigender Anfangsverdacht. Völlig außer Atem erzählte sie Sven, dieser Vandenberg sei das deutsche Oberhaupt der sogenannten Gotteskinder, einer militanten Jesussekte, die, wie Scientologen und Munies, darauf aus sei, auf Teufel komm raus wirtschaftlichen Einfluß zu gewinnen, und zwar über allerlei Liebesdienste: Sex, flirty fishing, als Köder-Argument für potentielle Mitglieder, die sich im wirklichen Leben nichts trauten. Natürlich sei so einer scharf darauf, eine Radiostation in seine Klauen zu kriegen: "Was Besseres kann dem doch gar nicht passieren, um für seine obskure Vereinigung neue Mitglieder zu werben." Sven war bestürzt: "Julia, du mußt mir glauben – davon hab' ich nichts geahnt." Völlig deprimiert wollte sich Julia bei ihm anlehnen, zärtlich mit ihm sein. Aber Sven entzog sich, erzählte ihr von Sonja, die nach ihrem tödlichen Unfall immer noch in seinem Kopf sei.

Erschöpft kehrte Nik von der Arbeit im Heim zurück und ließ sich in einen Sessel fallen: "Puh, ich sage euch: Dagegen war's bei Papa Westermann in der Hotelküche ein Zuckerschlecken. Dieser Dohme, der ist zwar ein Arschloch, aber Besonderheiten hab' ich bisher nicht feststellen können. Und länger als nötig spiele ich da sowieso nicht Küchenhilfe, das kann ich euch flüstern." Timo fletschte die Zähne: "Dann geh' ich persönlich hin und polier' dem Typen die Fresse." In dem Moment stand Jenny in der Tür. Timo sprang auf: "Hat er dir wieder was angetan?" Jenny nickte: "Er hat mir gedroht, wenn ich mich morgen nicht mit ihm treffe, wird er dafür sorgen, daß ich in ein geschlossenes Heim komme, weil ich abgehauen bin." Timo schlug vor, die Polizei zu verständigen, aber Nik hielt das für zwecklos: Da stehe dann Aussage gegen Aussage.

Vom Küchenfenster des Heims aus beobachtete Nik eine Gruppe von Mädchen, unter ihnen Jenny, bei der Gartenarbeit. Er hatte einen Fotoapparat dabei. Bei der erstbesten Gelegenheit stahl er sich aus dem Gebäude und versteckte sich in einem Gebüsch. Jenny saß auf einer Bank und wartete. Da erschien Dohme. Zuerst redeten die beiden nur. Plötzlich fiel Dohme über das Mädchen her. Jenny wehrte sich nach Leibeskräften. Nik knipste ein Foto nach dem anderen. Jetzt schrie Jenny um Hilfe. Als er Nik aus dem Gebüsch springen sah, ließ Dohme los. Sofort fiel sein Blick auf den Fotoapparat; er kapierte: "Gib die Kamera her, du mieser kleiner Voyeur!" Er stürzte sich auf Niklas, aber der konnte den Angreifer mit einem Tritt in den Unterleib abwehren. Dohme ging wie ein Sandsack zu Boden. Dann verschwand er mit Jenny.

Die beweiskräftigen Fotos landeten beim Jugendamt. Fazit: Dohme wurde vom Dienst suspendiert und bekam außerdem noch eine Klage an den Hals, die sich gewaschen hatte. Jenny und Timo umarmten sich: Sie mußte, für vier Monate, in ein anderes Heim, nach Stuttgart, aber dort sollte es ganz okay sein. "Sie probieren dort neue Vollzugsformen aus", erklärte Niklas der Clique. "Aber so lange darf Timo Jenny nicht sehen. Das ist die Bedingung." In die Befriedigung über die Entscheidung mischte sich leichtes Bedauern. Die Clique wußte, was das für die beiden bedeutete

Es regnete in Strömen. Timo und Jenny verabschiedeten sich leidenschaftlich. Jenny küßte Timo noch einmal, streichelte ihm zärtlich den Kopf. Timo nahm seine geliebte Baseballmütze und setzte sie Jenny auf. Als der Bulli Jenny wegbrachte, liefen ihm Tränen über die Wange, Tränen, die sich sofort mit Regen vermischten. Auch Julia war geknickt, daß ihr Radioprojekt ins Stocken geraten war: Erst der Reinfall mit diesem Sekten-Guru, und jetzt haperte auch noch mit der Lizenz. Und solange die nicht erteilt war, blieb auch der Leuchtturm verschlossen. Um sie etwas aufzuheitern, präsentierten ihr Sarah und Martina einen vorsintflutlichen Funksender: "Den haben wir von Boje. Gehört eigentlich seinem Vater." Konnte die Sache also doch, wenn auch etwas außerhalb der Legalität, starten…

11

Talk Radio

Der Bauernhof von Tjards Eltern. Zwischen Strohballen, auf mehreren Tapeziertischen, war die kleine provisorische Radiostation aufgebaut. "Frauen und Technik!" betrat Sven den Stall.
"Zwei Welten treffen sich!" "Paß auf!" fauchte Martina. "Hier ist Macho-freie Zone!" Julia versuchte sich auf ihre Arbeit zu konzentrieren und zog am Mischpult den Regler hoch: "Null Bock auf einen tristen Fernsehabend? Aber keine Ahnung, wo heute abend die Sau los ist? Diese und ähnliche Sprüche gehören ab sofort der Vergangenheit an. Denn jetzt gibt es Radio S- für Sankt, P- für Peter, O- für Ording und damit den vollen Durchblick in der Szene von St. Peter-Ording. Mit Radio S-P-O wißt ihr täglich, wo's langgeht. S wie selbstbewußt..." "P wie prickelnd", gluckste Martina ins Mikro. "Und O wie originell", schob sich Sarah zwischen die beiden. Julia gab ein Zeichen, und Martina verschob zwei Regler auf dem Mischpult: Der Jingle lief. Julia setzte ihre Kopfhörer ab. Tjard kam gerade rechtzeitig, um eifersüchtig zu verfolgen, wie Sven seinen Arm um Julias Stuhllehne gelegt hatte und mit ihr flirtete:
"Also, S wie selbstbewußt...das klingt ja wie Alice Schwarzer. S wie sexy...das wär' doch viel besser." Wie lange sie eigentlich täglich senden wollten, quäkte Tjard etwas ängstlich. Drei bis vier Stunden, kam die Antwort.

Tjard schluckte: "Aber, ...Piratensender sind meistens nur zehn Minuten auf Sendung..."
"Tjard, können wir das nicht später...? Wir sind auf Sendung", brach Julia das unbequeme Thema ab.

Auf der Deichstraße war ein Peilwagen unterwegs. Dr. Klose, ein korpulenter Mittvierziger, verzehrte mit Genuß seine Schokolade und hantierte beiläufig an den Funkmeßgeräten. Am Steuer saß Schneider, sein junger, übereifriger Assistent: "Ich hab' mal nachgezählt: Achtundneunzig illegale Sendeanlagen wurden allein im letzten Jahr im Raum Ostfriesland geortet. Ich garantier' Ihnen: Wenn wir nicht aufpassen, wird das Schwarzsenden auch in Nordfriesland Volkssport Nummer eins!" Mit halbem Ohr und leicht gelangweilt verfolgte Klose den "Wellensalat" aus verschiedenen Radiosendern, Polizeifunk, Schiffsfunkverkehr und atmosphärischem Rauschen. Mit einemmal hatte er Julia drauf: "Radio S-P-O. Das steht für St. Peter-Ording..."
Klose nahm schnaubend
den Kopfhörer ab: "Rufen Sie mal die Dienststelle an, Schneider. Mal sehen, ob die 'ne Lizenz haben. Ich peil' inzwischen die Richtung." Bald darauf lag die Rückmeldung der Dienststelle vor: Ein Sender S-P-O war nicht gemeldet.

Kleine Meinungsverschiedenheit im Hotel Westermann: John mußte für drei Tage in die Klinik, ausgerechnet jetzt! Der Hotelier, ohne den sonst doch gar nichts ging (jedenfalls sah er selbst das so), war außer sich: "Im Moment hab' ich wirklich andere Probleme. Die

Aufenthaltsdauer der Gäste geht rapide zurück. Die Leute sparen an allen Ecken und Enden. Ich bin darauf angewiesen, daß dieses neue Reisemagazin eine gute Kritik bringt. Das hat mehr Werbeeffekt als tausend Anzeigen. Aber jetzt, wo die einen Journalisten vorbeischicken wollen, da muß ich ins Krankenhaus." Aber Sven sei doch da, erinnerte ihn Christine: "Denk' dran: Du hast einen zu hohen Blutdruck und erhöhte Blutzuckerwerte. Was ist, wenn du plötzlich zusammenklappst? In deinem Alter und bei dem Streß, den du hast, ist das sehr wohl ein Risikofaktor. Denk' dran, was dein Hausarzt gesagt hat: Gesetzt den Fall, du überlebst einen Herzinfarkt, dann kannst du – Gäste hin, Gäste her – dein Hotel mit Sicherheit aufgeben."

Auf der Landstraße hatte Niks Bulli einen Platten. Während er mit Rockys Hilfe einen Ersatzreifen und den Wagenheber aus dem Bus wuchtete, tönte Julias Stimme vollmundig aus dem Radio.
"Radio S-P-O – total lokal! Heute ist Surfcup auf Sylt . . . deshalb einen lieben Gruß an Nik, unseren Surf-Champion, der St. Peter heute hoffentlich würdig vertreten wird."
Während sie den Reifen wechselten, bemerkte Rocky plötzlich den Peilwagen. "Hey, komm schnell!" Blitzschnell warf Niklas das Werkzeug in den Bus und gab Gas. "Wir müssen die Frauen warnen, bevor ihnen die Peilheinis da auf die Pelle rücken."

Nik holte aus dem Bus sichtlich das letzte heraus, aber der Peilwagen ließ sich nicht abhängen. "Managgia!" entfuhr es Rocky auf dem Beifahrersitz. "Halt an! Wir müssen die aufhalten und Zeit gewinnen! Wir leiten sie um! Mach' schon!" Sie hielten und stiegen aus. Der Planweg war wie ein Deich, der von breiten Entwässerungsgräben eingeschlossen war. So konnte niemand vorbei. Rocky wollte zum Bauernhof vorauslaufen und die Ladies warnen. Nik hielt die (Blockade-)Stellung.

Der Peilwagen stoppte hinter Niks Bulli. Schneider stieg aus: "Würden Sie bitte den Weg freimachen. Wir müssen hier durch." Nik entschuldigte, aber: "Der Motor springt nicht mehr an." Hilfsbereit wollte Schneider ins Führerhaus des Bulli klettern und am Zündschlüssel drehen. Rasch beugte sich Nik hinein und zog ihm den Schlüssel vor der Nase ab: "Bloß nicht anfassen! Das ist ein Turboprop! Der explodiert bei rascher Zündung!" Schneider faselte etwas von Behinderung einer Amtshandlung und blies sich mächtig auf, aber da schaltete sich Klose ein: "Kommen Sie, Schneider. Bevor wir noch mehr Zeit verlieren, nehmen wir lieber einen anderen Weg." Als Klose wieder im Peilwagen war, merkte er, daß die Piraten den Sendebetrieb eingestellt hatten: "Ich hab' aber immer noch das Sendesignal. Solange der Sendequartz an ist, kriegen wir sie. Der Sender kann nicht mehr weit sein. Verständigen Sie vorsichtshalber schon mal die Funkstreife, Schneider."

Tatsächlich standen Peilwagen und Funkstreife schon kurze Zeit später auf dem Bauernhof von Tjards Eltern. Klose hielt Julia seinen Dienstausweis hin: "Guten Tag, Dr. Klose, Funkkontrollmeßstelle Hamburg. Wer ist der

Verantwortliche für ein Radioprogramm namens S-P-O, das von diesem Gehöft aus in der letzten halben Stunde auf 101,2 Megahertz zu empfangen war?" Julia und die anderen stellten sich dumm: "Hier ist kein Sender! Das ist doch absurd!" Unbeachtet schlich Schneider um den Stall herum und entdeckte das Corpus delicti: die Antenne. Er öffnete das Tor und winkte den beiden Polizisten. Klose machte die Damen derweil darauf aufmerksam, daß sie sich durch den Betrieb eines illegalen Sendegeräts nach ß 15 des Fernmeldegesetzes strafbar gemacht hätten. "Das ist nicht illegal", wehrte sich Julia. "Wir haben einen Lizenz-Antrag gestellt." Martina sprang Julia bei: "Wetten, der Antrag liegt seit Wochen unberührt auf Ihrem Schreibtisch?! Sie sollten besser da mal einen Blick drauf werfen, statt uns hier auf die Pelle zu rücken." Klose glaubte sich jedoch über jeden Verdacht behördlicher Inaktivität erhaben: "Die Vergabe von Sendelizenzen liegt überhaupt nicht in unserem Zuständigkeitsbereich." Auch durch das Beschwören einer unabhängigen Radiokultur ließ sich Klose nicht erweichen und lud die Damen und Herren zu einem Besuch des nächsten Polizeireviers.

Westermann hatte inzwischen sein Krankenzimmer bezogen. Er war mit seinem Handy auf den Balkon gegangen und telefonierte mit Sven wegen des bewußten Journalisten: Selbstverständlich komme so jemand immer inkognito, aber diese Pressefritzen erkenne man trotzdem auf den ersten Blick: "Kleines Gepäck. Bart vielleicht, manchmal eine Brille. Meistens sind diese Typen übergewichtig. Du weißt ja, die haben nichts anderes zu tun als zu fressen und zu saufen... Aber laß dir bloß nicht anmerken, daß du ihn erkannt hast. Sei nicht überfreundlich." "Kein Problem", versicherte Sven. "Ich geb' ihm die Besenkammer ohne Frühstück." Über Einsamkeit konnte Westermann übrigens nicht klagen. Sein Zweibettzimmer auf der Inneren Station teilte er mit dem achtjährigen Kasimir. Westermann schien nicht gerade erfreut. "Du bist wohl ein Kinderhasser", bohrte der Kleine. "Und für Kinderhasser und alte Männer gibt's noch ein paar Einzelzimmer im dritten Stock. Ich kann ja mal bei der Schwester ein gutes Wort für dich einlegen." Kasimir hatte Diabetes: "Den Einser-Typ, den für Kinder. Das Blöde daran ist nur, daß ich mich dauernd spritzen muß. Wenn ich mal groß bin, erfinde ich eine Tablette, damit ich mich nicht mehr spritzen muß." Mit seinem Transistorradio war er der wahrscheinlich jüngste Fan von Radio S-P-O und als solcher besonders enttäuscht, daß das Projekt nicht mehr auf Sendung war.

An der Westermannschen Hotelrezeption traf eine attraktive Bekannte ein. "Das ist ja eine Überraschung!" freute sich Sven, als er Caroline sah. "Was machst du denn hier? Ich dachte, du bist in Berlin bei dieser neuen PR-Agentur." "War mir zu doof da", erklärte Caroline. "Ich schreibe jetzt für Happy Holiday." Sven grinste ungläubig: "Was?! Du bist der Tester? Alle Hotels an der Nordseeküste zittern schon vor dir. Mein Alter hat sich beinahe in die Hose gemacht wegen deinem Artikel." Nachdem er ihr ein geeignetes Zimmer angewiesen hatte, führte Sven Caroline durch die Außenanlagen des Hotels – Tennisplätze, Park, Schwimmbad: "Nachher zeig' ich dir noch den Rest von unserem Freizeitpark. Wir bieten unseren Gästen ein komplettes Strandprogramm mit Beachball, Wasserski, Paragliding und natürlich Surfen!" Caroline machte ein Foto von ihm. Ob das dienstlich oder privat war, feixte der. "Dienstlich natürlich", schmunzelte Caroline. "Du kommst aufs Titelblatt. Trotzdem, weißt du: Beachlife, das ist megaout. Olle Kamellen. Ich werd' euch zwar 'ne gute Kritik schreiben, keine Bange, aber mit diesem normalen Beach-Klimbim lockt ihr niemanden hinterm Ofen vor. Die Leute wollen heute Natur pur. Das ist der neue Trend, das bestätigen alle Prognosen. Dabei habt ihr doch alles beisammen: Wind und Wetter, Dünen, Watt, Halligen. Stichwort: Erlebniswelt Nordsee. Nature and Adventure. Ein Freund von mir entwickelt dazu gerade ein neues Konzept. Er ist Reiseveranstalter und sucht noch ein Hotel als festen Partner. Wenn du willst, kann ich einen Kontakt herstellen."

Auf einer Polizeiwache in St. Peter. Sarah, Julia, Martina, Rocky und Niklas hockten vor einem altertümlichen Schreibtisch. Tjard, die Hände in den Hosentaschen, tappte nervös auf und ab. Nik hatte seinen Kopf auf die Hände gestützt: "Der Autozug ist weg. Den erwisch' ich nicht mehr. Das wär's dann gewesen mit dem Rennen auf Sylt." Sarah legte ihren Arm um Nik: "Es fährt doch später noch einer, den schaffst du schon. So lange können die uns doch hier nicht festhalten." Tjard war da anderer Ansicht: "Von wegen! Die können uns bis zu 24 Stunden festhalten." Nik seufzte: "Surfcup ade! Karriere ade! Am besten geb' ich mir die Kugel." Eine junge Beamtin erschien, um die Personalien aufzunehmen. "Sagen Sie", flüsterte ihr

Sarah vertraulich zu, "können Sie nicht dafür sorgen, daß wenigstens Niklas gehen kann. Er hat doch mit der ganzen Geschichte nichts zu tun."
Die Beamtin bedauerte: "Aber wir müssen erst das Protokoll aufnehmen. Wissen Sie, wenn es nach mir ginge, säßen Sie nicht hier. Ich fänd's gut, wenn wir ein Bürgerradio in St. Peter-Ording hätten. Aber wie Sie es machen, ist es nun mal gegen das Gesetz." Offensichtlich taten der Beamtin ihre drei Geschlechtsgenossinnen wirklich leid. Im Flüsterton riet sie ihnen, sich das nächste Mal einfach ein Boot zu nehmen und mit dem Sender aus der Dreimeilenzone rauszufahren: "Auf offener See können Sie senden, soviel Sie wollen. Das ist internationales Gewässer. Da kann Sie niemand belangen."

Sven rief Nik auf der Wache an. Da fielen ihm einige Faxe auf, die Iwana für einen Gast, der gerade eingetroffen war, versenden sollte: "Sag' mal, Nik: Wie heißt der Mann, der von der Funkkontrollmeßstelle?...Das is' ja'n Ding...Der wohnt bei mir hier im Hotel. Ich glaub', ich hab' da 'ne Idee. Es gibt doch sicher ein Faxgerät auf dieser Wache." Er ließ sich von Iwana ein Fax mit dem Aufdruck der Funkkontrollmeßstelle und der Unterschrift Dr. Kloses geben.

Das Faxgerät in der Polizeiwache war auf Empfang geschaltet. Ein Beamter überflog murmelnd die eintreffende Botschaft.
"Sehr geehrter...Betreffs illegalem Betrieb...Radio S-P-O...Nach Rücksprache mit der zuständigen Dienststelle muß ich Ihnen mitteilen, daß die Genehmigung inzwi-

schen vorliegt...die Anzeige mit sofortiger Wirkung aufzuheben."
"Heißt das, wir können gehen und bekommen den Sender zurück?" strahlte Julia.
Während die anderen das unliebsame Revier verließen, hielt der Beamte Nik zurück: "Sie muß ich leider noch bitten hierzubleiben. Die Herren von der Funkkontrollmeßstelle haben Anzeige gegen Sie erstattet: Sie haben sich mit Ihrem Fahrzeug einer Behinderung von Strafverfolgungsbehörden schuldig gemacht." Das hielt Nik jetzt im Kopf nicht aus: "Ich muß nach Sylt. Ich hab' da ein wichtiges Rennen. Und wenn ich jetzt nicht losfahre, erwisch' ich den Autozug garantiert nicht mehr." Aber der unnachsichtige Beamte überhörte stur das Flehen.

Draußen vor der Wache schwiegen die Frauen betreten. Rocky erklärte die Situation: "Das haben wir nur für euch getan. Männer haben viel zu gutes Herz." Julia starrte ratlos auf das Sendegerät und wollte diesmal auf Nimmer Sicher gehen: "Sagt mal, Boje hat doch einen nigelnagelneuen Kutter!"

Inzwischen hatte Westermann, nachdem er erfahren hatte, daß die Röntgenuntersuchung seines Magens wegen Unpäßlichkeit des Radiologen um einen Tag verschoben worden war, das Krankenhaus erbost und auf eigene Faust verlassen und war ins Hotel zurück. Sven geleitete Caroline soeben lachend über die Terrasse und stutzte: "Ich dachte, du bist noch in der Klinik, Pa. Darf ich dir eine alte Freundin vorstellen. Das ist Caroline Otto..."

"Sag' mal", spulte sich Westermann auf, "was fällt dir eigentlich ein? Hab' ich dir nicht gesagt, du sollst das Hotel nicht aus den Augen lassen?!" Caroline merkte, daß ihre Anwesenheit momentan unerwünscht war, und entschuldigte sich:
"Hast du heut' abend Lust auf Tanzen, Sven?"
"Könnten Sie Ihre privaten Termine mit meinem Sohn vielleicht ein andermal regeln, junges Fräulein?" bellte Westermann. "Sie sehen doch, daß wir hier was Wichtiges zu besprechen haben."
Als Caroline abgedampft war, gab Sven seinem Pa einen dringend gebotenen Hinweis, wer die junge Dame war. Dem alten Westermann ging die Kinnlade runter. Er begann zu stottern.

Am Eingang der Disco ließ sich Nik von Sarah trösten: "Dieser eitle Profizirkus hat doch eh nichts mit Sport zu tun. Auf diesen zweifelhaften Ruhm kannst du doch mit links verzichten. Ich lieb' dich so, wie du bist, auch ohne Surfpokal." "Mensch, Junge, Kopf hoch!" fiel Sven in den Klagegesang ein. "Ich dachte, dir geht's ums Surfen und nicht um irgendwelche Blechpokale." Er hatte Caroline im Schlepptau. "Von dir hab' ich schon einiges gehört, Nik", plapperte Caroline interessiert. "Du sollst ja der beste Surfer im Umkreis von mindestens tausend Seemeilen sein. Ich würd' gern mal ein Interview mit dir machen." Nik konnte nicht verbergen, daß er sich geschmeichelt fühlte.

In der Disco bearbeitete Iwana Boje, Radio S-P-O den Kutter zu leihen. Boje zögerte noch: "Dieses komische

Radio hört doch sowieso keiner." Timo, der in der Klinik jobbte, wußte es besser: "Stimmt überhaupt nicht. Bei mir auf der Station ist ein kleiner Junge, der ist ein totaler S-P-O-Fan. Kasimir heißt er." Der Discjockey ließ Julia eine Durchsage in eigener Sache machen: "Radio S-P-O ist das erste unabhängige Jugendradio in St. Peter-Ording. Wir machen ein Programm über das, was euch auf den Nägeln brennt. Aber um weiter senden zu können, brauchen wir eure Unterstützung. Bis jetzt wurde uns nämlich die Lizenz verweigert. Deswegen müssen wir in Zukunft von der offenen See aus senden. Aber dazu brauchen wir ein Schiff. Und das haben wir nicht." Ihr Blick fiel auf Boje. Der geriet kurz ins Schwitzen, bis er einen Entschluß gefaßt hatte: "Jo! Überredet!" Julia und Martina gaben ihm ein Küßchen. Iwana umarmte ihren Boje ganz fest.
Eine steife Brise wehte. Gleichmäßig tuckerte Bojes Kutter. Im Ruderhaus waren die Sendegeräte aufgebaut. Martina hatte einen Kopfhörer auf und bediente die Technik. Julia, mit Mikro in der Hand, machte einen Soundcheck, dann begann sie mit der Moderation.

Kasimirs Transistorradio war auf Empfang geschaltet, aber es befand sich nicht in der Klinik, sondern irgendwo in den Dünen. Der Kleine, der seinen Zimmergenossen Westermann vermißte, war kurzerhand ausgebüxt und freute sich wie ein Schneekönig, als er Julias Stimme und damit das geliebte Radio S-P-O hörte: "Heute senden wir von hoher See, und es kann schon mal passieren, daß ihr uns nicht so gut reinkriegt. Als erstes spielen wir für Dr. Klose von der Funkmeßstelle Hamburg, der jetzt sicher wieder mithört, Roam von B 52." Ein Windstoß riß Kasimir die Baseballmütze vom Kopf. Er lief ihr hinterher, bekam sie aber nicht zu fassen. Mußte sich plötzlich durch schlammigen Wattboden kämpfen. Als er sich umdrehte, waren die Fußspuren, die er hinterlassen hatte, bereits von einem Priel überspielt worden. Bald reichte dem Jungen das Wasser bis zu den Knien.

Klose und Schneider gingen an Bord eines Polizeibootes. Schneider erinnerte an das bewußte Fax und mokierte sich wortreich über die Dreistigkeit der Urkundenfälschung, aber Klose sah das nicht so eng: "Wissen Sie, Schneider, das gibt bloß wieder unnötigen Papierkram. Und unsere Dienststelle ist doch sowieso schon überlastet. Wir schnappen uns die Truppe und damit basta!"

Am Morgen kehrte Westermann in die Klinik zurück und fand Kasimirs Bett leer. Timo, der Krankenpfleger, und Kasimirs Mutter schauten besorgt. Sie erzählten Westermann, der Junge sei weggelaufen. "Ist denn die Polizei schon verständigt?" durchfieberte es den Hotelier. Als er ihre ratlosen Gesichter sah, stellte er gleich seinen Wagen zur Verfügung. Sie fuhren zum Surfcontainer. "Moin", begrüßte der Alte Sven und Niklas. "Wir brauchen sofort das Motorboot." Nik und Sven sahen sich verdutzt an. "Einer unserer Patienten, ein kleiner Junge, ist aus der Klinik weggelaufen", erklärte Timo. "Wir müssen über Radio S-P-O eine Durchsage machen." "Jaja", schaltete sich Kasimirs Mutter besorgt ein. "Wir müssen ihn unbedingt finden. Er braucht bald eine Insulinspritze."

Vom Kutter aus sah Sarah, wie sich ein Boot der Wasserschutzpolizei heranschob. "Achtung! Achtung!" meldete sich per Flüstertüte ein Beamter. "Bitte beenden Sie augenblicklich Ihren illegalen Sendebetrieb und drehen Sie bei!" Das Polizeiboot fuhr längs und legte backbord am Kutter an. Klose und Schneider stürmten an Deck, aber die drei Frauen versperrten den Herren den Weg. "Außerhalb der Dreimeilenzone dürfen wir senden", hielt Martina sie auf. Schneider setzte eine schadenfrohe Miene auf: "Sie sind aber nicht außerhalb der Dreimeilenzone. Da haben Sie sich verkalkuliert. Also, wo ist das Sendegerät?" Zielstrebig steuerte er auf das Ruderhaus zu, entdeckte den Apparat und zerrte gewaltsam ein Kabel heraus. Julia, Martina und Sarah durchbohrten ihn mit verächtlichen Blicken, ihn und Klose, der sich hinter seiner Klemmappe versteckte und Eintragungen machte.
"Irgendwie ist das doch ein bißchen viel Verwaltungsaufwand wegen so einem kleinen Furzsender. Dürfen wir das etwa als Kompliment des Beamtenstaates auffassen?"
Da kündigte sich weiterer Besuch an: Surfend flankierten Niklas und Sven das Schlauchboot mit Westermann, Timo und Kasimirs Mutter.

An Bord schilderten die Neuankömmlinge den Beamten die Lage. Klose wollte sich wieder hinter seinem § 15 verschanzen, aber Westermann fuhr ihm schroff übers Maul: "Hier geht es nicht um irgendwelche Paragraphen, sondern um die Rettung eines Kindes!" Es sei doch wohl ziemlich unwahrscheinlich, daß der Junge ausgerechnet

jetzt S-P-O höre, zweifelte der beleibte Funkkontrolleur. Aber Westermann wußte ja aus eigener Anschauung, ein wie großer S-P-O-Fan der Junge war.
"Bitte lassen Sie es uns doch wenigstens versuchen", flehte Kasimirs Mutter.
"Worauf warten wir eigentlich noch?" donnerte Westermann. "Wenn Sie jetzt nicht sofort den Sender wieder in Gang setzen und die Mädchen ihre Durchsage machen lassen, werde ich Sie persönlich wegen unterlassener Hilfeleistung vor den Kadi bringen. Haben Sie mich verstanden?!"
Diesen Kommandoton kannten und respektierten die Herren und klappten symbolisch die Hacken zusammen. Endlich konnte Julia die Beschreibung des Kleinen über den Sender bringen: "Kasimir ist acht Jahre alt. Er trägt einen blauen Jogginganzug, eine rote Baseballmütze mit dem Aufdruck Los Angeles Riders und Turnschuhe." "Kasimir", Timo beugte sich über das Mikro, "hier ist Timo. Falls du mich jetzt hörst, mach keinen Unsinn und melde dich...und komm zurück." Ein Schrei: Kasimirs Mutter hatte die rote Mütze im Wasser entdeckt. "Der ist ins Watt!" entfuhr es Timo. "Er will zu den Walen!" "Zu welchen Walen?" fragte Nik. "Der Zeitungsausschnitt! Kasimir hatte einen Zeitungsausschnitt!" Westermann fiel es wie Schuppen von den Augen, als er sich an diese Kleinigkeit aus dem gemeinsamen Krankenhausaufenthalt erinnerte. "Auf einer Sandbank ist kürzlich ein Wal gestrandet. Irgendwo in der Nähe der Hallig Gröde. Da wollte er unbedingt hin." Nik und Sven verloren keine Zeit. Doch keine Spur von Kasimir, als sie die Sandbank erreichten. "Das war's dann wohl", bedau-

erte Sven und wollte die Suche aufgeben, da sichtete Nik plötzlich einen Punkt weit draußen auf dem Wasser: "Du, ich glaub', da schwimmt er." Und wirklich – es war Kasimir.

Große Erleichterung an Bord des Fischkutters, als die beiden Lebensretter mit dem Jungen zurückkamen. Selbst Dr. Klose war voll des Lobes: "Also, eines muß man Ihnen ja lassen, Sie sind 'ne fixe Truppe. Respekt! Ich mach' Ihnen einen Vorschlag: Nächste Woche kommen Sie nach Hamburg. Und dann werden wir mal sehen, wie wir Ihr Genehmigungsverfahren beschleunigen können."
"Hallo, St. Peter-Ording." Julia berichtete live: "Hier meldet sich wieder Radio S-P-O. Wir haben den kleinen Kasimir gefunden. Seine überglückliche Mutter schließt ihn gerade in ihre Arme. Unsere beiden Surfer vom Dienst, Sven Westermann und Niklas Andersen, haben ihn vor der ansteigenden Flut in letzter Sekunde aus dem Wattenmeer geholt. Zum Dank bringt Radio S-P-O den Lieblingssong der beiden Lebensretter." Sarah hatte ihn schon eingelegt: Shiny happy people von REM.

12

Miese Typen

Sarah und Nik trugen ihre Surfbretter aus dem Wasser, als ein alter Mercedes am Strand entlangbrauste und mit seinem Gehupe die Badegäste scheuchte. Als sie zur Seite springen wollte, entglitt Sarah das Surfbrett und blieb im Weg liegen: Der Fahrer mußte scharf bremsen. Zwei Skinheads, komplett mit Springerstiefeln und Bomberjacken, sprangen wieselflink aus dem Fahrzeug, dann entstieg ihm der Fahrer selbst, sorgfältiger gekleidet, die Haare länger und gescheitelt. "Ein Niggerlein!" entfuhr es ihm mit Blick auf Sarahs dunkelhäutige Schönheit. "Für sowas bremse ich normalerweise ja nicht." "Hört mal, ihr Penner", brauste Nik auf, doch da erkannte er in einem von den dreien einen ehemaligen Schulkameraden: "Ich glaub's ja nicht: Dieter!" Der Angesprochene freute sich zwar, Nik zu sehen, aber trotzdem war ihm die Situation vor seinen Gesinnungsgenossen irgendwie unangenehm, besonders, als Nik nachfragte, was er hier mit einem neofaschistischen Strandkommando suche. "Mach' keine blöden Sprüche, Nik. Meine Hamburger Freunde mögen das nicht", warnte Dieter. "Wir wollen nur ein paar Sachen bei meiner Mutter abholen. Am besten, ihr geht jetzt..." "Hey, du Weichei, wer hat was davon gesagt, daß sie gehen dürfen?" schaltete sich der geschniegelte Anführer wieder ein. "Ist doch nichts passiert, Arien", suchte ihn

Dieter zu beschwichtigen. "Laß sie einfach gehen." Aber Arien hatte Blut geleckt und packte Dieter abrupt am Genick: "Schöne Freunde hast du da, du Arschloch! Kannst der Niggerbraut mal flüstern, daß ihr Untermenschengeruch meine hochempfindliche teutonische Nase belästigt." Als Niklas einschreiten wollte, gab Arien dem zweiten Jungfaschisten einen Wink: "Surferlein will eins in die Fresse haben." Aber bevor Tschack die Weisung in die Tat umsetzen konnte, erschienen Timo, Boje und Tjard und bauten sich schützend neben Sarah und Niklas auf. "Schau an: die friesische Bürgerwehr", schmunzelte Arien abschätzig, zog aber ansonsten den Schwanz ein und verkroch sich in seinem Mercedes. Als er den Motor anließ, drehten die Hinterräder durch. Tschack und Dieter mußten anschieben, schafften es aber nicht. "Diese Rassemenschen sind ja außerordentlich schwache Kerlchen", feixte Sarah. "Ein paar anständige Nigger, die würden die Karre mit links aus dem Dreck ziehen." Wütend holte Arien einen Militärklappspaten aus dem Kofferraum und drückte ihn Dieter unsanft in die Hand: "Die Rache ist mein, spricht der Herr."

"Nazipack!" schimpfte Boje. "Die gehören alle zusammen in einen großen Sack . . ." "Und der Sack gehört in den Keller...", dichtete Tjard weiter. "Jo!" bestätigte Boje. "Und der Keller gehört unter Wasser!" Sie klatschten ab. Nik berichtete Sarah von seiner Schulzeit mit Dieter: "Wir waren in der Penne das Duo Hoffnungslos von der hintersten Bank. We don't need no education war unser Schlachtruf, bevor wir die Pauker hingemetzelt haben. Seitdem hab' ich Dieter nicht mehr gesehen. Ist damals nach Hamburg gegangen, weil er hier keine Lehrstelle gefunden hat." "Und dabei wohl in falsche Kreise geraten", erkannte Sarah. "Vielleicht braucht dein Dieter gerade jetzt einen alten Freund, der ihm aus der braunen Scheiße raushilft."

Tschack hatte sich auf dem Rücksitz ausgebreitet und lehnte sich nach vorn zu Dieter, der sich wie ein Häufchen Elend auf dem Beifahrersitz krümmte: "Denen hätt' ich zu gern die Fresse poliert. Und dir gleich mit, weil du uns vor diesen Flachpfeifen blamiert hast, du Versager." "Für mich zählt nur unsere Kameradschaft. Treue zur Fahne. Das wißt ihr doch", verteidigte Dieter seine braune Gesinnung. "Diese Surftypen sind mir schnuppe." Arien am Lenkrad kniff die Augenbrauen zusammen. Offenbar war ihm eine Idee gekommen, wie "Volksgenosse" Dieter die rechte Solidarität tatkräftig unter Beweis stellen konnte. Er forderte ihn auf, das Handschuhfach zu öffnen. Als Dieter es tat, fiel ihm eine Original Walther P 38 der Waffen-SS, Jahrgang '41, in den Schoß. "Da beneiden mich die Kameraden in der Partei drum", erklärte Arien. "Scharf geladen. Wartet nur auf den Feindeinsatz."

Sven hatte inzwischen mit dem Unternehmer, dem ihn Caroline empfohlen hat, Verbindung aufgenommen. Wickert heiße er und sei genau der richtige Partner, berichtete er seinem Vater: "Wickert meint, wir sollen was Neues bieten, Erlebniswelt Wattenmeer oder so, eine andere Zielgruppe ansprechen, jüngere, finanzstarke

Leute. Das ist was, was die auf Sylt noch nicht haben: Nature and Adventure. Gesundheit und Fitness hier im Hotel, ein umweltverträglicher Sportbereich am Strand: Beachball, Trekkingpfad, Strandsegeln, Surfschule..." Und was dann aus dem Wasserski werde, aus Paragliding, Wetbikes und den ganzen modernen Sportarten, in die er investiert habe, furchte Westermann die Stirn zur besorgten Miene des im Kopf überschlagenden Geschäftsmanns. "Umweltverschmutzung und Lärmsport schrecken die Kunden von heute doch nur ab", bearbeitete Sven seinen Vater weiter. "Wickert will ein Konzept: Fit und gesund Urlaub machen, ohne dabei Umwelt und Gewissen zu belasten..." Und im Hotel gebe es dann wohl nur Körnerfutter und Karotten, brummte sein Vater: "Idealistisches Blablabla, nichts weiter." Sven war sauer; er schnappte sich die Diskette mit seinen Wickert-Ideen und stürmte angewidert aus dem Büro.

"Was ist dir denn über die Leber gelaufen?" wunderte sich Sarah über den wie ein Schmortopf kochenden Sven, als er in die Pizzeria polterte. Als Antwort knallte der die Diskette auf den Stammtisch der Clique und beklagte sich über den Konservatismus seines alten Herrn: "Kaum war er wieder im Hotel, hat er auch schon mein Konzept für Wickert zerpflückt. Zuviel ÷kologie, zuwenig Motorenöl und Lärm. Er hat's als Schwachsinn abgetan." "Wenigstens hat's dir den Appetit nicht verschlagen", stellte Tjard fest, nachdem Sven schnaubend einen Teller in seine Gewalt gebracht und ihn in Nullkommanichts von den überzähligen Spaghetti befreit hatte. "Kapier' ich nicht", kommentierte Nik. "Die Kombination Nature and

Adventure ist doch genau das, was Wickert so angeturnt hat an deinem Konzept." Sarah hatte für Westermanns Hotelprogramm nur ein Adjektiv: postmodern. Nicht gerade taktvoll versuchte Tjard das Thema zu wechseln und spielte auf ein gewisses S-P-O-Interview an, das Julia heute mit Sven hatte aufnehmen wollen. "Laßt mich bloß mit Julia zufrieden!" Sven brauste auf. "Dieses andeutungsvolle Gequatsche geht mir langsam aber sicher auf den Keks. Im Gegensatz zu dir will ich nichts von ihr. Daß du das endlich mal schnallst, Tjard!" Rocky wollte die heiße Luft, die sich im Ballon ihrer angespannten Stimmung gesammelt hatte, rauslassen, indem er zum Nachtisch Zabaione servierte, aber da zertrümmerte krachend ein Stein die Fensterscheibe des Ristorante.

Der Mercedes der Neonazis parkte am Straßenrand gegenüber der Pizzeria. Tschack hockte in der offenen Beifahrertür; Arien lehnte an der Motorhaube. Da kam Dieter gerannt: "OK, nichts wie weg hier. Schnell!" Hastig sprang er auf den Rücksitz und warf die Tür zu. "Wozu die Hast?" Arien saugte genüßlich an seiner Zigarette. "Jetzt wird's doch erst richtig spaßig." Rocky und die Clique stürmten aus der Pizzeria. Sven, der von dem Vorfall am Strand gehört hatte, wurde laut: "Das sind also die Idioten, die so dämlich sind, daß sie mit ihrer Rostlaube im Sand steckenbleiben? In den Kindergarten gehören diese braunen Bettscheißer! Steine schmeißen, das ist das einzige, was sie können!" Arien blieb gelassen: "Moment mal, Klugscheißer, wer sagt denn, daß wir das waren? Könnt ihr uns das beweisen? Vielleicht hat ja ein linker Anarchist den Stein geschmissen. Oder ein Jude.

Das kommt aufs gleiche. Steht doch schon in der Bibel, daß die Juden immer den ersten Stein werfen."

Soviel Frechheit verletzte Rockys Gerechtigkeitssinn empfindlich: "Du mieser Schwanz! Warte, dir schlag' ich alle Zähne ein! Mir die Scheibe einschmeißen und dann dumm kommen, du arrogantes Rassistenschwein!" Arien konterte mit einer Bemerkung in fließendem Italienisch, mit der er Rocky an die Achse Berlin - Rom erinnerte und daran, wie gute Freunde der Duce und der Führer gewesen seien: "Ihr Italiener solltet doch langsam wissen, daß eure Feinde von südlich des Mittelmeers kommen. Wahrscheinlich hat einer von diesen Kaffern, die hier dauernd nach Asyl schreien, den Stein des Anstoßes geschmissen, einer von diesen Scheinasylanten." – "...oder ein Niggerschwein!" Tschack wies mit seinem unrasierten Kinn in Richtung Sarah. Dann machten sich die Faschos aus dem Staub. Nik beschloß, sich mal seinen Schulfreund vorzuknöpfen. Allein!

Das Haus von Dieters Eltern. Es klingelte an der Tür. Dieter öffnete. Es war niemand zu sehen. Er machte ein paar Schritte. Plötzlich überrumpelten ihn Sven und Nik und schoben ihn in den Bulli: "Wir haben was zu bereden, Dieter. Aber außer Reichweite deiner Freunde." Die Fahrt ging in die Dünen. "Ihr habt den Arsch auf, ehrlich!" jammerte Dieter. "Kann sein", entgegnete Nik. "Aber dafür verkehren wir auch nicht mit Nazis." Dieter war immer noch überzeugt, daß diese Neonazis seine Freunde waren. Nik trat auf die Bremse: "Darf ich mal kurz trocken lachen?! Die kommandieren dich doch nur rum, treten dir

in den Hintern – und du bedankst dich auch noch dafür! Bist du Masochist oder sowas?!" Dieter, in die Enge getrieben und in die Zange genommen, schrie sich in sinnlose Wut: "Fick dich! Wenn ihr mich nicht sofort nach Hause laßt, bekommt ihr gewaltigen Zoff mit meinen Freunden!" Niklas hatte aber keine Lust, die Sache mit dem Steinwurf und der zerschlagenen Fensterscheibe auf sich beruhen zu lassen:
"Du klärst das mit deinen sogenannten Kumpels ab und sagst mir heute nachmittag Bescheid, oder die Polizei wird sich der Sache annehmen."
"OK, ich hab' den Scheißstein geworfen", erklärte Dieter mit spöttischem Bekennermut. "Jetzt zeig' mich an, wenn es dir solchen Spaß macht, und steck' dir deine verlogene Schulfreundschaft in den Arsch! Von meinen Leuten würd' mich keiner denunzieren!"

Nachdem ihre Genehmigung vorlag, konnten die drei Rundfunk-Frauen endlich von der Höhe des Leuchtturms auf Sendung gehen. Julia schnitt das Band mit Svens Interview. "Richtig eingeschnappt war er", machte sie sich gegenüber Martina Luft.

Nik und Sven waren im Garten der Pension Goodewind, als Radio S-P-O das Interview mit dem jungen Westermann sendete. Sven plauderte über seinen liebsten Freizeitsport, Surfen natürlich; dann folgte wieder eine Frage von Julia: "Sag mal, Sven, was empfindest du für mich?" Moment mal, an die Frage konnte er sich aber nicht erinnern. Und als die Antwort in seine Ohren drang, haute es Sven förmlich um: "Ein Teil meines Lebens! Ich liebe dich!" So einen Quatsch hatte er doch nie und nimmer gesagt. Wohl hatte er, auf eine andere Frage, geantwortet, daß er das Surfen liebe, daß es zu seinem Lebensinhalt geworden sei. Mußten die Weiber also irgendwie das Band manipuliert und umgeschnitten haben, so eine Gemeinheit! "Ich liebe dich auch!" hörte er jetzt Julia säuseln. "Ein irres Gefühl. Als hätte man Flügel...", frohlockte darauf der Sven im Radio. "So geht es mir auch", bestätigte, leicht zitternd, Julias Stimme. "Jedesmal, wenn ich dich sehe." "Dieses Luder! Dieses verdammte Luder!" Sven hüpfte im Kreis wie ein Rumpelstilzchen. "Ich muß zum Leuchtturm! Sofort!"

Julia saß am Mikro und studierte einen CD-Label. Sie war allein und hatte das Mischpult zu sich herangerückt. Da flog die Tür auf, Sven stürzte aufgeregt herein und schnappte, hiermit kündige er ihr ein für allemal die Freundschaft. Sie habe ihn vor ganz St. Peter lächerlich gemacht. Einer von ihnen beiden müsse St. Peter verlassen, um die Schmach zu sühnen, für immer. Er begann, wie ein kleines Kind zu schluchzen. Eine derart betroffene Reaktion hatte Julia nicht erwartet: "Bitte, Sven! Ich wollte dir doch nicht weh tun!" Da verwandelte sich das Schluchzen mit einemmal in hemmungsloses Gelächter. Julia merkte, daß Sven sie auf den Arm genommen hatte: "Du gemeiner Hund, na warte!" Ganz beiläufig knöpfte sie ihre Bluse auf: "Ich glaube, du hast Angst vor Frauen, die wissen, was sie wollen, und es auch bekommen."

Reiseveranstalter Wickert traf im Sporthotel ein. Westermann begrüßte ihn. Wickert schien irritiert:

"Haben wir miteinander telefoniert? Ich dachte, wir wären ungefähr gleich alt."
"Sie haben mit meinem Sohn Sven gesprochen", erklärte Westermann. "Darf ich Sie in unser Restaurant entführen? Unser Küchenchef hat eine kleine Kostprobe seiner Kunst für Sie bereitet: Unser Spezialmenü mit Husumer Deichlamm..."
"Sorry!" winkte Wickert ab. "Das muß ich leider ablehnen. Ich ernähre mich fast ausschließlich vegetarisch...auf Algenbasis!"
Westermanns Gesicht nahm einen leicht verwirrten Ausdruck an. Wickert setzte die Baseballmütze ab, fuhr sich durchs Haar und lachte:
"Ich meine natürlich Sushi. Die japanische Küche ist einfach kultivierter, müssen Sie wissen. Da steckt die Philosophie des Zen in jedem Rezept. Aber Ihr Hotel hat natürlich auch Qualitäten. Das will ich gar nicht bestreiten. Wollen wir also zum Geschäftlichen übergehen?"
In Westermanns Büro studierte er einen Ordner mit Prospekten und Papieren:
"Sehr...ordentlich. Aber trotzdem, so wird das nichts. Wissen Sie, die Freizeitphilosophie hat sich in den letzten Jahren doch sehr verändert. Lärm, Motorboote, Wetbikes, alle Streßsportarten, dazu üppiges Essen, Konsumrausch – wer sowas will, fliegt heute nach Canaria. Da sind eh nur noch Rentner. Die, die heute das Geld machen, die Yuppis, wollen eine neue, saubere Freizeit. Sie interessieren sich für ihre Umwelt. Ganz klar, dem ökologischen Urlaub gehört die Zukunft. Ihr Sohn hatte doch da ein paar sehr zeitgemäße Ideen: Wind- und Wassersport, Trekking, Health and Nature, Genuß ohne schlechtes

Gewissen, gesundes Essen, Meditation, kurzum Wohlstand light...Das Paket würde mich schon sehr interessieren." Westermann, dem die bewußte Diskette einfiel, versuchte seinen Sohn über Handy zu erreichen, aber der war jetzt anderweitig zu beschäftigt, um abzunehmen.

Eng aneinandergeschmiegt lagen Sven und Julia oben im Leuchtturmnest. Dennoch hatte Sven männlicherseits keinen Grund zur Fröhlichkeit, im Gegenteil. Er stand auf, trat ans Fenster und sah sinnend aufs Meer hinaus. Tröstend legte Julia ihr Kinn auf seine Schulter:
"Hey, ist doch nicht so schlimm. Es war auch ohne das total schön."
"Es war einfach falsch", bedauerte Sven. "Ich hätte es vorher wissen müssen."
Julia verhielt sich ruhig und besonnen: "Wichtig ist doch nur, daß ich dich liebe, daß wir uns lieben."
Sven wendete sich von ihr ab und zog sich wieder an: "Ich weiß, du liebst mich Julia, aber in meinem Kopf ist immer noch Sonja. Mir dreht sich alles. Die Sache hätte nicht passieren dürfen."
Aber sie gehöre nicht zu den Frauen, die ihre Hände in den Schoß legen, beteuerte Julia: "Es hängt doch von uns ab, wie wir damit umgehen. Das hier ist nur unser Ding, deins und meins."
"Meinen Anteil kannst du gerne haben", entfuhr es Sven, etwas zynisch und in seiner männlichen Ehre sichtlich gekränkt. "Der hat ja eh nicht geklappt." Sven senkte seinen Blick, dorthin, wo sein "Versager" war.
"Du bist eben doch nur der typische Zwergmacho, der

nicht damit umgehen kann, wenn er keinen hochbekommt", brummte Julia. Sven blitzte sie wort- und ratlos an. Dann ging er.

Er wollte sich mit seinem Board einer nassen Abkühlung ergeben, als sein Vater, völlig außer Atem, angerannt kam: "Sven! Sven! Warte! Wickert ist da! Ich brauche deine Hilfe. Und die Diskette."
Sven hob das Segel und schüttelte die Latten zurecht: "Das hättest du dir früher überlegen müssen!" In seiner Verzweiflung folgte Westermann seinem Sohn mit Schuhen und Hose ins Wasser.
"Sei doch vernünftig, Junge. Wickert will dein Konzept sehen. Das ist doch die Chance für dich." Aber Sven beachtete ihn nicht weiter. Plötzlich griff sich Westermann an die Brust, wo er einen heftigen Schmerz verspürte, und knickte in die Knie. Er mußte sofort in die Klinik gebracht werden. Zum Glück war Nik mit seinem Bulli zur Stelle.
Von der Klinik aus verständigte Niklas Wickert:
"Hallo, ich bin ein Freund von Sven. Herr Westermann senior hatte einen Zusammenbruch." Dafür, versprach er, werde sich Sven bei ihm melden. Als er auflegte, stürmten Sven und Christine ins Krankenzimmer. Nik beruhigte sie: "Macht euch keine Sorgen. Es geht ihm schon viel besser. Es war kein Herzinfarkt, nur eine Attacke."
"Ich hab's ja kommen sehen", stöhnte Christine. "Ich hoffe nur, der Schock ist heilsam für ihn. Er kann doch nicht einfach weiterwühlen wie bisher. Den Schwur nehm' ich ihm am Krankenbett ab, daß er in Zukunft etwas kürzer tritt."

Wickert erwartete Sven und die Diskette bereits sehnsüchtig. Das Konzept, das auf dem Bildschirm aufleuchtete, überzeugte ihn restlos: "Gratuliere, Sven, wir sind im Geschäft! Genau, was ich wollte! Ich hoffe nur, Ihr Vater kommt schnell wieder auf die Beine."

Sarah kniete im Sand neben dem Surfboard. Plötzlich postierten sich dicht vor ihr schwere, wohlbekannte Springerstiefel. Grinsend ließ Tschack die Klinge aus seinem Springmesser schnellen und warf es knapp vor Sarah ins Segel. Sie wollte aufspringen und weglaufen, aber da packte Arien sie von hinten bei den Haaren: "Hallo, Niggerlein! Hat Surferlein dich allein gelassen? Eigentlich sind wir ja nur gekommen, um eine Rechnung mit Nikilein zu begleichen." Sarah wandt sich und schrie vor Schmerz, als ihr Tschack die Arme umdrehte. Arien zündete sich dazu eine Zigarette an und hielt sie ihr ganz nah vors Gesicht. Sarah sah zu Dieter, flehte ihn an, ihr zu helfen; der zögerte kurz, dann faßte er Arien am Arm: "Hör auf mit dem Scheiß, Arien. Es ist genug." Arien warf ihm einen etwas erstaunten Blick zu, dann schlug er Dieter ins Gesicht: "Hier werden nicht die Fronten gewechselt." In dem Moment waren die anderen Surfer zur Stelle: Nik und Boje stürzten sich gleich auf Tschack. Sven kümmerte sich um Arien, bis sich der mit blutender Nase im Sand wälzte. Leicht lädiert humpelten die Neonazis davon. "Euch zünden wir die Bude an!" schwor Arien mit gebrochener Stimme.

Und was sich dieser arische Arien vorgenommen hatte, das wollte er auch halten. Bald parkte der Mercedes

unweit vom Pfahlbau in den Dünen. Tschack warf eine halbvolle Bierdose nach Dieter:
"Du gottverdammter Verräter! Erst hilfst du der Niggerbraut, und dann rührst du keinen Finger für uns. Du bist'n echtes Kameradenschwein!"
Arien hieb in dieselbe Kerbe: "Du hast unserer Standarte Treue geschworen. Es ist deine verdammte Pflicht und Schuldigkeit, jedem gottverdammten Nigger das freche Maul zu stopfen." Eine schnürende Beklemmung engte Dieters Brust ein, dann platzte es aus ihm heraus: "Langsam gehen mir deine abgedroschenen Parteislogans auf die Nerven. Warum können wir diese Typen nicht einfach in Frieden lassen und nach Hamburg zurückfahren?"
Wütend stieß ihn Arien von sich:
"Das hast du dir so gedacht! Die Schande ist nur durch eine Strafaktion reinzuwaschen. Entweder du hilfst uns jetzt, oder du bist für immer als Verräter gebrandmarkt." Und daß du kein Verräterschwein bist, kannst du nur durch Erfüllung eines Ritterkreuzauftrags beweisen." Arien zog die Pistole, um den folgenden Worten Nachdruck zu verleihen: "Du gehst jetzt da runter und kappst die Bolzen am Lenkgestänge von Niks Bulli."
Aber dabei könne doch einer draufgehen, entsetzte sich Dieter.
"So ist das nun mal im Krieg, mein Junge!" zischte Arien. "Wo gehobelt wird, fallen nun mal Späne."

Es war Nacht geworden. Dieter kroch auf dem Bauch unter den Bulli. Arien leuchtete ihm mit einer Taschenlampe. Mit einer Kombizange löste Dieter die Muttern am Lenkgestänge.

Im Pfahlbau versuchte Julia Sven wieder hinzubiegen: "Klar ist das unangenehm für einen Kerl, wenn er glaubt, sexuell versagt zu haben. Aber ich will nicht, daß diese dumme Geschichte irgendwas kaputt macht. Du nimmst nicht nur die Sache im Leuchtturm zu tragisch, es ist das ganze verdammte Leben, vor dem du Angst hast seit Sonjas Tod!" "Wer gibt dir eigentlich das Recht, über mein Leben zu urteilen?" fuhr Sven sie an. "Wer hat dich gebeten, dich einzumischen?" Ein Wort gab das andere, bis Julia nicht mehr weiter wußte und Sven in äußerster Rage einen "impotenten Schlappschwanz" titulierte. Vollends verärgert packte er sie an beiden Armen, schüttelte sie, aber Julia konnte sich losreißen und versetzte Sven in einer Art Reflex eine schallende Ohrfeige. Beide waren geschockt. "Ich glaub', es ist besser, du fährst jetzt", riet Sven nach einem Moment der Betroffenheit und gab ihr Niks Wagenschlüssel.

Tschack und Arien beobachteten aus ihrem Versteck, wie unten ein Schatten in den Bulli sprang. Verzweifelt wollte ihn Dieter, den Gewissensbisse zerfraßen, warnen und lief zurück zum Wagen. Arien und Tschack sahen ihm überrascht nach. Dieter schwenkte die Arme und schrie lauthals, aber die Fahrerin bemerkte ihn nicht. Dafür waren ihm Arien und Tschack mit dem Mercedes nach, um ihn auf ihre Weise zur Räson zu bringen. Niklas, Sarah und Sven stürzten, als sie den Lärm hörten, aus dem Pfahlbau und sahen auf einmal Ariens Pistole in Dieters Hand: "Kommt bloß nicht näher!" Er hatte sich die Schußwaffe unbemerkt aus dem Handschuhfach geschnappt. In diesem Zustand war Dieter unberechenbar,

gefährlich für Feind und Freund. Als Nik sich ihm nähern wollte, richtete er die Waffe auch auf ihn. "Du bist ja kein Mann, du Wichser!" keifte Arien höhnisch seine Angst aus dem Bauch. "Wenn du nicht so feige wärst, würdest du dir jetzt 'ne Kugel ins Hirn ballern. Du haßt dich doch selber, du Judas!" Langsam, wie in Trance, hob Dieter die Pistole, so,
als wolle er sie tatsächlich an die eigene Schläfe setzen. Doch da meldete sich Nik wieder: "Hör nicht drauf: We don't need no thought control...Erinnerst du dich?" Dieter sah Niklas an, dann Aien – und ließ die Waffe in den Sand fallen. Sofort stürzten sich die beiden Nazis, aber auch Sven und Nik darauf. Es gab ein Handgemenge. Arien konnte die Pistole greifen, doch Nik hielt sein Handgelenk umklammert. Geistesgegenwärtig gelang es Sarah sodann, den Nazi zu entwaffnen: "Was würde ein Nazi jetzt mit einem Schwarzen machen?" zielte sie auf Ariens Visage. "Abdrücken?! Du kannst von Glück reden, daß ich nicht so von Haß zerfressen bin wie du brauner Scheißer!" In diesem Moment riß sich Arien los, schleuderte ihr Sand ins Gesicht und brachte die Waffe wieder blitzschnell an sich: "Tja, was würde ein Nazi jetzt wohl machen? Ich glaube, er würde wirklich abdrücken!" Aber bevor er das tun konnte, griff ihn Dieter von der Seite an. Ein Schuß löste sich und traf Dieter in den Arm. Jetzt, wo ihnen der Arsch auf Grundeis ging, ergriffen die beiden Nazis die Flucht. Die anderen kümmerten sich um den Verwundeten. "Ich hatte was gutzumachen", stöhnte Dieter. "Euer Bulli! Sie haben mich gezwungen, das Lenkgestänge loszuschrauben."
Sven sprang auf: "Julia!"

Julia fuhr mit hoher Geschwindigkeit. Ihr Gesicht war verweint. Unter dem Fahrzeug, am Lenkgestänge, fiel durch die Erschütterungen die letzte Mutter ab. Sven und Nik rasten ihr nach, während Sarah bei Dieter blieb und die Wunde versorgte. Niklas ahnte, was im Kopf seines Freundes vorging: Bilder von Sonjas Unfall spulten sich ab. "Sie kann nur zum Leuchtturm sein", vermutete Nik. Sven sah, geisterhaft verschwommen, Sonja auf dem Krankenbett liegen, doch auf einmal hatte er wieder Julias Antlitz vor sich.
Julia wollte in den Dünen zum Leuchtturm abbiegen, da brach scheppernd das Lenkgestänge auseinander. Sie hatte keine Gewalt mehr über das Fahrzeug. Der Bulli raste auf die nächste Düne zu und grub sich hinein. Sven hatte dicht aufgeschlossen, machte eine Vollbremsung und sprang aus dem Fahrzeug. Riß die Tür des Bulli auf. Aber der Sitz war leer. Julia! Wo war Julia? Nik kam und zeigte hinauf. Oben, oben auf der Düne saß sie. Erholte sich von dem Schrecken. Sven lief zu ihr und schloß sie in seine Arme. Erleichtert und liebevoll. Dankbar sah er hinauf zum Sternenhimmel. Irgendwo da draußen mußte er sein: der Polarstern. Sonjas Polarstern, der jetzt Julias Stern geworden war. Die beiden küßten sich.

13

Freibeuter der Meere

Am Surfcontainer klebte ein Plakat:

2. SURF & FUN CUP
OFFIZIELLER PBA-VORLAUF FÜR
DEN WELTCUP IN AUSTRALIEN
GESPONSORT VON HOTEL WESTERMANN

Niklas gab einem pickligen, etwas unbegabten Surfschüler namens Paulchen Trockenunterricht, als sich vor ihm ein durchtrainierter Blondschopf aufbaute, den eine Augenklappe über dem linken Auge wie ein Pirat aussehen ließ:

"Haste mal Feuer?" Paulchen, der gerade das Gleichgewicht verloren hatte, zog das heruntergefallene Segel wieder hoch.

"Du solltest dein Talent nicht als Surflehrer verschwenden", schmunzelte der große Blonde mit Blick auf den Jungen.

"Wir sehen uns beim Rennen, Nikilein!" Er holte ein Sturmfeuerzeug aus seiner Jackentasche und ließ es mit einem kalten Schnappen aufspringen, um Nik betont cool und unhöflich Rauch ins Gesicht zu blasen, bevor er sich verabschiedete.

Wer, zum Teufel, war dieser seltsame Kerl nur? Irgendwie, dachte Nik, mußte er ihm schon mal über den

Weg gelaufen sein. Der unerkannte Blonde, vermutete Sarah, habe ihn wahrscheinlich nur provozieren wollen, um ihn vor dem Rennen nervös zu machen.
Christine rollte den Abfallcontainer auf die Straße vor der Pension. Da hielt der Blonde, der sich ein Zimmer in der Goodewind genommen hatte, in seinem Jeep und half ihr. Plötzlich zuckte Christine zusammen, hielt sich den Bauch, krümmte sich, streckte sich wieder und atmete tief durch. Der Blonde war besorgt, aber Christine beruhigte ihn, es sei nichts, und stellte die Rollen des Containers fest.

Westermann dinierte mit dem silberhaarigen Bürgermeister Greve. Greve war einigermaßen erstaunt, als er von Westermanns messianischen Ideen hörte, die St. Peter-Ording total umkrempeln sollten:
"Ich will zurück in die Vergangenheit. Weg mit den Imbißbuden und Souvenirläden. Der Strand soll wieder ein Strand und kein Parkplatz sein. Ich will, daß die Leute das Gefühl haben, eine Reise zurück in der Zeit zu machen."
Das, was das Millionenpublikum von St. Peter-Ording erwarte, seien Leistungen für den Massentourismus, wehrte Greve ab. Aber Westermann durchdrang ihn mit einem vielsagenden Blick: Ein gewisses Engagement könne sich für den Bürgermeister bei der nächsten Wahl durchaus bezahlt machen.
"Na schön", knurrte Greve. "Bringen Sie mir Ihre Unterlagen morgen mal vorbei. Dann werde ich Ihre Pläne bei der nächsten Ratssitzung zur Diskussion stellen. Aber, versprechen kann ich nichts."

Westermann lächelte. Diesmal zogen Sven und er endlich mal am selben Strang. Das konnte nur Gutes bedeuten
Die Augenklappe des Blonden erregte einiges Aufsehen in der Disco, aber er ignorierte geflissentlich die neugierigen Blicke und drängte sich neben Tjard und Boje an die Bar. Boje bestellte zweimal Rachenputzer. Der Blonde orderte für sich von derselben Sorte. Lehnte sich lässig an den Tresen. Nahm die Tanzfläche unter die Lupe, wo sich Niklas und Sarah gerade küßten. Als Nik zur Toilette ging, kippte er seinen giftgrünen Rachenputzer runter und folgte ihm. Leistete ihm am Pissoir Gesellschaft und fragte unverblümt, ob seine Freundin nach Schokolade schmecke, wenn er sie küsse.
"Was willst du eigentlich hier?" schnappte Nik.
"Pissen", grinste der große Blonde.
Niklas musterte ihn abschätzig: "Woher kennen wir uns eigentlich?"
"Sylt. 13. August. Letztes Jahr", zischte der andere. Bevor er nach einer weiteren Erklärung für das aufdringliche Verhalten des anderen forschen konnte, wurde Nik von Boje herausgerufen: Die Clique wollte weiter.

Im Pfahlbau. Nik nahm eine Trophäe in die Hand und blies den Staub vom Pokal. Auf dem Sockel war eine Plakette angenietet: "Niklas Andersen. 1. Sieger im Freundschaftscup. Sylt 13. 8. 1995."
Er hielt Boje den Preis hin:
"Sag' mal, erinnerst du dich noch an den Typen auf Sylt? Den mit dem schwarzen Segel?"
Boje überlegte angestrengt: "Jo. Lutz Soundso. Den hast du im Halbfinale rausgeschmissen. Wie ein

Krabbenfischer hat der damals geflucht, so wütend war er." "Komisch", wunderte sich Niklas, "das war doch nur 'ne Gaudiveranstaltung. Wie kann man das nur so verbissen sehen?" Boje zuckte die Achseln.

Sarah war draußen auf dem Wasser, da tauchte Lutz auf und legte vor ihr eine gekonnte Powerhalse hin. Fasziniert beobachtete sie seine Landung. Dann begann er sie zu verfolgen und schob sich endlich neben sie. Sie halste unvermittelt, stürzte. Lutz stoppte, hielt Sarahs Brett fest. Sie kraulte zu ihm hinüber. Alles halb so schlimm, feixte er und bot ihr ein kleines Wettrennen an.
"Wenn du eine Niederlage verkraften kannst...", zwinkerte Sarah ihm zu. Der Typ schien ihr sichtlich Spaß zu machen.
Als sie lachend aus dem Wasser kamen, wollte sie ihn gleich mit Nik bekannt machen.
"Wir kennen uns schon", grinste Lutz verächtlich.
"Er würde gern mal gegen dich surfen. Ich bin ihm wohl etwas zu stark", brüstete sich Sarah. Aber Nik war nicht in der rechten Stimmung:
"Ein andermal vielleicht. Heut' bin ich etwas geschlaucht."

Im Pfahlbau waren Tjard und Boje beim Dartspiel. Rocky und Martina studierten einen Prospekt mit Flugdaten und Preisen. Sie hatten sich vorgenommen, ihr Patenkind in Botswana zu besuchen.
"Ihr könnt ja mit'm Schlauchboot runterpaddeln, wenn euch das zu teuer ist", empfahl Boje.
"Botswana liegt nicht am Meer, stupido!" korrigierte

Rocky. Nik und Sarah trudelten mit Lutz im Gefolge ein. Niklas latschte in die Küche, um Espresso zu machen. Lutz ging mit und nahm sich Eiswürfel aus dem Gefrierfach. "Du willst Revanche für Sylt, stimmt's?" fragte Nik ihn ganz direkt. "Nicht nur", antwortete Lutz. "Du hast damals beschissen. Du hast mich an einer Boje geschnitten und abgedrängt." Nik konnte darin kein schuldhaftes Verhalten erkennen. Aber da schob Lutz seine Augenklappe hoch – eine leere, vernarbte Augenhöhle kam zum Vorschein:
"Das hab' ich dir zu verdanken, Sportsfreund. Auf der Heimfahrt von Sylt hatte ich einen kleinen Unfall. Voll durch die Leitplanke gegen einen strammen Baum. Und warum? Weil ich die ganze Zeit dein blödes Grinsen vor mir hatte, als du dir den Pokal gegrapscht hast."
"Du bist verrückt", entfuhr es Nik. "Echt bekloppt."
Lutz schob die Augenklappe wieder über die Wunde. Spöttisch verzogen sich seine Mundwinkel:
"Mag sein. Übrigens, ich werd' deine Kleine mal lecken, dann weiß ich, ob sie nach Schokolade schmeckt."
"Du Drecksau!" Nik sah endgültig rot, riß Lutz herum und schlug ihn nieder. Lutz wurde gegen die Ablage geschleudert. Die Espressomaschine krachte zu Boden. Boje, Tjard und Sarah mußten die Streithähne trennen. Lutz wischte sich das Blut von der Lippe und sah Sarah herausfordernd an:
"Ist ja richtig jähzornig, dein Nik. Dabei hab' ich nur bezweifelt, ob er wirklich so'n Surferas ist, wie er behauptet." Wieder wollte Nik, der es etwas anders verstanden hatte, auf ihn losgehen, aber Boje und Tjard hielten ihn fest.

Westermann war bei Christine. Die hatte plötzlich wieder diese Schmerzen. Erschrocken stützte Westermann sie: "Christine, um Gotteswillen, was ist denn?" Christine atmete tief durch: "Ich weiß nicht. In den letzten Tagen hab' ich zeitweise so merkwürdige Krämpfe." Westermann wollte sie sofort zum Arzt fahren: "Keine Widerrede." Die Untersuchung brachte dann ein erstaunliches Ergebnis.
"Und das in unserem Alter", wunderte sich Westermann.
"Es muß an dem Abend passiert sein, als wir uns in Hamburg Cats angeschaut haben", vermutete Christine. "Aber noch kein Wort davon zu den Jungs."
"Kein Wort", versprach John, der ihr spätes Glück immer noch nicht fassen konnte.

Am Strand wurden die letzten Vorbereitungen für das morgige Rennen getroffen. Imbißbuden, Kioske, das Richterzelt wurden aufgestellt und die Fahnenmasten beflaggt. Lutz baute sein Brett zusammen, als Niklas mit dem Bulli kam und sich aus dem Fenster lehnte:
"Ich will dir eins sagen: Was zwischen dir und mir ist, das machen wir beide aus. Aber laß Sarah da raus, verstanden?"
Lutz zuckte die Achseln: "Von mir aus."
Kaum war der Bulli weg, erschien Sarah mit ihrem Board auf der Bildfläche.
"Gibt's hier eigentlich 'ne Stelle, wo man beim Training nicht so viele Zuschauer hat?" fragte Lutz und tat ganz unschuldig.
"Klar", lachte Sarah. "Die Piratenbucht. Fahr' mir einfach hinterher."

Auf einen Felsen war eine schwarze Flagge mit einem Totenschädel gesprayt. Darunter die Namen und Daten zahlreicher Liebespärchen. Lutz ließ sich in den Sand fallen, streckte sich, tastete nach seinen Schulterblättern: "Bin ganz verspannt im Rücken. Jetzt wär' 'ne kleine Massage angesagt." Er sah Sarah auffordernd an, und tatsächlich gab sich die einen Ruck:
"Leg' dich schon hin, du Invalide." Lutz drehte Sarah seinen Rücken zu. Zog den Reißverschluß seines Neoprenanzugs auf. Sarah hockte sich auf Lutz' entblößten Körper und massierte. Nach einer Weile gab sie ihm einen Klaps:
"So, das müßte reichen."
Blitzschnell rollte sich der große Blonde herum, warf Sarah auf den Rücken und hielt ihre Handgelenke fest: "Noch nicht."
Sarah wehrte sich: "Spinnst du? Laß mich sofort los!" Lutz tat verblüfft und entschuldigte sich: Er habe sich nur revanchieren und sie ein bißchen massieren wollen. Sarah ließ sich von Lutz auf die Beine ziehen: "Na, Schwamm drüber. Laß uns lieber wieder zurücksurfen."

Auf der Terrasse des Sporthotels berichtete Westermann seinem Sohn, daß es mit Greve nicht geklappt habe.
"Das heißt", ließ Sven den Kopf hängen, "daß wir uns das Konzept in die Haare schmieren können?"
"Derzeit ja", antwortete Westermann. "Aber ich weiß, wie wir es doch noch schaffen können."
Sven sah ihn fragend an.
"Ich werde für das Bürgermeisteramt kandidieren", verkündete John ex cathedra. Sven war sprachlos, als ihn

sein Vater mit einem dicken PR-Auftrag köderte: Wahlhelfer zu spielen.

Sarah löste Julia im Leuchtturm ab und stülpte sich die Kopfhörer über. Lutz, der ihr unaufgefordert gefolgt war, stellte einen Korb auf den Tisch:
"Zweimal Buletten und eine Flasche Pinot Grigio." Er griff in den Korb und zauberte einen prachtvollen Blumenstrauß hervor.
Nach dem Essen, als Sarah Bob Marleys *I Shot the Sheriff* aufgelegt hatte, bat Lutz zum Tanz.
"Du solltest jetzt besser gehen", empfahl Sarah, "damit du morgen beim Rennen fit bist."
"Aber erst nach dieser Nummer. Versprochen." Lutz hob seine Hand zum feierlichen Schwur. Sarah seufzte und ließ es geschehen. Zärtlich nahm sie Lutz in seine Arme und drückte seinen Kopf in ihre Halsbeuge. Unangenehm berührt lehnte Sarah ihren Kopf zurück:
"Ich glaub', du solltest jetzt wirklich gehen."
Lutz schaute sie verwundert an: "War dir doch nicht unangenehm, oder?" Er beugte sich vor, um Sarah zu küssen, da flog die Tür auf. Wie ein Racheengel stand Nik im Türrahmen. Blitzschnell war er bei Lutz und riß ihn von Sarah weg:
"Ich hab' dich gewarnt!" Aber dann ließ er, mit Blick auf Sarah, die Faust sinken und preßte die Lippen zusammen. Lutz nutzte die Gelegenheit, um zu verduften. Nik hob ein Kettchen auf, daß der andere bei dem Streit verloren hatte: einen Sonnenanhänger. Die Sonne war aufgesprungen und gab das Foto einer jungen Frau preis. Es war von einem Trauerrand umgeben.

Am Tag des Rennens, als Nik, Sarah, Sven, Tjard und Boje ihre Bretter vorbereiteten, kamen Martina und Rocky mit einer Neuigkeit. Martina wedelte mit zwei Flugtickets: "Seht mal, was wir hier haben. Zweimal Botswana und zurück." "Plus eine Woche Badeurlaub auf Madagaskar", fügte Rocky hinzu. "Man gönnt sich ja sonst nichts", strahlte Martina und gab Rocky einen Kuß. Tjard und Boje imitierten, pantomimisch nur halb gelungen, Violinisten.

Niklas' Blick schweifte kurz zu Lutz, der im Sand saß und aufs Wasser starrte. Eine Hand war bandagiert. Nik ging zu ihm hinüber und hielt ihm den Sonnenanhänger hin: "Deine Freundin ist bei dem Autounfall damals ums Leben gekommen, stimmt's?" Lutz blickte auf das Bild der Toten; dann schob er die Sonne unter seinen Neoprenanzug und stierte wieder schweigend aufs Meer.

Sarah war die strahlende Gewinnerin des ersten Rennens der Damen; dann ging Nik, der Favorit der Herren, an den Start. Sarah drückte ihm noch rasch einen Kuß auf die Wange. Dann ertönte der Startschuß. Lutz war Nik zuerst eine Brettlänge voraus, doch schon schob sich der sich neben ihn. Vor ihnen signalisierte eine Boje die nächste Wende. Lutz verlor die Nerven, halste vor der Boje, um Niklas, der vor ihm gewendet hatte, zu überholen. Ein Raunen ging durch die Menge der Zuschauer. "Au au au!" beklagte sich der Lautsprecher. "Vor der Boje gewendet. Das bedeutet natürlich das Aus. Damit steht der Sieger des Finallaufs fest: Niklas Andersen."
Begeistert klatschten Sven und Tjard ab. Julia und Sarah

umarmten sich. Sportlich wollte Nik auch dem unterlegenen Lutz die Hand hinstrecken, aber der schlug nicht ein. Die Clique umringte Nik. Er wurde auf viele Schultern gehoben und zum Festzelt getragen. Lutz schaute ihnen finster nach.

Drinnen im Zelt tobte die Siegerparty. Niklas war von Fotografen umringt, die ihn mit dem Pokal ablichteten, während Sarah am Tresen stand. Lutz drängelte sich zu ihr vor: "Das wegen gestern tut mir leid." Sarah war nicht nachtragend: "Aber heute, nach dem Rennen, hättest du Nik wenigstens die Hand geben können." "Du hast ihn wirklich gern, deinen Nik, nicht wahr?" forschte Lutz. "Also gut, ich mach' dir einen Vorschlag. Wir beide machen ein Rennen. Wenn du gewinnst, dann entschuldige ich mich bei ihm." "Und wenn ich verliere?" "Dann bleibt alles so, wie es ist." Warum nicht? dachte Sarah und folgte ihm zum Ausgang. Vorher wollte Lutz, der schönen Erinnerung wegen, wie er behauptete, aber noch mal zur Piratenbucht. Sarah zögerte, aber gut: der Junge hatte schwere Zeiten hinter sich. Als Nik zum Tresen zurückkehrte und nach Sarah fragte, deutete Julia zum Ausgang: "Die ist mit Lutz raus." Enerviert boxte sich Nik ins Freie und entdeckte Sarah und Lutz nach einigem Suchen auf dem Meer. Er lief zum Bulli und schnappte sich sein Board. Eine unbestimmte Angst durchrieselte ihn, wurde bestimmter und bestimmter.

Lutz und Sarah waren schon kurz vor der Bucht, da begann Lutz auf einmal, Sarahs Brett zu rammen. Sarah stürzte. Lutz tauchte ihr nach und drückte ihr unter

Wasser den Hals zu. Sarahs Bewegungen wurden schwächer. Plötzlich schoß ein Schatten auf Lutz zu. Packte ihn am Schopf. Riß ihn zurück. Lutz ließ Sarah los, die mit letzter Kraft an die Oberfläche paddelte. Lutz wehrte sich verbissen, aber Nik war stärker in seiner rasenden Wut.

Oben angekommen half Sarah Nik, Lutz auf dessen Brett zu hieven. Dann fiel sie Nik um den Hals. Der Schock des nahen Todes löste sich in einem Weinkrampf auf. Lutz hustete, spuckte Wasser. Aus seinem Anzug rutschte der Sonnenanhänger, plumpste ins Wasser, versank langsam in der Tiefe. Ein geschlagener Mann blieb zurück, den das Schicksal genügend gestraft hatte. Mehrfach.

Im Pfahlbau. Nik stellte seinen Pokal gleich neben den von Sarah. Julia drückte den beiden und ihrem Sven Sektgläser in die Hand: "Auf eine Zukunft ohne Psychopathen." Die vier stießen an. "Ah, Champagner!" meldete sich Westermann senior. "Das trifft sich gut." Er winkte Christine herein. Es gebe noch etwas zu feiern, versprachen die beiden. Westermann drückte ihre Hand. Sie holte tief Luft: "Ihr bekommt eine Schwester."

Fortsetzung folgt!

Die fetzige St. Peter Ording-Clique:
Martina, Julia, Timo, Iwana, Rocky, Boje, Sven, Sarah, Nik und Tjard.

Durch dick und dünn in allen Lebenslagen: Nik...

...und Sven.

Starke Frauen...

...und süße Jungs.

Sommer, Sand und Surfen, Surfen, Surfen...

Nik, Sarah, Julia, Sven und
die coolen Musiker von WORLDS APART.

Zwei ungleiche Brüder:

Nik, der romantische Träumer

Rolf Giesen

GEGEN DEN WIND

Neue Abenteuer der Clique

Das Buch zur Serie im Ersten

BSV

Inhalt

1

Gegen den Rest der Welt

Frühmorgens in St. Peter-Ording. Unaufhaltsam drangen erste Sonnenstrahlen in den geräumigen Pfahlbau am Strand, den die lokalen Surfcracks Niklas Andersen und Sven Westermann als ständiges Domizil in Beschlag genommen hatten. Nik und seine dunkelhäutige Freundin Sarah pennten friedlich und engumschlungen, als ein lautes Geräusch sie aufschreckte.

Julia war dabei, ihre gesamte Bibliothek auf Sven zu feuern: „Weißt du, was du bist? Ein ganz gemeiner, ekelhafter, seelenloser Holzkopf!" Ein Buch nach dem anderen verfehlte diesen Holzkopf um Haaresbreite.

„Wenn ich ein Holzkopf bin, dann bist du eine Strandschnepfe!" konterte Sven bissig, weil ihm um diese Morgenstunde Besseres nicht einfallen mochte. Ein weiteres Buch knallte dicht neben seinem Kopf an die Wand. „Du liebst mich nicht", schluchzte Julia, „sonst würdest du sowas nicht sagen." Sven ahnte schon, worum es bei diesem kleinen, aber nicht unbedeutenden Zwist ging, worum es eigentlich immer ging, wenn zwischen ihnen die Fetzen flogen. Er schob alles auf Julias unbegründete Eifersucht: Er habe sich doch nur zweimal nach Chantal umgesehen. „Glatt ausgezogen hast du sie mit deinen Augen", keifte Julia und erinnerte an eine ähnliche Situation mit einer gewissen Katrin. Und und und...Ihrer Meinung nach ließe sich die Liste endlos fortsetzen. Sven, der sich keiner Schuld bewußt war, außer der, ein Mann zu sein (da guckt man schon mal nach einem knackigen Arsch!), zuckte die Achseln und suchte Ablenkung beim Surfen in morgendli-

cher Flut. Sollte sich seine Alte allein austoben. Nik, der nach dem Lärm nicht mehr weiterschlafen konnte, entschloß sich, ihm Gesellschaft zu leisten.
Als die beiden wach genug waren und wieder an Land kamen, wurden sie von Tjard begrüßt, der ihnen einen etwas fülligen jungen Mann mit giftgrün gefärbten Haaren vorstellte: „Das ist Knut. Der Cousin von Boje. Von der Hallig Pellworm. Gegen den ist Boje ein echter Labersack." Knut Erichson schob sich ein Heringsbrötchen rein. Einer wie er aß halt lieber, als daß er sprach. Es konnten nach den sieben fetten ja etliche magere Jahre kommen.
Auf einmal unterbrach ein anderer Surfer mit Vollglatze und auffälligem Neoprenanzug, der wie ein militärischer Tarnanzug bemalt war, das Strandidyll, indem er verrückte Kommandos brüllte und lautstark in die Fluten hopste.

Rocky Marciano, St. Peters Pizzabäcker Nummer eins, hatte bei der alten Frau Reimers soeben den Vertrag für ein neues Ladenlokal unterschrieben und entführte seine Frau Martina stolz zur ersten Besichtigung der Räume und der Küche, die noch von dem früheren Pächter stammte: „Gefällt's dir?" Martina tat, als müsse sie sich die Antwort genau überlegen. Dann fiel sie ihrem Rocky um den Hals: „Fantastisch!" Doch die Freude des ersten Augenblicks war schnell getrübt, als Rocky einen Zettel bemerkte, der an die Wand gepinnt war. Er las die Notiz, verlor für einen Augenblick seinen südländischen Teint und steckte sie weg. Aber Martina, neugierig und erschrocken über Rockys Reaktion, ließ nicht locker. Rocky seufzte kurz und hielt ihr den Zettel hin: „Verpiß dich, Spaghettiwichser."
Aber einschüchtern lassen mochte er sich nicht, von niemandem: „Gut, daß der Lokus schon fertig ist!"
Er zerriß das Geschmier und warf es da hinein, wohin ers seiner Meinung nach gehörte.

Im Leuchtturm, in dem die Frauen der Surfclique ihr erfolgreiches, sich immer größerer Beliebtheit erfreuendes Radio S-P-O installiert hatten, redete Hotelier John Westermann auf Julia ein, die Sven heute früh so eindrucksvoll die Leviten gelesen hatte, nicht dieser Leviten wegen (die hatte er seinem Sohn oft genug selbst gelesen), sondern weil er seit kurzem politische Ambitionen verspürte, die ihm keine Ruhe mehr ließen. „Wie wär's, wenn wir ins Geschäft kommen?" fiel er plump, ganz der Geschäftsmann, mit der Tür ins Haus. „Ich kandidiere in St. Peter doch für den Bürgermeister, da könnte es nicht schaden, ein bißchen für mich die Trommel zu rühren. Ich dachte an ein ausführliches Interview und vielleicht noch einen Bericht über das Sporthotel."

„Liebend gern", lächelte Julia. „Spots können Sie gern schalten, soviel Sie wollen. Davon lebt unser Sender schließlich. Bei mehr als fünf Spots gibt's Mengenrabatt. Aber Interviews, Herr Westermann, die kann es hier nur im Verein mit allen Kandidaten geben. Wir wollen doch niemanden favorisieren." Westermann machte ein langes Gesicht, doch insgeheim bewunderte er den Geschäftssinn der jungen Frau. Da hatte sein Sohn und Nachfolger im Hotelfach ja endlich mal den richtigen Fisch an der Angel. Wenn er sich den mal bloß nicht durch die Lappen gehen ließ, Hansdampf in aller Weiber Gassen, der der Junge nun mal war. Von wem er das nur hatte, dieses Unstete?

Bürgermeisterkandidat und jetzt, in seinem fortgeschrittenen Alter, noch einmal Vater. John Westermann war mit sich und der Welt rundum zufrieden. Was denn so beim Ultraschall herausgekommen sei, erkundigte sich Westermann ganz beiläufig und doch irgendwie begierig bei seiner frisch angetrauten Christine, Niks Mutter. Aber Christine wollte sich die bevorstehende Überraschung nicht verderben lassen und hatte den untersuchenden

Gynäkologen gebeten, das Ergebnis besser für sich zu behalten. Westermann war sichtlich enttäuscht und hochbesorgt zugleich.
„Ich bin doch nicht krank", beruhigte ihn Christine. „Ich bekomme nur ein Baby."
„Nur!" ächzte Westermann. „Meine Nerven, meine armen Nerven! Wie ich das alles nur durchstehen soll!" Mit allem meinte er natürlich auch die bevorstehende Wahl. Schließlich sollte der Nachwuchs einen strammen Bürgermeister zum Vater haben, malte er sich in rosigen Farben aus. Was und wo wären wir schließlich ohne unsere Wunschträume?

Sarah, Nik, Sven, Knut (ja, der mit den Heringsbrötchen) und Tjard konnten, nachdem Youngster Timo ins Ausland verschwunden war, gut und gerne frisches Blut in ihrer Clique vertragen. Und dieser Dennis – Dennis Bach, er besuchte das hiesige Internat – kam erstaunlich gut bei den weiblichen Surfies an.
Bei ihnen in der Schule gebe es halt keine Mädels, müsse er sich eben anderswo danach umsehen – und damit er auf der Straße nicht unter die Räder komme, tue er das lieber am Strand: „Wollt ihr noch was wissen?" Na, sie könnten gut jemanden brauchen, der auf ihre Bretter achtgibt, erklärten die Mitglieder der Clique ihr Interesse an ihm: „Wird viel geklaut in letzter Zeit."
„Ein Auge geht okay. Das zweite brauch' ich jetzt leider für was anderes." Dennis schielte nach einer Strandschönheit, und Sven grinste verständnisvoll. Der Kleine hatte gewisse Ähnlichkeit mit ihm.
Da tauchte Rocky auf, um ein wenig kräftige Hilfe für den Umzug der Pizzeria anzuwerben. Natürlich war die Clique, in der Hoffnung auf ein oder zwei Freibier, gerne mit von der Partie. Niklas, Sven, Sarah, Julia, Martina und Rocky

pinselten wie die Wilden. Wenn sie sich nicht gerade mit frischer Farbe bekleckerten, sprachen sie über das Rennen, das demnächst im hawaiischen Maui stattfinden sollte und an dem Nik unbedingt teilnehmen wollte. Rocky freute sich für Sarah: „Gratuliere, dann siehst du deine Trauminsel ja bald wieder.“

Westermann ließ sich in Reimers' Friseursalon vom Chef die Haare shampoonieren. „Was hältst du von 15 Prozent Rendite pro Jahr?“ Westermann horchte auf, was ihm der geschäftstüchtige Coiffeur, ein alter Schulfreund, anzubieten hatte. Nun, Torsten Reimers wollte in St. Peter ein Styling- und Beauty-Center aufziehen, echt großstädtisch, mit allem Drum und Dran, selbstverständlich in bester Lage und exklusiv für Touristinnen mit Hintergrund. Ja, wenn die prallen Möpse in die klingelnden Kassen der lokalen Geschäftsprominenz hüpfen. Westermann verstand sofort. Zwar habe er noch ein kleineres familiäres Problem mit seiner wehrten Frau Mutter zu bereinigen, schränkte der Friseur ein, winkte aber gleich ab, das werde er schon hinbiegen. Wohlweislich verschwieg er, daß er seit einigen Jahren kaum mehr ein Wort mit seiner Mutter gesprochen und nur auf ihren baldigen Tod und das Erbe gelauert hatte. Dafür also, für seinen superben Salon, suche er jetzt noch einen potenten Investor.
„Läßt sich drüber reden“, bekundete Westermann, der sich seit seiner neuerlichen Vaterschaft für außerordentlich potent hielt, sein Interesse. St. Peters neuer Bürgermeister in spe und Gemeinderat Reimers stießen sich konspirativ in die Rippen. Reimers hatte sich übrigens schon nach den politischen Chancen seines Investors umgehört: „Du hast unbestreitbar eine gewisse Lobby. Und wenn du bei mir mitmachst, kann so gut wie nichts schiefgehen mit deiner Wahl. Du weißt doch: Eine Hand wäscht die andere.“

Reimers wusch Westermann sprichwörtlich den Kopf. Während der Alte weiter Politiker spielte und den Bedürfnissen seines Ego frönte, sich auf seine Doppelrolle als werdender Vater und Bürgermeister vorbereitete, hatte Juniormanager Sven das Sporthotel von Grund auf umorganisiert. Begeistert erzählte Westermann von den Aktionen und Ideen seines Sohnes.
„Lean Management. Und dazu ein attraktives Wochenendangebot. Die Junior-Suite, ein Mietwagen und zwei perfekte 6-Gang-Menüs zum Sonderpreis. Wir sind schon zu 82 Prozent belegt. Die nächsten vier Wochen, versteht sich."
John Westermann rieb sich die Hände: So was hörte man gern. Lief ja auch ohne sein Zutun wie geschmiert.

Endlich war die neue Pizzeria bezugsfertig. Rocky und Martina belohnten die Clique und das Ehepaar Westermann mit einer wunderkerzengespickten Riesen-Tiramisu.
„Am liebsten würden wir euch alle lebenslang mit Pizza versorgen, aber da das ein schlechtes Geschäft wäre, haben wir einen Kompromiß gemacht: Das Angebot gilt für jemanden, der erst in Kürze auf die Welt kommt. Pasta und Pizza, soviel und solange er oder sie will. Alles Gute für Sie und Ihr Baby, Frau Westermann."
Angesteckt von der allgemeinen Freude ringsum, ging Westermann zu Julia, Sarah und Martina hinüber.
„Ich habe beschlossen, ein Dutzend Spots bei Radio S-P-O zu schalten."
Doch da wurde die rundum glückliche und zufriedene Stimmung durch den betrunkenen Skin gestört, der schon am Strand unangenehm aufgefallen war. Rücksichtslos stieß er Christine zur Seite, als er in das Restaurant polterte. Und breitbeinig baute er sich vor der Gruppe auf: „Wer von euch Pfeifen heißt Rocky?" Christine wollte den ungehobelten Flegel zur Rede stellen, aber der schubste sie grob

in Westermanns Arme. Sofort ging Niklas auf den Rowdy los und packte ihn am Kragen: „Mach', daß du rauskommst!" Der Skin antwortete mit einem Schlag in Niks Gesicht. Erst der gemeinsamen Anstrengung aller anderen gelang es, ihn an die frische Luft zu befördern, wo er seinen alkoholgeschwängerten Mut abkühlen konnte.

Erbost verständigte Westermann die Polizei. „Wir haben hier eine Eröffnungsparty, und da platzt auf einmal ein Skin rein und fängt an, die Gäste anzupöbeln. Außerdem ist er auf meine Frau los, die schwanger ist..." , beschwerte er sich, als die Beamten eintrafen. Die Polizisten guckten sich um, dann rollten sie hilflos mit den Augen und ruderten mit den Armen: Rocky als Gastwirt solle sich in Zukunft halt seine Gäste genauer aussuchen. Erst letzte Woche hätten sie einen Laden schließen lassen müssen, weil es dort andauernd Schlägereien gab. John und Christine waren empört: „Kommt da so'n Kerl, darf die Gäste belästigen – und die Polizei sieht weg. Das sind ja schöne Zustände."

Nur Rocky versuchte zu beschwichtigen: Er hatte den Wink mit dem Zaunpfahl, den ihm die abrückenden Beamten gegeben hatten, verstanden und wollte keine Scherereien. Sven wurde mißtrauisch: „Sag' mal, Rocky, kennst du den Typ etwa?" Rocky starrte ihn entgeistert an: „Ich? Woher soll ich den Typ kennen? Ich will ihn auch gar nicht kennen. Aber ich kann mir schon denken, wer ihn geschickt hat. Ich bezahle meinen Teil und habe meine Ruhe. Wir alle haben unsere Ruhe. Was ist dabei? Das ist eben so, wenn man ein italienisches Restaurant hat. Das sind die Spielregeln. Ist immer noch besser, als wenn jemandem was zustößt."

„Seltsame Spielregeln!" Westermann hob eine Augenbraue. „Schutzgelderpressung nenne ich das! Davor kann man doch nicht die Augen verschließen! Als euer künftiger Bürgermeister werde ich da ganz energisch..." Dann hatte er plötzlich den Faden verloren.

Beim Frühsport einige Tage später. Niklas war hart am Wind, überholte einen anderen Surfer und erkannte – den bewußten Randalierer. Der machte eine Halse und suchte zu entkommen, aber so leicht ließ sich Nik nicht abschütteln. Er rückte ihm so dicht wie möglich auf die Pelle, bis der Kerl ins Wasser plumpste.
Als Nik wieder zum Strand zurückkehrte, kam Martina mit einer Hiobsbotschaft gelaufen. Vor der Pizzeria sah Nik das ganze Ausmaß der Schweinerei. Die Fassade des Restaurants war vollgeschmiert mit ausländerfeindlichen Sprüchen: Hau ab! Letzte Warnung! Fuck you! Zurück über den Brenner! Rocky stand ratlos davor und verstand die Welt nicht mehr: „Ich hab' doch schon mit den richtigen Leuten gesprochen nach dem Vorfall von neulich. Dachte ich wenigstens. Hab' ihnen sogar Geld angeboten, wenn sie mich in Ruhe lassen. Und jetzt das!"
„Und dann auch noch das!" Martina wedelte mit einem nicht minder unerfreulichen Brief: „Post vom Gewerbeamt. Sie drohen mit Verweigerung der Konzession, wenn wir die hygienischen Voraussetzungen für den Betrieb eines Speiselokals nicht binnen 14 Tagen ordnungsgemäß erfüllen." Rocky schnappte sich das Schreiben und zerknüllte es wütend: „Die wollen mich fertigmachen, die Säue! In meiner Küche kann man vom Boden essen! Ich habe sie für eine horrende Ablöse vom Vorbesitzer übernommen. Morgen ist offiziell Eröffnung. Ich kann doch nicht eine Woche zumachen und die Küche extra für diese Beamtenärsche wieder rausreißen! Warten die etwa darauf, daß ich sie schmiere, oder was? Ich dachte, Mafia wär' eine italienische Erfindung." Nik versprach den beiden, sich umzuhören. Er glaubte auch schon eine Idee zu haben.

Als der Skin am Surfcontainer vorüberschlenderte, standen mit einemmal Sven, Tjard und Knut, diesmal ohne

Heringsbrötchen, dafür mit geballter Faust, vor ihm. Ohne viel Federlesen zu machen, nagelte ihn Nik mit eisernem Griff am Container fest: „Die Schmierereien bei Rocky gehen doch auf dein Konto, oder?"
Der Skin mimte den Unwissenden: „Was für Schmierereien? Ihr müßt mich mit jemand verwechseln."
Nik haute den Quadratschädel des Rowdies gegen den Container, daß es schepperte: „Wie heißt du, du Arsch mit Ohren?"
„Jörg", erwiderte der andere, dem die großen Töne vergangen waren. „Okay, Jörg. Du kannst es dir aussuchen. Entweder, du erzählst uns, wer dein Hintermann ist, oder ich gehe mal kurz mit dir in den Container. Aber denk' dran, ich bin ein bißchen sauer. Laß dich besser auf keinen Streit mit mir ein. Also, wer hat dich auf Rocky gehetzt? Wer bezahlt dich dafür?" Jörg druckste herum: „Ja, ich war's. Aber den Hintermann, den kenn' ich nicht. Ehrlich. Ein Telefonanruf, ein Umschlag mit Scheinen, das war alles."

Rocky und Martina waren inzwischen hinüber zum Gewerbeaufsichtsamt, wo sie einer Frau Rabel gegenüberstanden. Der Brief sei von ihrem Kollegen ausgefertigt worden, stellte diese kühl fest, und der sei gerade in Urlaub. Die beiden verwehrten sich gegen die infamen Unterstellungen des Urlaubers: ungenügende Sanitäranlagen, unhygienische Küchenverhältnisse, unzureichender Notausgang usw. usf. So was sei Schikane, nichts anderes: Ob hier jede Konzession noch was drauf koste? Frau Rabel zuckte kurz zusammen, dann musterte sie die beiden so emotionslos wie eine mechanische Amtsstute: „Wir tun hier nur unsere Pflicht. Und wenn mein Kollege zu diesem Urteil gekommen ist, wird er schon seine Gründe dafür haben. Aber jetzt müssen Sie mich bitte entschuldigen. Ich habe einen dringenden Termin." Worauf die Amtsstute davongaloppierte.

Blaulicht und Sirenen. Aus Rockys Pizzeria qualmten dicke, fette Rauchschwaden. Ein Dutzend Feuerwehrleute war in Aktion. Nach Beendigung der Löscharbeiten besah sich Rocky zusammen mit der Clique den Schaden. Er strich über eine Wand. Seine Hand war schwarz. Alles verrußt. Nik war felsenfest überzeugt, die Ursache zu kennen, und wild entschlossen, Randale zu machen. „Bitte, Nik", beschwor ihn Martina. „Ihr dürft nichts auf eigene Faust unternehmen. Die Polizei wird der Sache schon nachgehen." Niklas runzelte die Stirn.

„Jetzt pack' mal aus, Freundchen!" Niklas hatte Jörg aus seinem Camper gezerrt. Jörg und zwei von der Clique überrumpelte Typen wußten nicht, wie ihnen geschah.
„Ich hab' euch doch gestern schon alles gesagt, was ich weiß", winselte Jörg eingeschüchtert und machte die mickrige Figur einer in die Enge getriebenen Ratte. Nik faßte ihn am Kragen: „Du hast Rockys Pizzeria angesteckt, du Arsch! Komm schon, gib's zu!"
Aber Jörg schwor Stein und Bein, daß er's diesmal nicht war: „Ab und zu mal ein bißchen Zoff, ja. Aber denkt ihr, ich will im Knast landen? So blöd bin ich auch nicht."

Ein Unglück kam zum andern: Die Bank kündigte Rockys Kredit. Und die Polizei erschien, um ihm mitzuteilen, daß gegen ihn auch noch Anzeige erstattet wurde: Frau Rabel vom Gewerbeaufsichtsamt verdächtigte ihn der versuchten Bestechung. Der Polizist übergab Rocky eine entsprechende Vorladung. Wütend griff sich der den nächstbesten Stuhl und warf ihn fluchend gegen die Wand. Es war die umsichtige Christine, die Nik auf eine andere, die richtige Fährte brachte: Cui bono? würde der Lateiner jetzt fragen. Sie sollten sich mal überlegen, wer einen Vorteil davon hatte. „Was?" Nik sah seine Mutter an. „Keinen Schimmer.

Warum sollte jemand was gegen Rockys Pizzeria haben?"
„Na, aus geschäftlichen Gründen zum Beispiel. Weil er selber mit den Räumen was vorhat? Wem gehört denn die Immobilie? Gehört sie nicht Torsten Reimers?"
John Westermann, der zugehört hatte, ging mit einemmal ein ganzer Kronleuchter auf: „Nicht ihm, seiner Mutter. Ich glaub', ich geh' mal rüber und stell' ihm ein paar unbequeme Fragen."

Reimers begrüßte den Bürgermeister in spe erwartungsfroh: „Bist du interessiert an meinem Vorschlag? Du kommst zum richtigen Zeitpunkt. Die Sache wird allmählich heiß. Ich hab' den Laden so gut wie sicher."
Wo sich das Objekt denn befinde, fragte Westermann und gab sich bemüht arglos.
„In der Theodor-Storm-Straße", grinste Reimers.
Westermann wußte genug. Rockys Pizzeria war also Reimers' Beauty- und Styling-Center im Weg. Darum mußte sie brennen, und darum mußte auch die Behörde einschreiten. Reimers würde dann als Retter auftreten, und seine Mutter könnte gar nicht anders, als die Immobilie ihm zu überlassen. Aber, überlegte John weiter, gesetzt den Fall, er unternähme was gegen den brandstiftenden Biedermann, das könnte ihn gut und gerne die Bürgermeisterwahl kosten, denn Reimers, dieser scheinheilige Patron, kontrollierte so gut wie den gesamten Gemeinderat. Er verabschiedete sich, um die Sache mit Christine zu besprechen.

„Willst du so einen Verbrecher etwa durchkommen lassen?" schnaubte die, nachdem er ihr die ganze Sache erzählt hatte.
„Nein", entkrampfte sich John. „Ich will ja schließlich, daß ich mir beim Rasieren noch ins Gesicht sehen kann. Ich fürchte nämlich, in Zukunft muß ich das wieder selber machen." Dabei zwinkerte er Christine verschwörerisch zu.

Niklas kümmerte sich derweil um Frau Rabel und fing sie vor dem Ordnungsamt ab, nachdem er ihrem Fahrrad einen Platten besorgt hatte. Als die Dame erschien, war er ihr gerne behilflich, den Schaden zu beheben. Frau Rabel erzählte dabei, sie würde seine Mutter kennen. Sie hätten mal zusammen eine Studienfahrt nach Griechenland gemacht. Aber Nik wollte jetzt nicht über Griechenland schwätzen, sondern über Italien und seinen Freund Rocky, der sich amtlicherseits ungerecht behandelt fühlte. Verständlicherweise, wie Nik fand: „Nichts lag Rocky ferner, als Sie irgendwie bestechen zu wollen." Was das anging, konnte Frau Rabel ihn beruhigen: Die Anzeige habe sie zurückgezogen. Nik fiel ein Stein vom Herzen. Eigentlich habe sie sich im Fall Marciano ja in eine Chefsache eingemischt, verriet ihm Frau Rabel in cinem Café, in das Nik sie nach der Fahrradreparatur einlud, aber dann habe sie sich die Sache doch mal genauer angesehen und sei wütend geworden, daß Rocky ungleich behandelt wurde: „Ich habe Beweise, daß mein Chef Geld angenommen hat. Von jemandem, der daran interessiert ist, daß Ihr Freund das Restaurant auf keinen Fall halten kann." Als sie sich verabschiedet hatte, bemerkte Nik auf ihrem Stuhl ein Kuvert. Schnell steckte er es weg.

John Westermann kapierte sofort, wie brisant die Fotokopien waren, die Frau Rabel zurückgelassen hatte. Jetzt mußte Radio S-P-O ihn doch interviewen. Und diesmal zögerte Julia nicht, sofort mit ihm auf Sendung zu gehen.

Kungelei dieser Art gehe ihm grundsätzlich gegen den Strich, ereiferte sich Westermann im Verlauf des Interviews und fuhr schweres Geschütz auf:

„Nur weil ein italienischer Gastronom einem Gemeinderatsmitglied im Wege steht, muß sein Lokal dichtmachen.

Herr Torsten Reimers läßt nichts unversucht, in Tateinheit mit gewissen Banken und Investoren seine eigenen, ganz persönlichen Interessen durchzusetzen, und schreckt dabei nicht einmal zurück, andere zu Straftaten anzustiften und Schmiergelder zu bezahlen."

Detonation! Mit hochrotem Kopf läutete Reimers Westermann an und drohte ihm: „Dafür wirst du bezahlen, du falscher Hund! Ich werde dich vor Gericht bringen. Und deine Wahl zum Bürgermeister kannst du dir sonstwohin stecken! In einer Stunde gebe ich eine Pressekonferenz, und dann kannst du froh sein, wenn mit dir in Zukunft überhaupt noch jemand redet außer dem Staatsanwalt. Verleumdung sowas!" Westermann beeindruckten derart wüste Schmähungen nicht; er blieb absolut cool. Er erschien sogar bei dem von Reimers einberufenen Pressetermin und winkte den verdutzten Friseur vor die Tür: „Wenn du jetzt weitermachst, unterschreibst du dein eigenes Todes-urteil." Er hielt ihm einen gewissen Umschlag unter die Nase und versprach handfeste Beweise dafür, daß Reimers eine maßgebliche Person im Gewerbeaufsichtsamt geschmiert hatte, seit Jahren schon: Dafür gebe es Kontoauszüge. Gesprächsprotokolle. Reimers wurde ganz fahl im Gesicht, als er den Inhalt des Kuverts besah, und verließ als gebrochener Mann den Ort der Schande. An seiner Statt trat Westermann vor die sensationshungrig versammelte Journaille: „Ich darf Ihnen mitteilen, daß Herr Reimers aus gesundheitlichen Gründen darauf verzichtet, eine Erklärung abzugeben. Er hat mich gebeten, Ihnen mitzuteilen, daß er mit sofortiger Wirkung als Gemeinderatsmitglied zurücktritt. Außerdem darf ich Ihnen bekanntgeben, daß ich meine Kandidatur für das Amt des Bürgermeisters nicht weiter aufrecht halte. Ich habe feststellen müssen, daß die Politik, wie sie hier betrieben wird, stinkt. Da geht es absolut korrupt zu, und das ist beschämend für unsere Demokratie. Mir reicht es. Ich habe mich entschlossen, praktisch zu helfen und Herrn Marciano, dem so übel mitgespielt wurde, die Leitung der Küche im Sporthotel Westermann anzubieten, damit er wenigstens einen kleinen Ausgleich hat. Ich selbst werde mich in Zukunft mehr meinem Privatleben widmen. Wie Sie vielleicht wissen, hat mein Sohn Sven inzwischen die Leitung des Hotels übernommen. Aber Sie können damit rechnen, daß ich auch künftig vor Mißständen, Bestechung und weiteren als Kavaliersdelikt etikettierten Angriffen gegen unsere Demokratie nicht die Augen verschließen werde.“ Weiter hinten im Saal applaudierte jemand. Es war Christine.

2

Die Herausforderung

Die Clique hatte ein Spalier am Surfcontainer gebildet, als Nik und Sarah im Bulli eintrafen: „Großer Bahnhof für alle Hawaii-Reisenden.“ Tjard ermahnte die Reisenden, die man nicht lange aufhalten wollte, die Surftradition wie auch die einheimische Kultur von St. Peter-Ording würdig zu vertreten. Julia reichte Sarah zu diesem Zweck einen Sampler mit Volksmusik. Sarah mußte lachen:
„Sogar Heino ist drauf! Schwarzbraun ist die Haselnuß! Soll das eine Anspielung sein?“ Julia, Martina und Iwana umarmten sie herzlich. Sven bekam ein Päckchen mit drei Parisern unter der Hand zugeschoben. Er nahm Julia in den Arm und feixte: „Oh, là, là! Du denkst aber auch an alles.“ Doch Julia fand das überhaupt nicht komisch. Ganz und gar nicht. Sie war immer noch gekränkt und eifersüchtig: „Vielleicht wär’ ich ja auch mal ganz gern nach Maui gefahren.“ Sven sah sie überrascht an: „Ich dachte, du kannst gar nicht weg. Hast doch so viel um die Ohren mit deinem Radio.“
„Nicht mehr als du mit deinem Hotel. Aber das kann dich offensichtlich auch für zwei Wochen entbehren. Und dabei hast du noch nicht mal die Startberechtigung für Maui.“
„Brauch’ ich auch nicht. Ich flieg’ ja nur zum Spaß.“ Niklas wurde mit einem in durchsichtiges Plastik eingeschweißten Heringsbrötchen à la Knut versorgt: „Freunde, ich bin gerührt, mir fehlen die Worte. Wie soll ich euch jemals danken?“
„Indem du den Amis zeigst, daß wir hier in Europa auch surfen können!“ machte ihm Rocky Mut. Sie klatschten ab.

Schließlich war es das wichtigste Rennen überhaupt. Nur Weltklasse-Surfer nahmen in Maui teil, angezogen von den Riesenbrechern, die die Hawaii-Inseln ihrer exponierten Lage im Pazifik verdanken. Meistens sind es Stürme vor den Aleuten, die den Anstoß für die ganz großen Swells geben. Wenn die Wogen nach einer Reise von knapp 4000 Kilometern vor den Hawaii-Inseln angelangt sind, sind sie zu wahren Ungetümen angeschwollen.

Diesmal waren die drei in einer hawaiischen First-Class-Suite untergebracht und pennten sich, vom Jet-Lag überwältigt, erst mal richtig aus. Am nächsten Morgen ging es mit dem Mietwagen runter zum Brandungsrevier Hookipa, wo sich wahre Massen mit ihren Boards auf Wellen tummelten, die bei ausreichender Höhe wie eine Pulverschneepiste wirkten. Gerade stapfte ein Surfer mit zerstörtem Brett und zerschlissenem Mut entnervt aus der Brandung: „Das könnt ihr vergessen. Hier kann man nicht mehr surfen. Ist schlimmer als bei Woolworth zum Schlußverkauf."
„Na und?" Nik rümpfte die Nase. „Die meisten verheize ich sowieso." Mitleidig blickte ihn der andere Surfer an: „Dann hast du noch nichts von Glen gehört." Er zeigte aufs Wasser: „Glen der Australier." Inmitten surfender Mittelmäßigkeit erblickte Nik den Meistersurfer aller Klassen und Favoriten des kommenden Rennens mit geradezu zirzensischen Glanzleistungen. Aber er ließ sich nicht abschrecken und stürzte sich mit Brett und Kampfschrei in die Fluten. Sarah schüttelte den Kopf: „Er hat den Maui-Koller." Sven schmunzelte: „Den hatte er schon, bevor er hierherkam..."

Sogleich fuhr Nik in Glens Kielwasser. Der Australier sah sich kurz um und nahm die Herausforderung an. Es kam zu

einem Kopf-an-Kopf-Rennen. Eine Welle rollte heran. Sie sprangen gigantisch weit, aber Nik landete unglücklich. Sein Brett knallte aufs Wasser und brach. Souverän fuhr Glen weiter: So ein Stümper, dachte er sich. Prustend tauchte Nik auf. Ein Life-Guard mußte ihn an Land bringen. Sven und Sarah konnten es nicht glauben: „Verdammt, Nik! Bist du lebensmüde?"
„Was habt ihr denn? Ist doch weiter nichts passiert!" Nik stand auf und rieb sich das Knie, das tierisch schmerzte. Sarah lief zurück ins Wasser und zog, was von Niks Surfbrett übriggeblieben war, heraus. Niedergeschlagen betrachtete Nik die armseligen Überreste: „Mist verdammter!" In diesem Augenblick schritt sein Konkurrent, stolz wie ein Gockel, aus dem Wasser und begutachtete lässig den Schaden: „Pech gehabt? Ja, wer zu hoch hinaus will, fällt um so tiefer." Nik kochte so lange vor Wut, bis seine Birne rot wie ein Schnellkochtopf war.
„Irgendwo auf der Insel muß es doch jemanden geben, der mir ein europäisches Board shapt. Auf dem bin ich eingefahren. Ich kann kein Rennen auf diesen einheimischen Brettern fahren, das muß denen doch klar sein", beklagte sich Nik, doch die Veranstalter des Maui Classic hatten kein Einsehen. „Die wollten nur wissen, ob du für eines der großen Teams fährst", erklärte Sarah achselzuckend, als sie aus der Hütte des Veranstalters kam, wo sie die Lage gepeilt hatte. „Ich?" wunderte sich Nik. „Ich bin mein eigenes Team."
„Dann siehst du ganz schön blaß aus: Nur die großen Teams haben genügend Bretter da. Aber die werden dir keins leihen. Und was die einheimischen Surfer angeht, da wirst du auch in die Röhre gucken." Nik sprang aufgeregt wie ein Rumpelstilzchen: „Ich versteh' das nicht. Ich bin hier im Surf-Mittelpunkt der Welt, und niemand kann mir ein geeignetes Brett leihen. Das darf doch nicht wahr sein!"

Sven bot ihm sein eigenes Brett an, aber Nik schaute ihn nur mitleidig an: „Das ist gutgemeint. Danke, Sportsfreund. Aber jetzt mal ehrlich: Würdest du mit einem VW-Käfer gegen einen Formel-1-Rennwagen antreten?“ Trotzdem: nicht verzagen, Sarah fragen. Die wußte von einer Shaper-Fabrik in Haiku, da sollte es der Sage nach einen verrückten Deutschen geben, der rennfähige Bretter nach europäischem Standard herstellte.

Nach einigem verzweifeltem Suchen und einer Menge Kopfschütteln standen die drei endlich vor einer Werkstatt mit dem Schild: Zutritt strengstens verboten! Das las sich wirklich sehr schön deutsch. Als sie beim Betreten der Werkstatt einen Eimer Farbe umstießen, wurden sie auch schon auf das freundlichste begrüßt: „Verdammt, könnt ihr nicht lesen?!“ Ein grauhaariger Mann versperrte ihnen den Weg. Nik rollte mit den Augen: „Ich glaub’, ich seh’ nicht richtig! He, das ist ja Lonzo, mein Sponsor aus Jugendtagen! Was hat dich häßlichen Deutschen denn hierher verschlagen? Daß ich ausgerechnet dich hier treffe, das muß doch eine Fügung des Schicksals sein.“
„Für dich oder mich?“ Lonzo bückte sich und wischte die Farbe auf. Nik verklickerte ihm, daß er auf die schnelle, bis übermorgen sozusagen, ein rennfähiges Brett benötigte. „Ist das alles?“ lachte Lonzo, der alte Weltenbummler, kurz und trocken. „Oder darf’s sonst noch was sein? Einen Flugzeugträger könnt’ ich da noch empfehlen.“
Nik schilderte die beschissene Situation, aber Lonzo, der langsam auftaute, hielt den Zeitfaktor für zu kurz und winkte ab: „Unmöglich! Da kann dir wirklich keiner helfen!“
„Doch, Lonzo“, flehte Nik, „du!“ Er zeigte auf die Boards, die die Wand der Werkstatt und diverse Gestelle zierten, doch das waren, wie Lonzo ausführte, Mainstream-Boards, keine Rennbretter. Aber Nik bearbeitete den Kumpel aus

früheren Tagen weiter: „Mensch, Alter. Ich sehe doch, du brauchst eine Herausforderung. Mach' mir ein Rennbrett. Deine Kaufhaus-Bretter kannst du immer noch basteln."
„Mal sehen", brummte Lonzo, der allmählich weich und weicher wurde. Nik boxte ihn spielerisch: „Ich wußte, auf dich kann man sich verlassen."
„Moment, Moment. Ich hab' gesagt: Mal sehen. Ich werd' drüber nachdenken, aber versprechen kann ich nix, hörst du?" Aber feiern, feiern dürfe man das erfreuliche Wiedersehen doch wenigstens, erkundigte sich Nik. Dagegen hatte Lonzo nichts einzuwenden.

In der „Wunderbar" hingen sie alle herum, die heimlichen Surfcracks von Maui. Und dazu diese Kellnerin! Nik und Sven bewunderten die sportlich-feminine Traumfigur, aber da wurde Lonzo mit auf einmal unverhältnismäßig scharf: „Damit eines klar ist: Von Angela laßt ihr die Finger! Haben wir uns verstanden?!" Ohne eine Antwort abzuwarten, tappte er an die Bar und bestellte vier Bier. Die anderen sahen sich, etwas verdutzt, an und folgten ihm. In diesem Moment tauchte Glen auf, und sie wurden Zeuge, wie Angela ihm sprichwörtlich in die Arme flog. Abrupt wuchtete sich Lonzo von seinem Barhocker und drohte dem Neuankömmling: „Laß sie sofort los!" Mucksmäuschenstill war es jetzt in der Bar. Man konnte eine Stecknadel fallen hören. Aber Glen blieb unbeeindruckt und turtelte weiter mit Angela. „Hast du Wasser in den Ohren?" brüllte Lonzo. „Du sollst Angela loslassen!" Als Glen immer noch nicht reagierte, ging er, wutschnaubend wie ein Stier, auf ihn los. Glen fixierte den Angreifer kurz, und ehe man sich versah, ging Lonzo nach einem Kopfstoß mitten ins Gesicht zu Boden. Niklas sprang dazu, um seinen alten Freund zu verteidigen: „He, Aussie, schon lange keinen mehr gesehen, der so unsportlich kämpft." Aber kaum hatte er's ausge-

sprochen, lag auch er auf den Brettern. Schon griff Sven ein, und wenig später war eine allgemein herzhafte Schlägerei im Gang. Unbemerkt verdrückten sich Angela und Lonzo. Den Rest besorgten professionelle Rausschmeißer, die Nik und Sven ins Freie beförderten. Sarah, die Hände halb erhoben, entfernte sich rückwärts aus der „Wunderbar“:
„Okay, ich geh' ja freiwillig.“ Dann verarztete sie Niks Veilchen: „Schöne Freunde hast du! Prügelst dich für diesen Lonzo, und der läßt dich einfach im Stich. Der hat doch ausschließlich seine Angela im Kopf. Das Surfbrett kannst du dir abschminken.“ Obwohl ihm sein Gefühl etwas anderes sagte, mußte Niks Verstand ihr recht geben. Aber mit dem Verstand ist das oft so eine Sache. Das Gefühl gab keine Ruhe, und die Sorge um das Brett und das Rennen lag ihm schwer im Magen. Gleich am nächsten Morgen verschaffte sich Nik ein Motorrad und suchte die Insel nach Lonzo und seiner vermeintlichen Braut ab, fragte sich durch und erreichte endlich den riesigen Krater des Haleakala. Am Rand sah er Lonzo sitzen und hinunterstarren. „Du hast Muffensausen, daß dein Brett nicht fertig wird, stimmt's?“ Lonzo besah sich Niks Veilchen, das ohne viel Worte Bände sprach. Da kam auch schon Angela und umarmte ihren Lonzo. Nik merkte, daß er und sein Veilchen hier störten. „Wir treffen uns in zwei Stunden in meiner Werkstatt“, verabschiedete ihn Lonzo. Dann gingen die beiden hinüber zu einem startbereiten Flugdrachen. Fürwahr eine neue Art, Liebe zu machen, wie im Fluge, dachte Nik und verschwand mit seiner knatternd lauten Maschine.

Als er zur vereinbarten Zeit in Lonzos Werkstatt eintraf, fühlte er sich zurückversetzt in die märchenhafte Zeit sagenhafter Waffenschmiede: „Ja, das ist die Handschrift von Meister Lonzo!“ Lonzo hatte aus einem Haufen Abfall einen Prototyp herausgezogen: „Das sollte die Krönung meiner neuen Fabrikation werden. Hab' ewig daran herumexperimentiert. Aber irgendwann hatte ich keine Zeit mehr."

„Wegen Angela?" Lonzo nickte stumm. Niklas schlug vor, sich heute nacht, stellvertretend für ihn, um das Mädchen zu kümmern: „In aller Freundschaft, versteht sich!" Lonzo sah Nik lange an: „Okay. Dann mach' ich dir ein Siegerboard." Er holte tief Luft und begann den Rohling zu bearbeiten.

Als der Tag graute, war Lonzo fertig – und auch Nik, Sven und Sarah waren geschafft – nach einer heißen Disco-Nacht mit Angela. „Lonzo, du hast dich selbst übertroffen", lobte Niklas die meisterhafte Arbeit, aber Lonzo wollte jetzt nur eins: sich auspennen. Mit so einem Brett aus Meisterhand, dachte Nik, kann beim Rennen nichts mehr schiefgehen.

Sarah stieg als Gewinnerin des Vorlaufs aus dem Wasser und klatschte Nik ab: „Mach' mir das mal nach mit deinem Wunderbrett!" Niklas grinste und überprüfte seine Ausrüstung. Sarah stülpte ihm eine schrille Baseball-Mütze auf und küßte ihn: „Bringt Glück!"

„Wir kommen jetzt zum Viertelfinale der Herren", verkündete der Ansager. „Ein hartes Ausscheidungsrennen: Nur die besten vier von acht werden sich fürs Halbfinale qualifizieren." Die Surfer liefen mit ihren Boards zum Wasser.

Anfangs lag Nik nur auf dem sechsten Platz, kämpfte sich aber verbissen nach vorn und konnte den Favoriten Glen schließlich an einer Halse überholen. „Für das Halbfinale qualifiziert", dröhnte es aus dem Lautsprecher, „haben sich Eddie Johnston aus L.A. und Niklas Andersen aus Deutschland. Ausgeschieden ist der Top-Favorit Glen Davies. Das Halbfinale wird in 30 Minuten ausgetragen."

„Glück gehabt." Glen erwartete Nik sibyllinisch am Strand:

„Du weißt nicht, was das ist, Glück? Du mußt noch eine Menge lernen, mein Freund. Eine Menge." Nik zuckte mit den Schultern und ging hinüber zu Sarah und Sven: „Lonzos Board liegt fantastisch im Wasser. Reagiert auf die kleinste Bewegung." Da stutzte er. Auf ein Segel war, mit Lippenstift, eine Botschaft geschmiert: „Hilf mir, komm nach Hana. So schnell wie möglich. Lonzo." Was hatte das jetzt zu bedeuten? Nik wurde nervös. „Dein Halbfinale beginnt in zwanzig Minuten!" erinnerte ihn Sarah. Sven bot an, zusammen mit ihr nach diesem Hana zu fahren. Aber Nik starrte nur auf die Botschaft: „Er hat ausdrücklich Nik geschrieben. Es hilft nichts. Halbfinale hin, Halbfinale her. Ich muß weg." Sven hatte eine Idee: „He, Nik, was hältst du davon, wenn ich das Halbfinale für dich gewinne? Merkt doch keiner!" Nik schüttelte den Kopf, aber Sven ließ sich nicht bremsen: „Klar, das ist die Lösung: Auf die Weise schlagen wir zwei Fliegen mit einer Klappe. Ich kann hier ein echtes Rennen fahren, und du kannst zu Lonzo und rausfinden, was los ist. Ich zieh' deinen Neoprenanzug an, dann merkt es kein Schwein. Vor allem, wenn ich deine Kappe überziehe. Mehr als disqualifizieren können sie mich nicht. Und vielleicht schaffst du so ja wirklich den Einzug ins Finale." Nik mußte grinsen: „Mensch, Bruder, du bist verrückt, echt verrückt."
Unbemerkt startete Nik mit dem Motorrad in Richtung Dschungel. Sarah half Sven unterdessen, seine blonden Haare unter der Mütze zu verbergen. Da kam, ungerufen, Glen vorbei: „Sieh mal einer an. Du willst für deinen Freund starten? Wenn du so gut bist wie er, hast du vielleicht sogar eine Chance." Lachend fuhr er mit seinem Auto los. „Mist", zischte Sven. „Wenn der uns verpfeift..."

In einer abgelegenen Hütte inmitten des Regenwalds wurde Nik schon sehnsüchtig von Lonzo erwartet: „Du mußt mir helfen, Nik. Nur dir kann ich vertrauen.“ Er ging voraus in die Hütte, wo Angela in einer Hängematte schlief: „Weißt du, Nik, Angela ist es lange sehr schlecht gegangen. Bis ich sie wiedergefunden habe. Drei Jahre habe ich sie nicht gesehen. Damals war sie einfach weg.“

„Und wie hast du sie wiedergefunden?“

„Durch Zufall. Freunde haben mir erzählt, sie sei irgendwo abgestürzt. Da ich wußte, daß ihr Traumziel schon immer Hawaii war, hab’ ich in Australien alles hingeschmissen und bin hierher. Es hat lange gedauert, bis ich sie gefunden habe. Sie hatte sich hier in einen Kerl verliebt, der nichts taugte, der sie nur benutzte, aber sie kam nicht von ihm los.“

„Hast du ihn dir zur Brust genommen?“

„Gebettelt habe ich, er soll sie in Ruhe lassen. Geprügelt hab’ ich mich mit ihm. Aber es half alles nichts. Sie war ihm hörig. Und er war krank genug, um das auch noch geil zu finden. Es ist alles meine Schuld.“

„Deine Schuld?“

„Angela hat nie einen richtigen Vater gehabt. Ich bin ja lieber in der Weltgeschichte rumgetigert, von St. Peter bis Sydney.“

„Sie – sie ist deine Tochter?!“

Lonzo nickte traurig: „Sie hat versucht, sich von ihm zu trennen. Aber sie hat eine enorme psychische Barriere. Plötzliche Ohnmachtsanfälle, Angst vor Wasser.“

„Wieso das?“

„Weil sie nicht schwimmen kann. Als Kind wär’ sie beinahe ertrunken. Jetzt versuche ich mit ihr zu leben. Wie Vater und Tochter. Um meine Schuld wiedergutzumachen und ihr zu helfen.“

„Vielleicht solltest du mit Angela woanders hinziehen. Weg von hier. Warum nicht zurück nach Australien?“

„Das könnte funktionieren. Aber erst, wenn sie sich von

dem Typ befreit hat. Ohne Druck von mir oder irgendeinem Psychoklempner. Eigentlich dachte ich schon, sie wäre über dem Berg, aber neulich hat sich der Kerl wieder an sie rangemacht."

„Ist... er...das?" Sie hörten ein Motorengeräusch. Lonzo und Niklas traten vor die Hütte. Aus dem Wagen stieg Glen. Er rief, wie ein Hundehalter sein Tier, nach Angela.

„Was willst du hier?" knurrte Lonzo schneidend.

„Kannst du dir doch denken. Ich will Angela. Und du weißt, daß sie mit mir kommen wird."

„Und wenn ich das nicht will?"

„Du bist gar nicht gefragt. Das ist eine Angelegenheit zwischen Angela und mir. Schließlich ist sie volljährig, oder?"

Wie von einer unsichtbaren Kraft angezogen, tauchte in diesem Moment Angela auf und folgte Glen in den Dschungel, langsam, hörig, ohne eigenen Willen, fast so wie ein Zombie.

Glen lotste Angela hinauf zu einem Wasserfall. Nik und Lonzo rannten hinterher: „Glen, sie kann nicht schwimmen."

„Na und? Sie hat ja mich. Sie vertraut mir. Okay, Angela: Zeig's ihnen! Spring!"

Niklas mußte Lonzo zurückhalten, der außer sich war: „Dieses Schwein! Ich bring' ihn um! Angela wird ertrinken!"

Aber schon sprang das Mädchen. Tauchte mit den Füßen voran wie ein Stein ins Wasser. Nichts rührte sich unten. So schnell wie möglich kletterten Nik und Lonzo zur ihr runter. Im selben Augenblick schoß Angela flink wie ein Delphin nach oben und schnappte nach Luft. Sie konnte schwimmen! Lonzo half ihr aus dem Wasser, schloß sie überglücklich in seine Arme, als er merkte, daß er seine Tochter wiedergewonnen hatte.

Nachdem sie tief eingeatmet hatte, sprudelte es aus Angela heraus: „Ich bin einfach gesprungen. Ich dachte mir, wenn du's jetzt schaffst, dann wird alles in Ordnung. Dann bist du über den Berg. Kannst noch mal von vorn anfangen." Sie lachte leicht hysterisch. Der Schock saß ihr noch immer in den Gliedern.
Da kam Glen: „Ich wußte, daß du's schaffst, Darling." Energisch schüttelte Angela mit der Nässe die Seelenkrankheit und sein Macho-Diktat ab: „Nein, Glen, nein. Du wolltest nur, daß ich's so tue, wie du willst. Dir ging es nie um mich. Du wolltest nur aller Welt zeigen, daß du Macht über mich und meinen Körper hast! Aber geliebt, geliebt hast du mich nie! Und ich… ich liebe dich auch nicht!"
Sie fing an zu schluchzen: erlöst. Lonzo und Niklas nahmen sie in ihre Mitte und führten sie von dem Mann weg.

Im Lonzos Auto rasten sie zurück zum Strand. Lässig sahen sie Sven aus dem Wasser steigen. „Wie ist es gelaufen?" wollte Nik atemlos wissen. Sven grinste: „Wie schon? Du bist im Finale." Er nahm die Baseball-Mütze ab und setzte sie Nik auf.

Niklas fuhr das Rennen seines Lebens und – wurde Sieger des diesjährigen Maui Classic. Unten am Siegertreppchen wurde er schon von seiner strahlenden Sarah erwartet. In all dem Siegestaumel war ihm klar: Er wollte Profi werden – und das konnte er nur hier, auf Maui. Sarah war sehr froh, denn sie wußte, daß auch sie hierher ins Paradies gehörte, wo sie mit ihrem Niklas leben wollte wie Eva mit Adam vor der Vertreibung aus dem Garten Eden.

3

Der Sport der Könige

Wie denn die Siegerprämien für die nächsten Rennen stünden, erkundigte sich Nik, der auf den Geschmack gekommen war. Je fünftausend Dollar für Waveriding und Match-Race, tippte Lonzo. „Waveriding?" überlegte Niklas. „Das heißt, ich bin mal wieder vom Wohlwollen einer Jury abhängig. Und wie sieht die aus?" Lonzo zuckte mit den Achseln: „Bunt gemischt." Nik seufzte. Er erinnerte sich, wie er schon ein paarmal bei diesen Kürwettbewerben sein Bestes gegeben hatte und dann von irgendeiner Jury verschaukelt worden war: „Nur weil ich keinen Sponsor hatte." „Was regst du dich auf?" beruhigte ihn Lonzo. „Du hast doch immer noch mich."

Angela und Lonzo bewiesen dem Trio ihre Dankbarkeit, indem sie ein Häuschen für sie fanden, das geradezu idyllisch dicht am Meer lag. Sarah war begeistert. „Laß uns für immer hierbleiben", drängte sie Nik. Auf der Veranda war das Surfmaterial ausgebreitet. Nik und Lonzo checkten alles durch. Niklas war fest entschlossen, eine Weile im Weltcupzirkus mitzutingeln. „Maui ist gefährlich", warnte Lonzo. „Wenn du erst mal eine Weile hier gewesen bist, willst du am Ende gar nicht mehr weg. Schau mich an…" „Ich muß nur Sarah ansehen. Dann weiß ich, wo ich hingehöre." Sarah war's zufrieden.

Die Sonne ging schon unter. Die fünf hockten am Strand und aßen. „Mach' dich auf harte Konkurrenz gefaßt", mahnte Lonzo. „Der Grand Prix hier ist nicht mit St. Peter-

Ording zu vergleichen. Laß es cool angehen. Und vergiß nie: Alles ist Schicksal, denn wenn Pele nicht will, schaffst du es nie."

„Pele? Wer ist Pele?"

„Pele ist die Feuergöttin", mischte sich Angela in das Gespräch ein. „Manchmal ist sie sehr zornig. Du kannst nur gewinnen, wenn du sie auf deiner Seite hast."

„Und wie becirce ich diese göttliche Dame?" lachte Niklas.

„Indem du ihr kleine Opfergaben darbringst, Blumen zum Beispiel", wußte Sarah. Nik runzelte die Stirn: „Blumen? Typisch Frau!"

„Du solltest dich nicht lustig machen über den Glauben der Eingeborenen", murrte Angela. „Im Ernst, Nik", spann Lonzo das abergläubische Garn weiter. „Es gibt Dinge zwischen Himmel und Erde, die sich weder mit Shakespeares noch mit unserer Schulweisheit erklären lassen."

„Ja", nahm Sarah, die nun voll im Übersinnlichen schwebte, den Faden auf, „da ist zum Beispiel die Sache mit dem mana. Das ist der göttliche Zauber von Pele, der in jedem Lavabrocken steckt. Nimm bloß nie einen Lavaklumpen mit. Das bringt todsicher Unglück."

„Vor allem in Liebesdingen", schmunzelte Lonzo. Sven, dem als künftiger Geschäftsmann jeder Sinn für überirdische Irrealitäten abging, spielte den Mutigen und hob einen der herumliegenden Lavabrocken auf:

„So ein Schwachsinn! Ihr laßt euch ganz schön einseifen von diesem hawaiischen Hokuspokus. Nik ist hier, um zu gewinnen. Und außerdem hat er Sarah", bei diesen Worten sah er seinen Freund mit unverhohlenem Neid an, „was muß er da mit dieser komischen Trude Pele anbandeln?" Mißmutig stand er auf und trottete hinunter zum Wasser.

„Was ist denn plötzlich in den gefahren?" forschte Lonzo.

„Ach", machte Nik. „Dem liegt seine Freundin Julia im Magen. Er muß damit allein fertigwerden."

Die Sprünge, die Niklas beim Waveriding-Contest zeigte, waren Spitzenklasse, erste Sahne. „Wenn er so weitermacht“, freute sich Lonzo für ihn, „hat er echte Chancen fürs Viertelfinale!“ Nik trat gegen Gegner an wie Phil, der aber außer einem Segel, das mit reichlich Sponsorenstickern übersät war, auf sportlichem Gebiet nur wenig vorzuweisen hatte, und gegen den coolen Paul, der in einem feuerroten Neoprenanzug schon eher brillierte. Immer wieder legte Nik eine tadellose Vorstellung hin. Da gab’s nichts zu meckern. Doch als er, mit sich selbst zufrieden und sich unschlagbar dünkend, an den Strand zurückkehrte, bekam er eine kalte Dusche ab. „Du bist nicht im Halbfinale, hat die Jury entschieden“, mußte ihm Lonzo beibringen. Nik ging vor lauter Enttäuschung die Kinnlade runter. Aber er sei doch um Klassen besser gewesen als seine Gegner, beschwerte sich Sarah. „Die Jury sieht es anders“, bedauerte Lonzo. „Du kannst natürlich Protest einlegen. Ist dein gutes Recht. Aber ich rat’ dir: Laß es bleiben. Das führt zu nichts und geht aus wie das Hornberger Schießen.“ Schiebung! Penner!! wetterte Niklas. Sarah beruhigte ihn: „Du hast doch noch das Match-Race. Da gewinnt, wer als erster durchs Ziel geht.“ Nik schnaubte noch immer: „So link bin ich noch nie verladen worden.“

„Ich hab’ dir gleich gesagt“, stöhnte Lonzo, „gegen die großen Sponsoren kommst du nicht an. Da bin ich auch machtlos. Du wirst sehen: Der Typ mit den aufdringlichen Aufklebern auf seinem Segel, der wird im Finale landen, obwohl wahrscheinlich seine Großmutter besser surft als er!“ Traurig sahen sie aufs Meer, wo Paul gerade gegen Phil antrat und sportliche Höchstleistung demonstrierte. „Das muß ihm der Neid lassen“, billigte Nik ihm zu. „Der Junge im roten Anzug hat echt was drauf!“

„Wart’s ab“, zweifelte Lonzo.

Auf der Tribüne tuschelten die Kampfrichter, dann gab der

Ansager das Ergebnis bekannt: Diesmal sei es bestimmt keine leichte Entscheidung gewesen, aber die Jury habe Phil Ascott hauchdünn vorne gesehen. Der Surfer mit den haufenweise Sponsor-Aufklebern auf dem Segel war im Finale und führte sich wie der König von Hawaii auf. Die Menge pfiff und buhte. Sogar Paul, der zu Unrecht Unterlegene, geriet in Rage und wollte mit Fäusten auf die Kampfrichter los. Nur der geballten Kraft von vier Ordnern gelang es, ihn von der Tribüne zu zerren. Mit blutender Nase lag er im Sand. Nik half ihm auf die Beine. „He, dich haben sie doch vor meinem Rennen auch beschissen", bedankte sich Paul. „Das kannst du laut sagen", gab Nik seinem Leidensgenossen recht. „Als Freelancer hast du eben keine Chance, wenn die Jury auf der Payroll des Sponsors steht", knirschten Pauls Zähne. „Aber wenn du mal in Spreckesville vorbeikommst, mußt du mich unbedingt besuchen. Du findest mich so gut wie immer bei meiner Clique am Strand." Nik sah mit gemischten Gefühlen, wie Paul mit seinem Brett wie ein einsamer Cowboy abzog. Ließen sich die letzten Helden so leicht unterkriegen?

Nachts konnte Nik kein Auge zutun. Die offensichtliche Fehlentscheidung einer korrupten Jury lag ihm schwer im Magen und störte ihn selbst beim Versuch, Schäfchen zu zählen. Es kamen nur schwarze Schafe heraus. Unruhig wälzte er sich im Bett: „Bei einer so himmelschreienden Ungerechtigkeit kann ich doch nicht einfach zur Tagesordnung übergehen! Ist doch wahr! Die 5000 Dollar Prämie stehen mir zu und nicht diesem Arschloch Phil und seinen Sponsoren. Ich werd' morgen mal rüber zu Paul gehen. Kommst du mit?"
„Da gehst du besser alleine hin", drehte sich Sarah in ihr Kissen. „Den kenne ich noch von früher. War immer schon ein richtiger Beach-Bump. Ein gottverdammter

Strandpenner, dem außer Surfen alles egal ist.“ Nik schmunzelte befriedigt. Schien ja wirklich ein vorbildlicher Charakter zu sein, dieser Paul.

Paul und seine Clique hatten den Strand von Spreckesville in eine Art Wagenburg aus alten Amischlitten verwandelt. „Willkommen in Surf-City“, freute sich Paul, der mitten unter zehn zechenden Surfern saß, als er Nik und Sven erblickte. „Gestern war gestern“, brummte er gleichgültig. „Ich hätte die Kohle brauchen können, aber Pele, Pele war eben gegen mich. C’est la vie, wie der Franzose sagt.“
„Hast du’s etwa auch mit dieser komischen Göttin?“ guckte ihn Sven ungläubig an. Paul lächelte verschmitzt: „Wo denkst du hin! Hilf dir selbst, dann hilft dir Pele, ist mein Wahlspruch.“ Nik untersuchte derweil die herumliegenden Bretter, die ziemlich groß waren. „Schau sie dir gut an“, riet Paul. „Mit denen brauchst du kein Segel. Nur ordentliche Wellen. Am besten so hoch wie Wolkenkratzer. Ich meine, für richtiges Surfen und nicht für diesen Windsurf-Scheiß. Letztes Jahr war draußen vor der japanischen Küste ein Seebeben. Das waren Wellen hier, sag’ ich dir…sowas vergißt du nicht, Mann.“ Sven mischte sich unter die anderen Surfer. Eine blendend aussehende Hawaiianerin begrüßte ihn und bot ihm ein kühles Dosenbier an. Lei hieß sie und hatte es Sven gleich angetan.
„Nehmt zwei Bretter von uns und versucht es“, schlug Paul vor. „Ihr werdet sehen: Ist ein völlig neues Surfgefühl. Ihr müßt nur Geduld haben, bis eine große Welle im Anmarsch ist. Dann rudert ihr schnell hinaus und schwingt euch aufs Board.“
„Früher, als Hawaii noch uns Hawaiianern gehörte“, erläuterte Lei melancholisch, „war das Wellenreiten ein Privileg des Adels. Surfen war der Sport der Könige. Dieser Strand hier war mit einem kapu belegt. Wer hier unberechtigt surf-

te, wurde zum Tode verurteilt." Sport der Könige, ja, das war es – und hier in Spreckesville fühlten sich alle wie Könige. Königlich sprang Paul mit seinem Brett ins Wasser, Lei hinterher. Nik und Sven folgten ihnen und sahen den beiden von ihren Boards zu, wie man die Welle abritt. Dann ruderten sie mit den Händen los, stellten sich im geeigneten Moment aufs Brett und versuchten es nachzumachen. Doch prompt wurden sie von einer mächtig heranstürzenden Welle „gewaschen" und tauchten, überrascht lachend, wieder auf. „Ihr müßt den richtigen Moment abwarten", rief ihnen Paul zu. „Alles andere ist nur eine Sache der Balance." Die beiden probierten es noch einmal. Und diesmal klappte es schon besser, auch wenn sie nach ein paar Sekunden Wellenritt wieder „gewaschen" wurden. Lei paddelte zu Sven hinüber, gab ihm ein Zeichen, ritt eine Welle im Stehen ab. Noch unsicher machte es ihr Sven nach. Und schließlich ritten sie zu viert auf einer Großen Welle. „Ist viel anstrengender als Windsurfen", fand Sven. „War alles nur zum Warmwerden", grinste Paul. „Wollt ihr mal richtige Wellen sehen?" Damit spielte er auf die Pipeline an, die größte Welle der Welt. In einem Mad-Max-würdigen Konvoi setzten sich die Amischlitten in Bewegung, Richtung Heliport. Nik und Sven gingen mit Lei zu einem der Hubschrauber, während Paul bei der Geschäftsführerin löhnte. „Jetzt fliegen wir zu der richtigen Welle", rieb sich Paul die Hände, als der Hubschrauber abhob.

Unter ihnen schäumten die Wellen von Oahu. Paul zeigte hinunter – und sie wurden Zeuge, wie sich eine Pipeline zusammenbraute, aufstieg, überkippte, um sich dann in einer gewaltigen Gischtexplosion zu entladen. „Da willst du rein?" fragte Nik, den es ein wenig fröstelte. „Sicher", grinste Paul. „Du kommst doch mit, oder?" Nik überlegte einen Moment: „Okay."

Paul ließ sich mit seinem Brett von einem Waterbike aufs Wasser ziehen. Klinkte sich aus. Glitt ins Innere der Pipeline, bis die Röhre über ihm zusammenbrach. Nik war begeistert: „Fantastisch. Das ist einfach fantastisch. Das will ich auch lernen."

„Magst du nicht auch mit raus?" fragte Lei. „Nein", lächelte Sven. „Mir wäre lieber, du spinnst mir noch etwas Seemannsgarn über eure Feuergöttin. Du bist nicht irgendwie verwandt mit der?"
„Gut möglich", rümpfte Lei die Nase. „Meine Familie geht zurück bis auf König Kamehamela. Behauptet jedenfalls mein Onkel."
„Dann bist du ja eine richtige Prinzessin", strahlte Sven.
„Sowas Ähnliches."
„Hab' ich mir gleich gedacht, als ich dich zum erstenmal gesehen hab'. Gehörst du zu Paul?" tastete er sich vorsichtig weiter. Lei schüttelte energisch den Kopf: „Ich gehöre niemandem. Mit Paul und den anderen surfe ich nur gelegentlich." Sven nutzte die Gunst der Stunde und küßte sie, zuerst schüchtern, um das Terrain zu sondieren, dann um so leidenschaftlicher. Später bat ihn Lei, die sehr wohl gemerkt hatte, daß etwas in seinem Herzen nicht stimmte, sie nach Hause zu fahren. „Zu deiner königlichen Familie? Ja, lassen die mich überhaupt rein?"
„Keine Angst. Ich wohne bei meinem Onkel Kahuna. Bei dem darfst du alles. Nur nicht lügen!"

Lei lebte mit ihrem Onkel auf einer Orchideenfarm bei Paia. Den Eingang zur Farm bewachte ein furchteinflößender Einheimischer, der das Format eines Sumo-Ringers hatte. Lei beruhigte Sven: „Keine Bange. Das ist Kuakini, unser Gärtner. Meinem Onkel gehört die größte Orchideenfarm auf Maui."

„Und du“, flötete Sven verliebt, „du bist die schönste Orchidee in seinem Garten.“
„Aber denk’ dran“, ermahnte ihn Lei, „mich kannst du nicht kaufen.“
„Aber pflücken…“, war Sven um eine Antwort nicht verlegen. Kahuna erwartete sie vor dem Haus. Sven wollte ihm die Hand geben, aber der Onkel blickte ihn nur starr und majestätisch an. Irgendwie erinnerte er Sven an Graf Dracula und Baron Frankenstein. Nachdem er Sven mit seinen Blicken ausgiebig durchbohrt hatte, drehte sich Kahuna um und verschwand stumm. Sven war verunsichert: „Was – was hab’ ich denn deinem Onkel getan? Mag er keine Weißen oder so?“
„Unsinn“, winkte Lei ab, „aber meinem Onkel werden magische Kräfte nachgesagt. Er kann bis auf den Grund einer Seele sehen. Also nimm dich in acht!“ Etwas verwirrt und mit dem Versprechen, sie heute nachmittag abzuholen, machte Sven kehrt und ging zu seinem Wagen.
Er war schon eine Weile unterwegs, da sah er mit einemmal alles verschwommen. Er mußte rechts ranfahren und scharf abbremsen. Er rieb sich die Augen, schüttelte den Kopf, dann gab er wieder Gas. Die Hitze, sagte er sich, das ist die Hitze!

Als Sven heimkam, fand er Nik beim Kochen. Er probierte ein Häppchen und schwärmte, kulinarisch verzückt, von seiner hawaiischen Prinzessin: „Weißt du, was Lei heißt? Lei ist dieser Blumenkranz, den du hier überall bekommst. Und genauso ist sie auch – wie der Duft der Südsee.“
„Apropos Südsee“, unterbrach Nik den romantischen Dichterfluß, „ich hab’ hier ein Fax für dich. Aus St. Peter. Von Julia. Sie richtet dir aus, daß sie dich liebt und Angst hat, daß du sie verläßt. Willst du mitessen?“ Aus seinen Träumen aufgeschreckt ging Sven raus: „Danke. Mir ist der

Appetit vergangen.“ Hatte ihn doch die teutonische Wirklichkeit wieder eingeholt. Jetzt mußte er sich über seine Gefühle klarwerden.

Frustriert fuhr er zurück zur Orchideenfarm und hupte Lei aus dem Haus. Im Rückspiegel sah er den mysteriösen Onkel: „Ist er immer noch sauer auf mich?“
„Er hat mich vor dir gewarnt. Er hat gesagt, er spürt, daß du eine andere Frau liebst. Ist das wahr?“ Sven bekam einen leichten Schreck, aber er stellte sich cool und zuckte leger die Achseln: „Was heißt hier Liebe?“
„Dann paß bloß auf. Mein Onkel wird seine Zauberkräfte spielen lassen, wenn du eine andere liebst.“
Später – er hatte Lei nach Hause gebracht – wurden Svens Augen hinter dem Lenkrad wieder glasig. Vor ihm verschwamm die Straße, wurde ganz unscharf. Dehnte sich wie Kaugummi. Plötzlich verlor Sven die Kontrolle über den Wagen und schleuderte auf eine Böschung. Bewußtlos lag er über dem Lenkrad.

Niklas mußte seinen Freund in der Notaufnahme abholen. „Mir geht's ganz passabel“, log Sven zwecks allgemeiner Beruhigung. „Nur der Schädel brummt noch ein bißchen.“ Der Wagen war reichlich demoliert. „Ich weiß nicht, wie das passieren konnte“, versuchte sich Sven zu erinnern. „Auf einmal war die Straße weg. Aufgewacht bin ich erst wieder, als sie mich in den Krankenwagen verfrachtet haben.“ Nik, der das Innere des Wagens untersuchte, hielt auf einmal ein großes Stück Lava in der Hand: „Weißt du, was das ist? Das ist ein Pahoehoe-Stein. Ein Stück Lava von Kilauea.“ Sven verstand nur Bahnhof. „Der Fluch der Feuergöttin“, half ihm Nik auf die Sprünge. Langsam aber sicher geriet Sven ins Grübeln: „Lei hat mir erzählt, ihr Onkel ist nebenberuflich so eine Art Magier. Angeblich hat er mich schon mit einem Bann belegt oder so, weil ich Lei verschwiegen habe, daß da noch eine andere Frau in meinem Leben ist."

„Offensichtlich versteht ihr Onkel was von seinem Handwerk. Glücklicherweise hatten die Götter ein Einsehen und die Karre ist vollkaskoversichert."

Sven versprach, Lei die ganze Wahrheit zu sagen.

„Du mußt mir glauben, Lei, ich habe mich wirklich in dich verliebt. Es gibt eine andere Frau. In Deutschland. Aber da kannte ich dich ja noch nicht, und jetzt bin ich mir nicht mehr sicher, ob Julia und ich, ob wir noch zusammenpassen. Ich meine...der Autounfall und dein Onkel und das alles...mir ist klargeworden, daß ich meine Probleme nicht auf deine Kosten klären kann, verstehst du?" Das Geständnis wirkte befreiend. Sie umarmten sich.

Pauls Clique werkelte an den Boards, so wie Deutschlands männliche Elite samstags am Auto, und trank Dosenbier dazu. Paul bot Nik einen Joint an, aber der lehnte ab: „Beim Surfen brauch' ich einen klaren Kopf."

„Wenn du das Kraut hier rauchst, wird dein Kopf erst richtig klar. Für Dinge, die wirklich wichtig sind. Hier gibt es alles, was das liebe Herz begehrt: Das Gras ist billig, das Meer umsonst. Wichtig ist nur, daß der Wind nicht ausbleibt."

Nik war noch richtig geblendet vom vermeintlichen Freigeist der Spreckesville-Clique, als er zurück zu Sarah ging, die in der Hängematte lag und las: Ihm gefiel, wie diese Burschen lebten, sorglos und ungezwungen und nicht ständig das Kleingeld im Kopf wie die Leute im kühlen Norden. „Nik, ich will dir da nicht dreinreden", mahnte Sarah zur Vorsicht, „aber ich kenne Paul. Der Typ ist crazy."

„Dann bin ich eben auch crazy“, bekannte Nik freimütig. „Okay, ich brauch’ kein Gras wie seine Freunde, und ich besaufe mich auch nicht so wie sie. Aber sie sind erstklassige Surfer und halten zusammen wie Pech und Schwefel.“
„Eher wie ein Rudel Wölfe, das nach einem genügend dummen Opfer giert.“
„Nein, Sarah. Weil sie alle vom gleichen Virus gepackt sind: Surfen, Windsurfen und ab und zu Drachenfliegen. Ist doch Spitze. Und wenn ich auf Maui bleiben will, bleibt mir doch keine andere Wahl: Dann muß ich mich doch mit den lokalen Surfgrößen arrangieren. Paul versteht wirklich ‘ne Menge vom Surfen. Hat mir sogar ein paar Tricks beigebracht.“
„Da darf man ja gespannt sein, wie du bei den Vorläufen abschneidest.“

Am großen Tag der Match-Races. Nik, unterstützt von Lonzo, bastelte an seinem Segel und schaute ab und zu aufs Meer hinaus nach seinen Konkurrenten: „Da draußen warten noch ein paar harte Brocken auf mich, Lonzo.“
Paul gewann den Vorlauf überlegen und ließ seine Gegner um Längen hinter sich. Nik, ganz der ergebene Jünger, klatschte ihn begeistert ab. Paul bedankte sich: „Könnte die 5000 echt gut gebrauchen.“
„Ich auch.“
„Ich weiß“, gab Paul zu. „Aber vorher wird gefeiert, daß die Schwarte kracht. Ich darf doch davon ausgehen, daß wir beide morgen im Finale stehen. Heut’ ist allerdings erst mal Nachtsurfen angesagt. Bring’ deine Freundin mit. Ich hab’ das Gefühl, sie mag mich nicht besonders. Ich möchte das ändern und meinen Frieden mit ihr schließen.“

Am Abend, an einer einsam gelegenen Tankstelle, demaskierten sich dann Paul und seine Freunde. Nachdem sie ihre

Amikarren vollgetankt hatten, stülpten sie sich Masken über und marschierten in einen hell erleuchteten Drugstore, um die Rechnung auf ihre Weise zu begleichen. Paul hielt dem Kassierer drohend eine Knarre an die Schläfe. Bestens mit Spirituosen eingedeckt, kamen sie johlend aus dem Laden gelaufen und ließen die Motoren an. Als letzter erschien Paul und stieg zu Nik und Sarah in den Wagen, die auf ihn gewartet und ihren Augen nicht getraut hatten. Die beiden waren starr vor Angst. Hupend setzte sich der Konvoi wieder in Bewegung.

Unten am Strand wurde der Coup ausgiebig und in Strömen begossen. Sarah hatte sich angewidert abseits auf einen Stein gesetzt. Niklas versuchte mit Paul zu diskutieren, aber der hatte kein Einsehen. „Ach Gottchen", höhnte er, „bist du wirklich so naiv oder tust du nur so? Du glaubst doch selbst nicht, daß wir jetzt in aller Seelenruhe zurückfahren, die Banknoten wieder hinblättern und uns für das Versehen entschuldigen." Nein, meinte Nik, aber diese kriminellen Eskapaden, nein, die wollte er nicht decken. Paul fixierte ihn herausfordernd: „Was willst du denn tun? Uns bei den Bullen verpfeifen? Was glaubst du eigentlich, womit wir uns hier durchschlagen? Von den paar Kröten Preisgeld bestimmt nicht. Die absolute Freiheit bekommst du nicht geschenkt. Die mußt du dir nehmen, Freundchen."
„Auf die Art von Freiheit pfeife ich."
„Du steckst doch längst bis zum Hals mit drin", drohte Paul ungemütlich. „Denkst du, den Hubschrauber gestern hab' ich mit Monopoly-Geld gechartert?! Und jetzt reg' dich gefälligst ab und komm' mit surfen."
„Nein. Ich geh' jetzt. Wir werden uns nicht mehr sehen. Nur noch beim Rennen morgen."
„Okay", prostete ihm Paul mit einer Dose zu, „deine freie Entscheidung. In Surf-City wird niemand zu seinem Glück

gezwungen.“ Nik ging zu Sarah hinüber und wollte sie an der Hand nehmen, aber da stellte sich ihnen Paul in den Weg: „Einen Moment. Das Mädchen bleibt natürlich hier.“ Leicht wankend starrte er Sarah an und feixte: „Wir müssen doch verhindern, daß dein Nik irgendwelche Dummheiten macht. Wo doch morgen das entscheidende Rennen stattfindet.“ Seine Worte zu bekräftigen, bildeten die anderen Surfer einen Kreis um die beiden. „Morgen, wenn ich meine 5000 abkassiert habe“, rann das Bier aus Pauls Mund, „kannst du dir deine Sarah wieder abholen. Okay, Leute, das war’s. Bevor wir hier alle in Tränen ausbrechen: Nik geht nach Hause, Sarah bleibt hier – und ich geh’ erst mal surfen.“

Niedergeschlagen saß Nik auf der Veranda und erzählte Sven, was in der Nacht vorgefallen war. Der überlegte eine Weile und riet Nik dringend ab, denen noch den Gefallen zu tun und das Rennen morgen vorsätzlich zu verlieren. „Kapierst du nicht, die haben Sarah!“ entsetzte sich Nik. „Was glaubst du, was die mit ihr anstellen, wenn ich gewinne? Denen trau’ ich alles zu.“
„Ich auch“, meinte Sven ruhig, „aber dazu wird es nicht kommen. Ich hab’ da eine Idee. Aber dazu muß ich erst mal mit den richtigen Leuten Kontakt aufnehmen. Hau’ dich jetzt noch mal zwei Stunden aufs Ohr. Und dann frühstückst du ordentlich. Und gewinnst das Rennen. Den Rest überlaß ruhig mir.“

Sven fuhr rüber zur Orchideenfarm und beichtete Kahuna: „Es ist wahr.“ Kahuna sah ihn mißtrauisch und fragend an. „Sie haben recht damit, daß ich mir über meine Gefühle noch nicht klar war. Meine Gefühle zu Lei und zu meiner Freundin in Deutschland.“ Kahuna nickte befriedigt: „Ich wollte nicht, daß du Lei weh tust. Aber ich denke, du bist

doch in Ordnung." Er hielt Sven seine Hand hin; der schlug erleichtert ein. „Wieso bist du nicht in Hookipa?" gesellte sich Lei zu den beiden. „Dein Freund ist doch im Finale."
„Genau darum geht es…"

Die Rennvorbereitungen am Strand liefen auf Hochtouren. Paul und seine Clique erschienen in ihren Amischlitten. „Denk' dran", stieß Paul Nik an, „wir haben eine Abmachung. Du willst Sarah doch gesund und munter wiedersehen."
„Laß dich bloß nicht von dem einschüchtern", riet Lonzo, „den schlägst du doch mit links! Wo steckt eigentlich Sarah?"

Eine verfallene Hütte mitten in einem Zuckerrohrfeld. Zwei Typen vertrieben sich die Langeweile, die ihnen Sarahs Bewachung verursachte, indem sie mit einer Messerspitze so schnell wie möglich zwischen ihren gespreizten Fingern hin- und herstanzten. Sarah hatten sie an das Eisengestell eines Bettes gefesselt. Mit einer Glasscheibe gelang es ihr unbemerkt, sich loszuschneiden, während die Wächter hofften, daß das Messer dem jeweils anderen die Wurstfinger blutig schnitt. Aber als sie durch ein offenes Fenster hinauskriechen wollte, bemerkten es die beiden Kerle und ketteten sie diesmal sicherheitshalber mit Handschellen ans Bett: „So, das hält besser. Die beißt du nicht durch." Dann konzentrierten sich die beiden wieder auf ihr Messerspiel, als plötzlich ein Schatten auf das flink wechselnde Messer fiel: „Moin moin. Hi!" Die beiden mochten ihren Augen nicht glauben. „Bist du lebensmüde oder was?" drohten sie Sven. „Fangt mich doch, wenn ihr könnt!" lockte er sie hinters Haus, genau in die Arme von Kahuna und seinem Sumo-Gärtner. Der Gärtner machte nicht viel Umstände und knallte die Köpfe der beiden wie reife Kokosnüsse zusammen, daß es nur so krachte. Ohnmächtig plumpsten sie zu Boden. „Bedank' dich bei Lei“, wollte Sven Sarah von ihren Ketten befreien, „sie hat mir den Tip mit dem Haus hier draußen gegeben.“ Doch er fand die Schlüssel nicht. Kein Problem für den Sumo-Gärtner: Er knackte die Handschellen mit der bloßen Hand..

Das Finale hatte begonnen. Nik, der hinter Paul lag, hielt sich etwas zurück und schaute besorgt zum Strand. Endlich – da waren sie, Sven und Sarah winkten ihm zu. Alles in Ordnung: jetzt aber volle Pulle! Meter um Meter kämpfte er sich an den Paul heran. Als er in Führung ging, stürzte Paul. Das Rennen war entschieden. Nik strahlte vor Freude wie ein Honigkuchenpferd. Er war am Ziel seiner Surfträume angelangt. Während Paul von der von einer gewissen Feuergöttin verständigten Polizei abgeführt wurde, gab Sarah ihrem Niklas einen dicken Kuß. Überschwenglich und betont herzlich drückte er sie an sich.

Nik schien es übrigens wirklich ernst zu meinen mit der Fortsetzung seiner Karriere als Profi auf Maui: Er legte die 5000 Dollar Siegprämie gleich hier an. „Als Startkapital für unser neues Leben“, verriet er der glücklichen Sarah.

4
Gotteskinder

Inzwischen war bei John und Christine der ersehnte Nachwuchs eingetroffen. „Süßes Mädchen, meine Stine", urteilte der strahlende Hawaii-Heimkehrer Sven mit Kennermiene. „Ganz der Bruder." Nik, mit nach seinen Maui-Erfolgen stolzgeschwellter Brust, wollte den ersten Eindruck jedoch nicht bestätigen: „Moment mal, Stine kann nur einem ähnlich sehen, und das bin nun mal ich. Die Andersen-Gene setzen sich immer durch."
„Hoffentlich nicht", konterte Sven ironisch. „Stine soll doch ein hübsches Mädchen werden, oder?"

Anläßlich der Kindstaufe war im Restaurant des Sporthotels ein extra großes Buffet aufgebaut, komplett mit dekorativen Kerzenleuchtern, alles sehr schick und geschmackvoll. Rocky, der neue Küchenchef, hatte sich selbst übertroffen.
Als die Taufgesellschaft andächtig versammelt war, klopfte Westermann mit einer Gabel an sein Glas: „Was ich bei meinem Herrn Sohn erziehungsmäßig versäumt habe, werde ich bei Stine auf keinen Fall vernachlässigen. Soll heißen: ich habe meine Prioritäten umgepolt. An erster Stelle steht in Zukunft bei mir nicht das Geschäft, sondern die Familie. Diese Entscheidung ist mir, auch wenn ihr's nicht glaubt, ausnahmsweise leichtgefallen. Nicht nur meiner kleinen Tochter, sondern auch Svens wegen, der bewiesen hat, daß er gegen alle Befürchtungen und Unkenrufe in der Lage ist, das Sporthotel zu leiten. Wenn auch – wie ich einwerfen möchte – mit manchmal ungewöhnlichen, vom

üblichen Standard abweichenden Methoden. Darum, Sven, verspreche ich dir: Ab sofort ziehe ich mich endgültig und unwiderruflich aus dem Hotelbetrieb zurück. Von nun an bist du tatsächlich für alles und jedes allein verantwortlich, mit Haut, Kopf und Haaren. Keinerlei Einmischung meinerseits mehr, versprochen. Aber einen kleinen Haken hat die Sache. Ich werde Christine tatkräftig bei der Leitung ihrer Pension unterstützen, und das bedeutet, daß du ab sofort eine wirkliche Konkurrenz hast. Also, mein Lieber: Nimm es nicht auf die leichte Schulter. Ich gebe kein Pardon." Lachend stießen die Gäste an.

Christine stellte ihrem Mann eine alte Freundin vor, die ganz unerwartet aufgetaucht war: „John, das ist Frau Doktor Regina Reben, meine beste und liebste Freundin aus den gemeinsamen Tagen seliger Schulzeit und promovierte Psychologin. Neunzehn Jahre haben wir uns jetzt nicht gesehen. Frau Doktor hat nämlich in Boston eine Stellung gefunden."

„Den Doktor lassen wir mal schön weg", winkte Regina bescheiden ab. „Den brauch' ich nur bei Personalschulungen. Damit verdiene ich nämlich meine Brötchen. Aber hier und heute bin ich ganz privat."

„Hab' ich nicht mal was von dir gelesen?" überlegte Christine. „Ja, genau, einen Artikel über die Verführbarkeit von Kindern. Mein Gott, ich war richtig stolz auf dich. Aber sag' mal, was führt dich ausgerechnet nach St. Peter?"

„Ein neue Herausforderung", lachte Regina. „Leider darf ich noch keine Einzelheiten verraten."

„Aber du wirst mir doch die Freude machen und bei mir in der Goodewind wohnen?" Regina sah zu John hinüber: „Wenn dein Mann nichts dagegen hat…"

„Ganz im Gegenteil", freute sich John. „Ich wäre entzückt."

Julia hatte andere Probleme. „Darf man fragen, wie es so

auf Hawaii war?" stellte sie Sven mißtrauisch zur Rede.
„Wenn du die Kondome meinst", grinste Sven, „ich hab' alle drei verbraucht. In einer einzigen Nacht."
„Du Schuft, du!"
Sven versuchte sie zu beruhigen, indem er zwei bunte, exotische Ohrringe vor Julias Augen baumeln ließ. Er küßte sie sanft. Zärtlich erwiderte sie seinen Kuß. Aber irgendwie rührten sich ungebetene Zweifel in Svens Kopf. Auf einmal fand er, daß Leis Küsse im Vergleich besser geschmeckt hatten. Er verdrängte jedoch die Erinnerung – wenigstens für den Moment. Schließlich mußte er jetzt, wo ihm sein Vater unwiderruflich und vor aller Augen und Ohren die Gesamtleitung des Hotels übertragen hatte, eine entsprechende Prüfung bei der IHK ablegen.

Am Strand bewunderten Knut und Tjard das Spezialboard, das Lonzo für Nik angefertigt hatte: „Echt Klasse, Mann." Auch Dennis kam vorbei, aber er hatte es eilig, war er doch hinter Chantal und Katrin her, zwei appetitlichen Strandschönheiten, die hier gelegentlich mit Josy, ihrem entzückenden kleinen Hund, promenierten. Tjard schüttelte den Kopf: „So ein Grünschnabel. Ich kann nur hoffen, daß wir früher nicht so waren." Nik warf ihm einen Blick zu: „Bei dir habe ich da so meine Zweifel." Knut biß herzhaft in ein Heringsbrötchen.

Oben im Leuchtturm platzte ein Journalist in die Redaktionssitzung von Radio S-P-O. Es war Sebastian Kolund. Julia wußte gleich Bescheid: „Waren Sie nicht der, der den Artikel über die größten Umweltverschmutzer an unserer Küste geschrieben hat?"
„Klar, der Artikel hat ja damals eine Menge Staub aufgewirbelt", erinnerte sich Sarah. Gewiß, so war das, ja, ja, freute sich der Enthüllungsjournalist und weihte sie in seine

laufenden Recherchen in St. Peter ein, bei denen er ganz gut ihre Hilfe brauchen konnte. Dafür hätten Sie dann freien Zugriff auf einige von seinen Informationen. „Ich denke, da können wir ins Geschäft kommen“, meinte Martina neugierig.

Sebastian erzählte, daß er einer kriminellen Jugendsekte auf der Spur war, die sich beizeiten schon mal in St. Peter hatte rühren wollen: „Diese sogenannten Gotteskinder haben eine knallharte Struktur. Richtig paramilitärisch. Zuerst versuchen sie, an möglichst einflußreiche und prominente Leute heranzukommen, und dann kassieren sie beim solcherart geblendeten Fußvolk ab, das einer regelrechten Gehirnwäsche unterzogen wird, damit es auch wirklich spurt.“ Er habe schon in Hamburg mit dem Sektenbeauftragten der Kirchen gesprochen. Die Gotteskinder seien als gefährlich eingestuft worden. „Darüber muß man nicht nur berichten“, ereiferte sich Martina, „sondern handfest was gegen unternehmen.“

Zwischen Sven, der seinen Kopf jetzt voll mit Hotelmanagement und Prüfungsvorbereitungen hatte, und Julia kriselte es immer mehr. Der Lack war einstweilen ab und der Appetit aufeinander fürs erste vergangen. Man begann sich, gerechtfertigt oder nicht, der Untreue zu verdächtigen und beschuldigte sich dabei gegenseitig, sich bockig anzustellen und zickig zu sein. Aber die Hoffnung auf ein kleines, nächtliches Erotik-Abenteuer führte die beiden immer noch zusammen.
Tagsüber war Julia dafür um so mehr von Sebastians Recherchen beeindruckt. Er hatte sogar den Decknamen des avisierten Sektenbevollmächtigten von St. Peter ermittelt: Bernstein, wie das verschollene Zimmer. Auch eine Liste der Städte hatte er sich verschafft, in welchen die

Gotteskinder „missionieren“ wollten. Julia warf einen Blick darauf: „Das ist ja halb Deutschland.“
„So ungefähr. Fällt dir was auf?“
„Ja, alles Kleinstädte. Die Großstädte haben sie wohl außen vor gelassen.“
„Übrigens, was ich dich noch fragen wollte“, erkundigte sich Sebastian ganz beiläufig. „Ist die Luft hier bei euch an der Nordsee dünner, oder nimmt mein sensibles Gemüt da so gewisse Schwingungen wahr?“
„Was für Schwingungen…Bastian?“ fragte Julias mit herausforderndem Blick.
„Na ja“, lächelte Sebastian, „zwischen dir und mir.“
Julia konnte nicht anders: Sie erwiderte seinen Kuß. Das machte die Sache bestimmt nicht leichter, aber wer sich im Augenblick, da die Gefühle die Macht übernehmen, dieser erwehren kann, der werfe den ersten Stein.

Familie hin, Familie her. Über den Bilanzen der Pension Goodewind hatte John ganz das Baby vergessen. Stines Kinderwagen stand draußen im Garten auf leicht abschüssigem Gelände. Westermann bekam nicht mit, wie der Fuß eines oder einer Unbekannten die Bremse löste. Der Kinderwagen fing an zu rollen, geradewegs auf den Gartenteich zu.
Auf einmal stand Regina Reben mit einer schreienden, pitschnassen Stine im Arm in der Tür. „Der Kinderwagen hat sich selbständig gemacht und ist im Gartenteich gelandet“, erklärte sie, noch atemlos von der Rettungsaktion. Sofort machte Christine John die größten Vorwürfe. Der tat, als wisse er nicht, wie ihm geschah: „Ich hab’ doch extra die Bremse angezogen. Ich versteh’ das beim besten Willen nicht,“ beteuerte der vermeintliche Rabenvater fassungslos.
„Ist ja nichts weiter passiert“, beschwichtigte Dr. Reben die besorgte Mutter. „Ich war ja da.“

„Das werde ich Ihnen nicht vergessen“, bedankte sich Westermann eifrig.

Vorwürfe, hier von seiten Julias, gab es auch in einer anderen Beziehung: „Hattest du heute nicht Fleischbeschau? Im Restaurant vom Sporthotel. Zehn Kellnerinnen, gutaussehend auch noch. Kannst es ruhig zugeben. Ich weiß es von Martina. Für so’n Firlefanz hast du Zeit, aber wenn ich mal was von dir will, verschanzt du dich dauernd hinter deiner Arbeit. Hast du die Damen wenigstens nach Oberweite eingestellt?“
„Was ist denn plötzlich in dich gefahren? Spinnst du?“
„Ich? Ich will nur ein paar Dinge klarstellen. Damit du nicht meinst, du müßtest mir was verheimlichen. Ich hab’ auch einen anderen gehabt. Letzte Nacht.“
Sven fiel aus allen Wolken: „Sag’ das bitte noch einmal! Wen hast du gehabt?“
Julia nannte, ohne mit der Wimper zu zucken, einen im journalistischen Bereich nicht unbekannten Namen.

Es war Nacht. Sebastian wollte sein Auto in einer dunklen Seitenstraße abstellen, als plötzlich ein Mann vor ihm stand, der sich eine Baseballmütze ins Gesicht gezogen hatte und ihn dringend aufforderte, seine Nase nicht in anderer Leute Angelegenheiten zu stecken. Um diese angeblich letzte Warnung zu unterstreichen, versetzte er Sebastian einen wuchtigen Hieb in die Magengrube. Dann trat er mit den Füßen nach seinem sich wehrlos am Boden krümmenden Opfer und floh in einem weißen Golf Cabrio. Sebastian blieb reglos in der Gosse liegen.

Im Pfahlbau brühte Nik Kaffee auf. Julia hatte die Nacht auswärts verbracht. Nik fragte sie, was zwischen ihr und Sven vorgefallen sei. Den habe er gestern nacht sinnlos

betrunken aus dem Sporthotel abholen müssen. „Ich hab' Mist gebaut", preßte Julia kleinlaut heraus. „Ich muß unbedingt mit ihm reden. Wo steckt er?"
„Im Bett. Wenn er das nicht auch vollgekotzt hat. Kannst ihm einen Pott Kaffee mitnehmen." Da erschienen zwei Polizisten und erkundigten sich nach Sven.
„Bin schon da", torkelte der, noch leicht benommen, in die Küche. „Was wollen Sie?"
„Herr Westermann", forderten ihn die beiden Uniformierten auf, „wir müssen Sie bitten mitzukommen."
„Darf ich fragen warum?"
„Sie werden verdächtigt, einen Mann verprügelt und schwer verletzt zu haben. Sie fahren doch ein weißes Cabrio?"
„Wen – wen soll ich verprügelt haben?"
„Der Mann heißt Kolund. Sebastian Kolund."
„Bastian?" erregte sich Julia. „Du hast Bastian verprügelt? Nur weil ich gesagt habe, ich hätte was mit ihm? Bist du bescheuert?!"
„Wo waren Sie gegen 22 Uhr, Herr Westermann?" unterbrach der Polizist Julias Redefluß. Doch für die Tatzeit konnte Sven nur mit einem Filmriß dienen, den er sich in ein paar örtlichen Lokalen und der Hotelbar zugezogen hatte.
„Wie geht's denn diesem…diesem Sebastian?"
„Nicht besonders. Aber kurz vor der Operation hat er ebenfalls ausgesagt, daß es der Fahrer eines weißen Cabrios war, der ihn zusammengeschlagen hat."
Die Polizisten führten Sven ab.

In der Goodewind hielten Christine und John Kriegsrat in Sachen Sven. „Verurteilen Sie ihn nicht", mischte sich Regina Reben in das Gespräch. „Abstand ist jetzt das Wichtigste für ihn. Er muß in sich hineinhorchen. Einen klaren Kopf bekommen. Privater Streß und Job haben ihn ganz einfach überfordert. Und wenn ihr für eine Weile jemanden braucht, der das Hotel für ihn leiten soll: ich stelle mich gern zur Verfügung. Immerhin habe ich in den USA schon eine Zeitlang ein Hotel geführt. Das war zwar ausschließlich für Seminare und wissenschaftliche Tagungen, aber immerhin: hundert Zimmer waren es schon." John ist sprachlos: „Unsere Frau Doktor – Psychologin, Lebensretterin und Hoteldirektorin in einer Person."

Am nächsten Morgen holte Westermann seinen Sohn von der Wache ab.
Jetzt könne er nur noch hoffen, knurrte Sven total gebrochen, daß Sebastian bald vernehmungsfähig sei und ihn entlaste.
„Weißt du, Sven, vielleicht solltest du erst mal ein oder zwei Wochen relaxen. Fahr' zurück nach Hawaii. Da kannst du Abstand gewinnen. In dich hineinhorchen. Einen klaren Kopf bekommen. Keine Sorge: Für das Hotel haben wir schon jemanden gefunden."

Sven schwor Julia, die am Strand geistesabwesend mit Josy spielte, daß er Sebastian nicht angerührt habe. „Es ist auch meine Schuld", seufzte Julia. „Ich wollte dich eifersüchtig machen. Deswegen hab' ich dich angelogen und behauptet, ich hätte was mit Bastian gehabt. Wir haben uns geküßt, ja. Das kam irgendwie so über mich. Aber im Bett, nein, im Bett waren wir nicht. Ehrlich."

Die Freunde entschlossen sich, auf eigene Faust Nachforschungen anzustellen. Für den Fall der Fälle hatte Julia einen Schlüssel von Sebastians Zimmer: „Nicht, was ihr jetzt denkt! Bastian hat ihn bei mir deponiert. Falls ihm

was passiert, hat er gesagt." Gemeinsam mit Sven, Nik und Sarah fuhr sie hin, sperrte vorsichtig das Zimmer auf. Ein Schreibtisch. Regale. Überall lagen Papiere und Ordner herum.
„Wo sollen wir anfangen?" fragte Sarah.
„Vielleicht am Computer", schlug Nik vor. „Habt ihr nicht das 'Foucaultsche Pendel' von Umberto Eco gelesen?"
Sven setzte sich an den Schreibtisch, schaltete den PC ein, tippte auf dem Keyboard, aber das Paßwort – welches Paßwort sollte er benutzen? Dasselbe Problem wie bei Eco.
„Sekte", schlug Sarah vor.
„Gotteskinder", spezifizierte Julia.
Beide Male negativ.
Julia dachte angestrengt nach: „Bernstein."
Sven sah sie an: „Was ist das?"
„Das? Ein Deckname."
Sven probierte ihn. Wieder negativ. Bald waren sie mit ihrem Latein am Ende.

Sebastian lag mit schweren Blutergüssen im Krankenbett. Eine Krankenschwester ließ die vier herein: „Aber bitte nicht länger als zehn Minuten."
„Hallo, Sebastian", begrüßte Julia den Kranken. „Wie geht's?"
„Beschissen."
„Weißt du, wer es war?"
Sebastian sah Sven an. „Könnte ich es gewesen sein?" fragte der nervös.
Sebastian verneinte: „Der Typ war schwerer. Ein richtiger Ochse war das. Ein professioneller Schläger, nehme ich an. Jemand, den die Sekte angeheuert hat, um mich einzuschüchtern. Und ich muß es schließlich wissen. Schließlich war ich selbst mal so ein Gotteskind. Mittlere Hierarchie. Reichte aber, um an genügend Infos ranzukommen, die der

Führungsclique gefährlich werden könnten. Versteht ihr jetzt?"
„Wer – wer ist denn der Chef der Gotteskinder in St. Peter?" wollte Nik wissen. „Wer ist Bernstein? Du weißt es!"
„Eben nicht. Die Zentrale in den USA ist streng auf Anonymität bedacht. Ich weiß nur, daß es eine Frau ist, die nicht aus St. Peter kommt. Sie war mal wissenschaftlich tätig. Das ist alles, was ich weiß."
Julia schnalzte mit der Zunge: „Wißt ihr, welchen Verdacht ich habe?"

„Regina war Christines beste Freundin!" wehrte sich John gegen die ungeheuerlichen Vorwürfe, mit denen ihn die Clique konfrontierte. „Schließlich hab' ich ja auch sowas wie Menschenkenntnis. Und die sagt mir, daß Frau Dr. Reben eine passionierte Wissenschaftlerin ist und kein Sektenguru. Glaubt ihr, sie hat das nötig?"
„Das ist nicht die Frage", warf Sarah ein. „Schau dir doch diese italienische Loge, die P2, an – ein richtig faschistischer Geheimbund mit besten Connections zum Vatikan. Das waren alles arrivierte Prominente. Von denen hatte es auch keiner nötig."
Auch Christine fand, daß Sarah jetzt ein bißchen zu weit ging – und außerdem drohten gewisse alte Ressentiments aufzubrechen: „Sarah, du vergißt, daß Regina meiner Tochter das Leben gerettet hat. Selbst wenn sie so ein Gotteskind wäre – ich bin ihr doch was schuldig."
„Ich finde diese Geschichte von Stines Rettung etwas – wundersam", schnappte Sarah zurück. „Ich hab' mir das noch mal ganz genau angesehen. Wie da ein Kinderwagen ins Rollen kommen kann, schon seltsam..."
John nickte heftig – er war sich ganz sicher, daß er an dem Kinderwagenunfall unschuldig war.
„Hm, ein gewisses Faible für alternatives Denken,

Meditation, Yoga, Tantra hatte Regina ja schon immer", lenkte Christine ein. „Wißt ihr was, ich werde mal mit ihr reden." – „Aber sei vorsichtig," mahnte sie John besorgt.

Regina und Christine gingen am Strand spazieren. Christine sprach über Stine – und wie sehr sie Gott danke, daß ihr Töchterchen am Leben geblieben sei. Sie behauptete, etwas von diesem Glück, das ihr widerfahren sei, an andere weitergeben zu wollen. Interessiert horchte Regina auf, als Christine sich in ihren altruistischen Gedanken auflöste und bedauerte, daß sie sich seelisch leider nirgendwo zu Hause fühle: „Ab und zu geh' ich ja in die Kirche, so zu den Festtagen. Aber was der Pfarrer predigt, läßt mich kalt. Es rührt mich nicht an. Leer. Seine Worte sind leer. Das ist doch alles nicht mehr zeitgemäß." Regina blieb stehen und biß an: „Weißt du, ich gehöre zufällig einer Organisation an, die dazu da ist, Menschen in schwierigen Situationen zu helfen. Wir wollen ein Netzwerk schaffen, durch das niemand mehr fallen kann. Das jeden auffängt, der es ehrlich will. Eine wunderbare Gemeinschaft, die mit jedem Zuwachs stärker wird. Viele prominente Namen gehören dazu." Christine tat so, als wolle sie das gerne glauben, aber die Sache mit diesem Journalisten, der über die sogenannten Gotteskinder recherchierte und den man krankenhausreif geschlagen habe, die habe ihr doch zu denken gegeben. Sie merkte ihrer Freundin die plötzliche Nervosität an.

Christine, Stine im Arm, verabschiedete ihren Mann, der den Tag über weg mußte, mit einem Küßchen, summte dem Baby ein Lied vor, nahm die Milchflasche aus dem Wärmegerät, prüfte die Temperatur und gab der Kleinen das Fläschchen. Das Telefon klingelte. „Ich habe eine Nachricht für Sie", meldete sich eine Männerstimme am anderen Ende der Leitung. „Sollten Sie es in Zukunft nicht unterlassen, Frau Dr. Reben zu beschuldigen, Mitglied der Gotteskinder zu sein, werden Sie schon noch merken, was Verlust bedeutet. Das ist die einzige und letzte Warnung. Denken Sie an Ihre Familie, an Ihr Baby. Das Beste ist, Sie halten einfach den Mund." Christine legte wie in Trance auf, doch dann erwachte ihr alter Kampfgeist: „Das lassen wir uns nicht gefallen, meine kleine Stine! Das nicht!"

Ohne anzuklopfen, stürmte sie in Reginas Zimmer, doch sie fand es leer. Zusammen mit Nik eilte sie zum nächsten Polizeirevier. „Meine Mutter wird bedroht!" klagte Nik besorgt. Aber der diensthabende Beamte sah keinen dringenden Handlungsbedarf: „Ich rate Ihnen: Bleiben Sie gelassen. Das einzige, was ich Ihnen zusagen kann: Wir werden die Streife anweisen, daß sie öfter bei Ihnen vorbeischaut und nach dem Rechten sieht." Aufgebracht verließen die beide das Revier: „Diese Beamtenärsche reagieren erst, wenn du mit abgeschnittenem Kopf reinschneist." Stine heulte.

Regina Reben raste in ihrem Wagen die Landstraße entlang und beschuldigte ihren Beifahrer, einen Mann Mitte 30, auf der ganzen Linie versagt zu haben.
„Ich habe nur getan, was Sie mir aufgetragen haben."
„Habe ich Ihnen aufgetragen, Sebastian Kolund mit einem Cabrio aufzulauern? Wie kann man nur so dumm sein?! Und dann dieser Anruf bei Christine Westermann. Absolut unnötig. Mit der wäre ich schon alleine fertig geworden. Sie werden zu einer Schulung in die Staaten zurückgehen. Auf lange Sicht. Aber vorher haben wir noch etwas zu erledigen. Haben Sie das Zeug besorgt?"

Kleinlaut zeigte ihr der Mann eine Ampulle und eine Spritze. Der Wagen hielt vor dem Krankenhaus, in dem

Sebastian lag. Um einen harmlosen Besuch vorzutäuschen, hatte sich Regina Reben mit einem Blumenstrauß getarnt, den sie in einem Abfalleimer verschwinden ließ, bevor sie Sebastians Zimmer betrat. Ihr Begleiter folgte ihr unauffällig. Der Patient schlief. Er hatte eine Infusion im Arm. Regina ließ sich von ihrem Begleiter die Spritze geben und setzte sie in den Infusionsschlauch. Doch bevor sie zur Tat schreiten konnte, stürzten, alarmiert durch ihren siebten Sinn, Niklas und Christine herein. Blitzschnell erfaßte Christine die Situation, lief zurück auf den Flur und rief nach einem Arzt. Nik gelang es, Regina Rebens Begleiter aufzuhalten, der zu fliehen versuchte. Zwei Pfleger halfen ihn unschädlich zu machen. Christine selbst versperrte ihrer ehemaligen Freundin den Weg. Damit waren die Tage der Gotteskinder in St. Peter-Ording endgültig gezählt.

5

Schicksal?

„Warum hast du so einen verträumten Ausdruck in deinen Augen?“ zog Julia Sven auf einer Party abends im Pfahlbau auf. „Das sind die Nachwirkungen von Maui“, säuselte Westermann junior. „Die Insel ist einziger Traum. Aber entdecke ich in deinen Pupillen nicht auch so etwas Verträumtes?“ Julia umarmte ihn verliebt: „Das ist deinetwegen.“

„Tatsächlich? Und was ist mit diesem Journalisten, mit Sebastian?“ forschte Sven stirnrunzelnd. „Der ist doch wieder nach Hamburg gegangen“, unterdrückte Julia ein leichtes Seufzen und trank sich einen kleinen Schwips an.

Die Party war vorbei. Die Freunde waren gegangen. Nik sammelte Flaschen und Gläser ein. „Wir haben wirklich nette Freunde“, fand Sarah, die draußen auf der Schaukel sitzt. „Ja, ist schwer in Ordnung, die Bande“, bestätigte Nik und streichelte ihr zärtlich übers Haar. „Es wird dir sicher schwerfallen, sie zu verlassen“, erkundigte sich Sarah mitfühlend und spielte auf ihre endgültige Abreise nach Maui an. „Und die kleine Stine, du wirst sie so oft nicht mehr sehen. Kinder in dem Alter wachsen schnell. Wenn du ein paar Monate weg bist, erkennst du sie nicht wieder. Hast du es überhaupt schon deiner Mutter erzählt? Du mußt es bald tun. Besser, sie erfährt es von dir als von jemand anderem.“

Am kommenden Nachmittag spazierte er mit Christine am Strand. Stine hatte er in einem Känguruh-Beutel auf die Brust geschnallt. Christine sah ihn mit großen, verständnisvollen Augen an, als er ihr „gebeichtet“ hatte: „Es ist dein Leben, Niklas. Klar, gerne laß ich dich nicht so weit wegziehen. Aber ich habe dich immer dazu erzogen, selbständig zu denken und zu handeln. Und jetzt bekomme ich die Quittung dafür. Recht geschieht mir.“

„Mama, ich ziehe nicht in den Krieg oder so“, lächelte Nik.

„Aber ins Leben“, stöhnte sie. „Als Mutter werde ich doch wohl noch ein bißchen sentimental sein dürfen. Du bist da wie dein Vater. Den hat’s auch stets in die Ferne gezogen. Aufs Meer.“

„Du hast nie über ihn gesprochen.“

„Weil er ein Taugenichts war“, seufzte Christine bei dem Gedanken an ihn und wurde einen Augenblick verträumt, „allerdings ein liebenswürdiger Taugenichts.“ Die Tränen zu unterdrücken schaute sie zum Himmel. Schwere Wolken zogen am Horizont auf. „Ich glaub’, es gibt ein Unwetter.“

Der Regen klatschte gegen die Fensterscheiben der Pension Goodewind. Ein Blitz zuckte, und mit ihm zuckte auch Christine zusammen. Unruhig wälzte sie sich aus dem Bett und lief in die Küche, um der weinenden Stine das Fläschchen zu geben. Westermann trottete ihr hinterher: „Kannst du nicht schlafen?“

„Ich hab’ furchtbare Alpträume gehabt.“

„Du hast doch nicht etwa von mir geträumt?“

„Nicht von dir, aber von Regina.“

„Die spukt doch nicht immer noch in deinem Kopf herum? Die hat sich doch von ihrer Sekte distanziert. Und sitzt wohlverwahrt in U-Haft.“

„Trotzdem habe ich Angst. Vor allem um Stine. Du weißt doch: Regina hat damals so komische Drohungen ausgestoßen gegen unser Kind. Ich kann es einfach nicht glauben. Sie war mal meine beste Freundin.“

„Sie wird sich nicht mehr in unser Leben einmischen.“

Christine legte ihm beruhigend die Hand auf den Arm.
„Ich glaube, ich werde mich erst besser fühlen, wenn ich den Prozeß hinter mir habe.“
„Wir werden das Verfahren gegen sie zusammen durchstehen. Und dann haken wir die Geschichte ab und sehen nur noch nach vorn.“
Das Unwetter draußen hob nicht unbedingt die Stimmung der beiden.

Am Morgen schaute Sven zum Frühstück herein. Auch auf ihm lastete ein Druck, ein ständiger Druck.
„Hast du schon wieder Probleme mit Julia?“ fragte Christine.
„Nicht wirklich. Ich liebe sie. Wenigstens glaube ich das.“
Das Zäpfchen in seinem Hals bewegte sich ein wenig.
„Weißt du, Sven, sicher ist man nie. Es ist gewiß nicht leicht mit uns Frauen, wenn man den Männern glauben will. Aber dafür interessant. Oder findest du nicht auch, daß es besser ist, Höhen und Tiefen in einer Beziehung zu haben als Eintönigkeit und Langeweile? Du mußt deinen Gefühlen vertrauen. Und zu ihnen stehen. Und wenn sie nicht mehr da sind, zieh' die Konsequenzen. Radikal. Und wenn's noch so weh tut.“ – „Danke für die Lebensberatung, Frau Dr. Sommer.“

Es war immer noch etwas regnerisch. Aber Christine brauchte jetzt unbedingt frische Luft und ging mit dem Kinderwagen hinüber zum Deich. Als es gerade wieder zu nieseln anfing, zog sie ihre Kapuze über und stülpte die Plastikabdeckhaube über Stines Wagen. Doch wie der Regen stärker wurde, mußte sie umkehren, fing an zu rennen. Auf einmal vernahm sie ein Geräusch. Sie blieb stehen, lauschte angestrengt. Es hörte sich wie ein Schrei an, ein Hilferuf. Sie stellte den Kinderwagen auf einer der

Strandkörbeplattformen ab und eilte in die Richtung, aus der der Schrei zu kommen schien. Richtung Meer.

Als Westermann heimkam, erfuhr er von Rosi, dem Dienstmädchen, daß seine Frau mit dem Kinderwagen unterwegs war. „Aber sie wollte schon längst wieder zurück sein", wunderte sich Rosi. „Wahrscheinlich hat sie sich irgendwo untergestellt. Ist ja ein richtiges Sauwetter. Ich fahr' ihr mit dem Jeep entgegen. Sonst holt sie sich ja noch den Tod."
Aber er suchte vergebens am regennassen Strand.
Irritiert und völlig aufgelöst fuhr er zum Pfahlbau. Sven hatte Christine heute zum letztenmal beim Frühstück gesehen.
Westermann zückte sein Handy, um noch mal in der Goodewind anzurufen. Vielleicht war Christine jetzt zurück? Rosi bedauerte.

Der Regen ließ nach. John, Sven, Nik und der Rest der Clique hatten eine Kette gebildet und suchten den Stand ab. Da hörte Sarah etwas, das wie Babygeschrei klang. Und wirklich, mitten in der Landschaft stand Stines Kinderwagen. Während Nik sich um die Kleine kümmerte, sah sich Westermann von der Strandkörbeplattform aus um. Tief besorgt verständigte er die örtlichen Lebensretter, die vor ihren Funkgeräten saßen und gemütlich einen Grog tranken: „Meine Frau...Sie ist...verschwunden...im Watt...Ich brauche dringend Hilfe...Alarmiert sofort die Küstenwache!"

Schon kurze Zeit später donnerte ein Rettungshubschrauber über das Meer. Mit fiebrigen Augen keuchte Westermann am Strand entlang, rief verzweifelt nach seiner Frau. Es war dunkel geworden. Die Rettungsschiffe hatten die

Suchscheinwerfer eingeschaltet. Es regnete wieder. Jaspers, der Chef der Küstenwache, kam zu Westermann, sichtlich verlegen: „Bei dem Wetter ist die Sicht gleich null. Jede weitere Suche wäre sinnlos. Wir müssen bis morgen früh warten." Westermann bestürmte ihn weiterzumachen: „Morgen ist sie vielleicht schon tot." Achselzuckend entfernte sich Jaspers und hinterließ bei Westermann eine Stimmung, die wie Götterdämmerung anmutete.

Nik, Sven, Julia, Sarah, Rocky, Martina, Tjard, Iwana und die Neulinge Knut und Dennis hockten betreten im Pfahlbau. Niemand sagte etwas. Rocky verteilte Grog. „Wo kann sie nur sein?" brach Westermann das Schweigen. „Vielleicht ist sie verletzt, liegt irgendwo hilflos da draußen."
„Ich kann mir nicht vorstellen, daß sie ins Watt gegangen ist", versuchte ihn Niklas zu beruhigen. „Sie weiß doch, wie gefährlich das ist. Und außerdem würde sie Stine nie allein zurücklassen. Freiwillig."
„Eben! Es muß etwas passiert sein. Christine, Christine – was hast du bloß gemacht? Ich liebe dich, hörst du: ich liebe dich."

Am nächsten Morgen setzte die Küchenwache die Suche fort. Wenig später meldeten sich zwei Seeleute bei Westermann im Pfahlbau: „Moin, Herr Westermann. Wir haben draußen im Watt diese Jacke gefunden. Gehört sie Ihrer Frau?"
Westermann faßte die Jacke an und fing an zu weinen. „Ja", bestätigte Nik. „Das ist die Jacke meiner Mutter."
Den Männern der Küstenwache folgten zwei Polizisten. „Ich habe keine Erklärung für ihr Verschwinden", schluchzte Westermann. „Die ganze Nacht hab' ich mir den Kopf zermartert. Ich kann mir einfach nicht vorstellen, daß

Christine so leichtsinnig war, bei einsetzender Flut ins Watt hinauszulaufen. Aber vor ihrem Verschwinden hat sie einen Verdacht geäußert. Vielleicht hat diese Reben etwas damit zu tun."

„Frau Dr. Reben?" fragte einer der beiden Uniformierten. „Aber die sitzt doch in U-Haft. Wie kann sie etwas mit dem Verschwinden Ihrer Frau zu tun haben?"

„Das beweist gar nichts. Sie kann doch Besuche empfangen. Ihren Anwalt zum Beispiel. Als Guru hat sie genügend Jünger, die sie nach ihrer Pfeife tanzen lassen kann."

„Aber dafür gibt es keine Beweise."

„Es ist auch nur so ein Gefühl. Diese Reben hat gegen meine Frau schlimme Drohungen ausgestoßen, als sie verhaftet wurde. Schließlich hat Christine erheblich dazu beigetragen, sie der vorsätzlichen Körperverletzung und des versuchten Mordes zu überführen. Und nicht zu vergessen: Christine ist eine wichtige Zeugin im Prozeß."

Die Polizisten versprachen, den Hinweisen nachzugehen, aber wahrscheinlich sei es so, daß sich Chistine verirrt habe und bei einsetzender Flut ertrunken sei. Nach Ansicht von Jaspers bestehe nicht mehr viel Hoffnung.

Draußen klarte es auf. Die Wolken verzogen sich. Der Postbote ließ einen Brief für Nik da. Der öffnete das Kuvert: „Noch vor zwei Tagen hätte mich über diese Nachricht gefreut. Meine Profilizenz als Surfer. Jahrelang hab' ich davon geträumt. Und jetzt – jetzt ist es mir auf einmal gleichgültig." Eine Träne lief ihm über die Wange. Sarah legte tröstend ihren Arm auf seine Schultern.

Westermann war zum Untersuchungsgefängnis Fallinghorst und erkundigte sich nach Regina Reben. Der Beamte teilte ihm mit, daß Frau Dr. Reben heute auf Kaution entlassen worden war. Punkt acht Uhr. Wo sie jetzt wohne? Nein,

darüber dürfe er keine Auskunft geben, meinte der Beamte bedauernd.
Westermann bedankte sich, setzte sich ins Auto, griff zum Handy und wählte die Nummer der Detektei „Argus“. Er wartete, bis ihm der Rückruf die gewünschte Auskunft brachte. Dann fuhr er weiter. Zurück zum Deich. Erreichte ein einsam gelegenes Haus. Zum nächsten Nachbarn waren es von hier aus bestimmt zehn Kilometer. Westermann stieg aus, läutete. Die Tür öffnete sich einen Spalt, doch bevor sie wieder geschlossen werden konnte, hatte Westermann seinen Fuß dazwischen und knöpfte sich die Person vor, die hier untergetaucht war.
„Lassen Sie mich los!“ keifte Regina Reben. „Was wollen Sie von mir?“
„Das wissen Sie ganz genau! Meine Frau ist verschwunden! Und Sie werden mir helfen, sie zu finden.“
„Damit habe ich nichts zu tun.“
„Entweder Sie kommen jetzt mit oder…“
Regina Reben gab ihren Widerstand auf. Gemeinsam fuhren sie zum Watt. Westermann zog die Frau aus dem Wagen, hinter sich her.
„Herr Westermann, bitte! Hören Sie mir doch eine Sekunde zu. Ich habe mit dem Verschwinden Ihrer Frau wirklich nichts zu tun“, beteuerte sie. Es gelang ihr, sich loszureißen und auf das Ufer zuzurennen, aber Westermann hatte sie schnell wieder eingeholt.
„Halt, hiergeblieben! So einfach kommen Sie mir nicht davon! Ich will jetzt wissen, was Sie mit meiner Frau gemacht haben! Haben Sie sie ins Meer gelockt? Um eine lästige Zeugin auszuschalten?“
„Sie sind verrückt! Sehen Sie, jeden Moment kann die Flut einsetzen!“ Aber unbeeindruckt stieß sie Westermann weiter ins Watt.„Wir werden jämmerlich ertrinken“, schluchzte Regina mit angstgeweiteten Augen. „Beide!“

„Wo ist meine Frau?“
„Ich weiß nicht.“
Unaufhörlich stieg die Flut. Die beiden wateten jetzt in kniehohem Wasser.

Inzwischen hatte der Regen wieder eingesetzt. Auf ihren Surfbrettern suchten Nik und Sven das Watt ab, bis sie nicht mehr weiterkamen. Sie ließen ihre Boards liegen und kämpften sich zu Fuß durchs Wasser. Vor ihnen lag eine Sandbank.
Eben da hatten Westermann und Regina Reben Zuflucht gefunden. Beide waren sie völlig erschöpft und total durchnäßt. Westermann lag auf dem Rücken und sagte keinen Ton.
„Was haben Sie jetzt davon, daß Sie uns beinahe umgebracht haben?“ stichelte die Reben. „Sie müssen sich der Wahrheit stellen, mein Lieber. Auch wenn's noch so weh tut. Ja, ich war bereit, für die Gotteskinder alles zu tun. Alles. Doch in den letzten Wochen habe ich gemerkt, daß ich damit falsch lag. Ich habe viele Dummheiten gemacht. Aber der Tod von Christine – nein! Ich bin bereit, für meine Fehler zu bezahlen. Und von den Gotteskindern habe ich mich losgesagt. John, es tut mir leid. Es tut mir leid um Sie und Christine. Ich würde alles tun, um Ihnen zu helfen.“
Westermann unterdrückte die Tränen, verbarg den Kopf in seinen Händen. Da kamen Sven und Nik schon auf die Sandbank zugestolpert, nahmen Westermann in ihre Arme.

Traurig schmiegte sich Nik an Sarah. Sie hatten ihren Flug nach Hawaii verschoben. Er mußte sich jetzt um Stine kümmern. Um Stine, John und um die Goodewind.
„Es kommen schwere Zeiten auf mich zu“, schluckte Nik.
„Ich werde dir helfen, so gut ich kann. Aber ob ich hierbleiben kann, das weiß ich nicht. Du verstehst…?“

6

Für dich!

Der Vater, den er nicht gekannt hatte. Und jetzt der Verlust der Mutter. Das Schicksal hatte Nik schwer gestraft. Unrasiert, Ringe um die Augen, saß er am Strand und versuchte seinem Kopf das Unabänderliche einzutrichtern, aber sein Kopf wollte es einfach nicht aufnehmen. Nicht verstehen. „Verdammt, Junge", brummte Westermann, den das Schicksal doch nicht minder getroffen hatte, „du mußt dich zusammenreißen. Wenn du so weitermachst, gehst du vor die Hunde."

„Soll ich vielleicht tanzen und singen? So tun, als sei nichts passiert?! Ich hab' meine Mutter verloren!!!"

„Und ich meine Frau!!! Aber das Leben geht weiter!"

„Nein, nicht mehr so wie früher!"

„Deine Mutter hat nie aufgegeben. Ich jedenfalls werde da weitermachen, wo sie aufgehört hat.

Das bin ich ihr und Stine schuldig."

Das Banner der Surfschule flatterte im Wind. Sven und Dennis sahen interessiert zu, wie Tjard drei jungen Novizinnen, Paula, Andrea und Katja, Trockenunterricht gab: „Und jetzt mit der Linken fest den Mast umgreifen, meine Damen, und mit der Rechten nachfassen."

„Scheiße", beschwerte sich Paula Hengold, „dieses idiotische Brett ist doch viel zu schmal." Tjard bemühte sich redlich, aber einer wie Paula konnte es offenbar niemand recht machen.

„Hey, du kriegst die Kohle nicht dafür, daß du mich blöd anlaberst, du Knalltüte!" schnauzte sie den Armen an.

„Und du meinst wohl, nur weil du Geld hast, kannst du dir alles erlauben!“ schnappte Tjard zurück.
„Genauso isses. Aber das versteht ein so wenig von der Sonne der Intelligenz beschienener Sack wie du bestimmt nicht.“ Langsam aber sicher lief Tjard puterrot an und wollte Paula mit einen saftigen Tritt in den knackigen Arsch von ihrer ungehobelten Arroganz kurieren, aber ehe es zu Schlimmerem kam, schritt Nik ein: „Wir haben hier ‘ne Surfschule, keinen Boxclub.“ Dann entschuldigte er sich bei Paula für Tjards ausfälliges Benehmen. Paula tauchte in seine Augen – aber nicht nur Dankbarkeit, auch ein Schimmer Berechnung war in ihrem Blick –, dann winkte sie Andrea und Katja in ihren Fun-Cruiser.

Im Leuchtturm hing ein Wandkalender mit dem Bild des Haleakala. Die ersten Tage des Monats waren rot durchgestrichen. Sarah stand davor und stülpte die Kappe über den Filzstift: „Noch 47 Tage.“
„Ich kann gar nicht glauben, daß ihr in anderthalb Monaten wieder auf Maui seid“, freute sich Julia für sie. „Ich hab’ nur Angst, daß mich jemand aus meinem Traum weckt. Schließlich hat Nik den Flug schon einmal verschoben.“
„Was soll passieren? Du wirst Weltmeister der Damen und Nik die Nummer eins der anderen Spezies.“

Vor der Disco parkte der Fun-Cruiser. Dennis hatte sich mächtig in Schale geworfen und stiefelte machomäßig-steif rein wie John Wayne. Gleich fiel sein Blick auf Paula, die im glitzernden Mini und paillettenbesetzten Top zusammen mit Andrea und Katja ausgelassen auf der Tanzfläche herumtobte. Paula war leicht enttäuscht, als sie ihn sah – enttäuscht, weil er Nik nicht dabei hatte. Besitzergreifend legte Dennis seine Hände auf ihre Hüften. Und Paula drehte ihren Hintern gegen seinen Unterleib. Nach diesen eigentlich

unmißverständlichen Signalen rückten die beiden im Geländewagen ab. Sie hielten irgendwo, und Paula zog einen Joint aus dem Mund, bot ihn dem Kleinen hin. Der wollte nicht. Verschnupft warf sie den Joint weg: „Ihr Surfer seid wohl alle clean, was?"
„Unsere Droge ist das Surfen", kicherte Dennis in Erwartung ganz anderer Genüsse. Paula gab ihm einen gelangweilten Kuß: „Ist es für dich das erste Mal?" Dennis stellte sich extra cool: „Nö." Fuhr mit seiner Zunge extraweit in Paulas Schlund. Plötzlich zuckte er, als habe er eins gewischt bekommen: „Sag' mal, spinnst du?" Er rieb sich mit dem Finger Blut von der Unterlippe. „Ich bin anders als die anderen", triumphierte Paula. Griff beherzt in Dennis' Schnitt: „Tut gut, was?" Wie eine Schlange glitt ihre Zunge in Dennis' Ohr: „Die anderen würden dich jetzt beneiden. Selbst Nik, meinst du nicht auch?"
„Keine Ahnung."
„Aber Nik ist doch dein Freund, oder?"
„Mein bester Freund. Der würd' alles für mich tun." Wieder wollte er Paula küssen, aber sie wich ihm auf einmal aus: „Mir ist übel. Hätt' den Joint nicht rauchen sollen. Weißt du, wir können uns ja morgen sehen." Frustriert lehnte sich Dennis in seinen Sitz und verdaute seinen mentalen Coitus interruptus, als Paula den Motor anließ: „Ich wohn' im Internat."

Am frühen Vormittag, als Nik seinen Bulli neben dem Container parkte, wurde er schon sehnsüchtig von Paula erwartet.
„Ich hab' über uns nachgedacht", begrüßte sie Nik, „und dabei festgestellt, daß ich dich liebe." Erdrückend wie eine Boa constrictor umschlang sie ihn: „Bin ich dir zu jung? Du kannst alles mit mir machen. Ich bin zu jeder Schandtat bereit und besser als die anderen dazu." Nik drückte sie auf

Armlänge: „Paula, bitte, es reicht.“
„Du liebst mich doch auch?“
„Wie kommst du auf die Idee?“
„Aber du hast mich doch gegen Tjard verteidigt.“
„Weil er sich im Ton vergriffen hat. Tut mir leid, daß du dir falsche Hoffnungen gemacht hast.“ Paulas Blick wurde mit einemmal eisig: „Das wird dir noch leid tun, du – du Macho.“ Eine harte Kugel stieg ihr aus der Magengrube, würgte in der Gurgel und blieb am Schlundende stecken.

Sven erschien mit einem Schnellhefter. Er hatte nachgerechnet, daß die Surfschule in den ersten Monaten zu wenig Schüler und nicht genügend Profit abgeworfen hatte. Niklas hielt das für saisonbedingt. Nein, meinte Sven, über Ostern sei das Hotel ausgebucht gewesen – und trotzdem habe die Surfschule da nur zwei Schüler gehabt. „Aber jetzt sind's acht“, parierte Nik etwas beleidigt. Sven schlug einen versöhnlicheren Ton an und vor, der Schule durch ein Rennen wieder etwas auf die Beine zu helfen. Am Samstag schon.
„Du spinnst“, unterbrach Nik seinen Gedankengang, „das ist übermorgen.“
„Kein richtiges Rennen. Nur ein kleines, so unter deinen Schülern. Um ihren Kampfgeist etwas aufzumöbeln und von wegen der PR. Und deinen Namen müssen wir natürlich auch ins Spiel bringen: Niklas Andersen, Gewinner der Aloha Classics, des Nordcup und diverser anderer Rennen.“ Er schob Nik ein Bündel Briefe und Postkarten zu: „Fanpost. Die wollen alle deine Adresse haben. Ja, bist ein richtiger Star in deiner Klasse.“

Paula ließ es sich nicht nehmen, den verunsicherten Dennis im Hof des Internats abzufangen: „Ich wollte mich für gestern entschuldigen.“ Dennis strahlte: „So seid ihr Frauen eben. Erst anmachen, dann Kopfschmerzen.“

„Aber heute“, versicherte Paula, „heute geht’s mir bedeutend besser.“ Sie gab Dennis einen Kuß und ließ unbemerkt – Liebe macht bekanntlich blind – ein goldenes Halskettchen in die Seitentasche seines Rucksacks fallen: „Sehen wir uns nachher am Strand?“ Chauvimäßig lächelnd radelte Dennis los: „Laß nicht zu lange auf dich warten, Baby.“ Der Fisch zappelte schon so gut wie an der Angel.

Nik und Sarah planschten im Wasser. Küßten sich. Lachten. Machten ihre Scherze über John, der es nicht lassen konnte und aus der Goodewind einen Edelschuppen machen wollte. Apropos, meinte Nik auf einmal ganz unvermittelt, da wäre noch was wegen Maui zu klären. „Was – was soll das heißen?“ stotterte Sarah. „Ich frage mich“, sah Nik sie an, „ob wir wirklich hier weggehen sollten.“
„Wenn du Profi werden willst, hast du keine andere Chance.“
„Aber ich kann John und die Goodewind doch nicht im Stich lassen.“
„Gib’s zu, Nik, das ist doch nicht der wahre Grund.“ Nik wurde einen Moment stumm, dann druckste er herum: „Du hast recht. Es ist wegen meiner Mutter. Ich kann einfach nicht glauben, daß sie weg ist. Was, wenn sie doch zurückkommt – und ich bin nicht da?“ Sarah nahm ihn in die Arme.

Nik hatte sich entschieden, und seinen Entschluß teilte er Sven umgehend mit: Er würde sich um die Goodewind kümmern. Und um den Nachwuchs.
Und außerdem wollte er ja noch den Kids in der Surfschule etwas mit auf den Weg geben. Sven stöhnte – erleichtert: „Der Guru spricht. Joggen wir hier zufällig auf dem Pfad der Erleuchtung? Eins kann ich dir versprechen – so oder so: Ich steh’ voll hinter dir.“ Ach ja, er habe auch über das

Rennen nachgedacht, erwähnte Nik beiläufig: „Der Sieger sollte was Ideelles kriegen. Ein Goodewind-Stipendium. Ich werd' mich persönlich um ihn kümmern. Er darf in der Goodewind wohnen, und ich erzähl' ihm gurumäßig ein paar Anekdoten aus meinem reichen Surferleben. So ein Blechpokal, der bringt doch keinem was. Den kann man allenfalls auf'm Lokus ausstellen."

Dennis stand mit Knut und Tjard und zog den Reißverschluß seines Neoprenanzugs zu. Da tauchten zwei Polizisten auf: „Heißt einer von euch Dennis? Können wir mal in deinen Rucksack sehen?"
„Wieso das?" beschwerte sich Dennis. Tjard sprang ihm bei: „Sie können doch nicht mir nichts dir nichts 'ne Kontrolle machen. Haben Sie überhaupt 'nen Durchsuchungsbefehl?"
„Nee", grinste einer der beiden Bullen und nestelte im Seitenfach des Rucksacks, „aber dringenden Tatverdacht. Na, wer sagt's denn? Gehört das dir?" Er hielt das bewußte Kettchen in der Hand. Tjard und Dennis schauten sich verdattert an, worauf die Uniformierten Dennis zu einer kleinen Spritzfahrt einluden.

„Dennis ist der letzte, der was klaut." Martina, beim Kriegsrat der Clique im Pfahlbau, wußte auch den Grund: „Schließlich hat er reiche Eltern."
„Jo", bestätigte Knut kurz und bündig und vertilgte ein weiteres Heringsbrötchen. Nik kam herein. Er hatte Dennis zur Wache begleitet. „Und?" fragte Sarah. „Er muß sich jeden Morgen melden, damit sie auch wissen, ob er nicht getürmt ist."
„Von wem kommt denn die Anzeige?" forschte Sven nach.
„Von Paula." Tjard schüttelte böse den Kopf: „Diese verlogene Kuh." Starke Worte für den schüchternen Tjard.

„Sie hat Dennis gestern nacht angeblich dabei beobachtet, wie er ihr Halskettchen genommen und in seinem Rucksack hat verschwinden lassen. Beim Nacktbaden, sagt sie, nimmt sie das Kettchen immer ab. Dennis behauptet zwar, das sei eine Lüge, aber wenn's zu 'nem Prozeß kommt, steht Aussage gegen Aussage."

Am nächsten Tag – Nik räumte den Surfcontainer auf – stand Paula plötzlich hinter ihm: „Na, tut's dir leid?"
„Was willst du?"
„Dich trösten. Außerdem hat Dennis gemeint, du bist sein bester Freund und würdest alles für ihn tun."
„Also, sag' schon, was du willst – und dann hau' ab."
„Ich will, daß du mich liebst. Dann sag' ich der Polizei auch, daß ich mich mit dem Kettchen getäuscht hab'."
„Damit kommst du nicht durch."
„Ich geb' dir 24 Stunden. Dann will ich hören, daß du mich liebst."
„Vergiß es."
Da zerriß Paula plötzlich ihr T-Shirt: „Wir sind ganz allein. Du hast versucht mich zu vergewaltigen. Ich hab' mich gewehrt, aber du – du warst einfach stärker und..." Unvermittelt holte sie aus und zerkratzte Nik die Wange. Dann lief sie auf und davon. „Du Schwein!" schrie sie. „Du dreckiges Schwein!" Ein Rentnerpärchen, komplett mit dazugehörigem Dackel, starrte Nik entsetzt an. Der rieb sich die zerkratzte Wange. Bei der Tante hätte sogar die Schlange aus dem Garten Eden Nachhilfestunden nehmen können.

„Was, wenn die mich tatsächlich wegen Vergewaltigung anzeigt? Mittlerweile trau' ich der alles zu", überlegte Nik besorgt. „Das glaubt der doch keiner", versuchte Tjard ihn zu beruhigen. „Da müßte sie doch auch Verletzungen

haben." Aber Sarah teilte Niks Skepsis: „Wenn sie sich aber selber welche zufügt?"
„Krank", fand Tjard. „Wird Zeit", ergriff Nik wieder die Initiative, „daß jemand Paulas Eltern mal reinen Wein einschenkt. Tjard, wir haben doch ihre Adresse in der Kartei, nicht?"

Er schwang sich in den Bulli und fuhr zu einem Gutshof. Vor dem Wohngebäude erwartete ihn eine mitleiderregende Szene: Ein Mittfünfziger fütterte eine Frau, die in einem Rollstuhl saß. Nik stieg aus: „Herr Hengold." Der Angesprochene blickte ihn müde an. „Mein Name ist Andersen, Niklas Andersen. Ich möchte gern mit Ihnen über Ihre Tochter sprechen. Nur fünf Minuten, bitte."
„Sie – Sie sind doch der, der versucht hat, Paula zu vergewaltigen", blitzten Hengolds matte Augen mit einemmal auf. „Ihre Tochter lügt, Herr Hengold. Sie ist verrückt", wehrte sich Niklas. „Das hab' ich auch zu ihr gesagt, als sie wollte, daß ich vorerst auf eine Anzeige gegen Sie verzichte. Besser, Sie gehen jetzt, bevor ich die Polizei rufe."
„Finden Sie das fair?" fragte Nik verzweifelt.
„Was ist schon fair? Daß meine Frau hier", er deutete auf seine behinderte Frau, „halbseitig gelähmt ist? Daß sie nicht mehr sprechen kann? Nachts nicht mehr schlafen? Das Leben ist nicht fair. Das werden Sie auch noch begreifen, junger Mann."
„Und deswegen darf Paula machen, was sie will? Sie als Ihr Vater sind für Sie verantwortlich."
Hengold und Nik funkelten einander feindselig an, da, ganz mühsam, hob Frau Hengold ihre rechte Hand, legte sie in die ihres Mannes. Hengold schluckte, regte sich ab, drückte fest die Hand seiner Frau: „Haben Sie irgendwelche Beweise?" – „Nein", mußte Nik zugeben, „aber Paula hat zwei Freundinnen. Vielleicht wissen die was."

Die Clique beschloß, daß sich Tjard an eine der beiden, an Andrea, ranmachen sollte. Sicherheitshalber sollte jemand auch die andere, Katja, übernehmen. Nur: wer? Nik spielte kurz mit dem Gedanken, Knut den Job zu übertragen, aber als der ihn, heringbrötchenmampfenderweise, ansah, kam er zu einem anderen Entschluß: „Um eine wie Katja zu verführen, brauchen wir einen Casanova."
„Und der war bekanntlich Italiener", überlegte Tjard. Da half nichts, da mußte eben Rocky mal raus aus seiner Spezialitätenküche und ran an die Buletten. Rocky war zuerst gar nicht begeistert und wollte partout nicht mitmachen: „Was soll denn Martina von mir denken?" Aber Nik beruhigte ihn: „Du sollst mit Katja doch nur reden. Mehr nicht."
„Bene, aber was, wenn sie was von mir will, bevor ich die Information habe?"
„Du willst doch nicht, daß die mich anzeigen?" Rocky seufzte wie ein Frontschwein und sprühte sich noch etwas italienisches Eau de Toilette in die Haare: „Mit dem Duft hab' ich Martina erobert." Siegessicher fing er Katja am Fitneßstudio ab: „Bona sera, schöne Frau." Katja lächelte angriffslustig: „Stehst du zufällig auf Eros Ramazotti?"
„Natürlich. Er ist der Beste." Katja lachte: „Aber ich mag den überhaupt nicht. War nett, dich kennengelernt zu haben." Sie stieg auf ihr Rad und ließ Rocky wie einen begossenen Pudel stehen.

Julia hockte im Pfahlbau vor dem Fernseher und sah sich irgendeine belanglose Surfserie an. „Was'n mit dir los?" wunderte sich Sven. „Du stehst im Bild", maulte Julia und mampfte Chips.
Als Sven den Fernseher ausschaltete und wissen wollte, was mit ihr los sei in letzter Zeit, feuerte sie die Chipstüte auf den Tisch und sprang, geladen wie eine Furie, auf: „Was los

ist? Die ganze Zeit piept dieses Scheiß-Handy. Ich komm' mir nur noch vor, wie deine Sekretärin. Ständig ruft jemand an. Wegen des Hotels, der Surfschule oder sonst einem Käse. Ich kenn' die Leute nicht mal. Privatleben – das kommt bei dir wohl gar nicht mehr vor."
„Jetzt übertreib' mal nicht", blies Sven die heiße Luft zurück.
„Wenn ich wenigstens wüßte, worum es geht bei deiner Arbeit. Aber du schließt mich ja total aus von allem."
Sven knipste das Handy an und drückte die Zielwahltaste: „Iwana? Hör zu, laß das Penthouse räumen. Ich zieh' da ein – mit Julia – sofort." Er sah Julia an: „Von nun an bist du eingeschlossen. Zufrieden?" Julia stürzte in seine offenen Arme: „Du bist echt verrückt." Fürs erste hatte es aufgehört zu kriseln. Sie küßten sich versöhnlich.

Jetzt ruhte alle Hoffnung der Verschwörer auf Tjard, der sich mit seinen Schwimmsachen ins Sporthotel begeben hatte. Da hing er schwerfällig am Beckenrand und ließ Andrea seine Schenkel kneten.
Ihr Hinterkopf ruhte auf seinem Bauch. Beide waren nackt.
„Schläfst du?" fragte Tjard.
„Ich träume."
„Von was?"
„Wieso wolltest du heute mit mir ausgehen?"
„Weil – naja – du bist ein Klasseweib und...und..."
„Und warum sind wir dann hier im Schwimmbad?"
„Tja, ich dachte – als krönender Abschluß."
„Unter einem krönenden Abschluß hab' ich mir aber was anderes vorgestellt."
„Ganz schön keß bist du, aber ich glaub', die Paula, die ist dir über."
„Paula?!" Andrea war ganz aufgebracht. „Die hat doch nur 'ne große Klappe. Alles Lüge! Die hat in ihrem ganzen

Leben noch keinen einzigen Kerl verführt."
„Aber Nik, den muß sie doch ganz schön wild gemacht haben."
„Vergiß es. Da ist überhaupt nichts gelaufen." Andrea begann aus dem Nähkästen zu plaudern und zu plappern. Als Tjard genug gehört hatte, wollte er nur noch wissen, ob sie die Story auch vor der Polizei bezeugen würde.
„Bist du verrückt? Die bringt mich um. Die ist irgendwie krank."
„Keine Bange", versicherte Tjard. „Ich beschütz' dich. So eine, das ist doch keine Freundin. Hättest du sonst Angst vor ihr?"
„Okay, was muß ich tun?"

Am nächsten Tag fuhr Nik die aussagewillige Andrea in seinem Bulli zum Gutshof. Hengold war erst mal baff. Dann ließ er sich von Niklas zum Strand kutschieren, wo gerade das Rennen um das sogenannte Goodewind-Stipendium ausgetragen wurde: Dennis lag an der Spitze und gewann. Paula belegte einen der hinteren Plätze und stapfte wütend zu ihrem Fun-Cruiser. „Ich hab' gar nicht gewußt, daß du Surfunterricht nimmst", sprach Hengold seine Tochter an. „Eigentlich weiß ich recht wenig von dir." Paula pfefferte ihr Handtuch in den Wagen: „Ich bin ja auch nur deine Tochter."
„Deine Freundin Andrea…ich habe sie gesprochen… sie meint, Niklas hätte dich nicht… „
„Und sowas glaubst du? Die lügen doch beide wie gedruckt. Andrea ist nur eifersüchtig, daß Nik auf mich steht." Wütend ließ sie den Motor an und ihren Vater ratlos stehen.
„Tut mir leid", entschuldigte sich Nik.
„Nein", meinte Hengold niedergeschlagen, „mir tut es leid. Die Sache mit ihrem Freund werde ich regeln." Gebrochen wankte der Mann davon.

Während der Siegesfeier im Pfahlbau standen Nik und Sarah stumm auf der Terrasse nebeneinander. „Hast du dich entschieden?“ brach Sarah das bange Schweigen. Nik zögerte mit der Antwort, dann nickte er: „Ich werde hierbleiben, Sarah. Ich kann das alles nicht aufgeben: Stine, Goodewind, die Surfschule. Ich bin hier zu Hause. Und du – du könntest es auch sein.“ Sarah rang um eine Antwort, drehte ihr Sektglas in den Händen: „Nein, ich glaube, das könnte ich nicht. Ich will nach Maui. Und Profi werden. Trotzdem werde ich dich lieben. Immer.“ Sie küßte Nik und verschwand im Pfahlbau. Nik atmete tief durch und sah zu den Sternen hinauf.

In einiger Entfernung, wo Toilettenkabinen aufgestellt waren, wartete Andrea darauf, daß etwas frei würde. Plötzlich krallte sich eine Hand in ihre Haare und eine andere schob ihr ein Messer an den Hals. Übermäßig geschminkt in einer Weise, daß es fast schon grotesk wirkte, blies ihr eine betrunkene Paula ihren alkoholisierten Atem in den Nacken: „Amüsierst du dich auch schön, du elende Verräterin?!“
„Paula, bitte nicht“, winselte Andrea, „ich konnte nichts dafür, ich...“
„So, du konntest nichts dafür? Warum finden wir dann nicht heraus, wer was dafür kann?“ Sie drängte Andrea, immer noch das Messer an ihrer Gurgel, zurück zum Pfahlbau. Als die beiden in der Tür standen, brach die Musik ab. Etwas verschwommen entdeckte Paula Nik in einer Ecke: „Da bist du ja, mein Schatz. Ich dachte schon, du hättest mich versetzt. Wir zwei Hübschen sind nur gekommen, um herauszufinden, ob du etwas dafür kannst. Die Träne hier meint nämlich, sie war es nicht.“ Sie drückte die Messerspitze fester an Andreas Hals: „Ach was, die Tussi hat mich verraten, wer sonst? Sie konnte einfach nicht verknusen, daß

du mich liebst und nicht sie. Ich hab doch recht: Du liebst mich doch?!“ Nik schluckte: „Ja.“
„Dann sag’ es.“
„Ich – liebe – dich.“
„Etwas lauter bitte. Ich hab’s nicht verstanden.“
„ICH – LIEBE – DICH. BIST DU JETZT ZUFRIEDEN?!“
Für einen Moment lächelte Paula selig: „Wenn ich’s dir nur glauben könnte.“ Das Funkeln in ihren Augen erstarb. Jetzt wollte sie Blut sehen, das Messer in Andreas Kehle stoßen. Doch da sprang Dennis sie geistesgegenwärtig von hinten an und drehte ihren Arm weg. Dabei verletzte ihn das Messer an der Schulter. Paula kreischte auf wie eine Kreissäge und wehrte sich wie eine verwundete Raubkatze. Tjard, Knut und Nik mußten Dennis zu Hilfe kommen, aber selbst mit vereinten Kräften fiel es ihnen nicht leicht, das strampelnde Mädchen zu bändigen. Auf einmal begann Paula wie ein kleines Kind zu heulen. Als die Jungs sie losließen, rollte sie sich in Fötusstellung zusammen. Sarah nahm Nik in die Arme. Rocky und Martina untersuchten Dennis’ Schulter. Dennis konnte immer noch nicht fassen, was da geschehen war: „Die wollt’ mich erstechen. Die wollt’ mich echt erstechen.“ Rocky half ihm auf die Beine: „Ist nur ein Kratzer. Morgen kannst du wieder Pizzas stemmen.“

7

Männerwirtschaft

Zur Belohnung, in Erfüllung des von Nik ausgesetzten Goodewind-Stipendiums und weil seine Eltern es ihm erlaubt hatten, durfte Dennis ab sofort in der Pension wohnen. Gemeinsam mit Westermann bemühte er sich nach Kräften, der hier reichlich anfallenden Aufgaben Herr zu werden – und mittendrin, zwischen Wäsche und Putzmitteln, krächzte Stine. Eine Angelegenheit für Hannelore Grantner, den grantigen Drachen vom Jugendamt:

„Ich bin für Ihren Fall zuständig.“ Sie bleckte die Zähne. Gefolgt von Westermann, der Stine auf den Arm genommen hatte, besichtigte sie die Räumlichkeiten der Pension. Deutete auf eine Steckdose: „Keine Kindersicherung.“ Monierte eine Harke, die an der Wand hing: „Wollen Sie jemand aufspießen?“ Nik kam dazu: „Es ist doch immer jemand da, der auf Stine aufpaßt.“

„Ich weiß“, musterte ihn Grantner mit ihren kalten Reptilienaugen und deutete mit dem Kinn auf Dennis. „Minderjährige, die sorglos Putzmittel in Reichweite des Kindes stehenlassen.“

„Bisher ist noch nie etwas passiert“, knurrte Westermann. „Bisher!“ spie der Drache vom Jugendamt weiter sein Feuer. „Was wollen Sie eigentlich von uns?“ forschte Westermann. „Ich will, daß es der Kleinen gutgeht“, erläuterte Grantner das Credo des Jugendamtes, worauf Stine gleich zu heulen anfing. Westermann sah Nik an: „Ich glaube, es ist Zeit für ihr Fläschchen. Machst du das bitte, ja? Ich begleite Frau Grantner nach draußen.“

Sven, der sich immer noch auf die Prüfung vorbereitete, kehrte geschlaucht von einem Buchhalterkurs der IHK zurück: „Ich hab' nicht gewußt, daß das ein Schläferkurs ist. Mensch, bin ich müde."
„Was hältst du von einer kleinen Nackenmassage?" schlug Julia zwecks allgemeiner Aufheiterung vor.
„Später vielleicht. Ich muß erst noch mit Iwana die Personaleinteilung für nächste Woche durchgehen." Julia reagierte kühl: „Verstehe. Verschieben wir das also auf nächste Woche. Jeden Abend wird's elf, zwölf, bis du mit deiner Arbeit fertig bist."
„Du weißt sehr genau, daß ich will, daß Vater mir das Hotel ruhigen Gewissens anvertrauen kann."
„Papa ist Söhnchens großes Vorbild in allem, ja?"
„Er ist der Beste. Außerdem warst du es, die an meiner Arbeit teilhaben wollte. Deswegen sind wir doch ins Hotel gezogen."
„Trotzdem gefällt mir nicht, wie leichtfertig du unsere Beziehung wegen diesem blöden Kasten aufs Spiel setzt."
„Ich arbeite doch für uns beide. Seh das doch ein!"
„Nein, tust du nicht, du arbeitest nur für dich. Ein grenzenloser Egoist bist du, damit du's weißt."
Sven würgte den Vorwurf in sich hinein. Er lag hart im Magen. Als Julia merkte, daß sie in die richtige Kerbe gezielt hatte, stichelte sie weiter.
„Du möchtest ja nur besser werden als dein Vater. Du willst ihm zeigen, wer du bist. Und mich – mich vergißt du dabei ganz. Ich bin hier nur so was wie das fünfte Rad am Wagen."
Sven hatte keine Lust mehr, sich Julias Vorwürfe anzuhören: „Ich hab' echt überhaupt keinen Bock, über so 'nen Schwachsinn zu reden."
„Schön, wie du wieder mal ausweichst", bedankte sich Julia spöttisch.

Beziehungsprobleme wurden auch am Fuße des Leuchtturms erörtert. „Du willst wirklich ohne Nik nach Maui zurück?“ fragte Martina. Sarah nickte: Sie wollte sogar schon morgen los. Martina verstand die Welt nicht mehr: „Das sagst du jetzt?!“

„Eigentlich wollte ich gar nichts sagen.“

„Und bei Nacht und Nebel abhauen?“

„Ich dachte, der Abschied würde mir dann leichter fallen. Aber ich kann nicht.“

„Na, dann sollten sie doch vorher noch mal ein Faß aufmachen. Aber nur die Frauen, ohne Nik – das würde ihr sonst zu weh tun, bettelte Sarah.

Nik wurde gerade von einem seiner jungen Fans bestürmt. Der 18jährige Hagen hatte Haare wie Dornengestrüpp. Seine schmale Brust kaschierte er mit einem Muscle-Shirt.

„Stimmt das“, schmatzte er an seinem Kaugummi, „daß du keine Rennen mehr fahren willst? Der Juniorchef vom Sporthotel, so'n Blonder, hat gestern gemeint, daß du einer der Besten hättest werden können.“

„Sven? Der redet viel, wenn der Tag lang ist.“

„Was hältst du von einem kleinen Rennen?“ forderte der Junge den Meister heraus. „Ich wette, ich kann dich schlagen.“

„Um was wettest du?“

„Wenn ich gewinne, wohne ich eine Woche umsonst bei dir in der Jugendherberge oder was auch immer das ist.“

„Und wenn du verlierst, Sportsfreund, was wird dann?“

„Steh' ich dir eine Woche gratis als Koch zur Verfügung.“

„Na, hoffentlich hast du genügend Rezepte auf der Pfanne. Eine Woche ist lang.“

Eine Zeitlang lagen die beiden sozusagen Brett an Brett, aber als sie an der Boje wendeten, konnte sich Niklas den

Vorsprung sichern. „Was gibt's heute abend zu essen?“ grinste er seinen neuen Koch an. Ein neuer Koch? Sofort war Rocky zur Stelle. „Koch im zweiten Lehrjahr und erfahrener back-packer“, stellte sich Hagen vor. „Back-packer?“ Rocky rollte die Augen. „Was ist jetzt das schon wieder?“
„Das sind Leute aus aller Welt, die in Jugendherbergen mitarbeiten.“
„Wär' das nicht was für die Goodewind, so 'ne Art kosmopolitische Pension?“ faßte Tjard nach. „Das wär' dann aber ein Full-time-Job“, überlegte Nik, „und ich müßte den Pfahlbau verlassen und in der Goodewind wohnen.“
„Sehr schön“, rieb sich Rocky die Hände. Insgeheim spekulierte er nämlich schon einige Zeit auf den Pfahlbau: Irgendwie fühlte er sich als Küchenchef eines Sporthotels deplaciert und würde lieber wieder selbständig arbeiten, und ein Restaurant auf Pfählen, direkt am Strand, das konnte, als Geheimtip quasi, hübsch was einbringen.

Vor der Pension hielt ein Opel. Westermann, der das gemähte Gras zusammenharkte, verschlug es die Sprache, als Frau Grantner einen schweren Koffer aus dem Heck wuchtete: „Was wollen Sie denn schon wieder?“
„Ich beabsichtige, mich bei Ihnen einzuquartieren, um Ihnen auf die Finger zu gucken.“
„Das ist ja wohl das Neueste im deutschen Beamtenstaat. Hab' ich ja noch nie gehört, daß sich 'ne Tante vom Jugendamt bei 'ner Familie einnistet.“
„Sind Sie immer so aufbrausend? Sind Sie noch nie darauf gekommen, daß ein Kind darunter leiden könnte, wenn der Vater so jähzornig ist? Sollte sich mein Verdacht bestätigen, Herr Westermann, daß das Umfeld für die Kleine nicht das richtige ist, werde ich Ihren Fall so schnell wie möglich vors Vormundschaftsgericht bringen. Würden Sie mir jetzt

bitte mein Zimmer zeigen?" Ächzend hob Frau Grantner ihren Koffer. Westermann dachte überhaupt nicht daran, ihr zu helfen. Sie hätte diesen Mann mit bloßen Blicken erdolchen können.

„Bedeutet das, Stine muß in ein Heim?" fragte Sarah besorgt. Westermann nippte an seinem Pils: „Da muß, unter uns Betschwestern, schon mehr passieren." Stine umklammerte Westermanns kleinen Finger. „Aber denk' doch dran, wieviel du zu tun hast", erinnerte ihn Nik. „Du leitest die Pension, kümmerst dich um die Abwicklung der Versicherung. Und vollständig die Nase aus dem Sporthotel heraushalten, das hast du auch noch nicht gelernt."
„Ich krieg' das schon geregelt. Macht euch man keine Sorgen um mich. Und was diese Grantner angeht, ich bin schon mit ganz anderen Kalibern fertiggeworden."
„Wie wär's, wenn wir in die Goodewind ziehen und dich entlasten", schlug Niklas vor. „Dann könnte deine Frau Grantner einmal echtes Familienleben schnuppern. Auf was anderes kommt es ihr doch gar nicht an."
„Außerdem würde sich Rocky freuen", meinte Sarah„ „wenn er im Pfahlbau ein italienisches Spezialitätenrestaurant eröffnen könnte."

Einsam spazierten Nik und Sarah am Strand. „Es freut mich, wie du dich um Stine kümmerst", lobte sie ihn. Sie blieb stehen: „Da! Ich hab' was für dich. Ich wollte es dir eigentlich erst später..." Sie wickelte ein rotes Etui aus: Auf einem Samtbettchen ruhte eine goldene Halskette mit einem kleinen Surfbrett. Niklas hatte einen Kloß im Hals, als Sarah das Schmuckstück um seinen Hals legte. Das roch schwer nach Abschied, aber er wehrte sich gegen diesen Gedanken. Vor dem Feuerball der untergehenden Sonne küßten sich die beiden heiß und innig.

Am nächsten Tag, spätnachmittags, verließ Sarah, in einem luftigen Sommerkleid, den Pfahlbau. „Und vergiß nicht, daß wir heute nacht schon in der Goodewind schlafen“, rief ihr Nik nach. Sven wunderte sich: „Sarah geht ohne dich aus?“
„Oh, sie will mit Martina und Julia ins Cerberus.“
„Na, dann sollten wir heut' mal einen richtigen Männerabend machen.“ Das sei doch mal eine gute Gelegenheit, um von Mann zu Mann...“Schwierigkeiten?“ bohrte Nik. „Mit Julia?“ Sven seufzte bestätigend. „Aber denk' dran“, erinnerte Nik, „mein Stundenhonorar als Seelenklempner beläuft sich auf schlappe 250.“ Wenn der Blinde dem Lahmen hilft und umgekehrt!
„Mich kotzt zur Zeit einfach alles an“, beklagte sich Sven. „Vor allem Julias ewige Nörgelei. Nichts kann ich ihr recht machen. Probleme mit dem Personal. Probleme mit meinem Alten, der ständig glaubt, mir reinreden zu müssen. Er will einfach nicht glauben, daß es auch ohne ihn läuft.“
„Er wird sich daran gewöhnen.“
„Hoffentlich.“ Tjard, Dennis, Rocky und Knut kamen, um die trübselige Männerrunde im Pfahlbau in Schwung zu bringen. Die Jungs klatschten ab. „Hab' Zielwasser mitgebracht“, zog Rocky ein paar Flaschen Wein aus einer Tüte, und die anderen machten, dankbar, daß sie ihren Geist ausschalten durften, die Wurfpfeile bereit.

Auch die Frauen hatten ihren Spaß und planschten anschließend im Meer. „Hab' schon ganz vergessen“, japste Martina ganz außer Atem, „wieviel Spaß man ohne Männer haben kann.“
„Hätten so was öfter machen sollen“, gab ihr Sarah recht. „Wir könnten das öfter machen. Warum bleibst du nicht?“ drang Julia in ihre dunkelhäutige Freundin. „Ich kann nicht“, seufzte die. „Wieso nicht?“ hakte Julia nach. „Ich

denke, du liebst Nik."
„Tu ich auch. Aber Nik hat seine Träume – und ich meine eigenen. Trotzdem werde ich ihn immer lieben."
„Na, da bin ich nicht so sicher", warf Julia skeptisch ein. „Ich glaub' nicht an Liebe über größere Entfernungen und auch nicht daran, daß Liebe ewig dauern muß."
„Willst du auf deinen Streß mit Sven anspielen?" fragte Martina. Julias Gesicht wurde traurig: „Ich weiß nicht…ich komm' mir in letzter Zeit so austauschbar vor. Als wär' ihm egal, wer mit ihm lebt und schläft. Aber das ist wahrscheinlich der Lauf der Dinge: Man zieht zusammen, man gewöhnt sich aneinander – und dann, irgendwann, ist es aus, und man weiß gar nicht mehr, wie es einmal angefangen hat. Ich würd' zu gern wissen, was ich Sven wirklich bedeute."
„Willst du ihn testen?" fragte Sarah voller Spannung. Julia zuckte mit den Achseln: „Keine Ahnung. Werd' mir was einfallen lassen." Die drei umarmten und küßten sich zum Abschied. Nachdenklich schaute Julia ihren abrückenden Freundinnen nach.

Sven half Nik, der zwei Sporttaschen vollgepackt hatte. Nik sah sich noch einmal um: „Ich werd' die alte Hütte vermissen."
„Ich hoffe, du wirst mit Paps zurechtkommen. Er ist der geborene Tyrann."
„Vielleicht kann er sich mit dem Konzept der back-packers anfreunden", hoffte Nik. „Nur, wenn's Reibach bringt."
„Wenigstens hat Rocky seine Freude. Von mir aus kann er hier seine Pizzeria eröffnen. In eurem hochherrschaftlichen Laden scheint er ja fehl am Platze."

Morgens in der Küche der Pension. Hagen, Nik und Westermann wirbelten. „Das ist keine Orangenmarmelade", meldete sich eine schrille Stimme aus dem Frühstücksraum, „sondern Aprikose." Westermann reagierte, ganz gegen seine Gewohnheit, zuckersüß: „Wir führen keine Orangenmarmelade, Frau Grantner. Da müssen Sie schon in eine andere Lokalität wechseln. Ich könnte da was für Sie arrangieren."

„Heute nacht hat die Kleine über zehn Minuten geweint", wechselte die Beamtin schroff das Thema.

„Sie hatte Blähungen", sprang Sarah zur Rettung der Männer ein. „Ich mußte erst noch den Tee machen." Grantner sah sich um und nahm Sarahs dunklen Teint in Augenschein. Naserümpfend verließ sie das Frühstückszimmer. Hagen schloß den Kühlschrank mit einer Lebensweisheit: „Frauen, die Orangenmarmelade verlangen, haben den Hang, ebenfalls bitter zu sein." Sarah mußte los: zur Bank, die Reiseschecks abholen. „Wir sehen uns später", lachte Nik. Sarah wich seinem Blick aus. „Ja", log sie und küßte ihn flüchtig auf die Wange.

Ehe Nik weiter über Sarah nachdenken konnte, weihte ihn Westermann in den Ausbau der Goodewind ein, so wie er ihn sich vorstellte: „Wir investieren Christines Lebensversicherung in eine Komplettrenovierung. Wir sollten auch Zimmertelefone einbauen lassen, um den Komfort zu erhöhen." – „Weißt du, was back-packers sind?" unterbrach Nik Johns Gedankenfluß. „Eine Känguruhart oder sowas denke ich." – „Fast", lächelte Nik, „ist 'ne australische Erfindung. Hagen, könntest du Herrn Westermann mal erklären, was back-packers sind."

„Klar", freute sich Hagen, „das ist die geilste Erfindung seit Einführung des Surfbretts."

Elsa, eine attraktive Mittdreißigerin, dümpelte auf dem Lehrbrett über die sanfte Dünung. Nik trabte ihm seichten

Wasser neben ihr her und lobte: „Sehr gut. Die Füße etwas weiter auseinander. Wunderbar. Besser als die Kids."
„Schmeicheln gehört wohl zu Ihrer Grundausbildung", kicherte Elsa amüsiert. Nebenan buddelte Dennis mit Stine im Sand. Da fiel rabenhaft-drohend Grantners Schatten über sie. Stine sah unerschrocken zu ihr hoch und hielt ihr brabbelnd eine Plastikschaufel hin. „Sie sollen mitspielen", erklärte Dennis und zog einen Plastiklastwagen heraus. „Sie können den Sand wegfahren." Unwirsch und etwas linkisch kniete sich Frau Grantner in den Sand. Als Nik mit Elsa durch war, rappelte sich Frau Grantner sofort auf und klopfte geschwind den Sand von ihrem Kleid. Stine fing an zu heulen, weil die Dame sie nicht mehr beachtete. „Sie können doch nicht einfach so aufhören zu spielen", tadelte Nik. „Stine nimmt sowas sehr persönlich."
„Sie haben mir nicht zu sagen, was ich kann und was nicht", plusterte sich Grantner auf und rauschte davon. Nik schaute ihr mitfühlend nach: „Ich wette, die hat keine Kinder."

Sarah verließ in Martinas Begleitung die Bank: „In zwei Stunden bin ich weg."
„Hör bloß auf", jammerte Martina, „sonst fang' ich noch an zu heulen." Sarah hatte nur Niklas im Kopf. „Ich werd' ihm schreiben, wenn ich in Maui bin", nahm sie sich vor. Irgendwie fand es Martina feige, sich einfach so davonzustehlen. Sarah nickte: „Du hast recht."
„Natürlich hab' ich recht. Komm, wir besorgen Briefpapier und 'nen Gänsekiel. Das Ganze sollte doch etwas mehr Stil haben, findest du nicht auch?"

Oben im Leuchtturm. Julia hatte sich zwischen Svens Beinen niedergelassen, den Kopf an seine Brust gelegt: „Ich hatte Angst, du würdest mich nicht mehr lieben."
„Ich hatte nur in letzter Zeit zuviel zu tun."

„Was hältst du von Champagner?“ lockte Julia. „Zur Feier des Tages.“ Sven strahlte: „Und was hältst du von Champagnerfrühstück?“ Zärtlich küßte er Julia. Die Spannungen der letzten Tage und Wochen schienen wie weggeblasen. Doch da, wie ein Elefant in den Porzellanladen, polterte Westermann ins Studio. Überrascht knöpfte sich Sven die Hose zu. Lautstark dröhnte sein Vater wie eine Eisentonne, gegen die jemand mit einem Hammer schlug: „Los, zieh’ dich an. Über den Spaß solltest du den Ernst des Lebens nicht vergessen. Du weißt, was heute ist…“

„Ich hab’ die Prüfung nicht vergessen.“

„Nur verdrängt, was?“

„Wer gibt Ihnen überhaupt das Recht“, mischte sich Julia frustriert und um ein Erlebnis betrogen ein, „mit Sven so zu reden?“ Westermann war baff: Wie war das? Julia plapperte und maulte unbeirrt weiter: „Sven ist alt genug, daß er ohne Ihre dauernde Bevormundung auskommt. Sie müssen hier nicht den allmächtigen Vater raushängen lassen.“ Sven versuchte sie zu beruhigen, aber in Julia knisterte und loderte es jetzt gegen den Alten: „Ist doch wahr. Wieso sagst du ihm nicht einfach, daß dir die Prüfung scheißegal ist?“

„Ist sie nicht.“

„Ach, und wann hätte dann unser Frühstück stattgefunden? Oder hättest du das in fünf Minuten durchgezogen?“ Sven sah sie hilflos an, wußte keine Antwort. Julia stieß einen verächtlichen Laut aus und rannte aus dem Raum. Sven wollte ihr nach, aber sein Vater hielt ihn zurück: „Laß sie. Sie wird sich schon beruhigen. Die Prüfung ist jetzt wichtiger. Oder fühlst du dich der Verantwortung nicht gewachsen? Du brauchst es nur zu sagen. Dann übernehm’ ich das Hotel wieder.“ Sven machte sich los: „Darauf hast du doch nur gewartet!“ Er setzte Julia nach, die hinunter zum Strand war: „Julia, so warte doch!“ Sie funkelte ihn böse an:

„Verpaßt du nicht deine Prüfung? Lange genug hab' ich tatenlos zugeschaut, aber ich will in deinem Leben mehr sein als nur Zuschauer. Und wenn du das nicht kapierst, kannst du dich zum Teufel scheren."
„Gib mir noch eine Chance, Julia, bitte!" Julia überlegte, dann umarmte sie ihn stumm, mit Tränen in den Augen: „Und jetzt hau' ab zu deiner Prüfung. Und wenn du durchfällst, polier' ich dir den Hosenboden." Glücklich ließ Sven den Motor an. „Du solltest endlich begreifen, daß ich alleine klarkomme", geigte er seinem Vater vorher noch die Meinung.

„Aus der Idee mit den back-packers ließe sich vielleicht was machen", ging Westermann auf Niklas zu. „Siehst du", freute sich der, „du bist noch nicht zu alt, was Neues auszuprobieren." Da tauchte Grantner auf und stauchte die beiden zusammen: „Ich war heute am Strand. Die Kleine war unbeaufsichtigt."
„Was soll das heißen?" erboste sich Nik. „Dennis und ich waren dabei. Und Sie haben selbst mit Stine gespielt – oder war das Ihr Geist?"
„Das Kind war unbeaufsichtigt", wiederholte Grantner stur. „Sie sind Ihrer Sorgfaltspflicht nicht nachgekommen, Herr Westermann. Ich werde beim Vormundschaftsgericht beantragen, daß Ihnen das Sorgerecht entzogen wird." Stine fingerte nach Grantner. Bei der Berührung zuckte die Beamtin zusammen und schloß ihre Augen. Ihre Backenmuskeln traten hervor. Sie drängte sich an Westermann vorbei und verließ eilig das Grundstück. Westermann sah ihr kampfentschlossen nach: „Nicht mit mir, meine Dame!" Er rannte ihr hinterher und holte sie an ihrem Opel ein: „Einen Moment!"
„Lassen Sie mich!" Grantner wirkte eingeschüchtert. „Erst, wenn Sie mir erklären, was Ihr Problem ist", beharrte

Westermann. „Ich hab' kein Problem, Herr Westermann."
„Wovor haben Sie Angst?"
„Jetzt lassen Sie mich fahren."
„Wovor haben Sie Angst?" insistierte John. „Ich – ich – ich kann nicht…"
„Was können Sie nicht?" Grantner gab ihren Widerstand auf.
„Das Kind", zuckte ihr Kinn unkontrolliert, „es – es war erst vier…" Tränen quollen aus ihren Augen: „Kürzlich ist ein Kind, das ich betreut habe, tödlich verunglückt. Es wurde von seinem Vater zu Tode geprügelt. Ich – ich – konnte – nichts – dagegen – tun." Instinktiv nahm sie Westermann in den Arm: „Sie trifft doch keine Schuld, Frau Grantner. Ich bin sicher, Sie haben ihr Bestes getan."

Nik trug derweil Stine in sein Zimmer, damit sie ein kleines Schläfchen halten konnte, und dabei entdeckte er auf seinem Bett einen Brief von Sarah. Ihren Abschiedsbrief. Ein paar Minuten später stürmte er mit Stine auf dem Arm aus der Pension und raste mit dem Bulli los.

Martina verabschiedete Sarah auf dem Bahnhof:
„Vergiß uns nicht."
„Wir kommen dich auf jeden Fall besuchen", versprach Julia. Die drei legten die Hände aufeinander: „Versprochen." Sarah löste sich mit Tränen in den Augen und stieg ein. Langsam fuhr der Zug an. Da hörte Sarah eine vertraute Stimme nach ihr rufen. Es war Nik. Er drückte Stine den beiden am Bahnsteig wartenden Frauen in die Hand und sprintete dem Zug nach, sprang auf die Treppe des Waggons. „Ich liebe dich, Sarah", keuchte er. Sarah, durch die Fensterscheibe der Waggontür, formte mit ihren Lippen: Ich – liebe – dich. Nik lächelte. Sprang ab. Schaute dem wegrollenden Zug mit gemischten Gefühlen nach. Im

Hintergrund weinte seine kleine Schwester. Er wurde gebraucht – und was konnte es Schöneres für einen Menschen geben?

Westermann gratulierte seinem Sohn zur bestandenen Prüfung und schenkte ihm ein Nummernschild – unter der Nummer stand in schwarzen Lettern das Wort Eigentümer: „Für deinen Parkplatz, Sohn." Allein Rocky brachte einen kleinen, aber längst erwarteten Wermutstropfen in die Feierstimmung der Westermänner: „Ich kündige. Martina und ich werden nächste Woche umziehen. In den Pfahlbau. Wir werden eine Pizzeria eröffnen. Nicht, daß ich eitel wäre, aber Martina hat vorgeschlagen, sie ROCKY'S zu nennen."

8

Aus, Schluß, vorbei

Sven und Julia flanierten Hand in Hand am Meeressaum. „Hätt' ich nicht gedacht, daß Dad das mit der Überschreibung des Hotels so locker nimmt“, staunte Sven. „Abwarten“, warnte Julia. „Ich bin nicht so überzeugt, daß er sein Versprechen wahr macht und die Finger vom Hotel läßt.“

„Hat er doch gar keine Zeit mehr für“, überspielte Sven die eigenen Bedenken hinsichtlich seines Vaters. „Der hat alle Hände voll zu tun mit Stine und der Goodewind.“

„Da könnt ihr euch die Hände reichen“, fand Julia. „Außer dem Hotel hast du doch auch noch die Surfschule am Hals und, nicht zu vergessen, das Radio.“ Sven blieb überrascht stehen: „Das Radio? Wieso?“

„Na, du hast doch gesagt, du hilfst uns, neue Sponsoren zu finden. Momentan reicht die Werbezeit jedenfalls nicht, um unsere Ausgaben zu decken. Wenn nicht bald was passiert, können wir das Radio dichtmachen.“ Sven seufzte und versprach, sich umzuhören. „Klar, und damit ist das Thema für dich erledigt, wie?“ stichelte Julia. „Mehr kann ich im Augenblick leider nicht tun“, bellte Sven gereizt zurück. „Früher hattest du nicht so 'nen Ton drauf“, beschwerte sich Julia. Wieder einmal rappelte es zwischen den beiden gehörig in der Beziehungskiste, bis Sven endlich ganz kleinlaut wurde und nachgab: „Es tut mir leid. Ich liebe dich doch. Ich liebe dich, Julia.“

„Dann beweis' es“, keifte sie ihn an.

„Und wie?“

„Spring mit mir“, forderte Julia ihn auf und sah zu einem

Kran hinüber, der in einiger Entfernung in den Himmel ragte.
Ein Aufzug brachte die beiden mitsamt ihren Beziehungsproblemen nach oben. Die Menge Schaulustiger, die sich unten am Kran versammelt hatte, wurde klein und kleiner. „Du spinnst", meinte Sven nervös. „Sowas ist doch kein Liebesbeweis."
„Für mich schon", beendete Julia das Thema. Der Aufzug war oben angekommen, wo Günther den beiden mit geübten Griffen die Halterung eines Bungee-Seils um die Fußknöchel legte. Günthers Partner Harry kommentierte die Aktion unten über Lautsprecher: „So, liebe Zuschauer, die beiden Turteltauben werden jetzt aneinandergegurtet – und dann geht es ab in die Tiefe. 50 Meter, ohne Netz und doppelten Boden, nur ein kleiner Airbag, der leicht zu verfehlen ist. Hoffentlich hat Günther nicht vergessen, den Kranarm heute morgen hochzuhieven. Über Nacht wird das gute Stück nämlich um einiges gesenkt. Aber die beiden sehen ja so aus, als wären sie in einer guten Krankenversicherung und hätten zur Not auch eine Lebensversicherung abgeschlossen." Als Günther das Bungee-Seil einklinkte und das Türchen der Plattform öffnete, in der von ihr selbst herausgeforderten Stunde der Wahrheit, begann Julia zu bibbern. „Na, komm schon", fuhr Sven sie barsch an, „du warst doch ganz versessen darauf. Du wolltest ja unbedingt wissen, wie sehr ich dich liebe."
„Von unten sah's aber nicht so hoch aus." Aber Sven ließ sich auf keine weitere Diskussion mehr ein und zog Julia mit sich, hinunter in den Abgrund. Julia kreischte, als würde sie kopfüber ins höllische Feuer gewirbelt. Wenige Meter über dem Auffangkissen straffte sich das Seil und pendelte aus. Die Zuschauer applaudierten artig, während Julia, der der Arsch total auf Grundeis gegangen war, mit ihren Fäusten auf den lachenden Sven eindrosch: „Du Arschloch,

du! Wer hat dir erlaubt, mich da einfach runterzuschubsen?!“ Von oben wurden die beiden zu Boden gelassen, und Harry klinkte sie aus. Heulend stapfte Julia davon, und Sven verstand die Welt und die Frauen nicht mehr. „Bei dir ist echt ‘ne Schraube locker, weißt du das?“ brüllte er ihr nach.

Nik hatte seinen Neoprenanzug an und schüttelte, mit einem kurzen Blick auf Jörn, die Arme aus. Jörn war Anfang 20, hatte pechschwarze Haare und machte einen durchtrainierten Eindruck. Tjard stand zwischen den beiden und gab das Kommando: „Auf die Plätze – fertig – los.“ Nik und Jörn schnappten sich die Bretter und spurteten hinunter zum Wasser, verfolgt von Josy, dem kleinen Köter. Jörn kam als erster aufs Brett, Nik kurz nach ihm. Knut, der gerade kein Heringsbrötchen zur Hand hatte, schob erregt einen Schokoriegel in seinen Mund. „Diese Rennen gegen Nik“, meinte Dennis, „werden ja langsam zu ‘ner ständigen Einrichtung. Aber diesmal wird er es nicht so leicht haben. Ich war gestern schon mit Jörn draußen. Der Junge hat wirklich was auf dem Kasten. Hat mir echt ‘n paar affengeile Jumps gezeigt.“
Jörn lag jetzt eine Brettlänge vor Niklas. Der gab sein Bestes und zog an der Innenseite seines Herausforderers gleich auf. Jörn konzentrierte sich jetzt voll auf die Wende, lenkte sein Brett gegen das von Nik. Der machte eine ausgleichende Bewegung und fuhr an der Innenseite der Wendeboje vorbei. Jörn dagegen umrundete die Boje an der richtigen Seite und nahm Kurs auf den Strand. Nik mußte einen U-Turn machen, um die Boje im zweiten Anlauf vorschriftsmäßig zu nehmen. Doch Jörn war nicht mehr einzuholen.
Da hielt ein unscheinbarer PKW neben den Surfcontainern. Schumann, ein Fettwanst mit gallebitterem Knittergesicht,

quälte sich heraus und legitimierte sich mit seinem Kripoausweis: „Heut' morgen ist ein Raubüberfall verübt worden. Auf einen Touristen, einen älteren Mann. Radspieler heißt er. Kennt ihr ihn?“
„Naja“, bestätigte Dennis, „der wohnt bei uns in der Goodewind.“
„Wohnte“, verbesserte Schumann lakonisch, „denn bis Urlaubsende wird er im Krankenhaus liegen. Schädelbruch haben die Ärzte festgestellt.“ Sein Blick wurde schneidend und fiel auf den kleinen Hund, der ihn ankläffte: „Heißt der Köter da Josy?“
„Ja, und? Gefällt Ihnen der Name nicht?“
„Danke für die Identifizierung. Der Hund wurde nämlich am Tatort gesehen.“
„Das besagt doch gar nichts“, kam Jörn noch völlig außer Atem dazu. Aber Schumann mochte sich auf keine weitere Diskussion einlassen: „Die Ermittlungen gegen euch laufen. Das nur zu eurer Information.“ Er drehte sich um und marschierte zurück zu seinem Wagen.

Nik sah nur noch niedergeschlagene Gesichter, als er sein Board an Land zog: „Was ist euch denn über die Leber gelaufen?“ Während die anderen ihm den Vorfall berichteten, zog Dennis mit Jörn los. Jörn maulte die ganze Zeit über die miese Bullenschwuchtel, bis Dennis zwei Mädchen, Katrin und Janine, grüßte, die an ihnen vorbeijoggten. Jörn war richtig platt: „Du kennst die?“
„Klar“, antwortete Dennis betont cool. Jörn schaute den beiden Girls nach: „Und wieso hast du sie nicht angehalten?“
„Wär' zu einfach gewesen“, kehrte Dennis seine sportliche Ader hervor. „Zu einfach, Mann?“ Jörn tippte sich verwundert an die Stirn: „Es kann gar nicht einfach genug sein, seinen Dübel bei irgend 'ner Tussi reinzudrücken.“

„Aber hast du denn nicht gesehen, wie jung die beiden waren?“
„Du hast wohl ‘nen Mutterkomplex“, seufzte Jörn, aber da bemerkte er schon zwei andere, leicht ältere, Nachwuchs-Playmates – Nicole und Caroline. „Komm mit, Kleiner. Jetzt darfst du mal einen echten Surf-Junkie bei der Arbeit beobachten.“ Selbstsicher baute er sich neben dem Strandkorb der beiden jungen Damen auf: „Entschuldigung, aber mein Bruder hier und ich, wir sind schon seit ein paar Monaten mit dem festen Vorsatz unterwegs, ins Guinnessbuch der Rekorde zu kommen. In jedem Land, das wir auf unserer Route passieren, wählen wir die hübschesten Ladies aus, um mit ihnen die ganze Nacht durchzumachen.“
„Braucht ihr da nicht ‘nen Notar, der euren Rekord überprüft?“ zweifelte Nicole, die sich gerade trocken rubbelte. Aber einer wie Jörn war um keine dumme Antwort verlegen: „Mein Bruder ist doch vereidigter Notar.“
„Das trifft sich gut“, lächelte Caroline, „wir sind nämlich Rechtsanwaltsgehilfinnen. Da könnten wir ja gleich Berufserfahrungen austauschen.“
„Dabei werden wir ja feststellen, ob eure Klappe hält, was sie verspricht“, fixierte sie Nicole selbstbewußt. „Ihr kriegt einen Versuch, uns die Nacht zu verkürzen. Morgen abend um neun.“
„Morgen erst?“ meinte Jörn enttäuscht. „Seid froh, daß ihr nicht im Wartezimmer Platz nehmen müßt“, feixte Caroline.

Sven hatte sich richtig in Schale geworfen. Iwana musterte ihn kritisch: „Wie heißt denn die Tussi, die du mit dem Outfit beeindrucken willst?“
„Wieso Tussi? Ich hab’ heut’ abend ein Gespräch mit einem potentiellen Sponsor für Radio S-P-O.“
„Du hast um acht eine Besprechung mit dem neuen

Küchenchef, vergiß das nicht. Hier sind seine Papiere." Sie drückte ihm eine Mappe in die Hand. „Schon gut", kramte Sven einen Beleg aus dem Jackett. „Das ist die Quittung. Für den Anzug. Verbuch's als Arbeitskleidung." Er ließ Iwana stehen, die große Augen bekam, als sie auf den Wisch blickte: „Was? 2500 Mark?!"

Doch mitten auf der Landstraße gab Svens Wagen plötzlich seinen Geist auf, und er trudelte mit anderthalbstündiger Verspätung in dem Nobelrestaurant ein, wo ihn Herr Keller, der potentielle Sponsor, vergeblich erwartet hatte. „Ich hab' versucht, hier anzurufen, aber es war ständig besetzt", beklagte sich Sven beim Maitre, der ein verständnisloses Gesicht machte und indigniert feststellte, daß Keller keine Nachricht für ihn hinterlassen habe. Mißmutig und unverrichteterdinge zog Sven wieder heim und versuchte, in Ermangelung einer besseren Alternative, zu trampen. „Immer noch sauer wegen heute vormittag?" begrüßte er Julia, die Dartpfeile auf eine Zielscheibe warf, und gestand ihr das Malheur mit dem Sponsor. Julia zeigte sich verständlicherweise weiter von ihrer unfreundlichen Seite: „Ich glaube, daß du nie die Absicht hattest, dich mit Keller zu treffen. Vielleicht gibt es diesen Keller ja gar nicht."
„Willst du damit behaupten, ich lüge? Keller ist ein alter Geschäftsfreund meines Vaters."
„Alter Freund? Verarschen kann ich mich alleine. Erst vergißt du das mit den Sponsoren, und kaum hast du angeblich ein Treffen mit einem, dann löst sich der gute Mann in Luft auf."
„Das denkst du doch nicht wirklich? Nichts kann ich dir in letzter Zeit recht machen. Was ist eigentlich dein Problem?"
„Mein Problem ist, daß du nicht bereit bist, in mich zu investieren. Das Radio ist dir scheißegal. Hauptsache, Hotel und Surfschule laufen. Warum steckst du nicht Geld aus dem

Hotel ins Radio?“
„Weil ich den Laden umrüsten möchte. Ich möchte ein Öko-Hotel aus dem Schuppen machen. Und dafür brauch’ ich jede müde Mark.“
„Wenn dir das Hotel wichtiger ist als ich, dann erwarte aber nicht, daß ich weiter dein Betthäschen spiele.“ Sagte es, warf die Pfeile weg und rannte aus dem Zimmer. Sven malmte mit den Zähnen und biß sich auf die Lippen.

Auf dem Parkplatz vor dem Sporthotel huschte ein Schatten zwischen den geparkten Autos. Josy folgte ihm und machte ausnahmsweise keinen Lärm. Der Schatten schob ein schmales, armlanges, flexibles Stahlband, ein sogenanntes Zieh-fix, zwischen Fenster und Dichtung einer Beifahrertür, und schon schnappte die Entriegelung. Die Beifahrertür schwang auf, und Josy sprang rein. Das Interesse des Unbekannten galt einem Filofax, aus dem er eine EC-Karte zog, an der unvorsichtig ein Zettel mit der vierstelligen Geheimzahl klebte. Als ein Scheinwerferpaar über die geparkten Autos glitt, rollte sich der Unbekannte rasch aus dem Fahrzeug, nicht ohne das zerknüllte blaue Papier eines Schokoriegels zu hinterlassen. Josy war damit im Auto eingesperrt.

Dennis und Jörn joggten am Strand. „Und heut’ abend sei ganz cool“, ermahnte Jörn den Kleinen, „dann läuft das schon.“
„He, bin ich jetzt ein Surf-Junkie oder nicht?“
„Noch nicht.“ Jörn blieb vor dem um diese Zeit noch menschenleeren Bungee-Kran stehen: „Traust du dich da rauf? Wenn du da runterspringst, bist du offiziell ein Surf-Junkie mit allem Pipapo.“ Dennis zögerte. Angstschweiß trat auf seine Stirn. „Ich hab’ das sogar mal über ‘ner Schlucht in Australien gemacht“, prahlte Jörn. „Da ging’s an die hun-

dert Meter tief runter. Dagegen ist das hier ein Klacks." Dennis sah unsicher nach oben. „Es wird dein Leben verändern", stachelte Jörn ihn weiter an. „Außerdem stehen die Girls auf verrückte Typen. Und um diese Zeit ist es sogar umsonst. Ist doch niemand zu sehen." Solchen Argumenten konnte Dennis nicht widerstehen. Er kletterte nach oben, hinauf zur Plattform und ließ seinen Blick über die miniaturisiert wirkende Landschaft schweifen. Nahm einen der Gurte. Prüfte ihn, ohne genau zu wissen, wie er umzulegen war. Unten streckte Jörn den Daumen nach oben und rief ihm etwas zu. Dennis schluckte. Legte den Gurt schließlich um die Fußknöchel. Zog ihn stramm. Nahm das Seil und klinkte es ein. Öffnete die Absperrtür. Schaute zu Jörn, der ihm zuwinkte, er solle endlich springen. Schloß die Augen und – ließ sich fallen. Fallen. Fallen. Das Seil straffte sich, und kurz vor dem Boden federte Dennis ab. Nur einen Meter über dem Boden! „Mann, das war knapp", gratulierte Jörn. „Normalerweise stoppt man zehn Meter über dem Boden. Anscheinend haben die den Kranarm gesenkt."
„Soll das heißen, ich hätte draufgehen können?"
„Ziemlich sicher sogar", klinkte Jörn ihn aus, „aber keine Angst, du hättest ein anständiges Begräbnis erster Klasse gekriegt. Wie es einem echten Surf-Junkie zusteht. Willkommen im Club." Dennis wankte in seine Arme.

Tjard und Sven lehnten mit verschränkten Armen an der Brüstung eines Podestes und sahen zu, wie zwei Polizisten den Surfcontainer durchsuchten. Schumann nahm den Bulli in Augenschein. Nik ließ ihn dabei nicht aus den Augen. Da kam Knuts alter VW-Käfer mit einer Fehlzündung angeknattert. Als er ausstieg, sprintete Josy gleich freudig kläffend auf ihn zu. „Der Hund hängt wohl sehr an Ihnen", stellte Schumann fest. „Jo."
„Gehen Sie oft nachts mit dem Köter spazieren?"

„Sie glauben doch wohl nicht allen Ernstes“, fiel ihm Nik ins Wort, „daß einer von uns Josy in das Auto gesperrt hat?“ „Wieso nicht?“ brummte Schumann und knöpfte sich Knut vor: „Wo waren Sie heute zwischen vier und fünf Uhr früh?“

„Äh…“ Knuts graue Zellen arbeiteten langsam und spuckten nach reiflicher Überlegung kurz und bündig die Lösung aus: „Zuhause.“ Schumann hielt ihm das zerknüllte Papier eines Schokoriegels unter die Nase: „Das haben wir in dem aufgebrochenem Auto gefunden. Ist doch Ihre Marke.“ Knut besah das Papier und nickte: „Krieg’ ich aus Dänemark. Die Sorte gibt’s hier gar nicht.“ Das klang für Schumann fast wie ein Geständnis. Er bat Knut, ihn aufs Revier zu begleiten. „Sie können Knut doch nicht einfach verhaften“, fuhr im Nik in die Parade. „Er ist nicht verhaftet“, nahm ihm Schumann die Luft aus dem Segel. „Wir wollen ihn nur befragen und uns ein wenig in seiner Wohnung umsehen.“ Ausgerechnet in diesem unpassenden Moment erschienen Nicole und Caroline:

„Ist was passiert?“ – „Wir ermitteln in Sachen Raubüberfall und Autoaufbruchs“, klärte sie Schumann auf. „Von wegen Notar“, flüsterte Caroline ihrer Freundin mit Blick auf Dennis ins Ohr, „scheint eher sowas wie ein Straßenräuber zu sein.“ Wenn sich weiter rumspreche, daß die Polizei gegen sie ermittle, dann könnten sie ihre Surfschule dichtmachen, ließ Sven den Kopf hängen, und Dennis sah zu, wie die beiden begehrenswerten Mädchen abrauschten. In dieser Seelenqual konnte ihm nur Jörn helfen.

Sven erkundigte sich bei Iwana, ob sich Julia inzwischen gemeldet habe. Iwana bedauerte, aber noch mehr bedauerte sie, daß die gestohlene EC-Karte inzwischen benutzt worden war: „In einer Boutique.“

Nik surfte an Land, als er Knut kommen und sich neben

Josy setzen sah: „Hallo, Knut, wieder zurück? Was war?"
„Na ja, ich darf St. Peter nicht verlassen, solange die Ermittlungen nicht abgeschlossen sind. Und außerdem hab' ich 'ne Verwarnung bekommen. Weil mein TÜV überfällig ist. Hab' 120 Eier berappen müssen."
„He, alles cool?" meldete sich Dennis. Der Junge war nicht wiederzuerkennen: schwarzer Anzug, Schnürsenkelkrawatte, Sonnenbrille. Sah aus wie einer von den Blues Brothers. Josy knurrte ihn an, wurde aber mit einemmal freundlicher, als Jörn, ähnlich aufgemotzt, hinter Dennis auftauchte, sprang zu ihm hinüber und freudig an ihm hoch.
„Wir sind die Elite, hört ihr, die Elite", tönte er. „Wir Surf-Junkies sind die Weltbesten."
„Eine Niederlage wäre dann ja wohl 'ne Schande für jeden Surf-Junkie", forderte Nik ihn zur Revanche heraus. „Ganz schöne Klappe riskierst du, Freundchen", spottete Jörn verächtlich. „Dann zeig' mal, ob du Power hast oder genauso jämmerlich abstinkst wie das letzte Mal."

Das Rennen zwischen den beiden war in vollem Gange. Sie kämpften um jeden Zentimeter. Da tauchte Sven in einem neuen Sportwagen auf. „Was ist denn das?" wunderte sich sein Vater, der in der Nähe in einem Liegestuhl lag und auf Stine aufpaßte. „Ein Auto", klärte ihn Sven auf. „Gehört der etwa dir?" fragte der Senior verblüfft. „Wo ist denn Nik?" John deutete aufs Wasser. Nik war inzwischen an der Wendeboje angelangt. Diesmal hatte Jörn keine Chance gegen ihn. Zu geschickt wendete er diesmal und fuhr mit, wenn auch nur knappem, Vorsprung auf den Strand zu. „Ist nicht ganz mein Revier", überspielte Jörn die Niederlage. „Bin die Wellen von Sydney gewohnt. Das hier ist doch Kinderkacke." Wie auf Kommando forderte ihn da Dennis heraus: „Fährst du jetzt mal gegen mich?"
„Wenn du in meiner Liga bist", knurrte Jörn den Jungen an

und ließ Dennis verwundert zurück. „Manche sind eben schlechte Verlierer“, tröstete ihn Sven. „Hätt’ ich von ihm nicht gedacht“, maulte Dennis. „Wie sieht’s mit Schülern aus?“ hieß Sven den Sieger willkommen. „Niemand heute“, zuckte Nik mit den Achseln. „Die Diebstähle machen uns das ganze Geschäft kaputt. Bei dir was Neues?“
„Die gestohlene Scheckkarte ist benutzt worden. In einer Boutique. Tausendsassa heißt die oder so ähnlich.“
„Gibt’s ‘ne Personenbeschreibung?“
„Tausendsassa?“ Dennis sah auf seine neuen Klamotten, die ihm plötzlich vor den Augen zerrannen wie des Kaisers neue Kleider. „Das ist doch da, wo Jörn heute mit mir einkaufen war. Hat mir das Outfit mit seiner Kreditkarte spendiert.“
„Wird Zeit, daß ich mir mal das Zimmer ansehe, das er bei uns gemietet hat“, runzelte Nik die Stirn. „Du willst doch nicht sein Zimmer durchsuchen“, erboste sich Dennis. „Nicht durchsuchen“, beruhigte Nik die Gemüter, „nur ein bißchen aufräumen. Schließlich können wir uns kein Zimmermädchen leisten. Da bleibt alles an mir hängen.“

Gemächlich tuckerte Westermann senior in Svens nagelneuem Sportwagen hinter einem Mähdrescher her. „Fährt sich nicht schlecht“, zog er seinen Sohn auf, und Stine, die im Fond festgeschnallt war, krähte dazu aus Leibeskräften. „Was hältst du davon“, dachte Westermann laut nach, „wenn Nik die Surfschule übernimmt.“
„Er leitet sie doch schon.“
„Ich meine, wenn sie ihm gehören würde. Schließlich steht und fällt der Laden mit seinem Können.“
„Keine schlechte Idee. Der kriegt glatt ‘nen Herzinfarkt, wenn er das erfährt.“ Das Autotelefon piepte. Julia war dran. Sie leerte im Leuchtturm gerade eine Flasche Rotwein: „Ich brauch’ dich, Sven.“

Sven sah auf die Uhr: „Ich bin in einer knappen Stunde Zuhause."
„Ich bin im Leuchtturm. Und ich brauch' dich *jetzt*", bestand Julia auf seiner umgehenden Anwesenheit.
„Aber Julia, bitte, ich bin gerade mit Paps unterwegs und..."
„Ach, Papi geht mal wieder vor, was?"
„Ich versprech' dir: In 'ner guten Stunde bin ich bei dir."
„Entweder du kommst sofort, oder es wird dir leid tun."
„Was soll das heißen?"
Kurze Pause, dann drohte Julia, sie werde sich umbringen.
„Mach' keine blöden Witze."
„Das ist kein Witz." Sie nahm einen kräftigen Schluck aus der Pulle. „Ich werd' dir zeigen, daß ich springen kann."
„Julia! Julia!" Sie hatte aufgelegt.
„Was ist?" fragte Westermann besorgt.
„Julia scheint Unsinn machen zu wollen. Ich brauch' dringend den Wagen", schrie Sven und lud Vater und Schwester aus.
„Soll ich nicht mitkommen?" bot der Vater an.
Aber Sven hatte schon Gas gegeben.

Julia trat durch die Tür auf den Steg, der um die Kuppel des Leuchtturms führte. Besah sich den Sonnenuntergang, als sei es der letzte in ihrem Leben. Leerte die Flasche und warf sie in die Tiefe. Da flog die Tür hinter ihr auf.
„Romeo", flötete sie in ihrem Rausch. „Ich wußte, du würdest kommen und deine Julia retten."
„Was geht hier eigentlich ab?" fuhr Sven sie an.
„Ich wollte, daß du bei mir bist." Sie streckte ihre Arme aus, aber Sven schimpfte weiter:
„Weißt du, was du bist? Krank bist du!"
Julia versteinerte, aber Sven wußte sich jetzt nicht mehr zu bremsen. „Ich kann nicht fassen", keuchte er, noch ganz

atemlos von dem Sprint die Leuchtturmstiegen hinauf, „daß du das wirklich nur gemacht hast, damit ich zu dir komme."
„Ich dachte, du liebst mich."
„Und ich dachte, du liebst mich."
Ratlos starrten sich die beiden an. Julias Augenlider sanken auf halbmast. Sie schien in ein tiefes Loch zu fallen: „Nichts hält ewig, mein Liebling."
„Dann ist es wohl besser, wir trennen uns", brach es aus Sven mit der unkontrollierten Naturgewalt eines Sturzbachs heraus. „Oder nennst du das Liebe, wenn du mir mit Selbstmord drohst, nur um unsere Beziehung notdürftig zu kitten?!" Julia wich seinem Blick aus. Seine Wangenmuskeln traten hervor. Er wankte kurz. Dann machte er kehrt.
Julia hatte einen Kloß im Hals. Sie hörte, wie die Tür unwiederbringlich ins Schloß schnappte. Mit Aktionen wie diesen verwandelt sich Liebe in ihr Gegenteil: in Haß.

Zur selben Zeit stöberte Nik bereits in Jörns Zimmer. Aus einer großen Reisetasche, die er durchwühlte, zog er ein Flacheisen heraus. Dennis, obwohl ihm die Sache immer noch gegen den Strich ging, stand draußen Schmiere. Plötzlich bog Jörns Hot-Rod auf das Grundstück. Gleich spurtete Dennis auf ihn zu und versperrte ihm den Weg in die Pension: „Ich…äh…ich dachte, wir…wir könnten uns überlegen, wo wir heut' abend mit den beiden Tussis hingehen."
„Später", drängte ihn Jörn zur Seite. „Da hat ein neuer Schuppen aufgemacht", brüllte Dennis so laut, daß man es in der ganzen Umgebung hören konnte. „Hast du'n Schatten?" wunderte sich Jörn. „Ich hab' doch gesagt, wir reden später darüber." Während Dennis noch weiter herumdruckste, stand Nik in der Tür und händigte Jörn seinen Zimmerschlüssel aus. Wie Jörn nach oben stapfte, flüsterte

Nik Dennis zu, er habe nichts weiter gefunden, nur ein Flacheisen: „Ich kann mir nicht vorstellen, daß er das zum Holzschnitzen benutzt."
„Wieso nicht?" warf Dennis voll naiv ein. „Ist doch noch lange kein Beweis. Nicht für mich – und bestimmt nicht für die Bullen." Nik deutete auf den Camaro: „Wo hat er denn das ganze Geld her, daß er sich so 'ne Kiste leisten kann? Und hast du gesehen: sein Brett ist custom-made, dafür blätterst du schon mal schlappe fünftausend auf den Tisch des Hauses."
„Du magst ihn nur nicht, weil er ausgeflippt ist. Er hält euch Langweilern doch 'nen Spiegel vor. Nur deshalb wollt ihr ihn auflaufen lassen." So ging es nicht weiter. Die beiden beschlossen, Sven aufzusuchen.

Mißmutig lenkte Sven seine Schritte in die Hotelbar, wo ihn die beiden schon sehnsüchtig erwarteten. Sein Kopf war jetzt wirklich zugenagelt mit anderen Problemen. „Alles klar auf der Andrea Doria?" fragte ihn Nik, als er einen Wodka-Soda bestellte. „Soweit ja." Sven biß auf seiner Unterlippe herum. „Ich hab' nur eben mit Julia Schluß gemacht. Aber das soll nicht euer Problem sein. Was wollt ihr?" Auch wenn der Moment unpassend war, rückte Nik damit heraus, sie bräuchten dringend seine Hilfe, um Jörn zu überführen. Wenn er Jörn auf Svens Vermögen anspitze, werde der unter Garantie zugreifen. „Was denn für ein Vermögen?" rätselte Sven. „Die Tageseinnahmen", erinnerte ihn Nik, „die bewahrst du doch über Nacht immer in deinem Bürosafe auf, oder?"
„Bildet ihr euch ein, ich setze meine Tageseinnahmen aufs Spiel?!"
„Aber nicht doch", beruhigte ihn Nik. „Dennis wird uns informieren, wenn sich Jörn an den Safe ranmacht. Und dann ertappen wir ihn auf frischer Tat. Mit den Bullen kön-

nen wir nicht rechnen. Bis die ihn erwischen, ist der Ruf der Surfschule so ruiniert, daß da nicht mal mehr ein Bayer Trockenunterricht nimmt."

„Ich bring' dich um, wenn's nicht klappt", ergab sich Sven seinem Schicksal, das ihn wohl oder übel an Niklas kettete.

Abends, im „Black Magic", hotteten Jörn und Dennis technomäßig über die Tanzfläche. Caroline drängte sich mit ihrem Becken beängstigend lasziv an Dennis. Der schluckte und ging auf Distanz. Caroline lachte. Jörn beugte sich zu Nicole und schrie ihr etwas ins Ohr. Sie nickte. Begleitet von wummerndem Techno-Beat, begleitete Dennis Jörn nach einer Weilc vor die Tür. „Mann, sind die beiden scharf", fand selbst Jörn. „Schärfer als Rockys Pizza Diavolo", bestätigte Dennis, und man merkte, daß ihm nicht wohl war in seiner jugendlichen Haut. „Aber ich hab's gern ein bißchen romantischer."

„He, du Schlafmütze, das hier ist Sex pur", weckte ihn Jörn. „Jetzt 'ne Luxussuite in 'nem Nobelschuppen, wo du in Champagner baden kannst.. Man bräuchte dazu nur etwas Kleingeld." Als die beiden zu Jörns Wagen gingen, meinte Dennis beiläufig, er wüßte ja, wo 'ne Menge Kohle gebunkert sei: „Bei Sven im Hotel." Er wartete gespannt auf Jörns Reaktion. „Wieviel wär' denn da zu holen?" erkundigte sich der. „Ich – ich weiß nicht", zuckte Dennis kurz zusammen. „Drei- bis viertausend unter der Woche. An Wochenenden sogar knapp zehn."

„Du bringst mich da auf eine famose Idee", überlegte Jörn. Dennis wurde leicht nervös. „Ich mach' das schon", beruhigte ihn Jörn. „Hat der Safe ein Zahlenschloß?"

„Nee, da braucht man einen Schlüssel."

„Kannst du den besorgen? Für den Nachschlüssel." Dennis zögerte: „Ich denk' schon."

„Du hast doch nicht etwa Schiß? Ich denk', du bist ein ech-

ter Surf-Junkie." Da kamen auch schon die Girls. Schließlich war die Nacht noch jung. Sie fuhren zu einer kleinen, abgelegenen Pension. „Habt ihr Gummis?" fragte Jörn die Mädchen, als sie dort ankamen. „Massig", winkte Caroline ab. „Auch mit Fruchtgeschmack? Sorry, sind die einzigen, die ich vertrage. Mein Hautarzt meint, das sei Vererbung."
„Was passiert denn, wenn du einen normalen Gummi nimmst?" erkundigte sich Caroline. „Ich – ich – dann krieg' ich 'nen Asthmaanfall."
„Ich weiß, wo ich welche herkrieg'", verabschiedete sich Dennis auf einmal, und schon war er ihren Blicken entschwunden. „War doch nur Spaß", rief ihm Jörn nach. „Das'n Typ", wunderte sich Caroline. „Müssen wir drei Hübschen also ohne den Kleinen auskommen", tröstete er die Mädchen und schien gar nicht traurig darüber.

„Da hast du hübsch was verpaßt", empfing Jörn Dennis am nächsten Tag. „Ich fühl' mich wie durch 'nen Strohhalm ausgesaugt." Dennis reichte Jörn zum Ausgleich den Safeschlüssel. Jörn begutachtete ihn kritisch. „Scheiße!" meinte er dann. „Das ist ein Sicherheitsschlüssel, den kann man nicht nachmachen lassen."
„Was – was soll das heißen?" Jörn überlegte: „Sven – ist der jetzt am Strand?"
„Ja, der amüsiert sich bei der Brise natürlich. Du – du willst doch nicht etwa jetzt da rein?!"
„Ist die beste Gelegenheit, und die macht bekanntlich Diebe."
Sie huschten durchs Foyer. Ängstlich sah sich Dennis nach Iwana um. „Na, komm schon", zischte Jörn. Da sah Dennis Iwana aus dem Rezeptionsbüro kommen. Während Jörn die Treppe hoch hastete, konnte Dennis ihr gerade noch ein Zeichen geben, Sven anzurufen. Dann eilte er Jörn hinter-

her, der natürlich keinen Verdacht schöpfen durfte. Oben angekommen, erklärte er sich schnell bereit, Schmiere zu stehen. Die beiden klatschten ab, und Jörn verschwand in Svens Büro.
Als Jörn wieder erschien, um vier Riesen reicher, machte er ein entsprechend zufriedenes Gesicht, bis ihm Dennis, wie aus heiterem Himmel, die Fresse polierte. Jörn ging, mehr aus Überraschung denn vor Schmerz, zu Boden: „Was soll das? Bist du verrückt geworden?“ Dennis klammerte sich an ihm fest, aber Jörn knallte ihm den Ellbogen an die Schläfe. Stöhnend krümmte sich der Junge. „Das war's mit uns, Kleiner.“ So schnell ihn die Füße trugen, stürzte Jörn die Treppe hinunter, doch da stand auf einmal Sven, der noch seinen Neoprenanzug anhatte, und versuchte ihm den weiteren Fluchtweg zu versperren. Jörn konnte ihn zwar beiseite stoßen, aber den vereinten Kräften von Nik und Tjard, die jetzt erschienen, mußte selbst er sich beugen. Die beiden rissen ihn unsanft zu Boden und setzten sich auf seinen Rücken. Als Dennis unten ankam, war bereits alles erledigt. Er hob einen Schlagring auf, der Jörn entglitten war: „Mit dem Ding hat er bestimmt den Opi am Strand niedergeschlagen.“

Während sich die Polizei Jörns annahm, kam Julia: „Sven…ich – ich wollte mich von dir verabschieden. Ich werde St. Peter-Ording verlassen…Du hattest recht“, fuhr Julia fort, „ich liebe dich nicht mehr. Ich habe gemerkt, daß wir einfach nicht zusammen passen. Das ist nicht unsere Schuld. Das ist Schicksal. Dagegen kann keiner an.“ Sven lächelte schmerzlich: „Lebensabschnittsgefährte nennt man sowas ja wohl.“
„Ich bereue trotzdem keine Sekunde“, fiel Julia ihm um den Hals. „Ich auch nicht“, gab Sven zu, „ich auch nicht.“
Eilig stieg sie dann zu Martina, die im Wagen wartete.

9

Einer gegen alle

„Herr Andersen? Wir haben heute morgen miteinander telefoniert. Elvira Guntitschek“, ging eine junge Dame mit Pin-up-Maßen auf Nik zu, der, inmitten einer Gruppe von Kids, Vorbereitungen am Lehrbrett traf. Ein frecher Yorkshire-Terrier schwarwenzelte um sie herum und erregte begreiflicherweise Josys Aufmerksamkeit. Auch die anderen, die Jung-Männer, merkten auf: Tjard, Dennis und Knut spitzten die Ohren. Eine Freundin habe vor einem Monat seinen Kurs belegt und sei absolut begeistert gewesen: Ob sie sich schon mal ausziehen solle, das heißt, ob sie einen speziellen Anzug brauche? „Heute noch nicht“, erwiderte Nik ein wenig verlegen, „wir arbeiten erst einmal die Grundlagen durch.“ Mit offenem Mund starrte Knut auf Elviras appetitliches Fahrgestell.

Vor einem großen, heruntergekommenen Stallgebäude auf einem Pferdehof in Vesterbüll stand Svens Sportwagen. Sven kam mit dem Bauern Pullhans, der in einem ihm viel zu kleinen Anzug steckte, und dem eleganten, distinguierten Finanzexperten Etzel heraus. „Die Renovierung sollte eigentlich nicht länger dauern als ein paar Monate“, schätzte Pullhans und wollte über den Preis verhandeln, den Etzel jedoch geringer einschätzte: „Die Bodenproben und Messungen haben ergeben, daß das Grundwasser das Fundament angegriffen hat und die Feuchtigkeit die Wände des Hauptgebäudes hochgestiegen ist.“ Ratlos sah Pullhans, wie die beiden in Svens Wagen abfuhren.
„Was ist, wenn er nicht unter Preis verkauft?“ Aber Etzel

konnte Sven, was das anging, beruhigen: „Er muß. Aus sicherer Quelle weiß ich, daß für Herrn Pullhans ein Gerichtstermin zur eidesstattlichen Versicherung anberaumt wurde.“ Sven freute das: Er war fest entschlossen, den Birkenhof zu erwerben.
„Bist du verrückt?“ kommentierte Nik Svens Interesse, da er den bedenklichen Zustand des Hofes kannte. „Was kostet dich das denn?“
„Pullhans verlangt zweikommavier.“
„Millionen?“
„Nein, Kartoffeln, du Dussel. Aber die kriegt er nicht. Wir haben ihm ein Angebot gemacht, das liegt bei einskommaacht.“ Und wie er die finanzieren wolle, beschwor Nik den sich vor Sven auftürmenden, erdrückenden Schuldenberg. „Heutzutage brauchst du Schulden“, zuckte Sven die Achseln, „sonst zapft dich doch nur das Finanzamt an. Keine Sorge: ich mach’ das schon. Außerdem ist Etzel ein Finanzgenie.“
„Etzel?“
„Hab’ ich vor einem Monat auf einer Hoteliertagung kennengelernt, wo er über Expansionsmöglichkeiten referiert hat.“
„Und da habt ihr wohl Brüderschaft getrunken?“
„Ach, Nik, kleiner Nik, von Geldgeschäften hast du wirklich keinen blassen Schimmer.“
„Dafür vom Surfen. Das macht mehr Spaß als der ganze Scheiß-Mammon.“

Svens Kaufinteresse hatte sich bis zum Tennisplatz herumgesprochen, wo Werner, ein korpulenter Mittvierziger, unter ausdrücklichem Verweis auf seine Schweigepflicht als Steuerberater die Geschäftsliaison von Sven und Etzel seinem alten Kumpan Westermann steckte. Westermann war einem Herzanfall nahe: „Dieses baufällige Teil? Für knapp zwei Millionen?" Natürlich müsse Sven, erklärte Werner, um einen Kredit in dieser Höhe zu bekommen, das Hotel beleihen. Etzel habe ihn gebeten, bis Ende der Woche eine Vermögensauflistung zu erstellen.

Gleich nach dem Tennismatch suchte Westermann seinen Sohn auf der Terrasse des Sporthotels auf. „Ich hab' gehört", fiel er mit der Tür ins Haus, „du hast einen neuen Angestellten, einen Finanzberater."
„Etzel, ja, wieso? Ist seit einer Woche bei mir und erledigt die Geldgeschäfte."
„Dein alter Vater taugt wohl nicht mehr?!"
„Paps, du hast mir doch hoch und heilig versprochen, dich nicht mehr in die Belange des Hotels einzumischen. Etzel berät mich bei meinen Investitionen."
„Ist er gut, dein Herr Etzel?"
„Allerdings."
„Und da investiert er seine vermutlich kostbare Zeit ausgerechnet in ein unbedeutendes Sporthotel in St. Peter-Ording?"
„Vielleicht sieht er Möglichkeiten, die du nie erkannt hast."
„Dann ist die Sache mit dem Pferdehof wohl auch auf seinem Mist gewachsen." Sven sah keine Veranlassung, sich für seine Entscheidungen zu rechtfertigen. Westermann, als er das Hotel verließ, zückte mißgestimmt sein Handy: „Werner…hör zu…ich brauch' mehr Informationen über diesen Etzel…Alles, was du kriegen kannst." Dann besuchte er Niklas am Surfcontainer: „Ich glaub', Sven ist im Begriff, eine große Dummheit zu machen." Nik war sofort im Bilde: „Die Idee mit dem Pferdehof? Er freut sich doch schon wie ein Schneekönig darauf. Er will was ganz Einzigartiges auf die Beine stellen."
„Und gefährdet damit die Existenz des Hotels."
„Siehst du da nicht ein bißchen zu schwarz? Ich kann ja ver-

stehen, daß du dir Sorgen machst. Ich find' die Idee klasse. Wenn das läuft…Das könnte 'ne echte Marktlücke sein."

Ein Strandsegler flitzte über den Strand und steuerte auf einen Jaguar zu, an dem eine junge Frau mit einem Hobel Parmesan auf einem Carpaccio verteilte. Etzel stoppte den Segler und warf einen wohlgefälligen Blick auf das Tischchen, das Fiona so appetitlich gedeckt hatte: „Du bist mehr als eine Assistentin, Fiona. Du bist eine wahre Künstlerin." Er küßte sie auf die Wange, nahm Platz und wollte sich das verdiente Glas Rotwein munden lassen, da stürmte Sven ganz aufgeregt auf ihn zu.

„Pullhans hat angerufen. Wir sind im Geschäft. Zu unseren Bedingungen. Nächste Woche können wir den Vertrag unterschreiben. Wissen Sie, von Ihnen kann ich noch was lernen, Herr Etzel."

„Nennen Sie mich – Wolfram." Sven sah ihn mit einer Mischung aus Überraschung und Freude an: „Was machen wir jetzt, Herr – Wolfram?"

„Ich werd' mich bei der Bank mal nach den besten Konditionen für einen Kredit erkundigen. Deine Hausbank kommt dafür freilich nicht in Frage. Wir brauchen ein modernes Institut, das sich für Visionen begeistert."

„Wird schwer sein, so eine Bank zu finden."

„Das überlaß mal nur mir, Sven. Kümmere du dich besser um die Pferde." Etzel fischte ein Kuvert aus der Innentasche seines Sakkos: „Ich hab' da einen Bekannten in Spanien, in der Nähe von Valencia, der kennt sich mit Pferden aus. Er hat mir geschrieben, daß du nächste Woche vorbeikommen kannst. Er wird dich mit ein paar interessanten Leuten bekannt machen." Selig lächelte Sven Fiona an.

Westermanns Handy schreckte Stine aus ihrem Mittagsschlaf. „Schlechte Nachrichten?" entzifferte Nik

Johns bedrückte Miene. Der stöhnte: „Das war Werner. Etzel ist in Finanzkreisen kein unbeschriebenes Blatt. Man nennt ihn dort auch den Weißen Hai."
„Weißer Hai?"
„Wegen seines schlohweißen Haars. Und weil er alles verschlingt, was auch nur entfernt nach florierenden Unternehmen riecht."
„Du meinst", fragte Nik besorgt, „er hat es auf das Hotel abgesehen?"
„Ist doch sonnenklar. Zuerst verleitet er Sven, einen riesigen Kredit aufzunehmen. Und wenn der dann nicht zurückzahlen kann, steht der Gerichtsvollzieher vor der Tür, und Etzel übernimmt, als rettender Engel, die Schulden samt Hotel."

Etzel hatte Sven einen Spanienflug für nächsten Montag, 10.30 Uhr, reservieren lassen: „First Class."
„So hab' ich mir das immer vorgestellt", lehnte sich Sven genießerisch zurück und ergab sich ganz dem Traum vom großen Geld. „Gewöhn' dich daran", raunte ihm Etzel zu. Ihr Blick fiel auf die appetitliche Elvira, die ihren Yorkshire-Terrier mit erlesenen Wurstsorten vom hoteleigenen Frühstücksbuffet versorgte. „Und auch daran", grinste Etzel. Da kam Iwana und weckte Sven mit einem Fax aus seinen Tagträumen: „Das ist vorhin von deiner Bank gekommen. Offensichtlich hat Herr Etzel deine Konten aufgelöst." Etzel widerstand Iwanas giftigem Blick ungerührt, und Sven hatte nur ein müdes Lächeln für sie übrig: „Ich weiß. Wir sind ab sofort bei einer anderen Bank."
„Die würden gerne noch mal mit dir reden."
„Ich aber nicht mit ihnen. Wolfram wird das in die Hand nehmen." Sven nahm ein Glas Champagner und prostete Elvira und ihrem Terrier zu. Als Iwana unverrichteter Dinge abgerauscht war, legte Etzel seine Hand auf eine Mappe:

„Ich hab' bei mehreren Firmen wegen der Renovierungsarbeiten nachgefragt. Hier sind die Kostenvoranschläge. Es ist dringend." Sven schielte über den Rand der Sonnenbrille hinüber zu Elvira: „Erst muß ich mir ihre Zimmernummer besorgen."

Dennis trabte mit Stine auf dem Arm in die Küche der Pension: „So, die junge Dame ist ausgehfertig." Westermann knipste sein Handy aus: „Äh...ja...könntest du Stine mit zu Nik nehmen? Iwana hat angerufen. Ich muß dringend..."

Am Yachthafen bereitete Etzel seinen Strandsegler für einen Ausflug vor. „Erfolg gehabt bei dem Objekt deiner Begierde?" zwinkerte er Sven zu. „Elvira und ich werden nachher einen kleinen Ausflug machen." Etzel stakste zu seinem Jaguar: „Schön für dich."
„Bin ich dir irgendwie auf den Schlips getreten?"
„Du bist dabei, knapp zwei Millionen in ein neues Projekt zu investieren" – Etzel holte seinen Aktenkoffer aus dem Wagen, „und hast nichts als Weiber im Kopf. Sobald das Projekt läuft, kannst du von mir aus vögeln, soviel du willst."
„Heut' vormittag hast du mir noch geraten, ich soll mich amüsieren, koste es, was es wolle", knirschte Sven, „und jetzt redest du wie mein Vater."
„Tut mir leid", entschuldigte sich Etzel, „aber manchmal vergeß ich, wie das ist: jung zu sein." Etzel öffnete den Koffer und reichte Sven die Unterschriftenmappe: „Der Hof kann innerhalb von vier Monaten fertig sein. Die Firma braucht nur noch das schriftliche Okay und eine Anzahlung."
„Sven, ich muß mit dir reden", unterbrach Westermann ungebeten. „Es ist wichtig."

„Einen Augenblick, Paps.“ Sven setzte seinen Namen unter den Auftrag. „Darf ich mal sehen?“ verlangte Westermann die Mappe. „Ich glaube“, kanzelte ihn Etzel ab, „Sie verkennen Ihre Position, Herr Westermann.“ Westermann ignorierte ihn und wollte von Sven wissen, warum alle Konten aufgelöst seien. „Hat Iwana dir das gesteckt?“ zischte Sven. „Also gut, es war unvermeidbar. Absolut notwendig.“

„Gar nichts war notwendig“, brauste Westermann auf. „Ich habe ein Vertrauensverhältnis zu meiner Bank aufgebaut. Sowas bekommst du bei keiner anderen. Du hättest von denen alles haben können. Der Hai da, der Bock, den du zum Gärtner gemacht hast, will dich doch nur aufs Kreuz legen. Begreifst du das denn nicht?!“ Sven schien zu überlegen, aber Etzel hielt das Getriebe seiner Gedanken sofort auf: „Willst du, daß dein Vater ewig die Entscheidungen für dich trifft? Sollte ich dann in Zukunft lieber gleich mit ihm reden?“ Sven schniefte. Das konnte er nicht auf sich sitzenlassen. „Gib den Auftrag raus, Wolfram“, verlangte er. „Du machst einen Riesenfehler, Sven“ – ließ Westermann die Schultern hängen. „Mag sein“, nutzte Sven die vermeintliche Schwäche seines alten Herrn aus, „aber dann ist es *mein* Riesenfehler.“ Vater und Sohn standen sich plötzlich wie zwei Fremde gegenüber. Wütend machte der Senior auf dem Absatz kehrt. „Ich will, daß mit der Renovierung des Hofs so schnell wie möglich begonnen wird“, teilte Sven Etzel seinen Entschluß mit. Fiona werde sofort dafür sorgen, freute sich Etzel: „Und jetzt – jetzt entspann’ dich und denk’ an Spanien.“

Draußen am Strand warfen sich Janine und Katrin eine pinkfarbene Frisbee-Scheibe zu. Sven, den Janines Hinteransicht an Fiona erinnerte, hupte sie zu seinem Sportwagen: „Sag’ mal, Janine, hättest du Lust, für mich zu

arbeiten? So als persönliche Assistentin?“ Janine stellte sich gleichgültig: „Ich hab’ schon ‘nen Job.“
„Vergiß doch diesen Telefonscheiß in der Klinik. Bei mir kannst du echt viel Kohle machen.“
„Brauch’ ich nicht. Danke fürs Angebot“ – sie eilte zu Katrin und ihrem Spiel zurück.
„Wo bleibt die Gleichberechtigung? Könnte es nicht auch ein persönlicher Assistent sein?“ schaltete sich Nik ein und schlüpfte aus seinem Neoprenanzug. „Ich kann sogar ein Diktiergerät bedienen. Oder brauchst du nur jemand zum Bügeln deiner Hemden und Unterhosen?“ Sven verzog seine Miene und reagierte gereizt. „Was’n los mit dir?“ rutschten Nik die Mundwinkel nach unten. „Verstehst du plötzlich keinen Spaß mehr?“ Wortlos ließ Sven den Motor an und hüllte Nik in einer Sandwolke ein.

Rocky, der sich sein Ristorante auf Pfählen inzwischen eingerichtet hatte, wirbelte einen Pizzaboden durch die Luft: „Er wird größenwahnsinnig.“
Nik, der ihm naschend zur Hand ging, mußte ihm recht geben: Sven begann zunehmend seine unangenehme Seite herauszukehren.
„Als ich meine erste Pizzeria aufgemacht habe“, bilanzierte Rocky, „zwei Jahre, bevor ich nach St. Peter gekommen bin, hab’ ich gleich zwei Angestellte eingestellt. Hab’ mir von den ersten Monatseinnahmen ein halbneues Auto geleistet. Meine Freunde eingeladen. Und ich hatte viele Freunde, mußt du wissen. Wenn man Geld hat, hat man immer Freunde. Und noch mehr Rechnungen. Um es kurz zu machen: nach sechs Monaten war ich pleite.“ Niklas streute Ananasstückchen über eine Pizza Hawaii: „Und wie hast du deine Schulden zurückgezahlt? Mit Salamischeiben?“
„Ich hab’ meine Pizzeria verkaufen müssen. Das war mir

eine Lehre. Sven hat diese Lehre noch vor sich."
Hinter einer Düne, vor der ein Yorkshire-Terrier Wache schob, hörte man leises Luststöhnen. Mit schiefem Kopf lauschte der Hund den Orgasmusschreien seines Frauchens. Als es vorbei war, pfiff Elvira ihrem Hund: „Harald, bei Fuß!"
„Dein Hund heißt Harald?" Sven zog sich etwas über.
„Eigentlich Olaf", meinte Elvira, „aber hören tut er nur auf Harald."
„Olaf", spöttelte Sven. „Erzählst ihm wohl auch noch Gute-Nacht-Geschichten, wenn er dich in einsamen Stunden im Bett wärmt."
„Ach, wie witzig", kommentierte Elvira Svens humoristischen Erguß, der sie offensichtlich mehr berührte als sein Samenerguß. „Du denkst wohl, nur weil du hier den großen Hotelbesitzer spielst, lach' ich mich krank über deine lauen Sprüche. So neureiche Arschlöcher wie dich, die glauben, daß man mit Geld Stil kaufen kann, kenn' ich zur Genüge."
Olaf folgte der Aufgebrachten hinunter zum Meer.

„Du mußt dir das Hotel wieder zurückholen", fiel Niklas ein, als er und Westermann mit dem Kinderwagen am Deich promenierten. Langsam senkten sich die Worte in Westermanns Gehirn, in dem es zu arbeiten anfing: „Und wie stellst du dir das vor?"
„Weiß nicht. Aber wenn wir nichts unternehmen, wird Sven ein komplettes Arschloch."
„Wenn ich ihm das Hotel wegnehme, wird er mir das nie verzeihen."
„Schlimmer als jetzt kann's doch nicht kommen, oder?"

Etzel wollte soeben in seinem Jaguar aus dem Parkplatz des Sporthotels, als Sven in seinem Sportwagen anrollte. Er wolle sich nützlich machen, bestürmte er Wolfram, bei den

Deals mit der neuen Bank dabeisein. Svens Augen wurden eng: „Oder willst du mich nicht dabeihaben?“
Weil es nicht notwendig sei, stöhnte Etzel: später dann selbstverständlich, unbedingt.
„Schon mal was vom Weißen Hai gehört?“ fixierte Sven sein Gegenüber. „Der soll ja nicht den besten Ruf in der Branche haben, hat man mir gesteckt.“
„Das sind Neider und Verleumder, die sowas verbreiten, bloß weil ich denen ein paar lukrative Aufträge vor der Nase weggeschnappt habe.“
„Weißt du, ich will nicht eines Tages aufwachen und feststellen, daß ich kein Hotel mehr habe.“
„Soll das heißen, du vertraust mir nicht mehr?“ wurde Etzel mit einemmal fuchsig. „Ein paar dumme Gerüchte – und plötzlich kneifst du den Schwanz ein und verpaßt die Chance, bei den ganz Großen mitzumischen. Und ehe du dich versiehst, hast du ein überaltetes Hotel, das nicht mal mehr für Rentner interessant genug ist. Wenn ich dich nur einmal enttäusche, kannst du mich meinetwegen feuern, ohne mir auch nur einen Pfennig zu zahlen.“ Sven wurde weich. „Vertrau mir – oder schmeiß mich raus“, forderte Etzel theatralisch, sich seiner Wirkung bewußt. Sven nickte. Zufrieden schwang sich Etzel hinter das Lenkrad seines Jaguar.

Westermann, der mit Werner auf dem Tennisplatz wieder ein Match austrug, pfefferte seinen Schläger auf den Boden. „Du kannst wohl immer noch nicht deine Niederlage verdauen“, tönte Werner. Westermann hob den Schläger wieder auf: „Könntest ruhig ein bißchen dankbarer sein,
daß ich dich hab' gewinnen lassen.“
„Ich werd' mir den Tag rot ankreuzen“, lachte Werner, und John lachte, der Höflichkeit halber, mit, aber Scherz beiseite: was man wegen des Hotels unternehmen könne? „Naja“,

meinte Werner und wurde wieder sachlich, „ich hab' mich da erkundigt. Prinzipiell ist eine Rückübertragung des Hotels ohne großen Aufwand möglich, aber dazu bräuchtest du erst mal die Einwilligung deines Sohnes."
„Die krieg' ich nie", seufzte Westermann. „Eher dreht der mir den Hals um. Gibt es denn nicht irgendeine Vorschrift, mit der ich Sven das Hotel – sagen wir – entziehen kann?"
„Du könntest ihn entmündigen lassen. Ist es das, was du willst?"
„Nein, natürlich nicht."
„Noch ist der Kaufvertrag ja nicht unterschrieben. Vielleicht geschieht ja ein Wunder – und Sven kommt zur Vernunft. Du mußt ihm Zeit geben. Und dein Vertrauen."
Westermann atmete tief durch: „Tut mir leid, das ist zuviel verlangt. Aber du bringst mich da auf eine andere Idee..."
Er lächelte spitzbübisch.

Nach kurzer Verhandlung waren sich Westermann und Pullhans einig. „Wunderbar", freute sich John, „ich kauf' den Hof. Zwei Millionen, sagten Sie?" Pullhans spuckte aus: „Naja..."
„Und denken Sie dran: Bei mir müssen Sie keine Angst haben, daß Sie Ihr Geld nicht bekommen." Pullhans wurde ernst: „Aber Ihr Sohn...ich hab' ihm doch in die Hand versprochen..."
„Der wollte Sie doch nur übern Tisch ziehen."
„Hmmm", machte Pullhans, und in diesem Laut schwang so etwas wie Bestätigung mit. „Sie hätten weit unter Wert verkauft", redete Westermann auf ihn ein, „und dazu kann Sie niemand zwingen."

Svens Handy piepte: „Wolfram? Was gibt's?" Svens Gesicht wurde von einer Sekunde auf die andere bleich, als er erfuhr, daß sein Spanientrip nicht mehr nötig war: „Ich

bring' ihn um! Ich bring' ihn um!" Nik sah ihn entgeistert zu seinem Sportwagen rennen und davonschießen wie ein geölter Blitz. Schlingernd kam der Wagen vor der Goodewind zum Stehen. Sven stürzte heraus und auf seinen Vater zu, der gerade Wäsche aufhängte: „Wieso hast du das gemacht?" Westermann sah ihn ruhig an: „Ich will aus dem Pferdehof einen Ableger der Pension machen."
Sven kickte den Wäschekorb beiseite: „Erzähl' mir nicht so'n Mist. Was hast du wirklich vor?"
„Ich wollte nicht zusehen, wie du dich ruinierst", erklärte Westermann versöhnlich.
„Wie ich mich ruiniere?" ging Sven die Kinnlade runter. „Das hast du doch nur gemacht, um Etzel und mir eins auszuwischen."
„Nein, ich hab' das gemacht, um dir den Arsch zu retten."
„Du hast kein Recht, dich in anderer Leute Angelegenheiten einzumischen." Er schubste seinen Vater, daß der zurücktaumelte und sich in einem Bettlaken verfing. Bevor er so richtig auf ihn losgehen konnte, kam Nik gelaufen, der Sven mit dem Bulli nachgefahren war. Sven bellte seinen Vater an, aber zum Glück biß er nicht:
„Wage es nie mehr, mein Hotel zu betreten. Ich werde Anweisung geben, daß man dich rauswirft, sobald du auch nur einen Fuß über die Schwelle setzt."
Die aufgeleinten Tischtücher flatterten im Wind, aber das Tischtuch zwischen Vater und Sohn – es schien endgültig zerschnitten. Niklas stand zwischen den beiden und wußte nicht, was er tun sollte. Tränen glitzerten in Westermanns Augen, als Sven weg war: „Er wird das Hotel nie hergeben. Jetzt hab' ich den verdammten Pferdehof am Arsch, und deswegen ist Krieg zwischen Sven und mir. Ein lausiger Vater bin ich."
„Bist du nicht", tröstete ihn Nik. „Und Stine denkt bestimmt genauso." Stine lächelte strahlend aus dem Kinderwagen.

Sven starrte aus dem Fenster seiner Wohnung im Sporthotel: „Was können wir jetzt machen?“
Etzel war um eine Antwort nicht verlegen: „Wir könnten diesen Bauern wegen Wortbruch verklagen. Er hat uns sein Einverständnis zu dem Kaufvertrag mündlich gegeben.“
„Mein Vater wird es auf keinen Rechtsstreit ankommen lassen.“
„Aber wir würden gewinnen.“
Sven drehte sich um: „Fragt sich nur, wann. Das geht doch nicht von heute auf morgen. Sowas kann sich Jahre hinziehen. Und außerdem, ich will das nicht.“
„Aber dein Vater hat dich hintergangen.“
„Ich will trotzdem nicht.“
„Hast du etwa Skrupel?“
„Ja, genau“, schrie Sven, „ich hab' Skrupel.“
„Es gibt aber keine andere Möglichkeit, an den Hof zu kommen. Und denk' dran, die Firma, der du den Auftrag für die Renovierung gegeben hast, wird dich auf Schadenersatz verklagen.“
Sven ließ den Kopf hängen: „Vielleicht sollte ich ihm das Hotel einfach zurückgeben.“
„He, Sven, jetzt mach' mal halblang: es gibt noch andere Projekte“, versuchte ihn Etzel wieder aufzubauen. „Dein Vater hat nur eine Schlacht gewonnen, aber den Krieg, den gewinnen wir immer noch.“
„Das hier ist kein Krieg.“
„Doch, ist es. Wenn du das nicht einsiehst, dann wirst du es nie zu was bringen“, stahl sich Etzel aus dem Zimmer.

Sven wurde es zu eng in der Wohnung. Er mußte dringend an den Strand. Joggen. Unten schloß sich Nik ihm an. Schweigend liefen die beiden eine Weile nebeneinander her, dann spurteten sie auf den Surfcontainer zu. Nik kam als erster an: „Du, ich mach' mir echt Sorgen um dich. Was

passiert, wenn Etzel sich das Hotel unter den Nagel reißt? Hast du noch nicht darüber nachgedacht?" Aber Sven wollte sich auf keine weitere Diskussion einlassen und lief wortlos davon, zurück ins Hotel. Dort erwartete ihn ein weißer Umschlag. Absender: Iwana. Inhalt: ihre Kündigung. „Ich hab' keine Lust mehr, mich von dir wie den letzten Dreck behandeln zu lassen", maulte Iwana an der Rezeption zur Begrüßung. „Iwana, bitte, ich…", stotterte Sven. „Spar dir deine Luft. So kann ich mit dir auf Dauer nicht zusammenarbeiten. Mit dir und deinem Herrn Etzel. Zum nächsten Ersten geh' ich."
„Seid ihr plötzlich alle verrückt geworden?" fluchte Sven, der sich umzingelt sah. „Die Frage solltest du dir mal stellen", parierte Iwana.

Nik schüttete sein Herz in der Pizzeria aus: „Früher haben wir ein ordentliches Rennen hingelegt, und jeder Streit war dann so gut wie weggeblasen von 'ner frischen Brise."
„Dann mußt du eben wieder ein Rennen mit ihm machen", riet Martina. Rocky stellte ihm einen starken Espresso hin: „Der weckt Tote auf. Warum tragt ihr nicht mal ein Rennen aus, bei dem es um mehr geht als nur Pasta und Pizza. Ich mein', ich hab' nichts dagegen, schon wegen meinem Umsatz, aber diesmal geht es offensichtlich um die Wurst."
„Das ist vielleicht die Lösung", sprang Nik auf. „Ein Rennen, bei dem es um etwas sehr Wertvolles geht." Rocky und Martina sahen ihn mit erstaunten Blicken entschwinden.

Ein bulliger Geländewagen parkte neben Etzels Jaguar, und der Fahrer, ein langhaariger Catcher im Maßanzug, stemmte seine Muskelpakete zur Rezeption: „Tag. Edwin Keller. Herr Etzel erwartet mich." Iwana drehte sich zum Schlüsselbrett: „Herr Etzel ist nicht auf seinem Zimmer.

Soweit ich mich erinnere, wollte er nur kurz zur Bank. Wenn Sie im Restaurant auf ihn warten möchten…“ Edwin schaute auf seine Uhr: „Gibt’s noch Frühstück?“ Während er zum Buffet trottete, klingelte Iwana Sven aus dem Büro und zeigte ihm, was sie für einen eindeutigen Schläger hielt. „Und deswegen hast du ihm vorgelogen, Etzel sei nicht da?“
„Ich trau’ diesem Kerl nicht.“
„Gib Etzel Bescheid, daß sein Besuch da ist.“
„Aber willst du nicht erst wissen, was das für ein Typ ist?“
„Das werd’ ich schon erfahren, weil ich bei dem Gespräch dabeisein werde.“

„Guten Tag, alles zu Ihrer Zufriedenheit?“ schlenderte Sven zu Edwins Tisch und setzte sich unaufgefordert dazu: „Sven Westermann. Ich bin der Hotelbesitzer.“ Edwin sah nicht von seinem mit reichlich Salami belegten Brötchen auf. „Wolfram Etzel arbeitet für mich“, erklärte Sven die Lage. „Ach, wirklich?“ schmunzelte Edwin mit sarkastischem Unterton. Da kam auch schon Etzel herangewalzt: „Wenn du uns entschuldigen würdest, Sven.“
„Du willst, daß ich gehe?“ fragte Sven erstaunt. „Ich denke, wir arbeiten zusammen.“
„Das hier ist aber privat“, nölte Etzel. Sven musterte ihn: „Was geht hier eigentlich ab, Wolfram? Wenn ich nicht dabeisein darf, dann werd’ ich künftig auf deine Dienste verzichten.“ Etzel verzog keine Miene, und doch merkte man ihm an, daß ihm Svens plötzliches Selbstbewußtsein zu schaffen machte: „Edwin ist mein Mann für besondere Fälle.“ Sven fixierte Edwin, der mit breitem Grinsen ein weiteres Brötchen in seinen Mund schob, mit unverhohlenem Mißtrauen: „Haben wir denn hier einen besonderen Fall?“ Etzel zögerte: „Weißt du: Ich dachte, bei einem wie Pullhans könnte Edwins Überredungskunst Wunder wirken

und zu einem Widerruf des Verkaufs führen. Es gibt da nämlich eine Klausel im Vertrag, die Käufer und Verkäufer ein zweiwöchiges Rücktrittsrecht garantiert. Das ist unsere Chance."

„Vergiß es", meinte Sven stur. „Willst du etwa den Krieg verlieren?" fuhr Etzel ihn ungläubig an. „Dir die Vision nehmen lassen?"

„Was nützt mir eine Vision, bei der ich meine Freunde, die Clique und meinen Vater verliere?!" Langsam erhob er sich: „Wenn du irgendwas Kriminelles hinter meinem Rücken durchziehst, erfährt die Polizei davon." Er warf Edwin einen verachtenden Blick zu: „Das Frühstück für den Herrn geht auf Kosten des Hauses."

Leicht verkatert schob Westermann den Kinderwagen aus der Pension, als Niks Bulli neben ihm hielt: „Ich hab' genau das Richtige für dich. Ein Spaziergang zum Strand, wo du zwei der weltbesten Surfer zusehen kannst. Ich hab' Sven zu einem Rennen rausgefordert." Westermann musterte ihn mit glasigem Blick. Er hatte sich einen oder zwei hinter die Binde gegossen: „Ich seh' heut' überhaupt nichts mehr."

„Solltest du aber. Es geht um das Hotel." Westermann war mit einem Schlag wach: „Was?!"

Sven erwartete Niklas schon am Strand. Als er seinen Vater in Niks Begleitung sah, verdrehte er die Augen: „Wenn du mir gesagt hättest, daß mein Alter hier rumwieselt, hätt' ich mir den Sprit gespart." Er wollte wieder zurück zu seinem Wagen. „He, Sven, ich dachte, hier findet ein Rennen statt", hielt Westermann seinen Sohn zurück, „ich mach' dir einen Vorschlag. Ich geb' dir den Birkenhof. Aber nur, wenn du gegen Nik gewinnst." Sven starrte ihn ungläubig an: „Und was wäre mein Wetteinsatz?"

„Das Hotel!" kam Niks Antwort wie aus der Pistole

geschossen. „Warum sollte ich das tun? Den Hof brauch' ich eigentlich nicht mehr. Und ein anderes Projekt, das hundertmal besser ist, find' ich allemal", versuchte sich Sven aus der Affäre zu ziehen. „Willst du kneifen?" stichelte Nik. „Du gottverdammter Loser!" erwachte mit einemmal Svens Kampfgeist. „Du weißt, daß er das letzte Mal gegen mich verloren hat?" wandte er sich, leicht triumphierend, an seinen Vater.

Auf Westermanns Kommando sprinteten Nik und Sven mit ihren Brettern zum Wasser und starteten durch. Sven lag etwa eine Brettlänge vorne. Westermann verfolgte den verbissenen Wettkampf mit besorgter Miene. Da hörte er Svens Handy piepen und nahm es kurzerhand aus dem Sportwagen. Es war Etzel. Westermann lud ihn dringend zum Strand ein, sich das Rennen anzusehen: „Es wird bestimmt Auswirkungen haben auf den weiteren Verlauf Ihrer Karriere..."

Sven verteidigte seinen knappen Vorsprung hartnäckig. Nik lag fast horizontal auf dem Wasser, aber sein Freund, der Gegner, war in Topform. Die Boje rückte näher und näher. Der Moment der Wende. Nik riskierte eine Powerhalse. Jetzt lagen die beiden gleichauf. „Komm, Junge, du schaffst es", spornte Westermann Nik lautstark an. „Du schaffst es." Tatsächlich schob sich Niks Brettspitze Millimeter für Millimeter nach vorne. Sven suchte verzweifelt Fahrt aufzunehmen, aber er war an die Grenze seines Könnens gelangt. Nik hatte ihn übertrumpft. Westermann, Tjard und Dennis beglückwünschten den Sieger.
Etzels Jaguar hielt neben dem Sportwagen des Verlierers: „Was war das für ein Rennen, von dem dein Vater gefaselt hat?"
„Er hat sich eben das Hotel zurückgeholt."

„Was – was hat das zu bedeuten?"
„Es war eine Wette. Und ich hab' verloren."
„Eine Wette? Aber du hast doch nichts unterschrieben, oder?"
„Ich hab' verloren, basta!"
„Aber deswegen brauchst du ihm doch nicht gleich das Hotel zu schenken."
„Er hat mein Wort. Und ich steh' zu dem, was ich gesagt habe." Etzels Mund zuckte verächtlich: „Dein Wort, das ist doch einen Scheißdreck wert. Ich hab' deine Finanzen unter Kontrolle. Und ich werde nicht zulassen, daß du das Hotel einfach so verschenkst."
„Du läßt es nicht zu?! Kannst es nicht zulassen?! Verpiß dich! Du hast die längste Zeit für mich gearbeitet."
„Ein einfältiger Narr bist du", schäumte Etzel. „Ich arbeite nur für mich und für niemanden sonst! Schon gar nicht für so einen elenden Verlierer wie dich!" Wutentbrannt düste er in seinem Jaguar ab. Sven sammelte sich, streifte das Gedankengut des Weißen Hais ab wie einen Neoprenanzug und gestand seinem Vater seinen Fehler ein. Wenigstens sprachen die beiden jetzt wieder miteinander, aber…

10

Schlagabtausch

Westermann saß auf der Terrasse des Sporthotels und besprach sich mit dem Oberkellner. Iwana brachte Stine. „Ich hab' sie gefüttert, gewickelt und abgeschmust." John fielen die ungewöhnlich roten Fingernägel der Kleinen auf: „Du hast ihr doch nicht etwa noch die Nägel lackiert?"
„Sie hat Erdbeeren gegessen", erklärte Iwana. „Schminken wird sie sich noch früh genug." Westermann runzelte die Stirn: „Ich hoffe, dieses Kindermädchen, das sich bei uns beworben hat, diese Frau Scheibner, die taugt was." Im Foyer des Hotels stieß Westermann mit einer braunhaarigen Mittdreißigerin zusammen, die ihre Koffer in den Lift ziehen wollte. Um ihren Hals trug sie ein Amulett aus Elfenbein, das Yin und Yang darstellte. Mit ihren warmen Augen lächelte sie Westermann kurz an, der ihr sogleich half, die Koffer in den Lift zu wuchten: „Haben Sie da Ihre ganze Wohnungseinrichtung verstaut?"
„Ja", schmunzelte sie, „bis auf mein Auto." Westermann stellte sich vor. Sie nahm seine Hand: „Ich bin Melissa Scheibner."
„Das – das Kindermädchen?"
„Ja, ich konnte früher aus Hamburg weg als erwartet."

Unrasiert und übernächtigt schlurfte Sven aus der Pension und ließ sich auf einer Bank nieder. „Falls du wieder mal Lust hast, gegen einen Weltmeister anzutreten – du findest mich am Strand", verabschiedete sich Nik von dem Bild des Jammers. Als er zum Surfcontainer kam, bemerkte er einen livrierten Diener, der eine etwas blasse, aber sonst sehr gutaussehende junge Dame, die eifrig Polaroids von der Surfschule machte, mit einem Regenschirm vor der UV-Strahlung schützte. „Moin“, grüßte Nik. „Kann ich Ihnen irgendwie behilflich sein?“ Sofort schob sich ein drahtiger Chinese, offenbar der Leibwächter der jungen Frau, vor ihn. „Das ist meine Surfschule, müssen Sie wissen“, versuchte Nik den Leibwächter beiseite zu schieben, aber schon lag er flach – und der Chinese kniete auf ihm, bereit, ihn zu kneten. „Schon gut“, pfiff ihn die junge Frau zurück und trat auf Nik zu: „Ich möchte Ihre Surfschule verhüllen.“

„Was?“

„Haben Sie noch nie was von Christo gehört? Und der Verhüllung des Reichstags in Berlin? Er ist mein großes Vorbild.“

„Dann“, kommentierte Nik wenig kunstsinnig, „wären Sie in ‘nem Geschenkeladen besser aufgehoben. Da können Sie verpacken, was Sie wollen. Ich bin Surflehrer. Das ist das einzige, wovon ich etwas verstehe.“

„Sie Armer!“ bedauerte die angehende Künstlerin den Kunstbanausen. Da wurde auch schon nach ihr gehupt: Aus dem Fenster eines Porsche winkte ein glatzköpfiger Greis. „Mein Vater“, verabschiedete sich die Frau. „Hat mich gefreut, Ihre Bekanntschaft zu machen. Vielleicht nehme ich ja mal Surfstunden bei Ihnen.“

„Im Moment ist nur leider keine Gruppe da. Da kann ich nur Einzelunterricht anbieten. Das käme aber etwas teurer.“ Ein leichtes Lächeln huschte über das Gesicht der Künstlerin, als sie sich noch einmal umdrehte: „Übrigens, ich heiße Stephanie.“

„Es ist wunderschön hier“, ließ Melissa ihren Blick über Strand, Meer und Dünen gleiten, als Westermann sie probehalber zum Essen in Rockys Pfahlbau-Ristorante entführte. Während sie die Speisekarte studierte, begann Westermann

mit der Inquisition und erkundigte sich, wieso sie sich ausgerechnet in St. Peter niederlassen wolle, wo doch ein Kindermädchen mit ihren Referenzen in Hamburg weit bessere Möglichkeiten hätte.
„Ich bin frisch geschieden“, flötete Melissa, „und wollte alles hinter mir lassen.“
„Warum hat sich Ihr Mann denn scheiden lassen?“
„*Ich* habe mich scheiden lassen. Sie gehören wohl zu der Sorte Mann, die meint, die Frau sei immer der unerträgliche Teil einer Ehe, was? Aber ich möchte das Leben jetzt voll genießen.“
Eine Alarmglocke schrillte in Westermanns Kopf, als er Rotwein und Mineralwasser bestellte: „Was genau heißt: voll genießen?“
„Keine Rechenschaft ablegen, seine Gefühle nicht rechtfertigen zu müssen.“
Westermann beobachtete sie mißtrauisch, wie sie aus ihrem Weinglas nippte.
„Glauben Sie, ich sei für den Job nicht qualifiziert?“ fragte ihn Melissa direkt. „Sie können es mir ruhig sagen. Ihr Fräulein Iwana hat es mir schon gesteckt.“
„Das sieht dieser Person wieder mal ähnlich“, erregte sich Westermann. „Demnächst maßt sie sich noch an, das Hotel zu leiten.“
„Wär’ vielleicht keine so schlechte Idee, Herr Westermann: Dann könnten Sie sich selbst um Ihr Töchterchen kümmern und bräuchten nicht eine wie mich.“
„Ich gebe Ihnen eine Woche, mich zu überzeugen.“

Rocky bediente, da ließ ihn eine Gitarre sowie eine wohlbekannte Gesangsstimme herumwirbeln: Es war Pepino, der Troubadour, der Barde, der Don Juan für Arme, der auf Westermanns Hochzeit aufgespielt und die verstorbene Christine vergeblich zu verführen versucht hatte. „Du altes

Schlitzohr", begrüßte ihn Rocky stürmisch. „Was treibt dich denn hierher?"
„Naja, der Ruf deiner neuen Pizzeria ist bis in die Toskana gedrungen. Da dachte ich mir, du mußt stante pede hin und ihm gratulieren. Und außerdem such' ich 'nen Job."
„Da wird sich schon was finden. Jetzt setz' dich erst mal."
Da hatte Pepino auch schon Westermann entdeckt und drückte ihn wie einen Bruder. Westermann zog ein Gesicht, als hätten ihn zehn Teufel auf Mistgabeln aufgespießt: „Lassen Sie mich sofort los.!"
„Ah", strahlte Pepino, „Sie haben mich nicht vergessen."
„Sagen wir so", zischte Westermann, „Ich bin jede Nacht wachgelegen und habe mich vor Sehnsucht nach Ihnen verzehrt."
Die Erinnerung an seine Frau, von deren Schicksal Pepino nichts wußte, ließ ihn zusammensinken.

Die Abendsonne schickte letzte Strahlen durch die Fenster der Pension. Westermann schleppte die schreiende Stine wiegend durch sein Zimmer: „Ist ja gut. Alles in Ordnung, ich bin ja bei dir." Es klopfte. Es war Melissa. Sie reichte ihm einen DIN A 4-Umschlag: „Hier sind meine Unterlagen." Besorgt richtete sie ihr Augenmerk auf Stine: „Ist das die Kleine? Hört sich aber gar nicht gut an."
„Ich weiß nicht", teilte Westermann ihre Besorgnis, „sie ist plötzlich weinend aufgewacht. Fläschchen will sie nicht. Wahrscheinlich hat sie Blähungen." Melissa warf einen kurzen Blick auf das kleine Gesicht und wußte sofort: „Sie zahnt." Sie nahm im Stine ab: „Darum steckt sie sich auch die Hand in den Mund. Aber keine Angst, dagegen gibt es ein Mittelchen. Hat sie einen Kauring?" Westermann suchte in Stines Bettchen: „Irgendwo hier muß er sein." Während er noch kramte, merkte er, daß Stine mit einemmal ruhig war. Erstaunt drehte er sich um und sah, wie Stine

auf Melissas Amulett biß. Zärtlich streichelte ihr Melissa das Köpfchen. Yin und Yang sei Dank!

Ein geschniegelter Versicherungsvertreter schoß aus einem Reihenhäuschen und wollte soeben die Fahrertür seines Spießerautos zuschlagen, da schepperte es – und die Tür war weg. Kleine – so hieß das Männchen – saß mit ausgestreckter Hand da. Svens Sportwagen rutschte bremsend den Asphalt entlang. Die abgerissene Tür schlitterte noch etliche Meter weiter.
„Scheiße“, brummte Sven, und die Blondine, die er irgendwo aufgegabelt hatte, verließ genervt das Fahrzeug des Verlierers.
„Der Wagen ist erst einen Monat alt“, ging Kleine lamentierend auf Sven los.
Der hob abwehrend die Hände: „Ich werde für den Schaden aufkommen.“
„Sie haben doch nicht etwa getrunken?“
„Hören Sie...ich gebe zu, daß ich...“
„Am besten, wir rufen die Polizei.“
„Das ist doch nicht nötig“, stotterte Sven. „Wir können doch alles genausogut ohne die Bullen regeln.“
„Ohne – wie beliebten Sie zu sagen? Bei so ‘nem Schaden?!“ fiel ihm Kleine ins Wort. „Das kostet mich bestimmt an die...fünftausend Mark!“
Svens Gesicht verlor ihre Fasson und entglitt wie Kuchenteig: „Fünftausend? Für eine Tür?“
„Wir können das ja gern die Polizei schätzen lassen“, drohte Kleine wieder.
„Äh“, druckste Sven, „fünftausend scheinen mir in Anbetracht des Schadens vielleicht doch ganz vernünftig. Der Wagen ist sicher eine Sonderanfertigung und...“
„Fünftausend“, fand der Versicherungsvertreter plötzlich bei dem Gedanken, daß er seit einiger Zeit nicht genügend

Abschlüsse vorzuweisen hatte, „ist vielleicht sogar etwas untertrieben.“
„Schicken Sie mir doch bitte den Kostenvoranschlag, Herr…“
Kleine gab ihm seine Geschäftskarte: „Vielleicht haben Sie ja auch noch Interesse an einer guten Versicherung, für alle Fälle…“

Auch Tjard und Dennis entglitten die Züge, angenehm überrascht, als Stephanie in zerfransten Jeans und einem Sonnentop vor ihnen stand. „Sie sind etwas früh zum Unterricht“, begrüßte sie Nik. „Ich bin mit den Brettern noch nicht ganz fertig.“ Eigentlich habe sie heute ohnehin keinen Bock auf Surfunterricht, beruhigte ihn Stephanie: „Ich wollte mir viel lieber die Küste anschauen. Mit einem von diesen Strandseglern. Und ich dachte, Sie kennen sich doch bestimmt mit so ‘nem Fahrzeug aus.“
„Schon…aber was wird aus dem Unterricht?“
„Ich bezahl’ Ihnen die Stunde wie abgesprochen.“ Nik zögerte, dann stieg er zu Stephanie in ihren Pick-up: „Ich weiß, wo man die Dinger ausleihen kann.“
„Wieso passiert mir nie sowas?“ sah Dennis den beiden enttäuscht nach. Tjard legte seinen Arm um ihn: „Soll ich dich auf meinem Brett mitnehmen, Süßer?“ Lachend tollten die Jungs mit ihren Boards ins Wasser.

Westermann schob den Kinderwagen am Pfahlbau vorbei. Pepino sonnte sich in einem Liegestuhl: „Oh, was für eine süße Mädchen.“ Er wollte Stine kitzeln, aber Westermann drängte ihn weg: „Die ist noch zu jung für Grapscher wie dich.“ Aber vielleicht habe er da was in seiner Gewichtsklasse, überlegte er:
„Einen Job wie maßgeschneidert für einen Westentaschen-Casanova wie dich.“

„Hm“, summte Pepino, „Job…schwer… schwer.“ Westermann sah ihn etwas verblüfft an. Normalerweise, klärte ihn Pepino auf, verführe er, weil er in Liebe entbrannt sei und nicht eines profanen Jobs wegen: „Sie wissen…Liebe auf Befehl… schwer, sehr schwer.“ Westermanns Augen verengten sich: „Würden dich zweihundert motivieren?“
„Das ist eine Beleidigung.“
„Fünfhundert?“ ließ Westermann nicht locker. „Sie verschwenden kostbare Zeit. Bin ich nicht halb motiviert.“
„Eintausend“, knurrte Westermann sein letztes Angebot.
„Eintausend ist okay“, klopfte sich Pepino auf die plötzlich motivierte Brust. „Wie viele Frauen handelt es sich?“
„Um eine – aber diese eine hat es in sich.“ Pepino starrte Westermann fragend an, aber der wehrte sich: „Es ist nicht, was Sie denken. Es ist für Stine hier. Ich möchte wissen, wie verantwortungsbewußt diese Dame ist.“ Er weihte ihn ein: „Morgen werd’ ich der bewußten Dame den Auftrag geben, den ganzen Tag auf Stine aufzupassen. Und Sie sollen dafür sorgen, daß sie ihre Obhutspflicht verletzt.“ Pepino runzelte die Stirn: Irgendwie waren das alles böhmische Dörfer für ihn, aber für eintausend…

Nik musterte überrascht Svens Smoking: „Arbeitest du jetzt als Kellner, oder was soll die Aufmachung?“
„Ich hab’ Scheiße gebaut“, sagte der mit Blick auf seinen Wagen – die vordere Stoßstange war verbogen, der rechte Scheinwerfer kaputt. „Ich brauch’ bis nächste Woche fünf Riesen.“
„Die könnt’ ich auch gut brauchen“, lachte Nik. „Ist es wegen der Karre?“ Sven nickte: „Hab’ so ‘nem Heini die Fahrertür weggerissen.“
„Aber du kannst doch deine Versicherung den Schaden regeln lassen. Du weißt doch: Die Kasse zahlt.“

„Nur…der Wagen ist immer noch über das Hotel versichert. Und wenn Paps das mitkriegt, gibt's bloß wieder Zoff, und da hab' ich jetzt echt keinen Bock drauf. Da blech' ich lieber selbst, bevor sich die Versicherung bei ihm meldet. Nur hab' ich bei der Bank meinen Dispo schon so überzogen, daß sie mich demnächst steckbrieflich suchen werden."
„Vielleicht gibt's fünftausend Belohnung", stichelte Niklas freundschaftlich. „Dann liefere ich dich aus und begleiche auf diesem Weg deine Schulden." Sven war gar nicht zum Lachen zumute: „Vorgestern nacht hab' ich sogar von 'nem Auto Benzin abgesaugt, damit ich noch ein paar Kilometer rumkomm'."
„Dann verkaufst du eben dein Auto. Das bringt doch bestimmt ein paar Riesen." Sven atmete tief durch: „Die Kiste gehört nicht mir. Die ist nur geleast. Aber kein Wort davon zu Dad."
„Du hast ihm wohl immer noch nicht verziehen, daß er dir das Hotel weggenommen hat."
„Er hat mir klargemacht, daß ich ein Versager bin, ein jämmerlicher Loser. *Das* hab' ihm nicht verziehen. Hilfst du mir jetzt oder nicht…?"

Pepino hatte sich rausgeputzt wie ein Pfau, als er zur Goodewind stolzierte, vorbei an Westermann, der ihm mit dem Kopf ein Zeichen gab, visierte Melissa an, die an einem Tisch auf der Terrasse saß, und küßte ihr die Hand. Die wußte nicht, was sie erwidern sollte: „Was wollen Sie?" Pepino setzte sich, ohne ihre Hand loszulassen, und erbot sich, sie zu einem Gläschen vino rosso einzuladen. Melissa schaute zum Nachbartisch. Die dort versammelten Gäste wandten ihre neugierigen Blicke ertappt ab.
„Na schön, aber nur ein Glas."
„Ich schwören beim Augenlicht meiner Mutter."
„Und beim Leben Ihrer fünf Kinder, was?"

„Bin ich junger Geselle“, wurde Pepino leicht pathetisch, „keine Frau, keine bambini, frei wie Wind. Und manches Mal, manches Mal unendlich einsam.“ Er winkte der Bedienung. Es wurde ein lustiger Abend. Natürlich blieb es nicht bei einem Gläschen, und Pepino fragte seine Tischdame zum gelungenen Abschluß, ob er sie nach oben tragen dürfe. Melissa lachte, leicht beschwipst. „Also bleibt es bei morgen?“ fragte Pepino.
„Es bleibt dabei.“
Er nahm Melissas Hand und küßte sie galant.

„Und?“ hielt ihn Westermann auf, als er ging. „Wir haben eine Treffer morgen bei Rocky“, nickte Pepino ihm zu.
„Ich hoffe für Sie, daß es ein Treffer wird, sonst verlang' ich die Anzahlung zurück.“
„Sie haben Angst vor diese Frau, Signor Westermann. Sie ist stark. Sehr stark.“ Westermann schluckte.

Im Pfahlbau ließ sich ein anderer „Casanova“ von der Clique aufziehen. „Diese Stephanie hat sich an dich rangeschmissen, und du hast sie nicht vernascht?“ staunte Tjard. „Wieso denn nicht, Nik? Die sieht doch echt gut aus und ist stinkreich“, tutete Dennis in dasselbe Horn. „Manche Leute wollen eben mehr als Sex“, meldete sich Martina. „Aber Sex“, fiel ihr Rocky ins Wort, „Sex ist gesund, mein Schatz.“ Drohend hob Martina ein Messer: „Solltest du jemals Sex mit einer anderen haben, wirst du dein blaues Wunder erleben, Rocky Marciano.“
„Aber Nik, der ist doch solo. Der kann doch“, meinte Tjard.
„Ich wollte nicht, das reicht wohl“, wimmelte Nik seine Freunde ab. „Du wolltest nicht?“ verdrehte Tjard fassungslos die Augen. „Wieso hast du das Mädel dann nicht zu mir geschickt?“
„Ich wollte dich mit ihrem Traumkörper nicht überfordern.“

„Sadist“, meckerte Tjard beleidigt. Nach Sarah, erklärte Nik, habe er sich geschworen: entweder was Ernstes – oder überhaupt nichts mehr.

Gleich am nächsten Morgen fing ihn Stephanie am Eingang der Pension ab. „Stephanie“, sah Nik sie verblüfft an. „Was treibst du denn hier?“ Da trat Sven aus der Tür und schüttelte Stephanie die Hand: „Dein Ruf eilt dir ja ganz schön voraus. Falls du noch nichts von mir gehört haben solltest: Ich bin das schwarze Schaf der Familie.“
„Wie interessant!“ begeisterte sich Stephanie. „Weiße Schafe finde ich nämlich langweilig.“
„Denk’ dran, Stephanic“, ließ Nik die beiden allein, „heut’ mittag ist deine erste Stunde.“
„Vielleicht“, lächelte sie, „vielleicht hab’ ich was Besseres vor.“

Dennis rief Westermann zum Telefon: „Ein Herr Kleine. Er will irgendwelche Angaben überprüfen.“ Nachdem Kleine ihm den Unfall brühwarm unter die Nase gerieben und sich selbst noch als Versicherungsvertreter empfohlen hatte, stürzte Westermann wutschnaubend an Melissa vorbei. Was er vorhabe, verwunderte sich die. Seinen Sohn wolle er umbringen, fauchte er zurück: „Aber was geht das Sie an?“

Die Clique war mit ihren Brettern am Strand beschäftigt. Josy scharwenzelte um die Jungs herum, da tauchte kläffend ein anderer Köter auf. Sofort stürzte sich Josy auf ihn. Nik sah auf: Er erkannte in dem Hundehalter den Glatzkopf aus dem Porsche. „Kann ich Sie einen Augenblick sprechen?“ ging der zielstrebig auf Niklas zu. Nik erhob sich: „Um was geht es denn?“
„Um meine Frau Stephanie. Planck mein Name.“ Erstaunen war ein milder Ausdruck für die Akrobatik, die Niks

Gesicht vollführte: „Ich dachte, Sie sind ihr Vater." Der Alte blitzte ihn böse an. „Ich möchte, daß Sie die Finger von ihr lassen", befahl er barsch. „Und als Entschädigung bitte ich Ihnen einen kleinen Bonus. Sind zehntausend genug?" Nik brachte eine Weile nichts heraus, dann entgegnete er, Planck könne sich das Geld sparen: „Ich laß mich nicht kaufen."
„Ich warne Sie: Wenn Sie Steffi nicht..."
„Haben Sie immer noch nicht verstanden? Ihre Frau interessiert mich nicht. Aber jetzt, wo ich Sie vor mir sehe, weiß ich auch, warum Sie sich woanders nach Zuneigung umschaut." Planck biß die Zähne zusammen, ließ sich auf keine weitere Diskussion mehr ein und stapfte ungehalten davon. „Zehntausend", seufzte Sven, der den Wortwechsel mitangehört hatte, „die hätte ich jetzt gut gebrauchen können."

„Wann wirst du endlich erwachsen?" stellte Westermann seinen Sohn zur Rede und vor der ganzen Clique bloß. „Du hattest mit deinem schicken Flitzer einen Unfall, stimmt's? Und jetzt meinst du, du kannst den Schaden über die Versicherung des Hotels abwickeln. Daß du dich da mal nicht geschnitten hast!" Sven, der diese Art Standpauke nicht ertrug, wollte sich abwenden und raus aufs Wasser: „Ich hab' keine Lust auf 'ne Diskussion um 'nen unbedeutenden Blechschaden", aber Westermann hielt ihn zurück. „Könntet ihr bitte mal 'ne andere Tonart anschlagen?" versuchte Nik zu schlichten. Hier gehe es nicht um einen unbedeutenden Blechschaden, bellte John unbeeindruckt weiter, sondern um Feigheit hinter seinem Rücken. „Selbst wenn ich zu dir gekommen wäre, du hättest mir doch nie im Leben geholfen", schnauzte Sven zurück. „In deinen Augen bin ich doch der ständige Verlierer. Und jetzt giftest du mich auch vor all meinen Freunden an."

„Eure Versöhnung macht wirklich Fortschritte“, bedauerte Nik. „Es wird keine Versöhnung geben“, schimpfte Sven, „nicht mit diesem Mann da.“
„Dann glaub’ nur ja nicht“, zeigte sich Westermann nicht minder kompromißunwillig, „daß du deinen Unfall über mich abwickeln kannst. Du wirst für die Konsequenzen selbst geradestehen müssen.“
„Und was willst du jetzt wegen der fünftausend machen?“ fragte Nik, als Westermann weg war.
Sven zuckte die Achseln: „Keine Ahnung.“

Da erschien, als willkommene Abwechslung, Stephanie. „Ich möchte“, lächelte sie Nik honigsüß von der Seite an, „daß Sven mich unterrichtet.“
„Na, dann will ich euch mal alleine lassen“, schob Nik ab und raunte Sven noch warnend zu, er solle an ihren Glatzenmacker denken und immer schön Abstand halten.
„Ich werde dich nicht enttäuschen, Meister“, versprach Sven. Dann wandte er sich Stephanie zu: „Ich schlage vor, wir suchen dir erst mal ‘nen passenden Neoprenanzug.“
Dennis konnte sich nicht verkneifen, einen französischen Modeschöpfer zu mimen: „Du brauscht e’was, was deine Figür ‘ervor’ebt. Isch ‘ätte da e’was, was sisch mäschtich drauf freuen würde, deinen Körper ssu umschließen.“
„Schluß der Vorstellung“, scheuchte Sven ihn weg, „hier wird gearbeitet.“ Er entschuldigte sich für Dennis’ aufdringliches Verhalten: „So benimmt er sich immer, wenn er eine schöne Frau auch nur von weitem sieht.“ Stephanie schenkte ihm einen diamantenen Blick:
„Sind die Komplimente in der Unterrichtsgebühr einbegriffen?“ fragte Stephanie mit verführerischem Augenaufschlag.
„Die kosten nichts, weil sie ernst gemeint sind.“ Stephanie lächelte geschmeichelt.
Pepino und Melissa hatten sich in der Nähe des Pfahlbaus

verabredet. „Sie schwimmen?“ fragte Pepino. „Ich bin eine Wasserratte“, bejahte Melissa. „Also, worauf warten wir?“ ergriff Pepino ihre Hand und wollte sie ins Wasser ziehen. „Es geht nicht“, stemmte sich Melissa mit einem Blick auf den Kinderwagen dagegen, „ich kann Stine doch nicht alleine lassen.“ Pepino lugte in den Kinderwagen: „Aber sie schlaft doch. Wird sie nicht auffallen, daß wir weg sind nur kurze Zeit. Zehn Minuten, allenfalls.“

„Nein“, entzog Melissa ihm ihre Hand. „Sie können ja schwimmen gehen, und ich schau’ Ihnen zu. Außerdem, ich hab’ ja gar keinen Badeanzug dabei.“

„Ist doch niemand hier“, sah Pepino sich um. „Und ich wollen meine Augen verschließen vor Evaskostüm.“ Melissa lächelte: „Die sollte man dann besser wohl mit Sekundenkleber zupappen. Später vielleicht. Wenn ich Stine wieder Zuhause abgeliefert habe.“

„Später ich habe vielleicht keine Lust mehr.“

„Dann gehen Sie eben jetzt schwimmen“, setzte sich Melissa mit dem Kinderwagen in Bewegung, „und ich warte bei Rocky auf sie.“ Seufzend hob Pepino seinen Blick gen Himmel. „Warten Sie, warten Sie! Ich hab’ überlegt“, holte er sie ein, „später ist auch okay.“

„Hat Ihnen jemand mal gesagt, daß Sie sich manchmal wie ein kleines Kind aufführen?“

„Ich denke, Sie sind Kindermädchen“, grinste Pepino verliebt.

Lachend stürmten Sven und Stephanie aus der Pizzeria. Es war Abend geworden. „Wollt ihr uns schon verlassen?“ erschien Nik hinter ihnen. „Ich bring’ Steffi eben nach Hause“, schaute Sven zu ihm hoch. „Soll ich euch nicht fahren?“ bot Nik an. „Nee“, winkte Sven ab, „wir wollen noch was am Deich spazieren.“

„Laßt euch aber nicht vom Schimmelreiter erwischen“,

warnte Nik mit dem Planckschen Zaunpfahl. „Ist nicht seine Jahreszeit“, amüsierte sich Sven über das Stück Stormscher Dichtung. „Ich paß schon auf ihn auf“, versprach Stephanie und nahm Svens Hand. Gemeinsam liefen die beiden davon. Nik schaute ihnen nachdenklich nach und ließ dann Melissa und Pepino durch. Schien hier tatsächlich ein Nest zu sein: für junge Liebende.

Pepino legte die schlafende Stine behutsam in den Kinderwagen, der am Fuße des Pfahlbaus stand. „Schön, wie Sie sie in den Schlaf gesungen haben“, lobte ihn Melissa. „Darf ich auch für Sie singen?“ forschte Pepino. „Jetzt?“

„Wenn Lied ist fertig.“ Melissa schaute ihn mit großen Mädchenaugen an: „Ich laß mich überraschen.“ Nachdem er sie verabschiedet hatte, erstattete Pepino Westermann telefonischen Rapport: „Keine Erfolg. Sie ist eine Frau mit Ehre. Haben Sie Melissas Qualitäten unterschätzt. Sie sollten besser nachdenken, wo Ihre Problem ist mit diese fantastische Frau.“ Verärgert, aber auch etwas nachdenklich ließ Westermann das Handy sinken. Gleich am nächsten Tag setzte er sich mit Melissa zusammen. Sie studierten einen Katalog mit dem vielsagenden Titel „Alles für das Kind“. Westermann deutete auf eine Laufhilfe. Melissa schüttelte den Kopf: „Total unnütz diese Dinger. Da gewöhnt sich Stine höchstens dran und braucht noch länger, bis sie laufen gelernt hat.“

„Ich glaube, Sie brauchen mich gar nicht, um das Richtige für Stine auszuwählen. Warum ziehen Sie nicht einfach los und kaufen was Geeignetes.“

„Weil ich will“, erklärte Melissa, „daß Sie sehen, für was ich Ihr Geld ausgebe.“ Westermann schwieg einen Augenblick, dann bemühte er sich um ein kräftiges Lob: „Ich vertrau’ Ihnen. Ich glaube, ein besseres Kinder-

mädchen als Sie könnte Stine nicht bekommen." Melissa erwiderte sein Lächeln. Da erklang unter dem geöffneten Fenster eine Gitarre, deren Klang Melissa hinaus auf die Terrasse zog: Unten stand Pepino und sang sich sein in Liebe aufgelöstes Herz aus dem Leib. Ti Amo, verstand Melissa immer wieder: Ti Amo. „Verschwinden Sie, oder ich rufe die Polizei", beendete Westermann das Konzert ruppig. „Wir sind quitt. Das ist keine Job", entgegnete Pepino. „Ich habe meine Bedingung erfüllt. Schluß, aus."
„Von was spricht er eigentlich?" wollte Melissa wissen. Westermann machte eine abfällige Geste: „Sie wissen doch, wie Italiener sind. Müssen sich immer wichtig machen. Kommen Sie, gehen wir hinein." Aber Pepino ließ sich nicht abweisen. Mutig kam er nach oben: „Ich bin bereitig zu sterben."
„Hören Sie sofort auf, meine Gäste zu belästigen", schnauzte ihn Westermann an. „Ah, aber erst zahlen Sie für Belastung", forderte Pepino. Drohend richtete Westermann seinen Zeigefinger auf ihn: „Paß ja auf deine Worte auf!"
„Kann mir mal jemand sagen, was hier los ist?" schaltete sich Melissa zwischen die beiden Streithähne. „Er hat mir eintausend geboten", klärte Pepino sie auf, „damit ich Sie verführe."
„Ist das wahr?"
„Sie glauben diesem Zigeuner doch wohl kein Wort", wollte Westermann auf Pepino losgehen, aber Melissas harter Blick duldete nichts anderes als die reine Wahrheit: „Also gut...ich... ich...wollte nur sichergehen, daß Stine nicht irgendeine... Stine braucht jemanden, der...die einen soliden Lebenswandel vorweisen kann und und..." Eine schallende Ohrfeige hackte den Satz abrupt in der Mitte ab. So schnell sie konnte, verließ eine aufgebrachte Melissa das Grundstück der Pension. Hilflos sahen ihr Westermann und Pepino nach. „Ich alter Narr", brummte John.

Unten am Strand sprach Nik seinen Freund auf den gestrigen Abend an: „Wieso machst du das?“
„Weil ich Steffi mag.“
„Ach komm“, wunderte sich Nik, „ich kenn’ dich doch, du alter Schwerenöter.“
„Nein, ehrlich, sie ist ein nettes Mädchen.“
„Das nur zufällig ‘nen Macker hat, der kräftig abdrückt, wenn man sich ihr auf fünf Meter nähert.“
„Was willst du damit sagen?“ brauste Sven auf. „Ist das etwa meine Schuld, daß der Greis zuviel Kohle hat?! Es tut ihm nicht weh, wenn er mir zehn Riesen zusteckt.“
„Und was wird da aus deinen Sprüchen: von wegen Stolz und Machismo und so weiter?“
Da kam Dennis angeradelt und bremste so aufgeregt vor Sven ab, daß der Hinterreifen herumschlitterte:
„Ich hab’ mit meinen Eltern gesprochen. Sie werden mir telegrafisch fünf Riesen anweisen.“
„Sie gehören dir, Sven“, jubelte Dennis, der für diesen Freundschaftsbeweis extra dickes Lob erwartete. „Ich schenk’ sie dir. Meine Eltern haben so viel Asche, die wissen doch überhaupt nicht, wohin damit. Und da dachte ich, sie könnten ruhig mal einen Freund unterstützen, der unschuldig in Not geraten hast.“
„Ich will nichts geschenkt“, schob sich Sven an Dennis vorbei. Der guckte ihm verwundert nach: „Was ist denn in den gefahren?“

Melissa packte ihre Koffer. Es klopfte. Zerknirscht, gleichsam am Boden zerstört, trat Westermann ein: „Es tut mir leid. Ich wollte doch nur, um Stines willen, überprüfen, ob Sie den...naja...moralischen Anforderungen Ihres Berufes gewachsen sind.“ Schamröte ergoß sich über sein Gesicht. Aus Melissas Augen blitzte ihm zur Antwort blanke

Mordlust entgegen: „Ich hab' Ihnen doch meine Referenzen gezeigt, meine Einstellung zu dem Job erklärt. Und da wollen Sie meine moralischen Qualitäten überprüfen?! Ihre moralischen Qualitäten sollte man überprüfen, Herr Westermann! Sie haben keinen Stil, damit Sie es wissen!! Ich hätte den Job wirklich gern angenommen, aber unter diesen Voraussetzungen pfeif' ich drauf!!!" Sie knallte Westermann die Tür ins Gesicht.

Sven und Stephanie schaukelten auf einem Doppelbrett über die sanfte Dünung, schmiegten sich eng aneinander. Stephanie hatte die Augen geschlossen und ihren Kopf an Svens Brust gelehnt. Sie merkten nicht, daß die einträchtige Szene von einem Porsche aus beobachtet wurde, der neben dem Surfcontainer geparkt hatte.
Als die beiden zurückkamen, hielt Planck sie auf: „Wieso bist du ohne Security unterwegs, Stephanie?"
„Weil mir deine blöden Aufpasser auf den Wecker gehen. Und außerdem bin ich dir keinerlei Rechenschaft schuldig."
„Steffi, warum tust du mir das an? Du weißt doch, wie sehr ich dich liebe."
„Genauso wie deine Antiquitäten und deine Gemäldesammlung", beschwerte sich Stephanie. „Ich bin es endlich leid, von dir wie ein Vogel im goldenen Käfig behandelt zu werden."
„Du hast doch von Anfang an gewußt, auf was du dich einläßt", geiferte Planck. „Zumindest wußte ich, worauf ich mich einlasse: Du warst doch nur hinter meinem Geld her. Aber ich, ich habe dich immer geliebt."
„Lassen Sie sie los", forderte Sven und packte ihn am Arm.
„Du kannst nicht alles kaufen", riß Stephanie sich von ihrem Mann los.
Planck versetzte Sven einen Schubs. Sven stupste zurück. Da schlug Planck ihm unvermittelt ins Gesicht, ohne daß

ihm sein Tun so recht bewußt war. Sven packte ihn daraufhin am Kragen und drängte ihn gegen einen Pfeiler des Pfahlbaus: „Das hast du nicht umsonst getan."
„Sven, hör' auf", versuchte Nik verzweifelt die beiden zu trennen. Der alte Mann krachte mit dem Hinterkopf gegen den Pfeiler. Mit vereinten Kräften rissen Nik und Tjard ihren rasenden Freund von Planck weg: „Mach' keinen Blödsinn." Planck sank zu Boden. „Scheiße", bemerkte Dennis, „da ist Blut." Nik bückte sich zu Planck, griff nach seinem Handgelenk: „Kein Puls." Er rollte ihn auf den Rücken, riß ihm das Hemd auf, begann mit der Herzmassage. Dennis schob seine Jacke unter Plancks Hinterkopf. „Schnell, ruf' 'nen Notarzt", schickte Nik Tjard los. Er versuchte es mit Mund-zu-Mund-Beatmung. Stephanie war starr vor Entsetzen. „Das wollte ich nicht, das wollte ich nicht", stammelte sie immer wieder. Nik lauschte, vernahm einen leichten Herzschlag. Planck stöhnte. Niklas hatte es geschafft.

Als der Notarzt den Verletzten weiter versorgt hatte, ging Nik zu dem Häufchen Elend, das sein Freund war: „Er wird's überleben. Nur eine Gehirnerschütterung."
„Gottseidank", fuhr sich Sven durch die Haare.
„Allerdings", fuhr Nik fort, „er wird dich wegen Körperverletzung anzeigen. Das hat er sich nicht ausreden lassen. Du solltest zur Polizei gehen, bevor sie dich holen."
Sven sprang auf: „Ich bin doch kein Schwerverbrecher, verdammt noch mal. Das hat sich der Kerl doch selbst zuzuschreiben."
„Der Kerl wär' beinah' überm Jordan gewesen. Du hast dich mit Stephanie eingelassen, weil du gehofft hast, daß er sie freikaufen würde."
„Das ist nicht wahr", wehrte sich Sven schwach. Dann brach der Frust der letzten Wochen nur so aus ihm heraus:

„Ein Hotel hab' ich übernommen und hätte es fast ruiniert, wenn es sich mein Vater nicht zurückgeholt hätte. Keine Frau hält es länger mit mir aus als ein paar Monate. Und dann – dann bring' ich auch noch fast einen Menschen um. Was ist nur aus mir geworden?!" Nik trat auf ihn zu: „Ich bin dein Freund, darauf kannst du dich verlassen, das bleibt, das kann niemand nehmen." Sven sah ihn dankbar an: „Fährst du mich?"

Melissa schleppte ihren Koffer vom Grundstück. Dabei sah sie, wie Westermann verzweifelt versuchte, Stine mit Spinat zu füttern. Aber die Kleine schlug ihm den Löffel aus der Hand. Melissa hob ihn auf. „Es tut mir leid", seufzte John „Ich liebe doch meine Tochter und wollte nur sichergehen…" Melissa nahm Stine in den Arm: „Dein Papa hat ja ein richtig schlechtes Gewissen. Ein richtiger Kindskopf ist er." Lange sah sie Westermann an, der vor banger Erwartung fast zerschmolz: „Ich bleibe. Ich mag Stine. Und sie scheint mich auch zu mögen, was, Stine?" Stine strahlte übers ganze Gesicht – und Westermann erst.

11

Die Muschelfalle

Westermann hatte Melissa in eine elegante Bar eingeladen. Ein paar Tische weiter hatte der massige Heinz Behnke mit Kutterkapitän Reep und einem gewissen Maier, einem höheren Beamten aus dem Fischereiministerium, Platz genommen.
„Aber die Fischer – Kapitän Reep wird Ihnen das gern bestätigen – haben doch ein Recht auf ihre Arbeitsplätze. Sie brauchen den Antrag bloß noch zu unterzeichnen, Herr Maier."
„Sie haben ja recht", entschuldigte Maier. „Trotzdem muß das Fischereiministerium auch den Umweltschutz beachten. Und der ist hier im Nationalpark Wattenmeer nun mal sehr streng. Sie sehen also meine Schwierigkeiten, Ihnen diese Muschelfanglizenz auszustellen."
Behnke zog einen Umschlag aus seiner Innentasche und schob ihn Maier unauffällig zu: „Zwei Tickets, Hotelbuchungen, Urlaubsspesen, alles inklusive. Es waren doch die Malediven, wo Ihre Gattin so gerne mal Urlaub zu machen wünschte?"
Maier nickte gequält, steckte das Kuvert ein und ging. Behnke rieb sich zufrieden die Hände: „Und jetzt, Kapitän, Champagner. Auf den fetten Fang, den uns unser lieber Herr Maier bescheren wird."

Da kam John, der Behnke gerade in seiner Nische entdeckt hatte, um ihn zu begrüßen: „Was macht das Baugeschäft, Heinz?"
„Ach, John, wir haben uns ja eine Ewigkeit nicht gesehen.

Übrigens, darf ich vorstellen: Kapitän Reep. Wir begießen hier einen dollen Geschäftsabschluß, meine neue Wachstumsbranche: Muschelfang! Trinkst du ein Glas mit? Oder hat deine reizende Begleitung etwas gegen ein Gläschen Schampus einzuwenden? Kommen Sie, meine Dame. Kommen Sie, nur keine Scheu. Herr Ober, noch zwei Gläser!“ Nachdem man sich bekannt gemacht hatte, kamen die Herren Geschäftsleute auf ihre respektiven Töchter zu sprechen. „Hast du nicht auch eine kleine Tochter, Heinz?“ erkundigte sich Westermann. „Klein ist gut“, lachte Behnke. „Ivonne ist mittlerweile ein richtiges Sportas. Gerade letzte Woche ist sie von einem Surfcup aus der Karibik zurückgekommen. Ihr fehlen nur noch ein paar Punkte für die Profilizenz. Hat sie in der Karibik ganz knapp verpaßt. Haben wir uns natürlich von unserem Coach trennen müssen. Jetzt hätte sie noch ‘ne Chance für diese Saison, bei einer Regatta, die demnächst hier in St. Peter stattfindet. Aber ohne guten Trainer…“

„Warte mal“, überlegte Westermann, „da wüßte ich vielleicht einen, sogar einen wirklich guten, hier in St. Peter!“

„Einverstanden“, freute sich Behnke, nachdem er John angehört hatte, „ich zahle Ivonnes Zimmer in deiner Pension und ein Trainerhonorar. Und wenn Ivonne die Profilizenz bekommt, laß ich, sozusagen als Erfolgsprämie, ein paar dringende Reparaturen in der Goodewind für dich erledigen. Kostenlos! Ist das ein Wort?“ Sie prosteten einander zu.

Die Clique hatte sich – geschlossene Gesellschaft – in banger Erwartung des Ausgangs von Svens Verhandlung bei Rocky versammelt. „Quatsch, Gefängnis“, brummte Tjard. „Sven kriegt höchstens was auf Bewährung.“

„Aber dann müßte die Verhandlung doch schon längst aus sein“, stellte Iwana besorgt fest. Da klopfte es an der Tür.

Wortlos traten Sven und Nik ein und spannten die anderen mit ihren bedrückten Mienen förmlich auf die Folter, die sie bestürmten, zu erzählen, wie es ausgegangen war. Sven zog die Mundwinkel herunter: „Zweieinhalb!"
„Zweieinhalb Jahre...Gefängnis?" schluckte Dennis. Jetzt konnte es sich Nik nicht länger verkneifen und prustete los.
„Sozialdienst", setzte Sven die Tafelrunde ins Bild, „ich darf zweieinhalb Monate im Schlick nach Würmern buddeln."
„Darf ich euch den neuen Arbeitssklaven des Naturschutz Wattenmeer e.V. vorstellen?" lachte Nik. „Hilfswattwebel Sven Westermann, zuständig für Nationalpark- und Umweltschutz."
„Spezialgebiet: Aufsammeln gebrauchter Kondome am Strand", stimmte Tjard erleichtert in das Gelächter ein.
„Das muß begossen werden", freute sich Rocky. „Wir haben dich nämlich schon hinter schwedischen Gardinen gesehen."

Die Zentrale des Naturschutz Wattenmeer e.V. befand sich in einem unscheinbaren Häuschen am Deich. Auf zwei übervoll mit Papier und Karten vollgestopften Schreibtischen hatte der Zivildienstleistende Jockel sein Reich ausgebreitet. Jockel war, was man einen echten „Wollsocken-Öko" zu nennen beliebt: Norwegerpulli, Arafathalstuch. Gerade erläuterte er dem Neuling Sven die Zone 1 des Nationalparks, die besonders wertvollen und empfindlichen Öko-Bereiche, da dürstete es den Zuhörer nach Kaffee, und er sah sich nach einer Kaffeemaschine um. „Wir trinken hier eigentlich nur Tee", tadelte Jockel.
„Hab' ich mir fast gedacht", gab Sven den Tadel zurück.
„Ihr verwaltet hier also einen echt wichtigen Teil vom Nationalpark und habt nicht mal 'ne Kaffeemaschine?"
„Nee, nee, wir verwalten ja gar nicht. Wir sind ein Verein

und quasi ehrenamtlich mit der Parkbetreuung beauftragt. Die Verwaltung macht das Nationalparkamt in Tönning."
„Haben die da wenigstens eine Kaffeemaschine?" Bevor sie das Thema weiterspinnen konnten, erschien Vicky.
„Vicky ist dein neuer Boß", machte Jockel bekannt. „Studierte Biologin, leitet hauptamtlich die Außenstelle." Vicky hatte eine lange blonde Mähne und trug keinen Norwegerpulli, sondern ein schickes Kostüm. „Du bist also der Straffällige, der bei uns seinen Sozialdienst abbuckeln soll", stellte sie fest, „freut mich, dich kennenzulernen. Laß uns gleich anfangen. Ich hab' da einen Karton Reagenzgläser mitgebracht. Du kannst gleich loslegen und mit Jockel Laborproben einsammeln. Noch irgendwelche Fragen?"

Bis über die Knöchel standen Jockel und Sven im Schlick und bohrten im Schweiße ihres Angesichts mit einer langen Stange im Wattboden. Die so entnommenen Proben füllten sie in die Reagenzgläser, die auf einem Fahrradanhänger in ihrem Karton standen.
„Bis zu eine Million kleine Wattschnecken pro Quadratmeter", erläuterte Jockel den Sinn ihres Tuns. „Deswegen nehmen wir regelmäßig Schlickproben. Kommt ja alles in die Nahrungskette: Ölrückstände, Phosphor und Stickstoffe, Schwermetalle, Nickel, Cadmium…"
Sven sah Jockel gequält an: „Ich mach' jetzt erst mal Feierabend und geh' surfen. Grüß Vicky schön."

„Wer von denen da ist Nik?" fragte Ivonne Behnke mit Blick auf die sich draußen tummelnden Surfer.
„Nik?" schmunzelte Dennis. „Immer der, der den geilsten Jump macht. Da!" Er reichte ihr ein Fernglas und zeigte aufs Wasser: „Hast du den Frontloop gesehen? Echt geil! War doch absolute Weltklasse!" Ivonne zeigte sich weniger

beeindruckt: „Absprung verrissen, Drehung nicht hoch genug, nach der Landung zu lange im Wasser gehangen. Kreisklasse, würde ich mal sagen.“ Sie drückte Dennis das Fernglas wieder in die Hand und ließ ihn stehen.

An allem und jedem hatte Ivonne was zu mäkeln, als sie ihr Brett zum Strand trug: „Die Schränke in eurer komischen Pension sind ‘ne echte Zumutung! Kannst du mir mal verraten, wie ich da alle meine Klamotten reinkriegen soll?!“
„Kannst ja in den Keller ziehen“, giftete Nik zurück. „Da ist mehr Platz. Also, ich hab’ mir gedacht, wir beginnen das Training mit…“ Aber Ivonne hörte nicht zu, sondern stieg aufs Brett und surfte einfach los. Nik pirschte sich von hinten an sie heran. Sie nahm ihr Segel dichter und versuchte, ihm davonzusurfen, aber sie hatte keine Chance.

Hinterher, als sie wieder an den Strand kamen, war selbstredend das Segel schuld.
„Der Schnitt ist totaler Mist! Ich brauch’ sofort ein neues.“
„Du mußt das nicht auf das Segel schieben“, redete Nik behutsam auf sie ein. „Du hast eher Schwierigkeiten, dich zu konzentrieren. Wir probieren das nachher ein paarmal durch.“
„Aber nicht mit *dem* Segel!“ Vor der Surfstation wartete Behnke, das allgegenwärtige Handy am Ohr: „Ah, da sind ja unsere beiden Surfer. Bis gleich, John. Wir sehen uns im Hotel.“ Widerwillig ließ sich Ivonne von ihm herzen. „Wie war das Training?“ erkundigte er sich neugierig. „Ich brauch’ ein neues Segel“, maulte Ivonne. „Das alte ist völliger Schrott!“ Behnke zog einen großen Schein aus der Tasche: „Wird das reichen?“ Ivonne griff danach: „Mal sehen.“
„He, einen Moment“, schaltete sich der Coach ein. „Das Segel ist tipptopp in Ordnung! Hören Sie, Herr Behnke, ich

hab' Ihrer Tochter gerade klarzumachen versucht, daß es an ihrer Technik liegt und nicht am Segel." Aber Behnke, den diese Details nicht weiter interessierten, verabschiedete sich mit dem Surfergruß, indem er Daumen und kleinen Finger zeigte. Er hatte es eilig.

„Also, Heinz", begrüßte ihn Westermann in seinem Büro im Sporthotel, „dann schieß mal los."
„Rundheraus gefragt", überschlug sich Behnkes verkaufsgewohnte Stimme, „hättest du nicht Lust, bei mir zu investieren? In den Muschelfang, meine ich…"
„Klingt nicht uninteressant? Aber wozu brauchst du dafür noch einen Investor?"
„Hab' Großes vor: Stufenweise Anhebung der Fangerträge, mehr Kutter und dann…Aufbau einer eigenen großen Muschelfabrik. Traumhafte Renditemöglichkeiten, kann ich dir flüstern."
„Aber so einfach ist das doch nun auch nicht", schaltete sich Iwana ein. „Gerade hier im Nationalpark, bei den hohen Umweltauflagen…"
„Da wird's schon keine Schwierigkeiten geben", konnte sie Behnke, was das anging, beruhigen. „Ich hab' da im Ministerium – sagen wir mal – einen sehr guten Bekannten, der sowas für mich deichselt."

Westermann, Melissa, mit Stine auf dem Arm, und Nik saßen um den Frühstückstisch im Garten der Pension. Westermann erzählte von der Muschelfabrik, in die er investieren sollte. Nik und Melissa rieten ihm ab.
Das sei ja seltsam, Behnkes sogenannter heißer Draht ins Ministerium. Er solle diesem Behnke mal vorsichtig auf den Zahn fühlen. Da sei doch was oberfaul. Westermann versprach, sich um die Sache zu kümmern: „Gleich morgen. Er hat mich eingeladen, seinen Kutter zu besichtigen."

Vicky lehnte mit verschränkten Armen an einer Ausstellungsvitrine des Naturschutz Wattenmeer e.V. vor dem Wellenbad und kommandierte Sven herum, der mit Glasreiniger und Lappen bewaffnet war und den willigen Sklaven spielte: „Ja, Missus. Sven machen ja schon, Missus. Und entschuldigen, Missus, daß Sven Mittagspause überzogen...So, Scheibe sauber jetzt." Er richtete sich auf und salutierte. Vicky gab ihm ein paar Blätter, die er an die Infotafel pinnen sollte. „Das Leben unserer heimischen Miesmuschel", entzifferte Sven und wollte gleich wieder eine Breitseite loslassen, aber Vicky verbat sich jeden dummen Kommentar: „

„Ich würd' auch gern was Zeitgemäßeres machen als diese Art von Ausstellung, aber für Video und Hightech fehlt uns das nötige Kleingeld..."

„Diese Art Muscheln zu fangen ist ja ganz schön brutal", meinte Sven, als er die Blätter auf der Tafel arrangierte und sein Blick auf die Schemazeichnung eines Muschelfangkutters fiel, der eine Dredge durch den Wattboden schleppte. „Die pflügen ja den ganzen Meeresboden um, wie'n Acker!"

„Kannst du laut sagen", gab ihm Vicky recht. „So gehen die artenreichsten Biotope im Nationalpark kaputt. Wir kämpfen seit Jahren dagegen..." Dann sei ja die neue Muschelfanglizenz, die man gerade ausgestellt habe – Sven hatte von Nik davon und von der geplanten Muschelfabrik erfahren –, eine ziemliche Schlappe für den Verein. Vicky, die nichts davon wußte, ging die Kinnlade runter. Gleich stürzte sie in ihr Büro, aber der zuständige Sachbearbeiter im Ministerium – der war natürlich schon in Urlaub, auf den Malediven. „Typisch Bürokratie!" maulte Vicky. „Jetzt können wir bloß noch trommeln, 'ne Pressemeldung rausgeben und hoffen, daß ein Aufschrei der Empörung durch die Region geht." Sven fand das ein bißchen harmlos. Was er

denn tun würde, erkundigte sich Vicky: „Diesen Muschelfänger versenken?"
„Keine schlechte Idee", schmunzelte der, „nein, man müßte in eine dieser Muschelbänke bei Ebbe bloß Eisenstangen einschlagen. Wenn der Kutter bei Flut darüber fährt, verhakt sich die Dredge, die Schlepptrosse reißt – und das Ding säuft ab…"
„Die Richter hätten dich doch besser in den Knast stecken sollen", lachte Vicky bewundernd. Bestimmt, vermutete Sven, sei da noch eine handfeste Bestechung mit im Spiel. „Wie kommst du darauf?" kräuselte sich Vicky Stirn. „Ich hab' da sowas läuten hören", raunte Sven ihr zu.

Nik surfte hinter Ivonne her, um ihre Technik zu studieren. Genervt sah sie sich um und luvte unerwartet ruckartig an. Um nicht in sie hineinzufahren, mußte Nik das gleiche tun, verlor die Kontrolle und fiel ins Wasser: „He, was soll der Scheiß?"
„Wenn du was von mir willst", speiste sie ihn giftig ab, „mußt du eben besser surfen."
Etwas später versuchte Ivonne eine Helikopter-Wende, verriß und fiel diesmal selbst vom Brett. Nik folgte ihr zur Surfstation, wo sie ihr Board und Segel in den Sand pfefferte. „Jetzt warte mal", hielt Nik sie zurück. „Wenn du immer so reagierst, kriegst du nie das richtige Feeling. Dein Brett kann doch nichts dafür, daß du so mies drauf bist."
„Mein Brett kann dir scheißegal sein!" fauchte Ivonne. „Ich brauch' nur ein Wort zu sagen, und mein Vater kauft mir jede Woche neues Material. Der hat genug Kohle! Aber das paßt euch Kleinbürgern hier, scheint's, nicht!"
„Nicht, wenn er auf Kosten der Umwelt verdient", stutzte ihr Nik Bohemiens Flügel, „zum Beispiel mit 'ner Muschelfanglizenz im Nationalpark! Und davon kauft er dir dann deine Profilizenz, was?"

Knut, Tjard und Dennis waren durch das Gekeife der beiden angelockt worden.
„Wo sind denn deine Profisiege?“ kreischte Ivonne.
„Jetzt halt’ aber mal die Luft an“, schaltete sich Dennis ein. „Nik ist der beste Surfer hier an der Westcoast. Das weiß jeder! Sogar ich könnte dich in Grund und Boden surfen, wenn er mich coacht!“
Ivonne brach in schallendes Gelächter aus: „Du, mich schlagen, du blutiger Anfänger?! Wann? In hundert Jahren?“
„Paß auf“, überlegte Nik, „ich schlag’ dir ein Matchrace vor. Er gegen dich. Verlierst du, hältst du die Klappe und machst, was ich dir sage. Gewinnst du, kann dein Papa mich rauswerfen. OK?“
„Du bist so gut wie draußen…Trainer!“ feixte Ivonne siegesgewiß.

Ivonne und Dennis standen mit ihren Boards in der Hand, bereit zum Beachstart. Niklas hatte Dennis mit einem Helm ausgerüstet, in den Kopfhörer und Mikro integriert waren. „OK, Dennis. Hörst du mich?“ meldete er sich über Funk. „Du brauchst nur drei Schritte vor ihr im Wasser zu sein. Schneller laufen kannst du ja.“
„Also, einmal um die Tonne und zurück. Wer zuerst wieder zurück ist“, gab Tjard das Kommando. „Achtung…ready… und go!“
Tatsächlich kam Dennis mit einem kleinen Vorsprung ins Wasser. „Jetzt fall’ ab in ihre Startlinie!“ meldete sich Nik. Dennis lag genau vor Ivonne, die zum Überholen ansetzte. „Sie kommt in Luv, zieh’ hoch!“ kam es über Kopfhörer. Dennis luvte an. Ivonne mußte ebenfalls dichtholen und verlor an Fahrt, wodurch Dennis einen kleinen Vorsprung gewann. Aber sie holte schnell wieder auf. „Diesmal wird sie’s garantiert in Lee probieren“, vermutete Nik. „Achtung,

jetzt abfallen!“ Dennis fuhr auf Tiefe, und abermals mußte Ivonne ihr Überholmanöver abbrechen, zwei Längen hinter Dennis. „Vor der Tonne wird sie auf Luv ein neues Überholmanöver antäuschen und dann versuchen, in Lee die Innenposition zu bekommen. Bleib’ also unten, fahr’ die Halse schön eng, und dräng’ sie danach gleich nach Lee herunter…“ Ivonne fuhr, wie vermutet, in Luv an Dennis heran, aber der folgte Niks Rat und nahm die Innenkurve um die Marke. Ivonne blieb außen. Dennis fiel ab – und Ivonne abermals ein Stück zurück. „Sauber, Dennis“ freute sich Nik.

Wortlos rannte die Verliererin in die Dünen, hockte sich hin und vergrub den Kopf in den Armen. Nik ging ihr nach: „Ich weiß, ganz fair war das nicht von mir. Dennis war mit dem Helm im Vorteil. Trotzdem bist du gut gesurft. Außerdem war viel Glück im Spiel. Normalerweise bekommt Dennis seine Halse nie so glatt hin.“
Ivonne mußte lächeln: „Sag’ mal, Nik, was mach’ ich falsch?“
„Willst du ‘ne ehrliche Meinung hören? Ich glaub’, du willst gar kein Profi werden! Du hast auf diese ganze Trainings- und Erfolgskiste doch überhaupt keinen Bock.“
Ivonnes Gesicht verriet Staunen: „Mein Vater sagt immer, nur der erste Platz zählt. Der zweite ist schon Geldverschwendung.“
„Bullshit! Jeder Platz ist okay, wenn nur du damit happy bist. Du bist es, die surft, nicht dein Alter. Den möcht’ ich mal auf einem Board sehen…“
„Scheiße, manchmal denk’ ich, er verwechselt mich mit einem seiner Geschäfte, das unbedingt Rendite bringen muß.“
„Du bist ‘ne echt gute Surferin. Aber bis ganz nach oben schaffst du’s nicht, wenn du es nicht selber willst.“

„Warum bist du eigentlich kein Profi geworden...?"
Niklas schluckte: „Das war – das war – wegen meiner toten Mutter... und da mußte ich mich um die Pension kümmern...und um Stine."
„Tut mir leid", entschuldigte sich Ivonne, „ich wollte dich nicht kränken. Wenn ich irgendwas tun kann..."

Zwischen Tür und Handy versuchte Ivonne ihrem Vater Niks Standpunkt zu verklickern, daß die Profisurferei wohl doch nichts für sie sei.
„Hier wird nichts hingeschmissen", befahl Behnke kategorisch, „nach allem, was ich dir an Möglichkeiten eröffnet habe. Denk' nur an das viele Geld, das ich in dich investiert habe."
„Du siehst mich wohl nur als Geldanlage. Was anderes zählt für dich doch nicht mehr, du Midas!"
„Nicht in diesem Ton, Ivonne", beschwerte sich Behnke. „Und deine Motivationsprobleme kannst du in Zukunft gefälligst mit deinem Trainer diskutieren."

Inzwischen hatte Sven über seine ganz persönlichen Drähte und Beziehungen, unter anderem zu einer gewissen Barbara, herausbekommen, daß Behnkes guter Bekannter im Ministerium Maier hieß: „Und eben dieser Maier ist, wie es der Zufall will, genau derselbe, der gerade für drei Wochen auf den Malediven ist."
„Sehr schön", fand Vicky, „aber was beweist das?"
„Och, gar nichts", mimte Sven Understatement pur, „aber Barbara, mit der ich eben telefoniert habe, checkt am Flughafen Hamburg Fernflüge ein. Per Computer. Die speichern ja alle möglichen Daten heute. Maiers Flug wurde in einem Reisebüro hier in St. Peter gebucht. Mehr war allerdings nicht rauszukriegen. Ich schlage vor, daß wir dringend meinen Freund Nik zu Raten ziehen..."

Westermann und Nik fuhren gemeinsam zur Verabredung mit Behnke. „Du fragst ihn diskret nach seinem Verbindungsmann im Ministerium“, briefte ihn Nik, „und wenn es so läuft, wie ich mir das vorstelle, plaudert er von selber aus, daß er ihn bestochen hat.“

Reeps Muschelkutter lag am Pier vertaut. Stolz präsentierte Behnke das an Deck verzurrte Fanggerät: „Diese Spezialgeräte da sind noch schwerer zu bekommen als eine Lizenz.“

„Na, mit den Lizenzen hattest du ja noch nie Probleme“, steuerte Westermann den Knackpunkt an, „du hast da doch diesen Freund, sagtest du...“

„Du meinst meinen Bekannten im Ministerium? Ja, ohne den geht gar nichts.“

„Also“, klopfte Westermann ihm jovial auf die Schulter, „ich bin ja schon lange im Geschäft, aber von dir kann ich glatt noch was lernen.“

Da stiefelte, ganz unerwartet, Ivonne an Bord: „Hallo, Papa. Erzählst du gerade von deiner Beamtenbestechung?“

„Was soll das, Ivonne?“ fuhr Behnke seine Tochter an.

„Ich sag' doch nur, wie es ist“, plapperte Ivonne munter drauflos. „Du hast doch diesen Maier gekauft, oder habe ich das falsch mitbekommen?“

„Ich verbiete dir, derartige Lügenmärchen zu verbreiten! Entschuldige, John, ich weiß nicht, was in diese Göre gefahren ist. Ich komme gleich hoch“ – drohte er Ivonne – „und dann kriegst du eine Tracht Prügel, die sich gewaschen hat.“

„Tu's doch“, forderte ihn Ivonne respektlos heraus, „aber ich hab' es dann wenigstens einmal geschafft, dir eins deiner verdammten Geschäfte zu vermiesen.“

„Tut mir leid, John“, entschuldigte sich Behnke pikiert, „aber ich glaube, ich werde meiner hysterischen Tochter

erst einmal gutes Benehmen beibringen müssen."
Grob faßte er sie am Arm. „Pech für dich", lachte Ivonne ihn aus, „daß du Nik als Trainer angeheuert hast. Der hat mir nämlich klargemacht, was für ein Schwein du bist."
„Jetzt laß gut sein, Ivonne", schaltete sich Nik ein, dem es brenzlig in seiner Haut wurde.
„Ich sag' dir was, mein Junge", konzentrierte Behnke seine volle Wut jetzt auf ihn. „Auf einen Trainer, der meiner Tochter solche Flausen in den Kopf setzt, kann ich getrost verzichten! Du bist gefeuert! Und die Regatta, die kannst du dir auch abschminken, Ivonne."
„Nein", trotzte die selbstbewußt, „ich werde diese Regatta surfen, ich werde gewinnen – und ich werde Profi."

„Tut mir leid, daß ich euch alles vermasselt habe", bedauerte Ivonne, als sie mit Nik, Sven, Dennis und Vicky am Surfcontainer saß.
„Jetzt läßt sich dein Vater garantiert nicht mehr festnageln", stimmte ihr Sven zu. Die Runde schwieg betreten.
„Wir können ja immer noch zu den Eisenstangen greifen, wie du zuerst vorgeschlagen hast, Sven", meinte Dennis.
„Hm, die Stangen wären kein Problem", überlegte Nik. „Bei Tjard auf'm Hof liegt noch ein Haufen alter Zaunpfähle rum."
„Nur können wir nicht das ganze Watt bis rauf nach Sylt mit Stangen bepflastern", schränkte Sven ein. Nik mußte ihm recht geben: „Man müßte den exakten Tag und das exakte Fanggebiet wissen."

Unbemerkt schlich Ivonne sich in das Arbeitszimmer ihres Vaters, entnahm seinem Schreibtisch nach einigem Suchen einen Klarsichtordner und machte sich eifrig Notizen. „Die erste Fangfahrt ist für morgen angemeldet", konnte sie der bei Rocky versammelten Clique berichten. Sie zeigte mit dem Finger auf eine Karte: das Fanggebiet lag nördlich von Westerhever. Alle waren sie für die Aktion; nur Vicky hatte sich ausgeklinkt. Sie hielt das Unternehmen für Kinderkacke.

Das Watt bei Ebbe im ersten Morgengrauen. Tjard stand unwirsch bei seinem Pferd und streichelte ihm den Hals. Nik, Dennis, Knut und Ivonne räumten das Werkzeug zusammen und trugen es zu Tjards Pferd zurück. Mit einem Vorschlaghammer schlug Sven noch eine letzte Eisenstange in den Sand, eine in einer jetzt 40 bis 50 Meter breiten Reihe aus Stangen, die im Abstand von anderthalb Metern aus dem Sand ragten, und knotete eine kleine rote Boje an einem Seil an den Pflock: „So, das war's! Wenn Behnkes Kutter zwischen Boje und der Holzplattform da hinten durchfährt, ist er seine Dredge los."
„Und wie lotsen wir ihn da hin?" fragte Dennis. „Ich mach' den Lockvogel", lachte Niklas.

Niks Bulli stand an einem verlassenen Teil des Strandes, ganz in der Nähe der Holzplattform. Nik, Sven und Ivonne riggten ein Surfbrett auf. Dann schlüpfte Nik in seine Neoprenanzug und trug das Brett zum Wasser hinunter. Sven folgte mit dem Funkhelm. Ivonne sah den beiden nach. Dann holte sie ihren Neoprenanzug aus der Sporttasche und zog ihn unbemerkt über.

Behnkes Kutter näherte sich dem Fanggebiet. Dennis gab Nik von der Plattform aus ein Zeichen. Der legte den Funkhelm neben das Brett unten an der Wasserkante und ging mit Sven noch mal zum Bulli zurück, wo Nik Sven den Kopfhörer mit Mikro gab: „Dirigier' mich etwa 100 Meter hinter die Peillinie in der Nähe der Boje. Sag' mir Bescheid, wenn ich allzusehr mit der Strömung wegtreibe."

„Ganz schön riskant. Was willst du dagegen tun?“
„Schwimmen, was sonst? Ich muß eben nur genug Kraft aufsparen, um auch wieder an Land zu kommen.“ Plötzlich entdeckten sie Ivonne unten am Surfbrett. Gerade zog sie den Helm auf und startete: „Das ist meine Party, Nik!“
„Scheiße!“ maulte Nik. „Die Braut macht mich noch porös.“

Kapitän Reep stand am Ruder des Kutters. „Wir sind gleich im Fanggebiet und können die Dredge fertigmachen. Wollen Sie solange das Ruder übernehmen, Behnke? Kurs eins null fünf liegt an.“

Nik und Sven rannten zu den anderen hinauf auf die Plattform. Nik setzte sich den Kopfhörer auf, rückte das Mikro zurecht und hob das Fernglas vor die Augen: „Ivonne, hörst du mich? Halt’ dich etwas weiter links.“
„Verstanden, Nik“, kam ihre Antwort aus dem Kopfhörer. Ivonne näherte sich der roten Boje. „Ein kleines Stück noch“, dirigierte sie Nik, „okay.“ Ivonne ließ das Segel fallen und kauerte sich, um einen Unfall vorzutäuschen, auf das Board. Sie mußte sich der Wellen wegen gut festhalten. In einiger Entfernung sah sie den Kutter, aber er fuhr von ihr weg. „Warte, bis er wendet“, forderte Nik sie auf, „dann fang’ an zu winken. Ist dir schon kalt?“
„Das hättest du wohl gerne. Over and out!“

Der Kutter zog eine Stahltrosse hinter sich durchs Wasser. Sein Kurs beschrieb einen großen Bogen. Ivonne begann zu winken: „Na los, ihr Blindfische! Hier bin ich!“
Immer wieder rutschte Ivonne vom Brett ins Wasser und mußte sich schwimmend zurückziehen, aber ständig beschied sie Niks besorgte Fragen mit der lapidaren Antwort, daß sie in Ordnung sei. „Wenn du dich ausgekühlt

fühlst, komm' sofort zurück, klar?" riet ihr Nik dringend, aber er wußte, daß dieser Rat zwecklos war.
Die gespannten Mienen der Clique auf der Holzplattform verrieten Sorge. „Wie lange soll sie da draußen treiben, bei der Wassertemperatur?" fragte Tjard. „Am Ende säuft sie uns noch ab", ächzte Knut. „Das ist genau das Problem", teilte Sven seine Bedenken. „Ivonne mit ihrem Dickschädel, die wird bestimmt nicht freiwillig aufgeben."
Auf einmal kam Vicky. Sie nahm Nik das Fernglas aus der Hand und sah ungläubig aufs Wasser: „Ich hatte ja gleich ein blödes Gefühl bei der Sache."
„OK, Ivonne", verlangte Nik, „wir brechen ab. Es hat keinen Zweck, komm zurück!" Aber Ivonne, halb auf dem Brett, halb im Wasser, schwamm grimmig entschlossen weiter. Konnte kaum noch den Kopf aus dem Wasser heben.
„Du bist schon zu lange drin", warnte Nik über Funk, „und die Strömung wird gefährlich."
„Strom gegen Welle", beobachtete Knut, „da baut sich jetzt 'ne fiese See auf."
Enttäuscht und ermattet ließ Ivonne die Arme sinken, als sie bemerkte, daß der Kutter außer Sichtweite fuhr.
"Ich kommm – ich komm an Land", stöhnte sie ins Mikro, doch vergeblich versuchte sie ihr Brett zu drehen.
„Versuch' einen Schotstart", riet ihr Nik. Ivonne kletterte aufs Brett und probierte, das Segel an der Schot aus dem Wasser zu ziehen, aber sie hatte keine Kraft mehr, rutschte ab und fiel vom Brett. Hielt sich mit verzweifeltem Gesicht fest.
Die Clique an Land war im Alarmzustand. „Das Mädel ersäuft", schrie Tjard. Nik drückte Sven das Mikro in die Hand. Er wollte zu ihr hinausschwimmen. „Bist du bescheuert?" brüllte Sven. „Das ist doch viel zu weit. Und bis du da bist, ist sie längst noch weiter abgetrieben." Er wollte Nik am Arm festhalten, aber der riß sich los: „Hast

du einen besseren Vorschlag?“ Nik schnappte sich das zweite Surfbrett, für das sie kein Rigg mitgenommen hatten, lief ins Wasser, warf sich auf das Brett und fing an, gegen die Brandung zu paddeln. Vicky wechselte einen sorgenvollen Blick mit Sven.
Ivonne schluckte Wasser und hustete. Drohte vom Brett abzurutschen. „Nik, ich kann nicht mehr“, schrie Ivonne. Sie rutschte ins Wasser, doch in dem Moment hatte Niklas sie erreicht: „Häng’ dich ans Brett, verflucht, nicht an mich! Sonst ersaufen wir beide!“

Reep auf dem Kutter hatte das Fernglas gezückt und reichte es Behnke. Der suchte mit dem Glas das Wasser ab. Plötzlich hielt er inne, er hatte Vicky und Nick im Visir, ohne die beiden jedoch zu erkennen.
„Sieht aus…sieht aus wie ein Surfer…der da treibt.“
Reep nahm ihm das Glas ab: „Verdammich… der ist in Not! Besser, wir fahren einen Schlenker. Nachher rutscht er uns vom Brett und ersäuft.“
„Kann das nicht warten, bis wir die Dredge eingeholt haben.?“
„Wir fahren hin, Punkt! Das hat was mit guter Seemannschaft zu tun. Außerdem, wenn wir ‘nen großen Bogen mit kleiner Fahrt machen, tut das ihrer Dredge nicht weh.“ Entschlossen griff er ins Steuerrad und drehte.
Behnke stand im Bug des Kutters, und plötzlich erkannte er durchs Fernglas – Ivonne. Jetzt war er es, der Reep zur Eile ermahnte. Der war verblüfft über Behnkes plötzlichen Sinneswandel: „Wenn Sie unbedingt ihre Dredge loswerden wollen…Wir fahren schon zweidrittel Kraft. Mehr kann die Schlepptrosse nicht ab.“ Aber Behnke ging zum Gashebel und legte ihn auf volle Fahrt. Aufgeregt schrie er Reep an: „Da vorn ertrinkt meine Tochter, verstehen Sie? Scheiß auf die Dredge! Meine Tochter, Reep!“

Unten dröselten sich ein paar Kardeele der Trosse auf. Dann brach, mit ohrenbetäubendem Knall, das Stahlseil ganz. Behnke drehte sich um und lief nach Achtern. An der Winde mit der Trosse für die Dredge zog er ein Stück Stahltau aus dem Wasser. „Die sind wir los, die Dredge“, kam Reep dazu. „Das ist jetzt egal. Geh’n Sie zurück ans Ruder, wir müssen Ivonne raushelfen.“

Endlich konnten sie Ivonne an Bord ziehen. Nik half von unten nach. Erleichtert schloß Behnke seine Tochter in die Arme: „Bist du in Ordnung, du dummes Mädchen?“ Behnke sah Niklas lange an – und bedankte sich, Dredge hin, Dredge her, für das Leben seiner Tochter.

Am Strand ließen sich Sven und Vicky in die Wellen fallen und begannen vor Vergnügen eine Wasserschlacht.

12

Bad Trip

Ein großes Transparent kündigte „Rocky's Clear Beach Party" an, eine Umweltinitiative der besonderen Art. Iwana, Dennis und einige Kids aus Niks Pension schleppten eifrig Kartons und Getränkekisten. Hupend rollte ein klappriger Lieferwagen an. In Form eines riesengroßen Graffitis prangte unübersehbar der Name der Band auf dem Transporter: The Doghouse. Drei Jungs stiegen aus. Dennis lief los und begrüßte seine Kameraden aus dem Internat:
„He, Kriss, alte Socke! Wo steckt denn euer Boß?"
„Franky?" grüßte Kriss zurück. „Der kommt wahrscheinlich erst auf den letzten Drücker."
„Dann laß uns mal loslegen", klatschte Sven auffordernd in die Hände, „in zweieinhalb Stunden soll hier Achterbahn sein!"
Vor der Bühne wurde das Gedränge immer größer. Kriss, Carsten und Lutz warteten hinter der Bühne auf ihren Auftritt. Nur der Star der Band fehlte immer noch.
Rocky warf die Arme in die Luft: „Was soll das heißen: noch nicht da? Ich bezahle viel Geld für so 'ne drittklassige Schülercombo – und der Sänger kommt nicht?!"
„Das ist eben Frankys Stil", versuchte Dennis zu beschwichtigen, „war in der Schule auch so." Just im selben Moment kam Franky mit seinem Enduromotorrad angeheizt. Alles drehte sich um. Klasse Auftritt!

Franky war knapp 22 und trug ausgeflippte Klamotten und statt eines Motorradhelms ein Kopftuch. Auf dem Sozius hatte es sich ein „Groupie" bequem gemacht. „Wir seh'n uns nachher“, verabschiedete er die Kleine mit einem Klaps auf den Hintern auf Nimmerwiedersehen, dann baute er sich lässig vor den Veranstaltern auf und drehte sich in aller Seelenruhe einen Joint. Rocky ließ ein paar italienische Flüche los. Betont cool musterte ihn Franky: „Hat der schon Magengeschwüre, oder arbeitet er noch dran? So, erst mal die Muse knutschen“ – zündete er sich den Joint an und inhalierte tief. „Schluß jetzt“, nahm ihm Martina, mit einem tiefen Zug, den Joint aus der Hand. „Rauf auf die Bühne. Ich mach' die Ansage.“ Franky, aufmerksam geworden, starrte ungeniert auf Martinas Fahrgestell und verzog anerkennend den Mund. „Vorsicht, Franky, Finger weg!“ warnte Dennis. „Martina ist Rockys Braut, sozusagen der Boß vom Boß!“ Sowas mußte einen wie Franky natürlich nur noch mehr anstacheln. „Hallo, zusammen!“ begann Martina unterdessen auf der Bühne die Moderation. „In den letzten Wochen haben hier viele junge Leute freiwillig den Strand saubergemacht. Ein kleiner Teil des gestrandeten Mülls ist heute abend als Deko zu bewundern. Diese Party ist ein Dankeschön für alle, die bei unserer Aktion 'Clear Beach' mitgemacht haben! Und zwar von Vicky und Sven vom Naturschutz Wattenmeer e. V., von Niks Surfschule und Rocky's Pizzeria. Wer Hunger hat, der bekommt dort drüben bei Rocky die beste Pasta nördlich der Alpen. Getränke sowieso! Aber jetzt freue ich mich besonders, unsere Band anzusagen: Hier ist...Doghouse!

Frenetischer Beifall brandete auf. Franky setzte seine Sonnenbrille auf und tastete auf die Bühne.

„He“, stieß er Martina im Vorübergehen an, „für 'ne verheiratete Frau kein schlechter Auftritt...Laß uns nachher 'nen flotten Zweier machen. Natürlich nur singen, meine ich.“ Irgendwie gefiel das Martina, und die Band gefiel dem Publikum. Die meisten jungen Leute zwischen Pizzeria und Bühne hotteten wie die Wilden mit.

„Nik! Nik, komm' doch mal her", winkte Westermann. „Herr Kruppke hier vom Gemeinderat wollte gar nicht glauben, daß ihr tatsächlich freiwillig was für die Umwelt getan habt." Nik schüttelte Kruppke die Hand. „Herrn Pieper kennst du ja noch", fuhr Westermann fort. „Sein Sohn Lutz spielt oben in der Band." Aber Pieper, der Direktor des Nordseeinternats, ignorierte Niks ausgestreckte Hand und spielte auf die Vergangenheit an: „Daß ausgerechnet Sie mal eine Pension leiten, hätte ich nicht vermutet. Nach dem, was Sie sich damals geleistet haben…" Nik bemühte sich trotzdem um eine gute Miene: „Trösten Sie sich, Herr Direktor. Ich hab' mich nicht verändert. Der Lifestyle meiner Gäste würde wahrscheinlich immer noch Ihren Sinn für Sitte und Anstand beleidigen."
„Solange meine Schüler nicht zu nahe mit dem, was Sie als Lifestyle bezeichnen, in Berührung kommen…", murrte Pieper. „Ich werde das genau im Auge behalten, verlassen Sie sich darauf!"

Während Kriss ein Gitarrensolo par excellence hinlegte, verdrückte sich Franky kurz hinter eine der Boxen, um ein Koksetui aus der Tasche zu ziehen und eine Line vorzubereiten. Nach der Nummer kam Lutz dazu. Er hatte bereits glasige Augen und sabberte an einer Whiskyflasche. „Ey, glotz' nich' so!" wimmelte ihn Franky ab. „Das ist nichts für so'n behütetes Direktorensöhnchen. Und hör' auf zu saufen. Du hast schon drei Einsätze verpennt." Er zog sich die Bahn Koks rein, atmete tief ein und sprang angeturnt zurück auf die Bühne. Die nächste Nummer widmete er coram publico Martina, die jede Nudel einzeln zum Kochen bringe!

Martina, die gerade an der Pasta-Bar bediente, sah erstaunt auf. „Du hast die Soßenkelle in den Topf rutschen lassen", maulte Rocky, den eine leichte Eifersucht ersten Grades durchrieselte. „Jetzt ist's aber genug!" empörte sich Martina, und alte Gräben rissen wieder auf. „Ich schufte die ganze Zeit für deine Scheißpizzeria und die Party hier. Und alles, was kommt, ist sowas! Wann hast du mal was gemacht, wozu ich Lust hätte? Ich hab' den Kanal gestrichen voll." Sie warf ihre Schürze ab und stürzte sich ins Getümmel. Franky winkte sie auf die Bühne. Martina schüttelte den Kopf. Wenn der Berg nicht zum Propheten, so mußte der Prophet zum Berg kommen: Im Gitarrensolo, zwischen zwei Strophen, sprang Franky ins Publikum und drängte sich zu Martina: „Wollten wir nicht zusammen ein Duo machen? Oder macht dein Herr Gemahl da Schwierigkeiten?" Martina blickte über die Schulter zur Pasta-Bar, und ihr Gesicht bekam einen entschlossenen Ausdruck. Willig ließ sie sich von Franky auf die Bühne ziehen. Er nahm ein zweites Mikro vom Stativ und reichte es Martina, sang seine Strophe und gab ihr durch ein Zeichen zu verstehen, daß sie an der Reihe war. Martina gab sich einen Ruck. Talentiert, die Kleine, dachte Franky, der die zweite Stimme übernahm, und schon nach ein paar Takten war sie voll drin. Die Zuhörer grölten fasziniert mit. Rocky entglitten die Gesichtszüge. Mit verbissener Miene, immer wieder zur Bühne schielend, arbeitete er weiter.

Nik schenkte am Getränketresen Cola an zwei Internatsschülerinnen aus. Pieper ließ es sich nicht nehmen, dem verhaßten Ex-Schüler die Meinung zu geigen: „Typen wie du, Andersen, ihr lernt es einfach nicht! Daß bei dieser Saufparty zwei von deinen Kameraden eine Alkoholvergiftung hatten, war dir ja damals schon egal."
„Das ist Jahre her", wehrte sich Nik, „und allen hat's hinterher leid getan. Bloß war's nicht meine Schuld. Das sollten ihnen die Schulbehörden doch klargemacht haben."
„Du meinst, weil ich eine Dienstaufsichtsbeschwerde

bekommen habe, trifft dich keine Schuld? Du warst es doch, der das angezettelt hat. Du stiftest ja heute noch andere zum Saufen an."
„Rocky's Pizzeria macht ganz normale Gastronomie", erwiderte Nik. „Und wenn Sie auf die beiden jungen Damen hier anspielen wollen, die sind achtzehn." Pieper packte Nik am Handgelenk. Nik versuchte sich loszumachen; dabei bekam der ehemalige Direktor einen Schwall Rum über Anzug und Gesicht. Erbost und ohne ein weiteres Wort zu verlieren verzog sich Pieper. „Sieh an," schleppte Sven einen Getränkekasten heran, „der liebt dich ja immer noch heiß und fettig. Völlig ausgeflippt, der Kerl. Er war damals der aufsichthabende Pauker bei eurem Gelage. Der hat nur einen als Sündenbock gebraucht, um sich aus der Scheiße zu ziehen."
„Und der war zufällig ich", seufzte Nik. „Eben", fuhr Sven fort, „wenn deine Mutter sich nicht beim Schulrat beschwert hätte, wärst du von der Penne geflogen – und er wäre mit der Schweinerei durchgekommen. Zum Kotzen, das!"

Auch Rocky fand das alles zum Kotzen: Wütend stapfte er zum Hauptstromkabel für die Bühne und zog den Stecker raus. Augenblicklich standen Franky und Martina nicht mehr im Zentrum, sondern im Dunkeln, und auch die Verstärker dröhnten sich nicht mehr in die schon tauben Ohren der Zuschauer, die die Aktion mit empörten Pfiffen und Buhrufen quittierten. Franky stürzte von der Bühne und ging Rocky an: „Bist du bescheuert oder wie oder was?" Das sei *seine* Party und demzufolge auch *sein* Strom, beharrte der: „Und wenn ich will, daß Schluß ist, dann ist eben Schluß! Kapiert?"
„Mach' dich nicht lächerlich, Rocky!" tutete jetzt auch Martina in Frankys Horn, der bei Rocky eine total altmodi-

sche schwere Eifersucht zweiten Grades diagnostizierte. Rocky gab ihm recht, indem er ihm eins in die Fresse haute: „Dieser kleine dumme Schwanz sollte lieber lernen, die Klappe zu halten!“ Damit rauschte er ab, und Nik gab das Kommando, die Bühne wieder unter Strom zu setzen. Franky rappelte sich vom Boden auf und trottete mit den anderen Bandmitglieder zurück; nur Lutz blieb noch zurück und wartete, bis die anderen sich zerstreut hatten. Er hatte sich auf das Koksetui gestellt, das Franky bei der Rangelei verloren hatte, sah sich verstohlen um und ließ es in die eigene Tasche wandern. Als die Vorstellung zu Ende war, kauerte er sich unter den Pfahlbau in den Sand und zog sich eine gehörige Bahn rein. Doch er war die Wirkung nicht gewohnt. Weit riß er Mund und Augen auf, atmete stoßweise. Dann sprang er auf und taumelte in Richtung Dünen, dorthin, wo Franky noch mit Martina promenierte:
„Unsere gemeinsame Danceshow war ‘ne echt heiße Nummer! Dafür läßt man sich gern mal die Fresse polieren.“
Sie ließen sich im Sand nieder. Franky lehnte sich zurück und besah sich den Nachthimmel.
„Wie kommt’s, daß du mit so einem verheiratet bist? Macht man sowas, weil man jemanden für immer an sich binden will, bis man merkt, daß es der Falsche ist, oder weil man unbedingt alles teilen muß?“
„Du kannst ja richtig tiefsinnige Fragen stellen“, schnaufte Martina bewundernd.
„Interessiert mich eben“, inhalierte Franky das Nikotin einer Zigarette. „Ich brauch’ niemanden. Ich brauch’ nur Spaß, Musik und Äktschen. Ich brauch’ das sogar, wenn ich demnächst mit Überschallknall durchs Abitur rassele. Aber so’n Ring am Finger…“
„Ist doch ganz okay, Franky. Da weißt du eben, wo du hingehörst. Nur manchmal…“

„Manchmal?“ Franky verschlang sie mit gierigen Blicken. „Manchmal hab’ ich das Gefühl, ich verpaß was…Scheiße, kannst du mir sagen, warum ich das ausgerechnet dir erzähle?“

„Vielleicht, weil du mich für verrückt hältst.“ Wie von der Tarantel gestochen, sprang er auf, schlug ein paar Flicflac im Sand und landete mit einem Salto direkt vor Martina: „Frei sein ist geil, glaub’ mir.“ Er gab ihr einen flüchtigen Kuß, wartete auf Martinas Reaktion. Die ließ sich nicht lumpen, erwiderte den Kuß um so leidenschaftlicher. Doch da wurde die sich anbahnende Nummer von einer unangenehmen Entdeckung unterbrochen: Keine drei Schritte von ihnen entfernt kniete Lutz im Sand. Angstschweiß im Gesicht. Blut rann ihm aus der Nase. Er röchelte, stammelte mit geweiteten Pupillen wirres Zeug. Als Franky zu ihm sprang, schlug Lutz, in Wahnvorstellungen, um sich. „Der hat zuviel geschluckt“, vermutete Franky. Martina hatte ihre Klamotten in Ordnung gebracht und half Lutz stützen. Franky wühlte in Lutz’ Tasche und hielt sein Koksetui in der Hand. „Gottverdammter Idiot“, schnappte Franky. „Ist echt dringend, glaub’ ich.“ Martina sah nur noch, wie Franky etwas verschwinden ließ.

„Sind Sie die Veranstalter?“ trat der Notarzt vorwurfsvoll auf Rocky und Niklas zu, nachdem er Lutz untersucht und fürs erste versorgt hatte. „Dann schließen Sie schon mal in Ihr Nachtgebet die Bitte ein, daß der Junge durchkommt!“ Mit Blaulicht fuhr die Ambulanz los.

Gleich am nächsten Morgen waren Nik und Dennis ins Krankenhaus gefahren, um sich nach Lutz’ Zustand zu erkundigen, aber die Ärztin durfte nur Angehörigen und Verwandten Auskunft geben, doch dann taten ihr die beiden leid, und sie drehte sich um: „Er wird’s schon schaffen.

Aber ihr solltet ein bißchen besser auf eure Freunde achten. Lutz hatte ein lebensgefährliches Drogengemisch im Blut: Alkohol, Marihuana und obendrauf noch reichlich Kokain!“ Als sie weg war, kam Lutz’ Vater, Direktor Pieper, niedergeschlagen aus einem der Gänge. Als er Nik sah, stieg Zornesröte in sein Gesicht: „Dich hat wohl dein schlechtes Gewissen hergetrieben, Andersen. Damals war’s nur Alkohol, heute sind’s die harten Drogen.“

„Das mit Ihrem Sohn, Herr Pieper, tut mir wirklich leid“, wehrte sich Nik, „aber damit haben wir nichts zu tun. Ich kann Ihre Gefühle ja verstehen…“ Pieper wurde laut: „Halt’ dein verlogenes Maul, Andersen! Da drin liegt mein Sohn, mit Schläuchen in der Nase, an irgendwelche Maschinen angeschlossen! Und ihr habt ihm das Koks gegeben, du und deine Pizzamafiosi! Gegen dich und deine Pension kann ich nichts ausrichten, aber gegen eine Pizzeria, in der Drogen an Jugendliche verkauft werden…“ Er ließ Nik und Dennis stehen.

Und was Pieper sich in seinem Schmerz vorgenommen hatte, das wollte er auch in die Tat umsetzen: Martina war vollkommen ratlos, als die Polizisten die Pizzeria verließen. Sie hielt Sven und Nik, die angelaufen kamen, einen Zettel hin. Sven überflog ihn: „Einstweilige Verfügung…§ 4 Gaststättengesetz…Die Betriebserlaubnis ist zu versagen, wenn der Verdacht besteht, daß Unerfahrene, Leichtsinnige, Willensschwache… dem Alkoholmißbrauch oder der Hehlerei ausgesetzt oder die Vorschriften des Jugendschutzes…“ Er ließ den Zettel sinken.

Rocky sei mit den Polizisten gefahren, um eine Gegenaussage zu machen, erklärte Martina bedrückt: „Er wollte mich nicht dabeihaben.“

„Das war Pieper“, seufzte Nik. „Und alles nur, weil ich bei dem Pauker ‘ne Leiche im Keller hab’. Der hat nämlich mal

ziemlich einen übergebraten bekommen wegen mir. Disziplinarverfahren, Beförderungsstopp und so. Ich dachte, das wär' alles längst vergessen, aber offensichtlich gehört der zu der Sorte Mensch, die in hundert Jahren nicht vergißt."
„Du meinst", fragte Martina, „er will Rocky eins auswischen, um dich zu treffen? Vielleicht – vielleicht weiß ja Franky was über das Zeug, das Lutz genommen hat..." Aber nein, meinte sie, weil sie sich plötzlich ertappt vorkam, besser, man lasse ihn aus dem Spiel. „Hast du was mit ihm?" traf sie Niks forschender Blick. Martina legte den Kopf in die Hände: „Scheiße, ja! Gestern abend in den Dünen...Um ein Haar hätte ich Rocky mit ihm betrogen. Ich komm' mir vor, als wär' ich auf Koks... Aber ihr dürft niemandem was davon sagen." Nik versprach dichtzuhalten: „Aber wir sollten auf jeden Fall mit Franky reden."
„Nein!" entgegnete Martina wütend. „Ich will nicht, daß sich irgendeiner von euch an ihn ranmacht! Ihr hackt doch alle nur auf Franky rum, ohne ihn wirklich zu kennen." Sie wußte nicht mehr weiter, kannte sich selber in ihren Gefühlen nicht aus und rannte weiteren Fragen davon.

Frankys Motorrad stand vor einer einsamen Scheune direkt am Deich. Martinas Auto parkte gleich daneben. Die Scheune diente den Doghouse als Probenraum. Zwischen Stroh und landwirtschaftlichem Gerät standen Schlagzeug, Verstärker, Mikros und Instrumente wahllos herum. Franky saß mit nacktem Oberkörper auf einem Strohballen und klimperte auf einer akustischen Gitarre, wobei er einen Joint im Mundwinkel balancierte.
„Ich muß mit dir reden, Franky. Wegen gestern Nacht. Der Vater von Lutz hat tierische Schwierigkeiten losgetreten", keuchte Martina. „Er behauptet, Rocky hätte Lutz das Koks verschafft..."

„Und?" Franky sah nicht von seinem Gitarrespiel auf. „Hat er?"
„Natürlich nicht! Franky, die Polizei war da. Sie wollen die Pizzeria dichtmachen, weil sie glauben, daß wir da 'ne Opiumhöhle betreiben." Sie wurde eindringlich: „Franky, ich hab' doch gesehen, wie du Lutz das Zeug abgenommen hast, damit er nicht noch mehr Schwierigkeiten bekommt."
Franky spielte einen disharmonischen Akkord und setzte die Gitarre ab: „Ich dachte schon, du wärst wegen mir gekommen. Um da weiterzumachen, wo wir gestern nacht aufgehört haben."
„Es ist besser, daß es soweit nicht gekommen ist", beteuerte Martina. „Du und ich, das geht nicht gut. Woher hatte Lutz das Dreckszeugs, Franky? Koks bekommst du doch in St. Peter nicht am Kiosk..."
„Hat *er* dich geschickt?" funkelte Franky. Martina wandte sich ab. Franky legte von hinten die Arme um sie und begann sie zu küssen. Martina ließ es geschehen. Im Handumdrehen waren sie da, wo sie am Strand aufgehört hatten. „Erinnerst du dich, wie wir getanzt haben, auf der Bühne?" ließ Franky seinen mephistophelischen Charme spielen. „Bitte, schlaf' mit mir." Aber wieder siegte im entscheidenden Moment in Martina die Unschuld: „Nein, lieber nicht!"
„Schlaf' mit mir, und ich helfe dir bei der Sache mit Lutz' Vater."
Martina sah ihn fassungslos an, dann riß sie sich los: „Sag' mal, für was hältst du mich eigentlich? Weißt du, was mich am meisten ankotzt? Daß ich tatsächlich für einen Augenblick in dich verknallt war und dich verteidigt hab', als Rocky behauptet hat, du wärst nur ein großkotziges Arschloch! Jetzt muß ich ihm recht geben." Martina knallte die Tür hinter sich zu. Wütend trat Franky gegen das Schlagzeug.

Nik und Sven stiegen mit ihren Boards aus dem Wasser. „Was ist eigentlich bei der Polizei rausgekommen?“ wollte Sven wissen. „Die Pizzeria bleibt so lange dicht, wie die Ermittlungen dauern“, berichtete Niklas. „Aber langsam, wie der Amtsschimmel nun mal trabt...Den Verdienstausfall kann Rocky nicht lange verkraften. Wir müssen rausfinden, unter wessen Schuh die Scheiße klebt. Und ich hab’ da so ‘nen miesen Geruch in der Nase, der aus Frankys Richtung kommt.“
„Na, dann auf ins Internat“, schlug Sven vor, „verpassen wir dem mal in aller Freundschaft ein paar gesalzene Ohrfeigen. Aber es darf natürlich niemand davon erfahren.“
Niemand außer Rocky, der plötzlich aus dem Container kam, um die beiden zu begleiten, wobei er sein Indianerehrenwort gab, sich gegenüber diesem Arschloch möglichst zivil zu verhalten.

„Wir dachten, du hättest vielleicht eine Idee, wo Lutz das Koks herbekommen hat“, ging Sven den Gesuchten im Internatshof an. „Rocky hier hat deswegen schon mächtig Ärger.“
Franky hatte es sich auf einer Bank bequem gemacht: „Hab’ schon gehört. Aber wißt ihr was? Das geht mir sowas von am Arsch vorbei, ehrlich! OK, was wollt ihr wissen? Wie die Nummer mit Martina war? Oh, Verzeihung, am Ende weiß Rocky gar nicht, daß seine Frau mit mir ungezogene Dinge getan hat...“ Franky haute mit der flachen Rechten auf die linke Faust: das Zeichen für Bumsen. Lautstark fluchend flippte Rocky aus und war jetzt nicht mehr zu halten: „Du mieser kleiner Schwanz, ich schlag’ dir sämtliche Zähne ein.“
Durch das Geschrei wurde Pieper oben im Rektorat aufmerksam und sah drohend zum Fenster raus: „Laßt sofort den Jungen los, oder ich verständige die Polizei.“

„Na los, Rocky" stichelte Franky und wiegte sich dabei wohlig in Piepers Sicherheit. „Komm schon! Rocky Balboa, the Italian stallion! Der Hengst, der keinen hochkriegt!"
Alle Kräfte mußten Sven und Nik aufbieten, um Rocky wegzuzerren.

„Sie hat sich von diesem Sackgesicht anfassen lassen!" brüllte Rocky, als sie zum Pfahlbau kamen. „Rocky!" versuchte ihn Nik zu beruhigen. „Wie lange kennen wir uns jetzt? Soll ich dir mal aufzählen, wie oft du schon geglaubt hast, daß Martina dir nicht mehr treu ist? Martina dreht keine krummen Touren. Franky hat doch nur Scheiß erzählt."
„Franky! Franky! Franky!" bellte Rocky. „Und was hat sie mit ihm in den Dünen angestellt? Ihr wart es doch, ihr zwei und Martina, ihr habt Frankys Band auf meine Party geschleppt! Und wenn es stimmt, daß diese Ratte was mit ihr hatte, dann sind wir die längste Zeit amici gewesen."

Pieper hatte Franky nach dem Auftritt im Hof in sein Büro zitiert: „Also, noch mal: Du gibst zu, daß dieser Italiener und Niklas Andersen euch die Drogen in der Pause vor eurem Auftritt angeboten haben. Joints und Koks, ist das richtig? Und warum waren sie heute hier?" Franky zuckte unschuldig die Achseln. Damit war er entlassen. Pieper griff zum Telefon und wählte eine Nummer: „Hallo, Herr Kruppke. Ja, es gibt unangenehme Neuigkeiten bezüglich dieser Strandpizzeria. Ich würde gerne gleich vorbeikommen...Ja, sehr dringend."

Vicky und Sven warteten in einer Umweltschutzangelegenheit vor Kruppkes Büro, als Pieper herauskam: „Das sind wir dem Jugendschutz in unserer Gemeinde schuldig!

Also, diese Pizzeria wird endgültig geschlossen…“
„Und das Gebäude demontiert, ja“, hörten sie drinnen Kruppkes Stimme. „Sie können voll mit meiner Unterstützung rechnen.“

„Nach dem, was Pieper erzählt hat“, berichtete Sven in der Pizzeria, „glaubt Kruppke mittlerweile bestimmt, daß wir bei ‘Clear Beach’ nur unsere eigenen Heroinspritzen eingesammelt haben.“
„Der einzige, der ihn vielleicht noch vom Gegenteil überzeugen könnte, ist John“, überlegte Nik. „Sven da mußt du jetzt wohl oder übel mal mit deinem Vater reden.“
„Du spinnst ja“, brauste Sven auf. „Ich und noch mal mit meinem Alten verhandeln?!“
„Aber er hat einen exzellenten Draht zu Kruppke. Und um mit gutem Beispiel voranzugehen, sollten wir auch intern das Kriegsbeil begraben.“ Nik sah Rocky und Martina an.
„An mir soll’s nicht liegen“, gab sich Rocky einen Ruck. „Warum muß sich Martina auch immer für so Schleimscheißer interessieren?“

Gespannt saßen Melissa und Nik am Küchentisch der Pension. „Warum ich mich immer wieder von dir in solche Harakiri-Aktionen reinziehen lasse“, seufzte Westermann und zückte sein Handy: „Ah, guten Morgen, Herr Kruppke, Westermann hier. Ja, es geht um Rocky’s Pizzeria. Genau…wissen Sie da eigentlich was Näheres?…Hmm, ich seh’ das anders als Herr Pieper. Die Stadtreinigung zum Beispiel, die Herr Marciano mit den jungen Leuten auf die Beine gestellt hat und die anderen Umweltschutz-Aktivitäten, für die er sich engagiert… Was halten Sie davon, wenn wir uns vor Ort in der Pizzeria zusammensetzen?… Gerne, wenn Pieper mitmacht, um so besser… Heute, am späteren Nachmittag?“

Franky hob ein loses Brett über einem Loch im Scheunenboden zur Seite. Darunter befand sich ein kleines, aber ansehnliches Rauschgiftdepot, das er zum endgültigen Schlag gegen die Pizzeria einsetzen wollte. Er fischte einige Plastiktütchen mit Schnee aus dem Loch und legte ein paar Tablettenröhrchen mit der Aufschrift „Valium“ und „Ephedrin-Amphetamin“ beiseite. Sodann entnahm er einen Streifen mit eingeschweißten Einwegspritzen und einen weiteren mit Nadeln aus der Apothekentüte. Streifte sich Latexhandschuhe über, um alles gründlich von Fingerabdrücken zu reinigen und in einem Armyrucksack zu verstauen. Dann machte er sich auf den Weg zurück zum Pfahlbau. Dort fand er Martina in der Küche.
„Du hast Glück, daß Rocky einkaufen ist“, fauchte sie. „Also, was willst du?“
„Das weißt du doch…verknallt bin ich in dich.“ Er griff sich ein paar Papierservietten aus einem Besteckkasten und ließ sie im Rucksack verschwinden. Mit einer weiteren Serviette stahl er darauf ein paar Löffel, während Martina ihm zu verklickern suchte, daß zwischen ihnen garantiert nichts mehr passieren werde. Franky fand ein gefaltetes Tischtuch und steckte es weg. Dann nahm er wieder die Serviette und stellte zwei Tablettenröhrchen und sein Koksetui auf den Tisch: „Ich hab’ dir was mitgebracht, Kleine. Du hast doch Probleme…Da dachte ich, daß du das hier brauchen kannst, wenn es dir mal wieder schlecht geht in deiner Ehe.“
„Du bist wohl nicht ganz dicht, was?“ nahm Martina Röhrchen und Etui in die Hand. „Ich brauch’ diesen Scheiß nicht. Du verpißt dich jetzt besser, bevor Rocky kommt und dich auseinandernimmt.“

Mit einem selbstzufriedenen Ausdruck nahm Franky Röhrchen und Etui mit Martinas Fingerabdrücken mittels

Serviette wieder an sich. „Ich geh' nur mal kurz aufs Klo", lenkte er Martina ab. Im Bad zog er wieder die Klinikhandschuhe an, holte ein winziges Päckchen mit Kokain aus dem Rucksack, öffnete den Klodeckel und streute das Pulver sowohl in wie auch hinter die Schüssel und auf den Boden. Dann spülte er und schloß den Klodeckel. Stellte den Wasserhahn an und entnahm dem Rucksack die Spritzen. Die eine Hälfte war noch verpackt, die andere lose und mit aufgesteckten Nadeln. Er warf alles in den Badezimmermülleimer, dazu das Koksetui und eine der Pillendosen. Kokelte die Eßlöffel von unten mit einem Feuerzeug an, bevor auch sie in den Mülleimer wanderten. Darüber legte er ein paar zusammengeknüllte Servietten, um die Löffel und Spritzen zu verdecken. Danach entfaltete er das Tischtuch, schüttete den Rest des Rucksackinhalts darauf: Tablettenröhrchen, Kokstütchen und -etui, Marihuanapäckchen. Raffte das Tuch an den Enden zusammen und stopfte es in den Rucksack zurück.

Zur vereinbarten Zeit erschien Westermann mit Kruppke und Pieper in der Pizzeria. Mit Ausnahme von Pieper ließen sie es sich schmecken. Kruppke war auf dem besten Weg in eine gehobene Stimmung, als Nik Wein nachschenkte: „Nun seien Sie mal nicht so kleinlich, Pieper. Wenn ich mir dieses Umwelt- und Jugendkonzept hier ansehe, daß Rocky und die Jungs verfaßt haben…'Clear Beach'… Das erscheint mir ganz vernünftig, und ich denke, ich werde es mal im Gemeinderat zur Sprache bringen." Während Kruppke weiter in dem mehrseitigen Papier blätterte, das Rocky, Nik und Sven mit Vickys Hilfe verfaßt hatten, hörten sie draußen lauten Motorenlärm. „Entschuldigen Sie", mischte sich Pieper ein, „aber ich glaube denen kein einziges Wort. Das ist doch alles nur ein billiges Ablenkungsmanöver. Hier steht Drogenverdacht zur

Debatte.“ Da kam Vicky herein und bat die Herren, ihr nach draußen zu folgen, wo sie einen riesigen Haufen Strandmüll vorfanden, den Tjard mit seinem Trecker herangekarrt hatte. „Das ist allerdings nur das, was wir letzte Woche gesammelt haben“, erläuterte Vicky. „Das von davor ist schon getrennt und teilweise recycelt.“ Die städtische Strandreinigung reiche doch längst nicht mehr aus – und als sich bei ihm die ersten Gäste beschwert hätten, habe er sich zu dieser Form von Selbsthilfe entschlossen, meldete sich Rocky in gebotener Bescheidenheit. „Außerdem“, fügte Sven ironisch hinzu, „sensibilisiert das die Kids für die Umwelt und hält sie von der Straße fern. Morgen früh wird das Zeug natürlich wieder aufgeladen, keine Bange!“ Kruppke war begeistert und ließ sich von Rocky gern noch zum Nachtisch einladen. Als Rocky zu Martina in die Küche kam, gestand ihm diese, daß Franky heute nachmittag da war: „Ich hab’ ihn rausgeworfen. Du mußt mir glauben: Ich – ich habe nicht mit ihm geschlafen.“ Erleichtert nahm Rocky sie in die Arme.

Doch als die Gesellschaft sich auflösen wollte, fuhr ein Polizeiauto vor. „Guten Abend“, grüßte ein Uniformierter Rocky, „wir haben da einen dringenden Hinweis bekommen – Beseitigung von Beweisen, in der Drogensache. Dürften mein Kollege und ich mal Ihre Toilette inspizieren?“ Als sie dort waren, zog der Kollege einen Einweghandschuh an und untersuchte die Toilettenschüssel, wischte einige weiße Krümel auf und roch daran. Er legte die Krümel in ein Reagenzglas und nickte finster. Dann entdeckten die Beamten den Mülleimer und fanden Spritzen und Löffel. „Das sieht nicht gut aus für Sie“, belehrten sie Rocky. Franky! fuhr es Martina durch den Kopf. Draußen öffneten die Beamten den Müllbeutel vor Westermann, Kruppke und Pieper: „Das war im Mülleimer versteckt. An der WC-Schüssel Reste von heruntergespültem Rauschgift." Piepers Gesicht entgleiste triumphierend. „Was hat das zu bedeuten? Nik! Rocky! Sven, hast du etwas damit zu tun?" schnappte Westermann. „Bist du bescheuert. Keiner von uns hat was damit zu tun", beteuerte Sven ihre Unschuld. Unter dem Pfahlbau hatte einer der beiden Polizisten unterdessen die Tischdecke aus dem Sand gezogen, darin Drogen und der zweite Koksspiegel. „Die ganze Bande gehört eingesperrt", forderte Pieper. „Langsam, langsam", hob der erste Beamte seine Hände. „Wer das hier war, ist ja noch nicht raus. Wir schicken erst mal alles ins Labor. Da wird es auf Drogenrückstände untersucht und auf Fingerabdrücke." Martina ging die Kinnlade runter: „Scheiße, da sind ja meine Fingerabdrücke drauf."

Sie sprang in Rockys Wagen und heizte davon. „Martina, komm' zurück!" schrie Rocky ihr nach. „Die kommt nicht weit", meinte einer der beiden Polizisten zu seinem Kollegen. „Schreib' die Nummer zur Fahndung aus." Nik wollte gleich hinterher, aber Westermann packte ihn unsanft am Arm: „Halt, Niklas Andersen! Du bleibst hier! Das könnte euch so passen, daß ihr jetzt einfach abhaut!" Da warf Nik Sven den Autoschlüssel rüber, der mit Rocky zum Bulli rannte. Während die Polizisten achselzuckend losfuhren, kostete Pieper seinen Triumph voll aus: „Tja, Andersen, Pech gehabt! Nachdem ihr uns schon fast um den Finger gewickelt habt." Er folgte Kruppke in Westermanns Wagen. Westermann drückte Nik seinen Autoschlüssel in die Hand: „Hier, du fährst. Und wirst uns Rede und Antwort stehen." Während der Fahrt piepte Westermanns Handy: „Ich bin's, Rocky. Martina hat uns abgehängt. John, ich hab' das Gefühl, sie ist in Gefahr. Ich muß Nik sprechen, dringend!" Mißmutig gab er das Handy an Niklas weiter, der, nachdem er Rocky angehört hatte, eine 180-Grad-

Wende machte. Den drei Männern blieb die Spucke weg über soviel Chuzpe. Eine klassische Entführung nannte Pieper das, als er die Sprache wiederfand.

Franky kniete in der Scheune über dem Drogenversteck. Er zog ein kleines Tütchen Koks heraus, schüttete etwas auf seinen Handrücken und schniefte tief ein. Dann leckte er die Stelle sauber und zog sich noch eine Nase ein. Da flog das Scheunentor auf.
„Ah“, sah Franky sich um, „du hast ja nicht lange auf dich warten lassen.“
„Du bist ein ganz mieses Stück Scheiße“, brüllte Martina.
„Du hast ja so recht, mein blonder Engel“, lachte Franky. „Und gleich kommt dein italienischer Hengst und schlägt mir den Schädel ein, was?“
„Nein“, schnappte Martina, „ich bin alleine da. Für sowas wie dich brauch' ich keine Verstärkung. Dichtgedröhnt wie du bist. Du schleimiger Kotzbrocken. Wenn ich daran denke, daß ich dich angefaßt habe, schüttelt es mich.“
„Und wenn ich daran denke, werd' ich irgendwie total geil.“ Er grabschte nach Martina, die aufschrie und sich wehrte. Sie rangelten miteinander, aber weil Franky so bedröhnt war, gelang es ihr, ihn wegzustoßen. Er stolperte rückwärts ins Schlagzeug, war aber überraschend schnell wieder auf den Beinen, packte sie am Arm, schleuderte sie aufs Stroh und warf sich auf sie. Martina schrie und wehrte sich aus Leibeskräften, versuchte ihm das Gesicht zu zerkratzen, aber Franky schlug sie mit der flachen Hand.

Nik kam als erster in die Scheune. Pieper, Kruppke und Westermann folgten ihm, als sie Martina schreien hörten. Da war auch schon der Pick-up mit Sven und Rocky zur Stelle. Martina, mit zerrissenem T-Shirt, warf sich in Rockys Arme, während Nik Franky zu Boden prügelte, aber der konnte sich losmachen und sich eine Heugabel greifen, mit der er auf Nik losging. Nik parierte den Angriff mit einem Mikroständer und setzte Franky mit drei mächtigen Schlägen außer Gefecht.

Kruppke untersuchte Frankys Drogenversteck und hielt Pieper die Ausbeute unter die Nase.
„Dann hat er auch Lutz den Stoff gegeben“, meinte der Lehrer zerknirscht. „Los, rede, Frank!“
„Leck’ mich, du Wichser!“ grölte der benommen.
„Niklas, ich…“, wollte sich Pieper entschuldigen und sah Nik schuldbewußt an.
„Schon gut, Herr Pieper“, winkte der ab und reichte Pieper die Hand. Der zögerte kurz, dann klatschte er nach bewährter Surferart ab.

13

Amour fou

Bei der Rettungsstation am Strand tat Rebecca, die neue Schwimmerin der Wasserwacht, Dienst. Ein kleines Kind vergnügte sich dicht am Wasser mit seinem Plastikspielzeug, während die Mutter über einer Illustrierten eingenickt war. Plötzlich schwamm der kleinen Anuschka das Spielzeug weg, und sie stapfte hinterher. Als die Mutter von einem Frisbee, den sich andere Kinder zugeworfen hatten, unsanft geweckt wurde, war ihre Tochter verschwunden. Sie schrie um Hilfe, und Rebecca löste Alarm aus. Einer von Rebeccas Kollegen fuhr sofort mit dem Boot raus.

Auch Nik und Sven, bewaffnet mit ihren Boards, stürzten sich gleich ins Wasser. „Helft mir“, rief ihnen Rebecca zu, die mit zwei weiteren Rettungsschwimmern tauchte, „ein Mädchen ist verschwunden. Sie muß hier irgendwo sein.“ Nik und Sven tauchten mit, aber zuerst war nichts zu sehen. Sie tauchten erneut – und diesmal hatte Nik Glück: „Hier! Hierher! Ich hab’ sie!“ Er hatte Anuschka zu fassen bekommen. Rebecca kraulte heran und half ihm, sie an Land zu bringen.

Dort machte sie Wiederbelebungsversuche, und die Kleine schlug die Augen auf. Überglücklich schloß die Mutter das Mädchen in die Arme. Bevor sich die Gruppe auflöste, gab Anuschka Nik ein Küßchen, und auch Rebecca hielt sich in ihrer Dankbarkeit nicht zurück. „Keine Ursache“, meinte der etwas verlegen, „übrigens, ich heiße Nik. Und wenn du mich mal wieder brauchen solltest – ein lauter Hilfeschrei genügt, ich komme sofort!“ Bevor sie noch weiterflirten konnte, erschien ein etwa 45jähriger Mann, klein, drahtig, energisch, mit einer Narbe quer übers Gesicht: „Rebecca – bist du in Ordnung?“ Niks Blick spiegelte eine leichte Enttäuschung wider: Offensichtlich war das Mädchen schon vergeben. Er sah dem Paar nach.

Der Clique war das Interesse, das Nik an Rebecca gezeigt hatte, nicht entgangen. Sie versuchte ihn aufzuziehen. Beleidigt trollte sich Nik in die Dünen und pfiff nach Josy, aber Josy kam nicht. Wie er um einen Busch herumkam, stolperte er beinahe über das Narbengesicht, das knutschenderweise mit Rebecca auf einer Decke lag: „He, bist du’n Spanner oder was?“ Nik, dem die Situation peinlich war, suchte nach einer Entschuldigung: „Nee, ich…ich hab’ nur nach meinem Hund gesucht.“
„Mann“, bellte ihn das Narbengesicht, das auf den Namen Wulf hörte, an, „dann mach’ dich gefälligst auf die Socken und steh’ uns hier nicht in der Sonne.“ Aber Rebecca war offenbar die Lust am Knutschen vergangen, nachdem Nik gekommen war.

Am nächsten Tag in der Pension, als Niklas Stine wickelte, meldete Melissa plötzlich ein Mädchen, das nach ihm fragte. Es war Rebecca: „Hast du deinen Hund gefunden?“
„Nein“, meinte Nik verwundert, sie vor sich stehen zu sehen, „aber Josy ist alt genug. Die findet allein zurück.“
„Hast du Zeit? Ich möchte dir was zeigen.“
„Wo?“
„Laß dich überraschen.“
„Okay. Ich muß nur schnell drinnen Bescheid sagen. Weißt du, ich hab’ ein Baby an Bord.“
Nun war es Rebecca, die ihn verwundert ansah.
Sie fuhren zum Westermannschen Pferdehof. Nik folgte Rebecca in den Stall. Liebevoll begrüßte das Mädchen die

Pferde, die ihr die Nüstern entgegenstreckten. Man merkte, daß sie etwas von Pferden verstand. Sie blieb vor einer Box stehen und tätschelte ein besonders stattliches Roß: „Das ist er. Mein Rasputin."
„Schönes Tier", bestätigte Nik. „Sag' mal: Bist du zum erstenmal in St. Peter? Ich hab' dich noch nie gesehen."
„Ich bin den Sommer über als Rettungsschwimmerin engagiert. Ist nicht viel Kohle, aber Kleinvieh macht auch Mist."
„Und wo wohnst du?"
„Hier auf dem Pferdehof. Pferde sind mein Leben", schmuste sie mit Rasputin.
„Beneidenswert", fand Nik, „die Pferde, meine ich."
Sie lud Nik zu einem kleinen Ausritt. Der konnte sich nicht verkneifen, nach dem Typen zu fragen, mit dem sie die ganze Zeit am Strand herumhing: „Zuerst dachte ich, es wär' dein Vater." Rebecca sah ihn an: „Mein Vater? Nein. Das ist er wohl kaum."

Als sie den Pferdehof wieder verlassen hatten, gab es plötzlich Unruhe im Stall. Ängstlich wichen die Pferde vor einem unbekannten Schatten zurück. Eine Hand hielt ein Feuerzeug und zündete ein Bündel Stroh an. In panischer Angst fingen die Tiere zu wiehern an. Eine Tür fiel ins Schloß, während die Flammen züngelten.

Es klopfte. Zwei Polizisten standen vor der Tür der Pension und meldeten Westermann, daß es in seinen Stallungen in Vesterbüll gebrannt hatte: Es sei davon auszugehen, daß es sich um Brandstiftung handle. Ein Pferd sei in den Flammen umgekommen. Gottseidank sei eine Tierpflegerin durch das Wiehern aufgewacht, habe die anderen Tiere befreien können und gerade noch rechtzeitig die Feuerwehr verständigt, bevor der Brand sich ausbreiten konnte: „Sagen Sie, haben Sie in letzter Zeit Drohungen erhalten?"

Westermann schüttelte den Kopf. „Wir fragen aus gutem Grund, Herr Westermann“, fuhr der Beamte fort, „das ist nämlich schon das dritte Mal innerhalb von vier Wochen, daß ein Pferdestall auf Eiderstedt angezündet wurde. Jedesmal Brandstiftung, ohne sichtbares Motiv. Vier Pferde sind schon draufgegangen.“ Als sich der Beamte mit inquisitorischer Miene nach Westermanns Brandschutzversicherung erkundigte, verlor John für einen Augenblick die Beherrschung: „Was soll das heißen? Verdächtigen Sie mich etwa, selbst das Feuer gelegt zu haben?!“
„Wir verdächtigen vorerst niemanden“, entschuldigte der Polizist. „Es handelt sich nur um reine Routine, wenn wir jetzt ein paar Alibis überprüfen.“

Niklas buddelte mit Stine am Strand. Rebecca kam dazu. „Hat Rasputin alles gut überstanden?“ wollte Nik gleich von ihr wissen.
„Ja“, sah Rebecca die beiden glücklich an. „Ich hätte nicht gewußt, was ich gemacht hätte, wenn ihm was zugestoßen wäre. Was kann das nur für ein Mensch sein, der unschuldige Tiere umbringt?“
„Vielleicht ist es ein Pyromane, und er wollte den Pferden gar nichts antun.“
„Glaub' ich nicht. Das war ein Perverser, der Spaß daran findet, Tiere zu quälen. Aber sag', du hast ja eine niedliche Tochter.“
„Stine? O nein, das ist ein Mißverständnis. Ich bin nur ihr großer Bruder.“ Da fiel ein Schatten über Nik. Es war Wulf: „Wo bleibst du denn, Rebecca? Hast du vergessen, daß wir für eine Foto-Session verabredet waren? Ich brauch' dich jetzt. Das Licht ist bald weg.“
Unentschlossen ging Rebecca vor der Goodewind auf und ab. Endlich gab sie sich einen Ruck und kam herein: „Hallo – jemand Zuhause?“ Nik war in der Garage unter dem auf-

gebockten Bulli zugange und kam ölverschmiert zum Vorschein: „Wo ist denn dein ständiger Begleiter mit seinen Kameras?“
„Wulf? Der weiß nicht, daß ich hier bin.“
„Der Typ scheint ja einer extrem eifersüchtigen Spezies anzugehören.“
„Genau deshalb wollte ich mit dir reden. Wir werden uns nicht mehr sehen können. Ich wollte dich bitten, mich nicht mehr zu besuchen.“
„Und um das zu sagen, kommst du extra hierher?“
„Ich wollte es dir nicht am Telefon sagen. Weil ich dich mag.“
„Wer ist dieser Wulf eigentlich?“ Nik holte zwei Mineralwasserflaschen aus der Kühlbox im Bulli, und sie bequemten sich in den Schneidersitz.
„Wulf“, seufzte Rebecca, „ist der Mann meines Lebens. Er hat seine Frau und seine zwei Kinder verlassen. Meinetwegen. Er hat alles für mich aufgegeben, verstehst du? Und jetzt kann ich ihn doch nicht hängen lassen. Er hat Probleme genug. War zwei Monate im Krankenhaus, weil er mich verteidigt hat, als mich drei Typen in einer Kneipe angemacht haben. Deswegen hat er auch die Narbe. Wenn mich jemand anfaßt, dreht er durch. Wulf hat seine ganze Zukunft mit mir geplant. Er ist Fotograf. Aber seit der Krankenhausgeschichte ist er raus aus seinem Job. Und jetzt versucht er wieder Fuß zu fassen. Er hat mir versprochen, aus mir einen Star zu machen.“
Nik sah sie verblüfft an: „Rührend! Und die Geschichte glaubst du ihm? Aber du mußt selbst wissen, was du tust.“
Rebecca stand auf: „Leb wohl. Gibst du mir keinen Kuß?“
„Lieber nicht, mit dem letzten hab’ ich schlechte Erfahrungen gemacht.“
Rebecca aber ließ sich nicht beirren und drückte ihm hastig das, was sie für einen Abschiedskuß hielt, auf die Wange.

Als sie weg war, feuerte Nik wütend einen Schraubenschlüssel in die Ecke. Warum konnte man ihn nicht einfach in Ruhe lassen?

Der Pferdestall bei Nacht. Die Pferde waren in den erhalten gebliebenen Boxen. Der Strahl einer Taschenlampe streifte über eine Box mit dem Namen Rasputin. Neugierig kam Rebeccas Pferd näher. Plötzlich zischte etwas durch die Luft, und Rasputin wieherte vor Schmerz. Gnadenlos wurde mit einem Stahlseil auf ihn eingeschlagen.

„Eindeutig Peitschenhiebe", diagnostizierte der Tierarzt und sah Rebecca an. „Aber ich denke, wir bekommen Ihren Rasputin wieder hin. Für seine Psyche sind allerdings Sie zuständig. Und die Wunden werden nicht so schnell verheilen." Traurig streichelte Rebecca ihr Pferd. Da kam Nik mit dem Rad vorbei. Rebecca fiel ihm um den Hals. „Mein Gott", bedauerte der, als er das Tier sah, „ist ja schlimm. Hast du die Polizei verständigt?"
„Nein, noch nicht."
„Laß mich das machen. Irgendeine Ahnung, wer das war?"
„Wahrscheinlich wieder dieser perverse Brandstifter", vermutete Rebecca. „Sind noch andere Pferde verletzt.?"
„Nein. Nur Rasputin."
„Seltsam", schloß Nik.

Wulf lag auf dem Sofa seines spartanisch eingerichteten Apartments und hörte Musik. Rebecca wollte ihm von dem Vorfall berichten, aber Wulf schien das nicht sonderlich zu interessieren. Stattdessen machte er ihr Vorwürfe.
„Entweder bist du mit deinem Gaul unterwegs oder steigst irgendwelchen Surfnasen nach. Du liebst dein Pferd mehr als mich, stimmt's? Ziehst du jetzt bei mir ein oder nicht?"
„Das geht momentan nicht, Wulf. Ich muß im Pferdehof

bleiben und auf Rasputin aufpassen."
„Und ich? Was ist mit mir?" beschwerte sich Wulf. „Weißt du, was ich für dich getan habe? Ich brauch' dich nötiger als dein Gaul." Aber Rebecca entzog sich ihm.

Mehr Verständnis fand Rebecca bei Nik.
„Ich setz' mich mit meinen Freunden zusammen, und wir lassen uns was einfallen. Von wegen Wache halten und so."
Dankbar küßte Rebecca Nik, der hin- und hergerissen war. Als sie die Goodewind verließ, hörte sie das Klicken einer Kamera. Wulf war ihr nachgefahren und hatte sie mit dem Teleobjektiv gestellt.
„Du willst mich fotografieren?" fuhr ihn Rebecca an, nachdem sie die erste Überraschung geschluckt hatte. „Wie hättest du mich denn gerne? So? Oder so?" Sie deutete aufreizende Posen an, bevor sie ihm davonlief.

Abends saß die Clique bei Rocky.
„Du", sprach Vicky Sven an, „es wird gemunkelt, dein Vater hätte kein Alibi. Außerdem heißt es, er will den Pferdehof abstoßen."
„Ja und?" brummte Sven. „Verkaufen und abbrennen sind immer noch zwei Paar Stiefel. Nein, mein Vater ist zwar ein harter Knochen, aber sowas, sowas bringt er nun doch nicht!"
Nik schlug vor, auf jeden Fall Wache zu schieben in den Stallungen, abwechselnd, jeweils immer zwei, zur Sicherheit.

Nik und Dennis hatten in dieser Nacht die zweite Wache. Da, mit einemmal, hörte Nik ein Geräusch. Er ließ Dennis weiterschlafen und schlich den Gang entlang, bis er zu Rasputins Box kam. Schnell versteckte er sich, als ein Schatten, der sich mit einer Skimütze getarnt hatte und einen Stock in der Hand hielt, den Verschlag der Box öffnete. Aber bevor Niklas ihn demaskieren konnte, hatte er auch schon einen Schlag abbekommen und fiel ohnmächtig zu Boden.

„Du hast Glück gehabt“, stellte Rebecca fest, als sie seine Beule verarztete. Sie sahen sich lange an. Endlich löste sich das Mädchen von Niks Blick und ging zum Waschbecken, um den Waschlappen naß zu machen. „Irgendwie tut mir der Kopf schon gar nicht mehr so weh“, log Nik, als sie ihm den Waschlappen zärtlich auf die Stirn legte. Er zog sie zu sich aufs Bett und küßte sie leidenschaftlich.

Knut und Sven vertrieben sich in der zweiten Nacht die Zeit während der Wache mit Backgammon. Da hörten sie ein verdächtiges Rascheln, versteckten sich und gingen gemeinsam gegen die Gestalt los, die sich in den Stall schob: „So, du Schwein, jetzt haben wir dich!“ Knut knipste seine Taschenlampe an: Es war – Westermann! „Was suchst du denn hier?“ stotterte Sven. „Ich will auch aufpassen“, erklärte der, „schließlich ist das mein Hof.“ Gemeinsam gelang es ihnen, mit tatkräftiger Unterstützung von Kommissar Zufall, noch in derselben Nacht den Täter zu stellen. Besser: die Täterin.

„Eine Verrückte und Katzennärrin“, erzählte Sven Vicky am nächsten Morgen, als er seinen Dienst antrat. „Hansen heißt sie. Ein ganz armes Luder. Sie wollte sich rächen – weil ein Pferd angeblich eines ihrer Kätzchen getötet hat. Hat geweint und gesagt, es sei eines ihrer Kinder gewesen. Dafür sollten alle Pferde verbrannt werden. Sie hat uns angefleht, nicht die Polizei zu verständigen, damit sie ihre Mission weitererfüllen könne.“ Erleichtert, daß der Verdacht gegen seinen Vater entkräftet war, nahm er Vicky in seine Arme und küßte sie leidenschaftlich. Nur Nik hatte Zweifel – die Person, die ihn während der Wache niedergeschlagen hatte, konnte unmöglich mit dieser Hansen identisch sein.

Aus den Stallungen drangen klatschende Geräusche und schmerzerfülltes Wiehern. So schnell sie konnte, rannte Rebecca hinunter. Es war Wulf, der in besinnungsloser Wut auf Rasputin eindrosch. Als er Rebecca sah, stieß er sie zurück, doch bevor er sie mißhandeln konnte, war Nik zur Stelle. Die beiden kämpften erbittert, bis Nik halb bewußtlos am Boden lag. „Ich werde dir beweisen, wer dich wirklich liebt", zerrte Wulf Rebecca aus dem Stall und zwang sie, sich auf den Tank seiner Harley zu setzen. Inzwischen hatte sich Nik aufgerappelt und stolperte aus dem Stall. Er versuchte die Harley zu stoppen, aber Wulf jagte ihn aus dem Weg. Nik überlegte fieberhaft; da fiel sein Blick auf Rasputin. Zu Pferd nahm er die Verfolgung auf.

An einem einsamen Teil des Strands lag ein kleiner Katamaran. Wulf schleifte Rebecca darauf und fuhr aufs Meer: „Wir werden jetzt zusammen in die Hölle fahren...Du gehörst mir... mir allein... wenn nicht im Leben, dann eben im Tod." Ein wahnsinniges Lächeln irrte über sein Gesicht. In der Ferne sah Nik den Katamaran entschwinden. Sven und Dennis waren am Surfcontainer und reparierten ein Brett. „Rebecca ist entführt worden", keuchte Nik atemlos. „Von Wulf. Am Piratenstrand. Ruft die Polizei. Sie sind draußen im Watt. Ich brauch' sofort ein Board."

Auf dem Katamaran versuchte Rebecca Wulf vom Steuer wegzureißen, aber der drängte sie weg, schlug sie zu Boden. Da entdeckte sie Niklas auf seinem Board. Verdutzt ließ Wulf das Steuer los. Der Katamaran kenterte. Rebecca konnte sich an das umgestürzte Boot klammern, während Wulf, der viel Wasser geschluckt hatte, offensichtlich in Not war. Rebecca löste sich vom Bootsrumpf und schwamm zu ihm hinüber, um ihm zu helfen. Doch als sie ihn erreicht hatte, wollte Wulf sie mit aller Gewalt ertränken. Sie wehrte sich aus Leibeskräften, schüttelte ihn ab. Als Nik sie auf sein Board hievte, war von Wulf nichts mehr zu sehen…

Die Clique besiegelte die Rettungsaktion mit einer Gartenparty in der Goodewind. Westermann war auf die Idee gekommen, Pferde zu züchten: „Rennpferde. Aber dafür müssen erst einmal die Voraussetzungen geschaffen werden."
Nik stand bei Rebecca: „Sehen wir uns wieder?"
Sie sah ihn mit liebenden Augen an: „Ich hoffe. Aber erst mal muß ich diese ganze Geschichte loswerden. Allein."
Nik streichelte ihr zärtlich übers Haar.
„Aber dann", fügte sie hinzu, „dann möchte ich dich sehr gern wiedersehen: Ich liebe dich."